Ava Av

Mr. CEO & Mrs. Boss

Mafia Love Romance

-

Liebesroman

ISBN: 9798553182076

Disclaimer
Dieses Buch ist reine Fiktion. Alle in diesem Buch geschilderten Handlungen und Personen sind frei erfunden. Ähnlichkeiten mit lebenden oder verstorbenen Personen sind Zufall und nicht beabsichtigt. Dieser Roman enthält explizite Szenen zwischen Erwachsenen.

Website: www.avaavery.de
Newsletter: http://eepurl.com/hj0iKf
Instagram: avaavery.autorin

Für all die Menschen, die an mich und meine Träume glauben, und die mich immer dabei unterstützt haben. Meine Familie. Alias Ente, Mops & KG.

Und für eine ganz besondere Freundin, die unbedingt einen Liebesroman von mir lesen wollte.

Inhaltsverzeichnis

Prolog

12 Jahre zuvor in Ravello, Amalfi Küste

Tief unter uns rauschten in regelmäßigem Abstand die Wellen ans Ufer. Das immer wiederkehrende Geräusch beruhigte meine flatternden Nerven. Oder eher den Schwarm an Schmetterlingen, der heute ganz besonders aktiv in meinem Bauch umherflog.

Es war ein warmer Sommerabend und ich saß im Schatten unseres uralten Olivenbaums, angelehnt an den Mann, der für die Aufruhr der Schmetterlinge in meinem Bauch verantwortlich war. Um uns herum blühten ein paar Sträucher Lavendel, die sich in diese Gegend hier verirrt hatten, und der Hang vor uns war mit Zitronen- und Orangenbäumen gesäumt, dessen aromatischer Duft zu uns herüberwehte und sich mit dem intensiven Lavendel- und dem herben Olivenaroma vermischte.

Ich schloss die Augen und atmete den einzigartigen Geruch tief ein. So roch der Sommer in Süditalien. Ich lehnte mich noch etwas weiter zurück und spürte den regelmäßigen Atem des Mannes, mit dem ich diese unvergesslichen Eindrücke des lauen Sommerabends teilte. Er hatte seine Arme um mich gelegt und zog mich eng an sich. Sein Daumen fuhr sanft über mein Handgelenk, während er sein Gesicht in meinen Haaren vergrub. Ich drehte den Kopf leicht zu ihm und er lächelte, was meine Schmetterlinge völlig zum Durchdrehen brachte. Er gab mir einen zarten Kuss auf die Schläfe und wir wandten uns wieder der Küste zu, an dessen Horizont sich die Sonne nun von einem hellen Gelb zu einem feurigen Orange gefärbt hatte. Sie wirkte wie ein glühender Komet, der gerade dabei war, im Meer zu versinken.

So wurde der Tag zur Nacht und als die Sterne schon längst über uns funkelten, und das schwache Licht des Vollmondes auf den knorrigen Olivenbaum hinabschien, saßen wir noch immer eng aneinander gekuschelt da und genossen die Nähe und die Wärme des anderen. Diese Sonnenuntergänge gemeinsam zu beobachten, war zu einer Art Ritual für uns geworden.

Matteo und ich waren uns schon in der Vergangenheit immer mal wieder über den Weg gelaufen, wenn ich die Sommerferien bei meinen Großeltern an der Amalfi Küste verbracht hatte. Seine dunklen Augen, die einen so durchdringend ansahen, dass einem Hören und Sehen vergingen, hatten mich bereits bei unserer ersten Begegnung in den Bann gezogen.

Damals war ich 12 Jahre alt gewesen. Seitdem waren fast sechs Jahre vergangen, in denen ich ihn heimlich beobachtet und angehimmelt hatte. Als meine Cousine Giorgia diesen Sommer mit einem seiner Cousins zusammenkam, wurden aus den flüchtigen Begegnungen auf einmal regelmäßige Treffen, da Giorgia mich zu fast all ihren Verabredungen mitschleppte.

Zunächst hatte sich Matteo sehr distanziert mir gegenüber verhalten, und auch ich war zu stolz gewesen, zuzugeben, dass mich dieser Mann, der ein paar Jahre älter war als ich, vollends faszinierte. Er hatte etwas an sich, was wie ein Magnet auf mich wirkte und mich magisch zu ihm hinzog, so sehr ich mich auch dagegen wehrte. Aus mir unbegreiflichen Gründen, schien es ihm nicht anders zu ergehen. So kam es, dass wir uns immer häufiger trafen, zunächst noch mit den anderen und dann fast ausschließlich zu zweit.

Ich ging seit einem Monat wie auf Wolken. Dieser Mann war meine Luft zum Atmen. Er war das Blut in meinen Adern und der Glanz in meinen Augen. Er machte mich so unendlich glücklich, dass ich keinen Tag mehr ohne ihn sein wollte.

Es war schon spät, als wir uns erhoben, und nach oben in mein Zimmer gingen. Meine Großeltern waren zu einer Hochzeit in Salerno und würden erst am Nachmittag des morgigen Tages wiederkehren. Somit hatte ich das Haus für mich allein und hatte Matteo eingeladen, bei mir zu übernachten. Als wir mein Zimmer betraten, drehte ich mich zu Matteo um, der hinter mir an der Tür lehnte und mich abwartend betrachtete.

„Bist du sicher, dass du das möchtest, Carlotta?".

Ich nickte und errötete leicht. Dann begann ich mein Kleid aufzuknöpfen und sah dabei nervös zu Boden, da ich Angst hatte, noch mehr zu erröten.

„Sieh mich an, Carlotta", forderte Matteo mit heiserer Stimme.

Ich hob meinen Blick und sah ihm direkt in die Augen, als ich die letzten Knöpfe meines Kleides öffnete und es mir langsam von den Schultern schob. Nun stand ich nur noch in Unterwäsche gekleidet vor ihm.

Sein Blick glitt bedächtig über meinen Körper und hinterließ eine heiße Brandspur des Verlangens. Matteo stieß sich von der Wand ab und näherte sich mir wie eine Raubkatze auf Beutezug. Er umfasste mein Gesicht mit beiden Händen und gab mir einen sanften, zarten Kuss.

Dann drehte er mich um, sodass ich mit dem Rücken an ihm lehnte. Er begann mich am ganzen Körper zu streicheln und zu küssen. Seine Berührungen waren überall und beraubten mich all meiner Sinne. Schließlich öffnete er meinen BH und ließ auch ihn zu Boden fallen. Als er meine Brüste umfasste und sanft drückte, spürte ich, wie seine Berührung kleine Blitze direkt in meine heiße Mitte sandte, die mit einem Mal noch feuchter wurde.

Er berührte meine Knospen, die sich erregt zusammenzogen und flüsterte mir pausenlos süße Komplimente ins Ohr, was mich fast zum Verglühen brachte. Seine Hand wanderte immer tiefer und schob sich träge unter meinen Slip, wo seine geschickten Finger auf meine feuchte Mitte trafen. Zärtlich umkreiste er meine Perle und trieb mich mit dieser Berührung in unbekannte Gefilde.

Es tat unbeschreiblich gut und ich wollte dringend mehr davon. Ich drehte mich zu ihm um und zog ihn mit mir aufs Bett. Ungeduldig half ich ihm dabei, sich seiner Kleider zu entledigen und als er mich erneut küsste, schob er sich behutsam über mich.

„Bist du dir wirklich sicher, dass du das willst? Du musst das nicht wegen mir tun, Carlotta. Ich kann warten."

Ich lächelte ihn an. „Aber ich kann nicht mehr warten und ich will, dass du die Person bist, mit der ich meine erste Nacht verbringe."

Fast schon ehrfürchtig fuhr ich mit meinem Zeigefinger über die blitzförmige Narbe über seinem Auge, die ihn paradoxerweise noch perfekter machte. Matteo schloss für einen Moment die Augen.

Dann nickte er zustimmend, ließ sich vorsichtig auf mich hinabgleiten und versiegelte meinen Mund mit seinem, während er gleichzeitig Stück für Stück in mich eindrang. Ich hatte gehört, dass das erste Mal unangenehm war und mich dementsprechend auf Schmerzen eingestellt. Aber da waren keine Schmerzen. Vielleicht lag es daran, dass Matteo so behutsam war, oder daran, dass ich bereits extrem feucht war, als er in mich eindrang. Oder aber er hatte meine Sinne so benebelt, dass ich davon einfach nichts mitbekam. Was auch immer der Grund war, ich war dankbar dafür. Denn die kommenden Minuten sollten alles übertreffen, was ich mir von meinem ersten Mal erhofft und erträumt hatte.

Matteo und ich waren eins. Unsere Körper waren ineinander verschlungen, miteinander verbunden. Mit seinen geschickten Bewegungen, seinen zärtlichen Berührungen und Küssen, lenkte Matteo uns beide zielstrebig auf die höchste Klippe zu, von der wir völlig außer Atem zusammen sprangen, als sich unsere verschleierten Blicke erneut trafen.

Erschöpft und übermannt von all den neuen Gefühlen, schlief ich kurz darauf in Matteos starken Armen ein. Ich spürte seine Hände, die liebevoll über meinen Körper glitten, und ihn bedächtig streichelten. Ich spürte auch seinen heißen Atem an meinem Hals und ich glaubte zu hören, wie er mir ins Ohr flüsterte, dass er mich liebte.

Aber vielleicht war das auch nur ein Wunschtraum, denn als ich am nächsten Morgen aufwachte, war Matteo verschwunden.

Kapitel 1

12 Jahre später in München

“...die Verkaufszahlen im asiatischen Raum liegen nach diesem Quartal insgesamt acht Prozent höher als erwartet. Das ist eine beachtliche Leistung, auf der wir uns aber nicht ausruhen dürfen. Das Jahresziel ist sehr ambitioniert und die Prognosen der Wirtschaft alles andere als rosig. Wenn man den Nachrichten Glauben schenkt, dann befinden wir uns auf dem direkten Weg in eine wirtschaftliche Rezession, was die Kaufkraft der Verbraucher extrem beeinträchtigen würde und vor allem die Sparte der zyklischen Konsumgüter schwer treffen könnte. Ich habe ein Diagramm vorbereitet, anhand dessen man dieses Szenario verfolgen kann...“

Ich gab mir sichtlich Mühe die Augen offen zu halten, während mein Kollege wie ein Wasserfall redete. Aber irgendwie waren meine Augenlider auf einmal schwer wie Blei und ich suchte verzweifelt nach einer Möglichkeit, nicht einzunicken. Ich schaute auf meine Uhr, nur um festzustellen, dass ich nun schon seit geschlagenen zwei Stunden in diesem Meeting über Prognosen, Wirtschaftszyklen, Konsumverhalten und Zahlen, jede Menge Zahlen, saß.

Ich seufzte leise und sah aus dem Fenster des Konferenzraumes. Vor der großen Glasfront stand eine alte Eiche. Ihre saftig grünen Blätter strahlten in der Sonne und wehten sanft im lauen Sommerwind. Kurz hielt ich inne. Konnte man überhaupt schon von Sommer sprechen? Es war gerade einmal Anfang April, aber die Temperaturen stiegen an guten Tagen bereits auf um die 23 Grad. Das leichte Lüftchen machte es angenehm. Es war einfach nur herrlich. Zumindest draußen. Was für einen Spaß musste es machen, in der Sonne zu spazieren, am Fluss entlang zu radeln oder eine Runde zu schwimmen.

Leider war ich nicht draußen. Eigentlich nie. Ich saß im klimatisierten Konferenzraum und hörte Menschen, die sich gerne selbst beim Reden zuhörten, dabei zu, wie sie mir all die Dinge über die Wirtschaft erzählten, die ich längst wusste. So ging das ständig. Ich seufzte erneut und fragte mich, was ich dort draußen wohl alles verpasste, während ich hier drinnen saß und mir meine Lebenszeit wie Sand durch die Hände zu rinnen schien.

*****

Mittlerweile war es fast 19 Uhr. Ich saß in meinem Büro und starrte auf die Dokumente, die vor mir lagen. Meine Augen stachen verräterisch. Ich schloss sie, legte meine kühlen Handflächen darauf, und stützte mich mit den Ellenbogen auf meinen Schreibtisch. So verharrte ich ein paar Sekunden, bis es stürmisch an der Tür meines Büros klopfte und meine Sekretärin hereinschneite.

Ich schrak hoch und strich mir flüchtig die Haare hinter die Ohren. Wenn sie doch nur einmal warten würde, bis ich „Herein" rief. Aber Ida war eine resolute Frau, Anfang sechzig, deren geballte Energie einen Elefanten vor Neid erblassen ließ.

„Hier sind die Akten, nach denen Sie mich gefragt haben. Wenn es in Ordnung geht, würde ich jetzt Feierabend machen. Und wenn ich mir den Kommentar erlauben darf, das sollten Sie ebenfalls tun. Sie sehen etwas erschöpft aus."

Sie schaute mich vorwurfsvoll an und hielt meinem, wie ich dachte, tadelnden Blick, mühelos stand.

Also gut, an meinem tadelnden Blick musste ich wohl noch etwas feilen. Ich sah weg und seufzte.

„Ist gut Ida. Vielen Dank. Gehen Sie nur. Ich brauche noch ein Weilchen, dann mache ich mich ebenfalls auf den Weg."

Ida war eine kluge Frau und wusste, wann sie das Feld räumen musste. Deshalb verabschiedete Sie sich höflich, aber nicht ohne mir noch einmal mahnend mitzuteilen, ich solle mich etwas schonen.

Ich arbeitete mich durch die restlichen Dokumente auf meinem Schreibtisch und stand dann auf, um die Toilette aufzusuchen. Das Großraumbüro vor meinem eigenen, privaten Büro war mittlerweile leer. Draußen war es dunkel geworden. Ich hatte jegliches Zeitgefühl verloren, denn ich blieb immer bis ich meinen Schreibtisch von der Arbeit des Tages freigeschaufelt hatte und bereitete mich dann auf den nächsten Tag vor.

Einen Moment blieb ich an der Glaswand stehen und sah hinunter auf die angrenzenden Straßen. Die Lichter der vorbeifahrenden Autos tanzten durch die Nacht. Ein Mix aus weiß und rot durchbrach die Schwärze der Nacht. Ich fragte mich, wohin diese Menschen fuhren, und ob sie wohl zuhause jemanden hatten, der auf sie wartete.

Niemand wartete auf mich, so viel stand fest. Außer wenn man meine lilafarbene Orchidee zählte, die ich vor zwei Jahren geschenkt bekommen hatte und die fest entschlossen war, zu überleben, obwohl ich sie ständig vergaß, und sie definitiv eine Dürreperiode nach der nächsten erlebte.

„Dürreperiode", ich kicherte, da war die Orchidee wohl nicht die Einzige, die es zu bemitleiden galt. Fast im gleichen Augenblick schüttelte ich den Kopf über mich selbst. Ich musste wirklich müde sein, wenn ich über solch schwachsinnige Gedanken kichern musste.

Ich setzte meinen Weg zur Toilette fort und vermied wie immer den Blick in den Spiegel. Aber letztendlich konnte ich es mir doch nie verkneifen. Ich seufzte. Meine Frisur, wenn man es denn so bezeichnen konnte, hat sich aufgelöst. Meine langen braunen Haare hatten sich teilweise aus meinem Dutt gelöst und hingen in Strähnen hinab. Man sah deutlich, dass ich meine Hände zu oft durch meine Haare gleiten ließ.

In anderen Worten: ich sollte mir definitiv weniger oft die Haare raufen. Mein Concealer hatte ebenfalls den Geist aufgegeben, denn die dunklen Augenringe waren nicht zu übersehen. Meine Wimperntusche war leicht verwischt. Ein toller Waschbär Look. Meine Bluse war zerknittert, was eventuell auch mit meinen eher begrenzten Bügelkünsten zusammenhing. Meine Füße schmerzten in den hochhackigen

Schuhen. Kurzerhand zog ich sie aus und tapste auf dünnen Strümpfen zurück in mein Büro.

Dort stellte ich sie in meinen kleinen Schuhschrank und tauschte sie gegen meine bequemen Stoff Ballerina, die mit kleinen Zitronen bestickt waren. Ich hatte definitiv ein Faible für Obst auf Kleidungsstücken. Vor allem Zitronen und Orangen hatten es mir angetan.

Die Uhr auf meinem Schreibtisch zeigte mir an, dass es mittlerweile 21:47 Uhr war. Die Supermärkte hatten bereits seit langem geschlossen und Pizza hatte ich mir bereits gestern bestellt. Im Kopf ging ich meine Optionen durch und erinnerte mich, dass ich Japanisch am Tag vorher und Chinesisch am Montag bestellt hatte. Eine reife Leistung. Vielleicht war noch etwas von der Pizza übrig, die ich mir aufwärmen konnte. Dazu ein Glas Rotwein aus meiner Heimat Amalfi in Süditalien. Das klang nach einem Plan.

Ich schaltete die Lampe auf meinem Schreibtisch aus, zog meine Bürotür hinter mir zu und machte mich auf den Weg zum Aufzug. Zum Glück hatte ich einen eigenen Parkplatz vor dem Gebäude. Ich hatte wirklich keine Lust, um diese Uhrzeit allein mit dem Aufzug in die Tiefgarage zu fahren. Ich drückte auf den Entriegler des Autoschlüssels und mein Firmenwagen erwachte zum Leben. Für einen kurzen Moment schloss ich die Augen, atmete tief die kühle Abendluft ein, hielt die Luft solange ich konnte an und stieß sie dann aus, bis gefühlt keine Luft mehr in meinen Lungen übrig war. Das wiederholte ich noch zweimal. Es war eine Art Ritual, dass ich jeden Abend bei Feierabend wiederholte.

Mit dem Ausatmen ließ ich allen Ärger und Frust, alle Sorgen des Arbeitstages, hinter mir. Ich versuchte mich so frei zu machen und abzuschalten. Das funktionierte zwar nie ganz, aber es half zumindest etwas.

Ich öffnete die Augen, stieg in mein Auto und fuhr los in die Dunkelheit der Nacht.

*****

Zuhause angekommen, sprang ich erst einmal unter die warme Dusche und wusch den Tag von mir ab. Ich entspannte mich unter dem wärmenden Wasser und seifte mich mit meinem liebsten Duschgel ein, dessen Geruch mir sofort in die Nase stieg. Himmlisch! Seit ich denken konnte, war ich sehr geruchsempfindlich. Ich konnte Gerüche besser und intensiver wahrnehmen als alle Menschen, die ich kannte. Meine Großmutter meinte, an mir sei eine fantastische „Nase" (so nannte man wohl die Menschen, die Parfüm kreierten) verloren gegangen. Das verträumteste Parfüm, die wohligste Creme, ein würziger Raumduft, ein angenehmes Duschgel, duftende Blumen im Haus, all das war mir wichtig. Ich achtete penibel darauf, immer gut zu riechen und erwartete auch von meinen Mitmenschen, dass sie zumindest nicht unangenehm nach Schweiß rochen.

Ich stieg aus der Dusche, cremte mich ein und zog meinen ältesten Schlafanzug an. Den Schlafanzug zierten gelbe Zitronen an saftig grünen Zweigen. Die angenehme Baumwolle fühlte sich auf der Haut gut an und der weite Schnitt erlaubte es meinem Körper, sich von dem engen Business Kostüm zu erholen, welches ich den ganzen Tag trug. Mit meinen dicken Socken machte ich mich auf in die Küche, um den Rest der Pizza zu wärmen und mir ein Glas Wein einzuschenken.

Mit dieser königlichen Mahlzeit setzte ich mich auf die Couch und scrollte zum ersten Mal seit heute Morgen durch mein privates Handy. Auf dem Social Media Account meiner Schwester sah ich, dass das Rennsport Team, für das sie arbeitete am Wochenende wohl wieder einen Sieg eingefahren hatte. Sie hatte ein Bild gepostet, auf dem sie lachend mit drei ihrer Kolleginnen in den Armen lag. Allegra machte ihrem Namen alle Ehre.

Da hatten unsere Eltern wirklich den perfekten Namen gefunden. Unsere Mutter war Italienerin, wohingegen unser Vater Deutscher war. Und wie das nun mal bei italienischen Frauen so war, hatte sich unsere Mutter bei der Namensgebung durchgesetzt und uns beiden italienische Vornamen gegeben. Allegra, die Fröhliche, passte zu meiner Schwester wie die Faust aufs Auge. Bei mir hingegen, Carlotta, die Freie, war ich mir da nicht so sicher. Denn wenn ich etwas nicht war, dann war es frei.

Ich strich mit dem Daumen über die Wange meiner kleinen Schwester, deren strahlendes Gesicht mir auf dem Handyfoto entgegen lächelte. Ich vermisste sie. Durch ihren Beruf war sie ständig und überall in der Welt unterwegs. Wir sahen uns nur selten, dabei standen wir uns immer schon sehr nahe. Ich verspürte den Drang ihre Stimme zu hören und drückte bereits auf die Taste meines Telefonbuchs. Doch dann hielt ich inne. Mein Handy Display zeigte 23:15 Uhr. Bestimmt schlief Allegra schon.

Kalter Nebel der Enttäuschung umhüllte mich und gleichzeitig war ich sauer. Meine langen Arbeitszeiten hatten mich bereits so viele Freundschaften gekostet. Aber damit nicht genug. ich schaffte es nicht einmal mit den Menschen in Kontakt zu bleiben, die mir am wichtigsten waren.

Kurz entschlossen schrieb ich Allegra eine Nachricht:

„Hallo Schwesterchen.
Mal wieder gewonnen? Wird das nicht langsam langweilig?
Lass uns bald mal telefonieren.
Mach keinen Quatsch und pass auf dich auf.
Carlotta xxx“

Die Antwort folgte prompt:

„Cara mia!
Du hast mich gerade noch erwischt.
Bin im Flugzeug. Gleich Take Off.
Wir sprechen uns bald.
Allegra xxx
PS: Gewinnen wird nie langweilig“

Ich schmunzelte. „Cara mia“, so nannte sie mich immer. „Cara mia“ bedeutete auf Italienisch „Meine Liebe oder meine Teuerste.“ „Cara mia“ war Allegras abgewandelte Redensart und bedeutete so viel wie „Meine liebe Cara (Carlotta)“, wie mir Allegra immer erklärte. Cara war mein Spitzname.

So ganz logisch war das zwar nicht, aber das würde ich Allegra sicher nicht unter die Nase reiben. Im Gegenteil, ich fand es sehr süß von ihr, mir diesen Kosenamen zu geben. Es zeigte mir jedes Mal von neuem, wie wichtig ich ihr war.

Ich schaltete den Fernseher an und wählte eine Episode meiner Lieblingsserie. Verbrecherjagd im TV war jetzt genau das, was ich brauchte. Ich aß meine Pizza und genoss mein Glas Rotwein während ich im Fernsehen die Entführung einer Studentin beobachtete, und das Spezial Einsatz Kommando dabei verfolge, wie sie versuchten das arme Mädchen zu befreien. Als ich nach einiger Zeit merkte, wie die Müdigkeit mich übermannte, schaltete ich den Fernseher aus, stellte das benutzte Geschirr in die Spülmaschine und machte mich auf ins Bad, um mich bettfertig zu machen.

Wenige Minuten später ließ ich mich schließlich erschöpft in die Federn fallen und kuschelte mich in mein Kissen. Ich roch an meinem Duftkissen aus Kräutern und ließ etwas Lavendelöl darauf tropfen. Es roch einfach nur himmlisch und brachte meine Muskeln dazu, sich zu entspannen. Im Nu war ich eingeschlafen. Allerdings war es ein unruhiger Schlaf. Kuriose Träume verfolgten mich und ließen meinen Körper nicht die Ruhe finden, die er so dringend benötigte, wie so ziemlich in jeder Nacht.

Fünf Stunden später klingelte mein Wecker auch schon wieder unerlässlich. Dieser Mistkerl von Wecker kannte wirklich keine Gnade. Mühsam öffnete ich langsam meine schweren Augenlider. Ich war so müde, als hätte ich keine Minute geschlafen. Auch das war keine Überraschung. So war es jeden Morgen, egal ob ich früh oder spät ins Bett ging. Ich atmete einmal tief ein und aus und schaute dann aus dem Fenster, wo mir die ersten Sonnenstrahlen grüßend ins Gesicht schienen. Es half ja alles nichts. Ein weiterer langer Arbeitstag stand bevor. Dabei war gerade einmal Dienstag. Meine Laune sank bei dieser Erkenntnis auf ein Rekordniveau.

Da half nur eins: raus aus den Federn und rein in die Joggingsachen. Ein kleiner Ausflug an der frischen Luft weckte bei mir normalerweise immer die Lebensgeister, die sich so hartnäckig dagegen sträubten, beim Klang des Weckers zu erwachen. Ich schwang entschlossen meine Beine aus dem Bett bevor ich es mir noch einmal anders überlegen konnte und tapste schlaftrunken ins Bad.

Kapitel 2

Heute war wirklich ein traumhafter Tag. Die Sonne stieg immer höher am Himmel und über den Feldern lichtete sich langsam der Nebel der Feuchtigkeit. Zum Vorschein kamen bunte Blumen, die munter zwischen den Gräsern wuchsen. Ein wahrhaft idyllisches Bild. Ich lief an einem Fluss vorbei und entdeckte ein Reh, welches die Vorderbeine spreizte und versuchte, aus dem klaren Wasser zu trinken. Ein Eichhörnchen tanzte dabei wild um das Reh herum. Ob es wohl auf einer Nuss stand, die das Eichhörnchen dort vergraben hatte?

Um dem Treiben ungehindert zuschauen zu können, ließ ich mich in das grüne Gras unter einen großen Kirschbaum fallen. Ich lehnte mich mit dem Rücken an den Baumstamm und beobachtete die Tiere in ihrer Wildbahn. Über mir zwitscherten einige Vögel. Eine leichte Brise strich durch mein Haar. Ich schaute mich um und blickte zwischen den saftig grünen Wiesen und den dichten Wäldern hin und her, während ich dem Wind lauschte, der die Blätter zum Rascheln brachte und den Vögeln, die munter zwitscherten. Irgendwo hämmerte ein Specht gegen einen Baum.

Ich schloss die Augen und sog die frische Luft ein. Ein Augenblick der Zufriedenheit durchströmte mich. Ich war schon immer ein Naturkind gewesen und fühlte mich frei und zufrieden, wenn ich Zeit in der Natur verbrachte. Noch ein paar Sekunden gönnte ich mir diese Idylle. Dann stand ich auf und joggte zu meiner Wohnung zurück.

Ich streifte die Laufsachen ab und machte mich im Bad für die Arbeit fertig. Der Ablauf war mittlerweile routiniert und perfekt abgestimmt. Da heute ein schöner Frühlingstag in den Startlöchern stand, entschied ich mich für ein ausgestelltes, knöchellanges Kleid in leuchtendem Orange und mit dreiviertel Armen, welches mit bunten Perlen bestickt war. Dazu trug ich meine blassgelben Riemchensandalen mit Absatz. Die Haare ließ ich heute kurz entschlossen offen. Ein wenig Concealer unter die Augen, um die Augenringe zu verdecken, Mascara, um meine langen Wimpern zu betonen und ein nudefarbener glänzender Lippenstift rundeten das Ganze ab.

Zufrieden drehte ich mich vor dem Spiegel einmal um mich selbst, schnappte mir meine Handtasche und machte mich auf den Weg zu meinem Wagen.

*****

Ich frühstückte während der Woche eigentlich nie zu Hause. In dieser Hinsicht kam wirklich die Italienerin in mir zum Vorschein. Stattdessen plante ich genug Zeit ein, um vor der Arbeit noch bei meinem italienischen Lieblingscafé vorbeizufahren und mir dort einen Cappuccino, manchmal auch ein leckeres Croissant oder frisch gebackenes Stück Hefekuchen zu gönnen. Der Hefekuchen war die Spezialität des Cafés. Eine Mischung aus deutschem und italienischem Rezept.

Ich liebte dieses Café aus vielerlei Gründen. Zum einen stellte es für mich ein Stück Heimat dar. Obwohl ich fast mein ganzes Leben lang in Deutschland gelebt hatte und dieses Land aufrichtig liebte, so lagen meine Wurzeln jedoch in Italien. Die Sommerferien hatte ich mit meiner Schwester immer bei meinen Großeltern, Tanten, Onkeln, Cousins und Cousinen in Kampanien im Süden Italiens verbracht.

Meine ganze Familie, ausgenommen meiner Eltern, meiner Schwester und mir selbst, lebten noch immer an der so wunderschönen Amalfi Küste. Sie fehlten mir. Kampanien fehlte mir. Der italienische Kaffee fehlte mir manchmal so sehr, dass ich in diesen Momenten Straftaten begehen würde, nur um einen „richtigen" italienischen Kaffee trinken zu können. Das Café *„L'Aurora"*, welches unweit meines Büros lag, war deshalb mein persönlicher Zufluchtsort.

Das Café war klein, gemütlich und absolut authentisch. Man könnte es dort Stunden in den kuscheligen Sesseln zwischen herrlich duftenden Blumensträußen sowie kleinen Orangen- und Zitronenbäumchen aushalten. Aurora, die Besitzerin des Cafés, war in meinem Alter und stammte aus einem Dorf in Kampanien, welches nur dreißig Kilometer von meinem Heimatort entfernt lag.

Als ich das erste Mal die Tür zu dem Café öffnete und sie mich mit „Buongiorno Signora", schelmisch funkelnden Augen und einem warmen Lächeln begrüßte, hatte sie mich bereits auf ihrer Seite. Zudem waren ihre Kaffeekreationen und Backwaren einfach unschlagbar und besser als all das, was ich jemals in meiner Wohnung zu Stande bekäme. Deshalb plante ich jeden Morgen zwanzig Minuten ein, um bei Aurora meinen Arbeitstag zu beginnen und mich mental auf all das einzustellen, was mich an diesem Tag erwarten würde.

Ich bildete mir immer ein, dass der Geruch der Kaffeebohnen im Cappuccino mich besänftigte und die Wärme des Getränks mir die nötige Kraft einhauchte, die ich brauchte, um meine Arbeit stets erfolgreich zu absolvieren.

Oftmals plauderte ich mit Aurora, wenn der Ansturm im Café es zuließ. Als ich das *„L'Aurora"* heute betrete, musste ich jedoch mit Bedauern feststellen, dass bereits recht viel los war. So blieb mir an diesem Tag keine Möglichkeit, mehr als ein paar Worte mit Aurora zu wechseln.

Ich setzte mich in einen der Sessel am Fenster, schlug die Beine übereinander und sah hinaus. Kurz darauf bringt mir die Bedienung meine ersehnte Tasse Cappuccino. Ich liebte Auroras Sinn für Detail. Alles, wirklich alles in ihrem Café hatte sie selbst ausgesucht und in perfekter Harmonie kombiniert. Ihre Kaffee Spezialitäten servierte sie in großen handbemalten Keramik Tassen, von denen jede ein Unikat war. Ich trank den ersten Schluck und merkte sofort, wie das starke Getränk seine Wirkung entfaltete.

Genüsslich trank ich noch ein paar Schlückchen dieser Zauberbrühe und seufzte zufrieden.

*****

Eine halbe Stunde später betrat ich das Großraumbüro, in dem bereits reges Treiben herrschte. Das laute Stimmengewusel aus Telefongesprächen, Kollegen, die miteinander plauderten und bereits anbrechenden Meetings, vermischte sich mit dem

Summen des Kopierers, dem Klingeln von Telefonen und den klackernden Lauten von High Heels auf dem Fliesenboden.

Ich bahnte mir einen Weg zu meinem Büro, begrüßte flüchtig Ida und schloss dann hastig die Tür, um dem lauten Stimmen- und Geräusch- Wirrwarr zu entkommen. Dann ließ ich mich auf meinen Sessel plumpsen, schaltete meinen Computer ein und schloss meinen Laptop an den Monitor an. Viel Zeit bis zu meinem ersten Meeting blieb mir nicht. Da ich bereits am Abend vorher alles vorbereitet hatte, konnte ich mir nun den Luxus gönnen, mich in meinem Sessel umzudrehen und aus dem Fenster auf die Stadt zu blicken.

Die Sonne stieg immer höher am Himmel, auf der Straße herrschte viel Betrieb. Die Menschen dort unten eilten zu ihren Arbeitsplätzen, in einer Hand die Aktentasche oder Handtasche, in der anderen Hand einen stylischen Coffe-to-Go Becher. Nur die alte Eiche ließ sich nicht aus der Ruhe bringen. Ihre für diese Jahreszeit schon erstaunlich vielen Blätter bewegten sich sanft im Wind und sonnten sich in der Morgensonne. Würde ich unter ihr stehen, so würde ich vermutlich das beruhigende Rascheln der Blätter vernehmen, die sich vom Wind kitzeln ließen.

Ich schloss die Augen und versuchte es mir vorzustellen. Es gelang mir tatsächlich, alles um mich herum auszublenden. Augenblicklich befand ich mich unter dem jahrhundertealten Olivenbaum im Garten meiner Großeltern in Ravello. Die langen Arme des majestätischen Olivenbaumes boten Schutz vor der nahezu immer präsenten Sonne Süditaliens und ein kleines Lüftchen ließ die zarten Olivenblätter im Einklang rascheln.

Ich schaute nach oben und sah wie einzelne kleine Sonnenstrahlen versuchten, sich einen Weg durch das dichte Blätterdach des Olivenbaumes zu bahnen. Dann schaute ich nach vorne und mir stockte der Atem. Obwohl ich diesen Ausblick schon hunderte Mal gesehen hatte, so konnte ich es auch nach all den Jahren nicht fassen, dass es so etwas Wunderschönes und Vollkommenes tatsächlich gab. Vor mir, oder besser gesagt tief unter mir, lag das türkisblaue Meer, welches so blau war, dass es schwierig war den azurblauen

Himmel von dem Meerwasser zu unterscheiden. Hier und da schipperten kleine Fischerboote über das Meer. Der Lärm einer vorbeifahrenden Vespa an der Uferpromenade drang bis zu mir nach oben. Um mich herum führten Steilhänge in saftigem Grün nach unten zum Wasser.

Umrandet wurde das Ganze von gelben Mimosen, blauen Schmucklilien, pinken Rosen und hier und da ein paar Sonnenblumen, die am Hang blühten. Ein Sommer in Kampanien, ich konnte ihn förmlich spüren, riechen und sehen. „Carlotta Sie müssen sich unbedingt auf den Weg zu Ihrem Meeting machen. Die anderen sind bereits im Konferenzraum."

Idas Worte rissen mich jäh aus meinem heimatlichen Tagtraum und beförderten mich unsanft in die Gegenwart.

Ich brauchte einen Moment, um mich zurechtzufinden, so real waren diese letzten Minuten des Träumens gewesen. Viel Zeit blieb mir allerdings nicht, also schob ich eilig meine Unterlagen zusammen und machte mich auf den Weg zu dem ersten Meeting des Tages.

*****

„...genau deshalb rate ich dazu abzuwarten. Der Absatz von Black Panther Sports ist im Vergleich zum vorherigen Quartal deutlich eingebrochen, um 27,4 % um genau zu sein. Für den Rest des Jahres rechne ich mit einem weiteren, noch stärkeren Rückgang, was folglich auch einen Umsatzrückgang mit sich zieht. Sie werden das mit ihren Cash Reserven nicht stemmen und schon gar nicht ausgleichen können. Momentan ist das Ganze in dem Quartalsbericht so gut versteckt, dass die meisten Analysen noch nicht dahinterkommen werden. Demnach werden sie ihre Jahresprognose auch nicht merklich senken. Also werden auch die Investoren, privat und kommerziell, ihre Positionen halten, von den normalen gelegentlichen Gewinnmitnahmen einmal abgesehen. Heißt unterm Strich, größere weltweite wirtschaftliche Veränderungen, die außerhalb unserer Kontrolle liegen mal außen vor gelassen, dass der Marktpreis der Aktien von Black Panther Sports voraussichtlich erst mit dem nächsten Quartalsbericht einbrechen wird. Legen wir das Geld also nun in der Firma an, die ich Ihnen auf Portfolio 2 vorgestellt habe, so werden wir im schlechtesten Fall in drei Monaten 20 % mehr Kapital zur Verfügung haben, um die Aktien von Black Panther Sports zu 60- oder 65% des heutigen Markt Preises zu erwerben. Das ist die Strategie mit geringem Risiko, die ich Ihnen empfehle."

Ich hielt inne und sah eindringlich in die Gesichter dieser Runde, die mich interessiert musterten.

Die Aufmerksamkeit aller war mir zu Teil. Hervorragend, denn ich hatte gerade erst begonnen und war noch nicht einmal richtig in Fahrt.

„Nun, meine Herren, lassen Sie mich Ihnen die Mid-Risk und High-Risk Varianten vorstellen, die ein deutlich höheres Gewinn Potenzial mit sich bringen, verbunden natürlich mit einem erhöhten Risiko, welches jedoch sehr zuverlässig kalkuliert werden kann...", fuhr ich fort, als mich das Klopfen an der Tür von Ida, die ihren Kopf hineinstreckte und mich entschuldigend ansah, abrupt verstummen ließen.

„Entschuldigen Sie bitte Carlotta, aber da ist ein Telefonanruf für Sie."

Ich schaute Ida irritiert an. Sie wusste doch, dass ich in Vorstandmeetings auf keinen Fall gestört werden wollte, schon gar nicht wegen irgendeines Telefonanrufs.

„Danke, Ida. Bitte notieren Sie sich die Nummer und sagen Sie, dass ich zurückrufe."

Ida stand unentschlossen an der Tür und trat von einem Fuß auf den anderen.

„Ida, geht es Ihnen gut? Haben Sie verstanden, was ich Ihnen gesagt habe?"

Besorgt schaute ich sie an. Sie war doch sonst nicht so. Nie störte sie mich in so wichtigen Meetings und rumdrucksen war noch nie ihre Art gewesen. Es schien fast so, als würde sie etwas abwägen.

„Frau Sorrentino, wir würden gerne fortfahren", unterbrach einer der Vorstandsmitglieder die drückende Stille.

Ich sah Ida aufmunternd an. „Ida, bitte sagen Sie der Person, dass ich sofort nach meinem Meeting zurückrufe."

„In Ordnung Carlotta“, antwortet Ida und schloss die Türe leise, aber zögerlich hinter sich.

Ich wunderte mich noch einen Augenblick über diesen seltsamen Auftritt, schüttelte dann aber die beunruhigenden Gedanken von mir ab, um mich wieder voll konzentriert meiner Präsentation zu widmen.

*****

Zwei Stunden später entließen mich die Herren schulterklopfend aus dem Meeting. Sie konnten sich letztendlich kaum für eine der Optionen entscheiden, da ihnen alle drei Möglichkeiten sehr zusagten. Deswegen investierten sie nun statt der geplanten 20 Millionen satte 30 Millionen Euro in die von mir entworfenen Low- und Mid-Risk Strategien.

Sichtlich erschöpft aber mit mir zufrieden ging ich in mein Büro, um mir eine Kopfschmerztablette zusammen mit einer fünfminütigen Verschnaufpause zu gönnen. Der Telefonanruf, den ich versprochen hatte zu tätigen, war mir in diesem Moment komplett aus den Gedanken entschwunden. Jedoch sollte dies nicht lange währen, denn kurze Zeit später klopfte es an der Tür und Ida betrat mein Büro.

Sie schaute mich erneut mit diesem besorgten Blick an und schloss dann die Tür hinter sich, nicht ohne sich noch einmal zu vergewissern, dass die Tür auch wirklich verschlossen war. So langsam wurde ich nervös. War etwas mit meiner Familie passiert? An diese Möglichkeit hatte ich eben vor lauter Konzentration gar nicht gedacht.

Erschrocken sprang ich auf und umklammerte die Tischkante fest mit meinen Händen. Erwartungsvoll sah ich Ida an und keuchte erstickt, „Ida, nun sagen Sie schon, was ist passiert? Ist etwas mit meiner Familie?“.

Ida schaute mich mit traurigen Augen an, beeilte sich dann jedoch zu sagen „nein, nein Carlotta, mit Ihrer Familie ist alles in Ordnung. Es ist…nun ja, wie soll ich sagen…Also um es kurz zu machen, Ihre Studienfreundin Mia rief mich vorhin an und teilte mir mit, dass ihre gemeinsame Freundin Emma heute Morgen bei einem Verkehrsunfall umgekommen ist.“

Kapitel 3

Idas Worte hallten laut in meinem Kopf. Immer wieder. Ich war unfähig mich zu bewegen und schaute Ida nur mit weit aufgerissenen Augen an, als ich etwas Nasses auf meiner Hand verspürte. Ich schaute an mir hinab und sah die Tropfen, die auf meine Hand fielen. Mit zitternden Händen wischte ich mir über das Gesicht und merkte erst dann, dass ich weinte.

Ich schaute wieder zu Ida zurück, die mich besorgt musterte. In all den Jahren hatte sie mich noch nie weinen gesehen. Emotional gesehen benahm ich mich auf der Arbeit wie man es von einer stereotypisch Deutschen erwarten würde: Professionell, distanziert und sachlich.

Meine italienische, emotionsgeladene Seite hatte ich in all den Jahren immer sehr gut verstecken können. Allerdings war ich mir nicht sicher, ob es wirklich eine Frage der Nationalität war, wenn man bei der Nachricht vom Tod einer guten Freundin zu weinen begann, oder ob es wohl eher eine universell menschliche Reaktion war. Es war mir auch wirklich egal.

Ich schüttelte den Kopf über die seltsamen Dinge, über die ich gerade nachdachte. Emma ist tot. Emma ist tot, wiederholte ich unentwegt in Gedanken. Mich überkam eine plötzliche Übelkeit und ich schaffte es gerade noch den Mülleimer unter meinem Schreibtisch hervorzuziehen, bevor ich mich meines nicht existierenden Frühstücks entleerte.

Besorgt trat Ida näher, aber ich hob die Hand, um ihr zu signalisieren, dass sie nicht näherkommen sollte. Wenn sie mich jetzt in den Arm nahm, brachen endgültig alle Dämme und die Tränenschleusen würden sich in ihrer vollen Trageweite öffnen.

Ich sah sie an und würgte halb über den Mülleimer gebeugt hervor, „Ida, bitte sagen Sie für heute Vormittag alle Termine ab. Ich muss dringend Mia zurückrufen, aber das werde ich nicht aus dem Büro tun. Ich nehme mir ein paar Minuten, bis ich den Mülleimer nicht mehr als Wachmann benötige und werde dann nach Hause fahren, um sie von dort aus anzurufen. Den Laptop nehme ich wie immer mit, für den Fall das ich heute nicht mehr reinkommen sollte."

Ida nickte. „Natürlich Carlotta, tun Sie das."

Dann schob sie besorgt hinterher. „Soll ich Ihnen ein Taxi rufen? Sie können doch in diesem Zustand kein Auto fahren."

Ich schüttelte den Kopf. „Nein Ida, das ist nicht nötig. Ich schaffe das schon."

Sie sah mich voller Sorge an, nickte dann aber und ging aus meinem Büro, allerdings nicht ohne mir zu versichern, dass sie die Stellung für mich halten würde, solange ich bräuchte, um mich besser zu fühlen.

Als die Tür ins Schloss fiel, schloss ich die Augen und atmete drei Mal tief ein und aus. Wieder füllten sich meine Augen mit Tränen. So konnte ich auf keinen Fall unentdeckt aus dem Büro verschwinden.

Ich nahm den kleinen Spiegel aus meiner Handtasche und betrachtete mein Gesicht. Die Wimperntusche hatte den Tränen nicht standgehalten und meine Augen waren rot wie nach einer allergischen Reaktion. So wird das hier nichts, dachte ich niedergeschlagen und setzte kurz entschlossen meine große Sonnenbrille auf, packte meine Tasche und ging eiligen Schrittes mit ausweichendem, gesenktem Blick aus dem Büro.

Bloß nicht ansprechen lassen, bloß nicht ansprechen lassen, sagte ich mir immer wieder in Gedanken. Als sich die Aufzugtüren hinter mir schlossen, atmete ich erleichtert auf. Nun musste ich nur noch schnellen Schrittes aus dem Gebäude und rein in meinen Wagen.

Ich warf meine Handtasche auf den Beifahrersitz meines Mercedes C63 und stieg hastig ein. Der Motor röhrte als ich den Startknopf betätigte. Auf meinem Handy, welches mit dem Auto verbunden war, suchte ich meine Rock Musik Playlist und sah dabei zwei verpasste Anrufe von Mia.

Das erklärte, wieso sie es im Büro versucht hatte. Ich würde sie zurückrufen - und zwar sehr bald. Sobald ich an einem sicheren Ort war, an dem ich mich verkriechen konnte, ohne dass jemand meine Tränen sah und mein Schluchzen hörte.

Ich stelle die Musik so laut, dass es schon fast in den Ohren weh tat, der Bass meine Brust vibrieren ließ und fuhr los. Schnell lenkte ich den Mercedes durch die Straßen der Innenstadt zur Autobahn und gab Gas.

Dass Emma bei einem Verkehrsunfall getötet wurde, hält mich nicht davon ab, das Gaspedal ganz durchzudrücken. Die Welt zog an mir vorbei, so schnell wie das Leben an einem vorbeizog, bevor es dann ganz plötzlich von einem auf den anderen Moment erlischt. Fast verpasse ich die Ausfahrt, aber da der Wagen so schnell und sicher abbremste wie er beschleunigte, gelang es mir dennoch ohne Umweg nach Hause zu kommen.

Wobei ‚nach Hause' nicht wirklich der passende Begriff war. Denn nach einem Zuhause hatte sich meine Wohnung noch nie angefühlt. Es war ein nett und stilvoll eingerichteter Ort in toller Lage, in der ich meine wenige Freizeit verbrachte. Mehr aber auch nicht.

Ich parkte meinen Wagen, sprang heraus und ging zügig auf meine Wohnung zu. Als die Tür hinter mir ins Schloss fiel, lehnte ich mich erschöpft mit dem Rücken daran und ließ den Kopf in den Nacken fallen.

Die Tür fing meinen schweren Kopf auf, der trotz der Kopfschmerztablette schon wieder heftig pochte. Ich kickte meine hochhackigen Sandalen von den Füßen, goss mir ein großes Glas Wasser ein und wählte Mias Nummer, während ich mich in Zeitlupe auf die Couch sinken ließ.

*****

„Hi, Carlotta, na endlich!", begrüßte mich Mia mit erstickter Stimme bereits nach dem ersten Klingeln.

„Hi Mia", antwortete ich ihr leise.

Dann verstummten wir. Keiner sagte etwas. Die Minuten verstrichen in vollkommener Stille.

Schließlich räusperte ich mich und flüsterte heiser mit angestrengter Stimme, „Was ist denn passiert, Mia?".

Mia antwortete nicht direkt. Ich hörte, wie sie am anderen Ende der Leitung tief einatmete und ein paar Mal versuchte, einen ganzen Satz hervorzubringen, nur um nach den ersten Worten wieder tränenerstickt abzubrechen.

Mia, Emma und ich waren seinerzeit zusammen in München zur Schule gegangen und hatten dann ein paar Jahre an derselben Uni studiert. Wir waren alle drei große „Paris“ Liebhaberinnen und hatten uns deshalb gemeinsam für ein Studium an der Pariser Sorbonne Universität beworben. Wir wurden auch tatsächlich dort angenommen. So kratzten wir nach dem Abi all unsere Ersparnisse zusammen und zogen in eine kleine, aber feine Dreier-WG in das Quartier Marais, mitten im Herzen von Paris.

Regelmäßige Besucherin in unserem winzigen Pariser Mädels Reich war meine kleine Schwester Allegra gewesen, die ich nach diesem Telefon Gespräch mit Mia ebenfalls informieren musste. Mia, Emma und ich verbrachten drei wundervolle Jahre in Paris, bis ich im letzten Studienjahr für zehn Monate einen Austausch an der Universität La Sapienza in Rom machte, Mia nach Madrid und Emma nach Montreal ging.

Das freudige Wiedersehen erfolgte im Jahr darauf bei der pompösen Abschlussfeier in Paris. Den Master absolvierten wir dann wieder alle gemeinsam. Dieses Mal jedoch in London. Zwar an unterschiedlichen Universitäten, da ich Finanzwesen, Mia Politik und Emma Kunstgeschichte studierte, aber wieder in einer Dreier-WG.

Schließlich verließ ich Europa nach dem Studium, um zunächst drei Jahre in einer Consulting Firma in Boston zu arbeiten. Nach weiteren zwei Jahren in Frankfurt zog ich vor etwa zwei Jahren zurück nach München, um wieder näher bei meinen Eltern sein zu können. Mia und Emma dagegen lebten seit ein paar Jahren in Berlin. Endlich schien Mia ein ganzer Satz zu gelingen.

„Es ist heute Morgen auf dem Weg zur Arbeit passiert. Sie war mit dem Fahrrad unterwegs. Ein LKW hat ihr die Vorfahrt genommen und sie überfahren.“

Mia pustete die Luft aus ihren Lungen. Diese zwei Sätze auszusprechen schien sie unendlich viel Kraft gekostet zu haben.

Sie hielt kurz inne und sprach dann so leise, dass sie fast schon flüsterte, „ich helfe dabei den Transport zu organisieren. Ihre Eltern wollen, dass sie zuhause in München beigesetzt wird."

Ich spürte, wie mir erneut die Tränen über die Wangen rannen. Ich bekam kaum Luft bei Mias Worten, die so endgültig klangen. Erst jetzt wurde mir klar, dass Emma weg war. Für immer. Sie würde nie wiederkommen. Wir würden ihr fröhliches Lachen nie wieder hören. Ich schluchzte laut und ließ den Tränen freien Lauf. Mia weinte ebenfalls leise.

„Das Datum für die Beisetzung ist noch nicht ganz sicher, aber es wird wohl entweder am Freitag oder am Samstag sein. Ich nehme den Zug am Donnerstagabend und werde bei meinen Eltern übernachten."

„Ist gut", antwortete ich ihr.

Schluchzend schob ich hinterher, „schreib mir bitte, wenn du das Datum weißt. Wir sehen uns dann, sobald du hier bist."

Nach ein paar weiteren von Schweigen geprägten Minuten am Telefon, in denen keine wusste, was sie sagen sollte und jede ihren Gedanken, ihren Erinnerungen an Emma nachhing und versuchte zu begreifen, was heute geschehen war, legten wir schließlich auf.

Ich nahm einen großen Schluck Wasser und wählte Allegras Nummer. Meine nahezu immer fröhliche Schwester nahm den Hörer nach einer gefühlten Ewigkeit mit einer überschwänglichen Begrüßung ab, merkte dann aber sofort, dass etwas nicht stimmte. Ich holte noch einmal tief Luft und begann ihr in knappen Sätzen von Emmas Tod zu berichten.

Meiner sonst so fröhlichen und recht lauten Schwester hatte es die Sprache verschlagen. Nach einer Weile des Schweigens verfiel sie in einen Wortschwall und fragte mich tausend Dinge, auf die ich keine Antwort hatte. Allen voran die Frage: Warum? Warum Emma? Warum so jung? Warum war das Leben so ungerecht?

Während sie noch mit mir telefonierte, suchte Allegra einen Flug von Norditalien, wo der Firmensitz ihres Motorsport Teams war, nach München. Sie würde am Freitag hier sein.

Wir verabschiedeten uns, da wir beide dringend Zeit brauchten, um das Geschehene zu verarbeiten.

*****

Meine Kopfschmerzen nahmen minütlich zu. Deshalb warf ich eine weitere Tablette ein. Die Welt würde heute ohne mich zurechtkommen müssen, beschloss ich. Ich schrieb Ida eine Nachricht, dass ich heute nicht mehr ins Büro kommen würde und fiel auf dem Sofa in einen unruhigen Schlaf.

In meinen Träumen sah ich Mia, Emma und mich, wie wir uns nach einer unserer langen Schichten im Café *„Le Monde"* in Paris gemeinsam einen Eiskaffee an der Seine gönnten und den Schiffen beim Vorbeifahren zusahen. Die Träume von vergangenen Zeiten in Paris zogen vorüber und nahmen immer beunruhigendere Formen an.

Schließlich fiel ich vom Sofa und schrak hoch, als ich im Traum eine in den Tiefen des Meeres versinkende Emma sah, deren ausgestreckten Arm ich verzweifelt zu fassen versuchte, es aber nicht schaffte. Laut keuchend wurde ich mir bewusst, dass dies alles nur ein böser Traum war und es gelang mir fast, mich zu beruhigen. Doch dann wurde mir schlagartig klar, dass Emma tot war.

Mit einem Mal kehrte der ganze Schmerz wie eine Eisenfaust, die mein Herz unnachgiebig umklammerte, zurück. Sie war fort.

Emma würde nicht wiederkommen.

Kapitel 4

Die folgenden Tage schwebte ich wie auf dunklen Wolken durch das Büro. Es fühlte sich an, als würde alles in Zeitlupe ablaufen. Mein Gehirn schien wie in Watte gepackt. Das war wohl das Resultat des Beruhigungsmedikaments, welches mir mein Arzt verschrieben hatte. Es sollte mir dabei helfen, den Alltag so gut wie möglich zu meistern, und die Schmerzen dabei betäuben. Ich verstand mit einem Mal wieso es Alkohol- und Medikamentenabhängige gab. Das Leben schien so viel einfacher mit diesen Betäubungsmitteln. Man spürte irgendwie...gar nichts, was auf beunruhigende Art guttat.

Und dann kam der Freitag. Und mit dem Freitag Emmas Beerdigung. Anstatt mich auf meine Arbeit zu konzentrieren, schaute ich immer wieder auf die kurze Rede, die ich für die Beerdigung vorbereitet hatte. Unter normalen Umständen würde ich diese Zeilen wohl kaum vorlesen können, ohne in Tränen auszubrechen. Aber mit den verordneten Medikamenten war ich da zuversichtlicher. Außerdem war ich es Emma schuldig. Nicht jeder kannte sie so gut, wie Mia und ich. Aber sie sollten erfahren, was für eine einzigartige Person unsere Emma gewesen war. Jeder einzelne von ihnen.

Nach der Mittagspause und einem weiteren unproduktiven Vormittag im Büro, fuhr ich nach Hause, um mich für die Beerdigung vorzubereiten. Anschließend fuhr ich zu Mias Eltern, um Mia abzuholen. Wir umarmten uns lange und fest, bevor ich den Motor wieder anstellte und wir uns, ohne ein Wort zu wechseln, auf den Weg zur Kirche machten.

Wir waren die ersten. Und das ganz bewusst. Wir betraten die Kirche und setzten uns in eine der vorderen Bänke, während wir auf das gerahmte Foto von Emma schauten, das mit einer schwarzen Schleife versehen war. Mir schnürte sich die Kehle zu und es drohte eine erneute Flut an Tränen. Ich hielt mir die Hände vor die geschlossenen Augen und presste mit meinen Zeigefingern darauf, um die Tränen zurückzuhalten. So saßen wir nun ein letztes Mal zu dritt zusammen: Mia, Emmas Geist oder Seele, wie auch immer man das nennen mochte, und ich. Nur dass dies eine Beerdigung war und keine Hochzeit. Es war Emmas Beerdigung.

Sollte man mit 29 Jahren nicht eher heiraten als sterben? Ich verstand nicht, wie das sein konnte. Wie konnte das Leben so unfair sein? Wie konnte Gott oder was auch immer dort zu sein oder nicht zu sein schien, so grausam sein? Die Antworten darauf würde ich wohl nie erhalten.

Kurz darauf verspürte ich eine warme Hand auf meiner Schulter. Es war Allegra, die gerade vom Flughafen eingetroffen war. Sie gab Mia einen Kuss auf die Wange und setzte sich dann neben mich.

Nach und nach trafen die ersten Trauergäste ein und Mia umfasste meine Hand. Ich wiederum nahm Allegras Hand. Wir würden das durchstehen, für Emma.

*****

Schließlich war es an der Zeit, für Mia und mich nach vorne auf den Altar zu schreiten und den Menschen von Emma zu erzählen. Wir hatten den Text aufgeschrieben für den Fall, dass unsere Emotionen uns einen gnadenlosen Black Out bescheren würden, aber eigentlich verlangte das, was wir zu sagen hatten, keinerlei vorgeschriebenen Text. Mia und ich stellten uns an das Rednerpult. Meine rechte Hand umklammerte die linke Hand von Mia ganz fest. Wir sahen uns an und nickten einander zu. Dann begann Mia.

„Emma, Carlotta und ich waren beste Freundinnen seit dem Tag vor 19 Jahren, an dem wir uns das erste Mal sahen. Wir absolvierten gemeinsam das Gymnasium und waren jede freie Minute zusammen. Es gab keine Geheimnisse, es gab keinen Streit und es gab keinen Neid, nie. Dafür gab es jede Menge Liebe, Freude und Glück. Emma war immer die Stimme der Vernunft, die uns vor so vielen Dummheiten bewahrt hat, uns beschützt hat und uns immer wieder aus der Patsche geholfen hat. Sie war eine hoffnungslose Romantikerin, was sich in ihrer unendlichen Liebe zur Kunst und Geschichte widerspiegelte. Deshalb war jeder Tag in Paris inmitten all dieser Kunstwerke und Bauten ein Geschenk von unschätzbarem Wert für sie, welches sie stets zu würdigen wusste. Sie war dankbar für ihr Leben. Das hat sie immer wieder gesagt, aber eigentlich hätte sie es nicht einmal sagen müssen. Man hat es ihr mit ihrem Strahlen angesehen. Nie verlor sie ein schlechtes Wort über jemanden, nie nörgelte sie herum und nie beklagte sie sich. Im Gegenteil, es schien fast so, als sähe sie nur die guten Dinge im Leben. Wie oft hat sie Carlotta und mich getröstet, als wir mal wieder Liebeskummer hatten. Sie hat uns die Haare hochgehalten, wenn wir uns den Frust und die Traurigkeit auf der Toilette aus dem Leib gekotzt haben und hat die ganze Nacht neben uns Wache gehalten. Dennoch verlor sie nie ein Wort darüber, so, als wäre das alles selbstverständlich. Jedes verdammte Mal."

Mia war sichtlich aufgewühlt.

„Ich denke was Mia sagen möchte", fuhr ich fort, und drückte sanft Mias Hand, „ist, dass Emma ein absolut selbstloser Mensch war. Sie stellte sich selbst nie an die erste Stelle. Das Glück der anderen schien für sie immer Vorrang zu haben. Solche Menschen gibt es nicht oft. All die Jahre konnten wir es oftmals selbst kaum fassen, dass wir das Glück hatten, einen Menschen wie Emma in unserem Leben zu haben, der mehr Engel als Mensch schien. Und vielleicht ist es genau das, was sie war: Ein Engel. Wir finden Trost in dem Gedanken, dass unser Engel nun seine Flügel ausgebreitet hat und eines Höheren berufen wurde. All die Liebe, die sie versprüht hat, wird dort wo sie jetzt ist, sehr viele Menschen sehr glücklich machen. Sie ist ein Vorbild für uns alle, das wird sie immer sein. Ihre Liebe hinterlässt Spuren, in jedem von uns. Sie wird für immer einen Platz in unseren Herzen und in unserer Seele haben. Sie wird immer ein Teil von uns sein und wenn wir mal wieder in der Klemme stecken, dann werden wir Emmas sanfte Stimme hören, die uns sicher den Weg weist."

Ich verstummte. Allegra saß auf der Bank und wischte sich mit einem Taschentuch erfolglos die Tränen aus den Augen. Auch bei Mia und mir drohten alle Dämme zu brechen, also bahnten wir uns, halb von dem Tränenschleier erblindet, den Weg zurück zu unserer Bank.

Dem Rest der Beerdigung folgten wir wie in Trance. Wir hörten kaum, was der Pfarrer noch sagte, und blieben nach dem Ende der Messe noch auf unserer Bank sitzen, bis die anderen Trauergäste die Kirche verlassen hatten. Dann gingen wir langsam Hand in Hand den Weg zu Emmas letzter Ruhestätte.

Wir umarmten ihre Eltern, die mit leeren Augen etwas abseits am Grab ihrer Tochter standen. Jede von uns warf einen Ast mit pinken Kirschblüten auf den Sarg. Dieselben Kirschblüten, die um diese Jahreszeit direkt vor dem Eiffelturm in Paris erblühten, die sie immer so geliebt hatte. Wir blieben stehen und schauten auf den hellbraunen Sarg, der unter uns in der Tiefe lag.

Mich traf ein erneuter Schock und in einem Anfall von Atemnot musste ich von hier weg. Mia und Allegra folgten mir langsam, so, als würde ihnen jeder Schritt unendliche Qualen bereiten.

Am Auto angekommen, trank ich erst einmal einen großen Schluck Wasser und setzte mich auf den Fahrersitz, den Kopf nach unten zwischen meine Beine gebeugt.

„Ragazze lasst uns was Richtiges trinken und kein Wasser“, sagte Allegra und zog aus ihrer Reisetasche, die sie gerade aus dem Seitenflügel der Kirche geholt hatte, ein paar hochprozentige Flaschen Alkohol hervor.

„Na, was ist nun?“, hakte sie nach. „Oder habt ihr etwas Besseres zu tun?“.

„Betrinken klingt klasse“, antwortete Mia. „So beschissen wie der Tag angefangen hat, will ich mich nur noch abschießen und alles hinter mir lassen.“

„Carlotta?“, fragte mich Allegra.

Ich schaute auf die Flaschen und zuckte die Schultern. Sie hatten ja recht. Zumindest für heute würde die Welt dann besser aussehen und was Morgen war, tja darüber wollte ich mir jetzt noch keine Gedanken machen.

„Ja, in Ordnung, andiamo.“

Wir stiegen alle drei in meinen Wagen und fuhren schweigend zu meiner Wohnung zurück.

Kapitel 5

Ich erwachte von den grellen Strahlen der Sonne, die mir gnadenlos ins Gesicht schien. Dennoch schaffte ich es nicht, meine Augen zu öffnen. Mein Schädel brummte und ich hatte einen faden Geschmack im Mund, so als hätte ich Federn mit ekligem Schlamm gegessen. Ja, so musste Schlamm schmecken. Nicht, dass ich je welchen gegessen hätte, aber so in etwa stellte ich mir den Geschmack vor. Schlamm mit dreckigen Entenfedern, so, wie er an der Isar lag, wenn es geregnet hat. Vielleicht noch mit einer Mischung Hundepipi. Wunderbar.

Ich versuchte es noch einmal und unter lautem Stöhnen gelang es mir beim dritten Mal, meine Augen langsam zu öffnen. Augenblicklich schloss ich sie wieder, denn die Sonne hatte bei mir gerade dieselbe Wirkung, wie bei einem Vampir. So wurde das nichts. Unter größter Anstrengung zog ich unter meinem Rücken ein Kissen hervor und hielt es mir mit zehn Zentimeter Abstand vor die Augen. Mia lag auf dem gegenüberstehenden Sofa auf dem Bauch und schnarchte leise vor sich hin. Ihr linker Arm baumelte von der Couch, in der Hand hielt sie noch eine der Schnapsflaschen, die Allegra mitgebracht hatte. Allerdings war sie fast leer. Eine reife Leistung, das musste ich ihr lassen.

Ich sah mich nach Allegra um, aber mein Kopf bestrafte mich sofort mit einem stechenden Schmerz für diese ruckartige Bewegung. Ich ließ mich wieder auf das Sofa plumpsen und schloss für dreißig Sekunden meine Augen, um Kraft zu sammeln. Dann rollte ich mich vom Sofa und ließ mich auf den Boden plumpsen. Das wäre schon mal geschafft. Ganz langsam richtete ich mich auf, hielt mir die Hand vors Gesicht, um mich vor der Sonne zu schützen und tapste auf wackligen Beinen durch die Wohnung. Schließlich fand ich Allegra im Badezimmer. Genauer gesagt schlief sie auf dem Teppich vor der Toilette. Das wurde ja immer besser.

Wenn Emma uns hier sehen könnte, wäre sie stolz auf uns. Nicht. Kurzerhand zog ich meine Klamotten aus, dieselben, die ich auf der Beerdigung getragen hatte, und stieg unter die Dusche. Ich zählte innerlich bis drei und schaltete dann das kalte Wasser an. Sofort musste ich einen lauten Schrei unterdrücken, als das kalte Nass mich traf und wie tausend kleine Nägel auf meinen Körper einstach. Ich ließ mich an der Duschwand hinab gleiten. Nach ein paar Minuten spürte ich gar nichts mehr. Meine Kopfschmerzen ließen ganz langsam nach und meine Augen ließen sich nun besser öffnen. Den Schlamm-Feder-Pipi Cocktail hatte ich ebenfalls aus meinem Mund gewaschen.

Ich fasste nach oben und drehte das Wasser auf dreißig Grad. Eine wohlige Wärme durchströmte mich. Meine Schultern entspannten sich und ließen meine Halsmuskulatur endlich in Ruhe. Im Sitzen schäumte ich mich mit duftender Zitronenseife aus Kampanien ein. Meine Haare wusch ich mit einem speziellen Lavendelöl, welches ebenfalls in derselben Manufaktur in Kampanien, genauer gesagt in Sorrento, hergestellt wurde. Die duftenden Öle ließen meine Lebensgeister langsam zum Leben erwachen und vertrieben die bösen Geister der Nacht und des Vortages. Die Duschtür öffnete sich und Allegra krabbelte hinein.

„Rutsch mal rüber“, war alles, was sie über die Lippen brachte.

Dann lehnte sie den Kopf gegen die Duschwand und ließ das Wasser auf sich niederprasseln. Ich reichte ihr die Seife und das Öl aus unserer Heimat und auch ihr verhalfen diese blumigen Düfte unserer Kindheit, die Dunkelheit um sie herum abzustreifen. Erst als wir das komplette warme Wasser aufgebraucht hatten, stiegen wir aus der Dusche und wickelten uns in große kuschelige Badetücher.

Während Allegra ihre Sachen in mein Gästezimmer brachte, schaltete ich die Kaffeemaschine an und zauberte uns drei wunderbar starke Tassen Kaffee. Vom Geruch des sizilianischen Kaffees wurde nun auch Mia wieder munter. Ohne ihren Kopf von Sofa zu erheben, hob sie ihren Arm, um mir zu signalisieren, ihr den Kaffee an die Couch zu bringen. Unwillkürlich musste ich lächeln.

Eine halbe Stunde später saßen wir alle um den Küchentisch herum, in dicke Badetücher eingewickelt und mit der zweiten Tasse dampfenden Kaffee in der Hand. Es klingelte an der Haustür. Dass ich nur in ein Badetuch gekleidet war, konnte mir gerade nicht weniger egal sein. Meine langen braunen Haare kringelten sich um meine Hüften. Sie waren noch feucht. Die Mühe sie zu föhnen, hatte ich mir nicht gemacht.

Als ich die Tür öffnete, starrte mich der Pizzabote an, als wäre ich ein Fabelwesen. Ich wartete ein paar Sekunden und als er sich noch immer nicht bewegte, winkte ich ihm zu. Jedoch schaute er mir nicht ins Gesicht, sondern sein Blick wanderte an mir herab. Das war mir jetzt doch etwas unangenehm, vor allem weil das Kerlchen sicher erst um die zwanzig war.

Ich legte meinen Zeigefinger unter sein Kinn und hob seinen Kopf an, sodass er mir ins Gesicht sah: „Was macht das bitte?".

Verlegen räusperte er sich und stammelte etwas vor sich hin, was er wohl selbst nicht verstand. Ich schielte auf die Rechnung in seiner Hand und gab ihm den Betrag zusammen mit einem angemessenen Trinkgeld. Er schaffte es tatsächlich mir die Pizzen zu reichen. Dankend drehte ich mich mit den Pizza Schachteln auf den Arm um und stieß die Tür mit meinem linken Fuß hinter mir zu.

Schon bald saßen wir über unsere Teller gebeugt am Tisch und aßen gierig die Pizzen. Unsere letzte Mahlzeit war bestimmt schon fast 24 Stunden her und den Restalkohol im Körper bekämpfte man am besten mit ganz viel Fett, das den Übeltäter durstig aufsaugte.

*****

Nachdem wir uns alle noch eine zweite Runde Schlaf gegönnt hatten, machten wir uns am Nachmittag auf den Weg zur Isar. Wir liefen schweigend nebeneinander am Fluss entlang und warfen Steine in das Wasser. Jede von uns hing ihren eigenen Gedanken nach.

Nach einer guten Stunde Fußmarsch wurde uns auf einmal bewusst, dass wir uns in unmittelbarer Nähe des Friedhofs befanden, auf dem Emma gestern beigesetzt worden war. Wir beschlossen ihr einen Besuch abzustatten. Ihr Grab lag am Ende eines Hangs, der die umliegenden Häuser überblickte. Direkt daneben stand eine kleine Holzbank, auf der wir uns niederließen.

Die Sonne war bereits weit in Richtung Westen gewandert, ein Zeichen dafür, dass es bereits später Nachmittag war. Emmas Ruhestätte war bedeckt mit bunten Blumen, die nun in der Nachmittagssonne intensiv dufteten. Eine Weile sagte niemand von uns etwas.

Schließlich durchbrach Allegra die Stille und fragte uns: „Seid ihr eigentlich glücklich mit eurem Leben? Wenn es Morgen vorbei wäre, würdet ihr sagen, ihr hattet ein erfülltes Leben?“.

Stille.

Ich dachte über ihre Frage nach. Schließlich antwortete ich ihr: „Ich denke wir waren alle sehr glücklich. Wenn ich ehrlich bin waren die Uni Jahre die glücklichste Zeit in meinem Leben. Wir waren alle zusammen, jeden Tag, haben in der Stadt gelebt, die uns damals am meisten fasziniert hat, haben nichts ausgelassen, haben das Leben jeden Tag gefeiert. In den Sommerferien bin ich jedes Mal zu unserer Familie nach Amalfi geflogen und habe den Sommer am schönsten Ort dieser Welt verbracht, inmitten von den Menschen, die mir zusammen mit Emma und Mia am meisten bedeuten, nämlich meiner Familie.“

„Du hast die Uni aber bereits vor 8 Jahren verlassen“, entgegnete mir Allegra trocken. „Was ist mit den vergangenen 8 Jahren?“.

„Nun ja, mit dem Beruf kommt die Verantwortung. Mit dem Arbeitsleben schwinden Freizeit und damit auch Flexibilität. Vor allem die ersten Jahre waren hart. Jeden Tag, nahezu sieben Tage die Woche, 18 Stunden schuften, um mir einen Namen zu machen, mich gegen die Männer Dominanz durchzusetzen und die Karriereleiter schnellstmöglich aufzusteigen."

„Hörst du dir eigentlich selbst zu?", fragte mich Allegra.

„Was willst du jetzt damit sagen?", giftete ich sie an.

„Nicht jeder kann immer nur Spaß haben so wie du und um die Welt jetten, Champagner trinken, verwöhnten Rennfahrern ihr Leben organisieren und hübsch in die Fernsehkameras lächeln. Es gibt auch Leute, die mehr vom Leben wollen."

So wie ich diese hässlichen Worte ausgesprochen hatte, taten sie mir auch schon leid. Das war nicht richtig von mir und ich wusste, dass Allegra einen hervorragenden Studienabschluss in Wirtschaft gemacht hatte und in ihrem Rennstall durch harte Arbeit mittlerweile eine strategische Führungsposition erreicht hatte. Und das mit nur 26 Jahren.

Aber ich merkte, dass es zu spät war, um noch heil aus der Sache herauszukommen, als Allegra aufsprang und mich mit feurigen Augen fixierte.

„Was soll das heißen? Ich will dir mal was sagen! Du bist nicht die Einzige hier, die 18 Stunden Tage ackert und das teils sieben Tage die Woche. Ich fliege das ganze Jahr über rund um den Globus, arbeite unter lauter verrückten Adrenalin Junkies in einem Affenzirkus im Motorsport, als Frau wohlbemerkt, laufe überbezahlten Fahrern hinterher und bringe sie dazu ihre 20 Millionen Dollar Verträge zu erfüllen, während ich dafür sorge, dass der Rennstall genug zufriedene Sponsoren und Kohle zur Verfügung hat, um auch in Zukunft weiter Weltmeisterschaften gewinnen zu können. Denkst du etwa, das ist einfach? Nein, ist es nicht! Es ist Knochenarbeit, jeden verdammten Tag! Aber ich liebe es! Ich liebe die Menschen, mit denen ich zu tun habe. Ich liebe die Orte, zu denen ich reise. Ich liebe die tausenden Fans an der Strecke, die uns zujubeln. Ich liebe den Klang der Motoren, wenn die Autos aus der Box fahren. Ich liebe das Vibrieren in der Brust und das Herzklopfen beim Start eines jeden Rennens. Ich liebe die Podiumszeremonien und den Klang der Hymne. Ich liebe jede einzelne der Herausforderungen, die sich mir jeden Tag von Neuem stellen. Kurzum: Ich liebe mein Leben. Es erfüllt mich.

Abgesehen davon, dass es mit der Liebe nicht hinhaut, habe ich alles, was ich mir wünschen kann. Ich bin zwar längst nicht so wohlhabend wie du, aber mir scheint im Gegensatz zu dir klar zu sein, dass man sich von Geld kein glückliches Leben kaufen kann!“

Allegra war sichtlich aus der Puste, denn sie hatte durchaus nicht in einem leisen Ton gesprochen. Sie war eben eine echte Italienerin, was ihre Gefühle betraf. Der reinste Vulkanausbruch. Beschwichtigend hob ich meine Hände und antwortete Allegra, die vor mir stand, ihre Hände herausfordernd in ihre schmalen Hüften gestemmt.

„Hör zu Allegra, ich habe das nicht so gemeint. Ich bin stolz auf dich, wirklich.“

„Aber?“, erwiderte Allegra zweifelnd.

„Weißt du, es gibt Dinge im Leben, von denen ich dich bewusst fernhalten wollte und will. Du bist wie ein bunter Schmetterling, schwirrst überall umher, lässt dich auf jeder Blume nieder, die dir gefällt und ziehst dann weiter, wohin auch immer der Wind dich trägt. Aber nicht jeder kann ein Schmetterling sein.“

„Hä?“, Allegra sah mich an, als wäre ich nicht ganz richtig im Kopf, also versuchte ich es noch einmal.

„Du bist ein Schmetterling, ich bin eher eine Hummel oder eine Ameise.“

„Du bist doch keine Hummel und auch keine Ameise“, unterbrach mich Allegra fassungslos.

Sie sah mich besorgt an, so als sei sie nicht sicher, ob der exzessive Alkoholkonsum von gestern bei mir möglicherweise fatale Folgeschäden im Gehirn hinterlassen hatte.

„Lass mich bitte ausreden“, erwiderte ich. „Das Leben wird nicht immer rosig und schön sein. Es wird Zeiten geben, in denen man auf Hilfe angewiesen ist. Oma und Opa und auch Mama und Papa werden immer älter. Was ist, wenn sie in Zukunft einmal schwer krank werden und eine teure Therapie oder Medikamente benötigen, die die Krankenkasse nicht zahlt? Was, wenn Geld darüber entscheidet, ob sie weiterleben oder nicht? Was, wenn sie irgendwann nicht mehr allein leben können und Hilfe brauchen. Wer zahlt das dann? Würdest du es über das Herz bringen, Nonna und Nonno in ein Heim zu stecken oder gar unsere Eltern? Natürlich nicht! Weißt du überhaupt, was eine Vollzeit Pflegekraft im Monat kostet? Mehr als du verdienst! Was ist, wenn Reparaturen im Restaurant unserer Großeltern anfallen, die sie allein nicht mehr stemmen können? Willst du, dass wir dann das Haus und das Land in Ravello verlieren, dass seit Generationen im Besitz unserer Familie ist? Um sich abzusichern braucht man Geld, Allegra. Viel Geld. Und genau dafür arbeite ich. Genau dafür stehe ich jeden Morgen auf. Je höher ich die Karriereleiter hinaufsteige, desto schneller füllt sich diese Kasse und desto beruhigter kann ich nachts schlafen. Deshalb bin ich eine Hummel oder eben eine Ameise. Du hingegen bist ein Schmetterling, und ich würde dir niemals deine Flügel abbinden und dich am Fliegen hindern. Denn das würdest du nicht überleben."

Allegra sah mich schockiert aus großen Augen an. Ich hatte ihr das noch nie gesagt und wollte es auch eigentlich nie tun. Aber irgendwie sorgte Emmas Ruhestätte dafür, dass lang unterdrückte Gefühle in uns allen zum Vorschein kamen. Mia, die bisher nichts gesagt hatte, ergriff nun das Wort.

„Aber Carlotta, du kannst dein Leben nicht komplett auf das Wohlergehen anderer ausrichten. Meinst du, es würde deine Familie glücklich machen zu wissen, dass du dein Leben, deine besten Jahre, für sie opferst? Ich denke deine Familie kann ganz gut allein auf sich aufpassen. Sie haben vorgesorgt. Du bist nicht für sie verantwortlich und womöglich würden sie deine Hilfe sowieso nicht annehmen. So stolz wie ich deine Großeltern in Erinnerung habe, würden sie eher auf dein Geld spucken als es anzunehmen. Du würdest sie beleidigen. Deine Familie will, dass du glücklich bist. Sie will, dass du dein Leben lebst. Und die Carlotta, die ich seit fast zwanzig Jahren kenne, war zu ihrer Schul- und Studienzeit immer ein Schmetterling, genauso wie Allegra. Die Wandlung zur Hummel steht dir nicht und eine Ameise bist du erst recht nicht. Hast du nicht gerade mitbekommen, wie schnell das Leben vorbei sein kann? Ich bin mir noch nicht einmal sicher, ob du ein Leben hast. Das hört sich für mich eher nach einem selbst erbauten stählernen Gefängnis an. Carlotta, wach auf! Das bist doch nicht du!"

Wie um ihren Worten Nachdruck zu verleihen wirbelte auf einmal aus dem Nichts eine starke Windböe die Blüten auf Emmas Grab auf. Ein paar der Kirschblüten flogen in einem kleinen Wirbelsturm durch die Luft.

Wir starrten gebannt auf das Schauspiel vor unseren Augen.

„Siehst du", flüsterte Allegra ehrfürchtig, „Emma stimmt uns zu."

*****

Als es schließlich dunkel wurde, verabschiedeten wir uns von Emma und fuhren mit dem Taxi zurück zu meiner Wohnung. Wir schauten uns gemeinsam einen Film an und gingen dann zeitig zu Bett. Die durchzechte Nacht steckte uns noch in den Knochen. Wir waren eben keine zwanzig mehr.

Am nächsten Morgen machte sich Mia auf zu ihren Eltern, um den Sonntag vor ihrer Rückreise nach Berlin mit ihnen zu verbringen. Ich begleitete Allegra zum Mittagessen zu unseren Eltern. Allegra, die unsere Eltern nicht so oft sah wie ich, blieb den Rest des Tages dort, während ich nach Hause zurückfuhr, um einiges an Arbeit aufzuholen, die in der letzten Woche liegen geblieben war. Am Montagmorgen vor der Arbeit brachte ich Allegra zum Flughafen.

Allegra umarmte mich fest und flüsterte mir zum Abschied ins Ohr: „Hab Vertrauen Cara. Das Leben ist ein Geschenk. Emma wurde es genommen, aber du hältst es noch immer in deinen Händen. Fang an zu leben! Tu es, bevor es zu spät ist. Für dich, für mich, für Emma."

Ich umarmte Allegra und verdrückte ein kleines Tränchen bei dem Gedanken an Emma und bei dem Gedanken, Allegra erneut in die weite Welt entlassen zu müssen, ohne zu wissen, wann ich sie das nächste Mal sehen würde. Dann jedoch setzte Allegra ihr breites Lächeln auf und prompt musste ich ein wenig grinsen. Sie war wahrhaftig einzigartig.

„Ci vediamo cara mia", rief sie mir zu. Dann drehte sie sich schwungvoll um und verschwand im Gewusel der Abflughalle.

Kapitel 6

Die Woche zog vorüber und war vollgepackt mit Arbeit. Ich war sehr damit beschäftigt, das Arbeitspensum der Vorwoche aufzuarbeiten. Jedoch ließ mich das Gespräch mit Mia und Allegra an Emmas Grab nicht mehr los. Immer wieder rief ich mir ihre Worte ins Gedächtnis. Und auch Emmas Tod nagte schwer an mir. Ich vermisste sie. Zudem hatte sich auf einmal eine fiese Stimme in meinen Kopf geschlichen, die mir immer wieder die gleiche Frage stellte: ‚Führst du ein erfülltes und glückliches Leben?'

Würde ich Morgen sterben, ganz plötzlich aus dem Leben gerissen werden, so wie Emma, würde meine Seele dann ihren Frieden mit meinem sterblichen Leben finden? Würde sie zufrieden in den Himmel aufsteigen (vorausgesetzt es gab eine Seele und einen Himmel und vorausgesetzt, ich käme nicht eher in die Hölle)? Oder wäre sie unglücklich darüber, wie ich mein Leben verbracht hatte? Verschwendete ich eigentlich mein Leben oder machte ich alles richtig? Worauf kam es überhaupt im Leben an? Ich meine, wie sollte man die Dinge im Leben denn gewichten? Bei dem Versuch, die Wichtigkeit von Geld, Unabhängigkeit, Karriere, Liebe, Familie, Freunde und Freizeit prozentual einzuteilen und zu klassifizieren, war ich bisher kläglich gescheitert. Außerdem wusste ich nicht, wie ich Glück in die Gleichung einbringen sollte. War Glück eine separate Variabel in dieser Gleichung oder war Glück in all diesen Komponenten bereits enthalten? Und wenn es bereits in diesen Dingen enthalten war, gewichtete es dann überall gleich oder war mehr Glück in Geld enthalten als in Freizeit, also darin, sich das Leben so einzuteilen, wie man gerade Lust hatte? Andererseits führte Geld ja auch dazu, dass man sich bestimmte Dinge in seiner Freizeit leisten konnte, die einem dann wiederum Glück bescherten, so wie z.B. ein Kinobesuch, eine großartige Reise oder ein sportliches Motorrad. Und was war eigentlich Glück? Ich hatte es gegoogelt, mich durch die verschiedensten Webseiten gelesen, ohne Erfolg. Niemand konnte konkret in einem Satz festhalten, was Glück war. Jeder hatte irgendwie seine eigene Auffassung davon. Wie sollte man denn etwas finden oder in sein Leben lassen, wenn man noch nicht einmal genau wusste, was es eigentlich war, was es ausmachte oder wie es aussah bzw. sich anfühlte?

Ich hatte zu Allegra gesagt, dass ich vor allem in meiner Studienzeit glücklich war. Also hatte ich mir ja doch irgendwo in meinem Kopf eine Definition von Glück gebastelt. Wie sonst konnte ich sagen, dass ich in den Jahren in Paris und auch in London besonders glücklich war? Aber trotzdem konnte ich es nicht in Worte fassen.

Es brachte alles nichts. Je mehr ich darüber nachdachte, desto verwirrter wurde ich.

Während ich mir noch darüber den Kopf zerbrach, klopfte es an meiner Tür und ich wurde zu meinem nächsten Meeting gerufen.

*****

Gegen 20 Uhr endete mein letztes Meeting des Tages. Während ich in der einen Hand die Börsen Analysen des Tages hielt und sie aufmerksam durchsah, tastete ich mit der anderen Hand nach meinem Schreibtischstuhl und zog ihn zu mir heran. Ich kickte meine Pumps in die Ecke, überkreuzte meine Beine und streckte sie von mir. Ida war bereits nach Hause gegangen und auch sonst war das Büro um diese Uhrzeit an einem Freitagabend nur noch spärlich besetzt.

Nachdem ich die Analysen gegen 22 Uhr alle ausgewertet hatte, angelte ich mein privates Telefon aus meiner Handtasche, die auf einem weiteren Stuhl hinter meinem Schreibtisch stand und beschloss kurzerhand meine Großeltern anzurufen. Ihr Restaurant in Ravello hatte zwar so gut wie jeden Tag bis 23 Uhr geöffnet, aber so genau nahm man das in Süditalien nicht und da oftmals die ganze Familie mithalf, hatte ich normalerweise immer das Glück, jemanden ans Telefon zu bekommen.

Nach dem dritten Klingeln hob meine Großmutter das Telefon ab.

„Sorrentino Buonasera“, erkannte ich ihre Stimme aus dem Telefon.

„Si nonna, sono io, ich bin es, Carlotta“ antwortete ich ihr.

„Carlotta, che bello“, ertönte es so laut aus dem Telefon, dass ich es mir ein Stück vom Ohr weghalten musste.

Es folgte eine fünf minütige Standpauke darüber, wieso ich mich nicht öfter meldete und was für eine schlechte Enkelin ich doch sei. Danach ging sie ohne Unterbrechung direkt zum neusten Klatsch und Tratsch der Costa Amalfitana über und berichtete wie ein Wasserfall, ohne Punkt und Komma, über Dinge, von denen ich, wenn überhaupt, nur die Hälfte verstand. Irgendwann raschelte es in der Leitung und die Stimme meines Großvaters ertönte am anderen Ende.

„Jetzt hat deine Großmutter eine Ewigkeit geredet aber die wichtigste Frage hat sie dir nicht gestellt. Das ist typisch, du kennst sie ja.“

„Typisch? Typisch? Was soll das denn heißen?“, ertönte die Stimme meiner Großmutter empört im Hintergrund.

Ich hörte, wie man Großvater sich vom Telefon abwandte, und eine leidenschaftliche aber vor allem laute Diskussion im Hintergrund entfachte. Ich musste lächeln. So war sie, meine verrückte italienische Familie.

„Was ist denn nun diese wichtige Frage nonno?“, rief ich in das Telefon.

Jedoch ohne Erfolg. Meine Großeltern waren noch zu beschäftigt damit, sich zu streiten. Ich seufzte als es erneut in der Leitung raschelte und ich den freudigen Schrei meiner Cousine Giorgia verzeichnete.

„Ciao bella“, begrüßte sie mich überschwänglich.

„Ciao Giorgia“, antwortete ich ihr freudig.

„Wie geht es dir Cara?“

Es entstand eine Pause. Dann holte ich tief Luft und erzählte ihr von den Ereignissen der letzten Tage bzw. Wochen.

*****

Es war still geworden am anderen Ende der Leitung. Ich hatte gar nicht mitbekommen, dass auch meine Großeltern verstummt waren. Auch sie kannten Emma, denn Mia, Emma, Allegra und ich hatten in unserer Jugend so manchen Sommer zusammen in Ravello bei meiner Familie verbracht. Nachdem ich ihnen alles erzählt hatte, ergriff mein Großvater wieder das Wort.

„Carlotta, Liebes, warum kommst du nicht mal wieder zu uns? Es ist schon so lange her, seit du das letzte Mal hier warst und es scheint so, als wäre ein Frühsommer in Amalfi jetzt genau das, was deiner Seele guttun würde. Zumal unser Restaurant dank deiner Marketing Kampagne so viel Zulauf gewonnen hat, dass wir dringend Unterstützung bräuchten. Ab Mai beginnt wieder die Hochsaison und mir graut es schon davor, wenn hier auf einmal die Menschen Schlange stehen. Wie wäre es, wenn du herkommst und uns hilfst? Schließlich hast du uns das alles eingebrockt. Außerdem wollen die Gäste unsere Pasta und Saucen kaufen. Sie wollen sie mit nach Hause nehmen. Ob wir unsere Produkte verkaufen, fragen sie uns. Kannst du dir was vorstellen?“.

„Siiiii“, hörte ich die Stimmen von Giorgia und meiner Großmutter im Hintergrund.

Ich konnte ihr aufgeregtes Nicken förmlich vor mir sehen und musste unwillkürlich lächeln.

Ich hatte es meiner Familie also eingebrockt, dass ihr schnuckeliges kleines Restaurant am Rande von Ravello auf einmal noch beliebter war als vorher? Alles, was ich getan hatte war, eine suchmaschinenoptimierte Webseite zu erstellen, auf der neben Fotos des Restaurants auch die Speisekarte sowie die Geschichte meiner Familie präsent waren. Wer hätte gedacht, dass dadurch so ein großer Zulauf entstehen würde?

Aber eigentlich war das kein Wunder. Meine Familie stellte seit Generationen Pasta selbst her. Frische, von Hand geformte Pasta. Dazu unvergleichliche Soßen aus Fisch, Käse, Gemüse und Kräutern mit frischen Zutaten vom Markt. Mit jedem Bissen schmeckte man den Zauber der Costa Amalfitana, während man unter uralten Oliven-, Orangen- und Zitronenbäumen im Garten des Restaurants saß und auf das azurblaue Meer am Horizont sah. Umrandet wurde das Ganze von dem bunten Rosengarten meiner Nonna. Ein duftendes Blütenmeer unter süditalienischer Sonne.

Ich konnte es förmlich spüren, wenn ich die Augen schloss. Bisher war das Ganze eher ein Geheimtipp gewesen, aber seit ich ihnen diese online Präsenz erstellt hatte, hatte sich dieser Geheimtipp zu einem absoluten Hotspot gewandelt.

„Ich schaue mal, ob ich mich für ein paar Tage freischaufeln kann", antwortete ich ihnen wahrheitsgemäß.

„Du schaust mal?", entgegnete mein Großvater empört. „Was heißt denn, du schaust mal? Si o no? Keine Ausreden Carlotta."

Ich konnte förmlich spüren, wie meine Großmutter und meine Cousine im Hintergrund gespannt die Luft anhielten. Was war das doch für eine komische Familie. Aber sie hatten ja recht. Ich hatte sie wirklich lange nicht mehr besucht. Meine Großeltern waren mittlerweile beide jenseits der siebzig und wenn sie auf einmal mit einem riesengroßen Andrang an Gästen konfrontiert wurden, nachdem sie ihr ganzes Leben lang eher den gemütlichen La Dolce Vita Lebensstil gewohnt waren, dann konnten sie Hilfe in der Tat gut gebrauchen. Und ich konnte etwas Abstand gut gebrauchen.

Es war an der Zeit auszubrechen und die Trauer der letzten Wochen zumindest für eine kurze Zeit hinter mir zu lassen. Mein letzter Urlaub war viel zu lange her, und die angesammelten Urlaubstage müssten locker für fünf Monate reichen. Mein größtes Projekt stand kurz vor dem Abschluss. Wenn alles gut lief, wäre Ende kommender Woche alles unter Dach und Fach, die Firma um einige Millionen reicher und mein Boss selig von dem erneuten Geldregen.

Das wäre der optimale Zeitpunkt, um einen Urlaub anzufragen.

„Also gut. Ich komme", antwortete ich geschlagen.

„Bravo, bravo", ertönte es am anderen Ende der Leitung.

Ich hörte meinen Großvater freudig reden, der wohl gerade den ganzen noch anwesenden Gästen des Restaurants erzählte, dass seine Enkelin aus Deutschland zu Besuch käme.

„Ich rufe euch an sobald ich meinen Flug gebucht habe."

„Ja, tu das, Liebes. Wir freuen uns auf dich“, rief mir Giorgia durch den Hörer entgegen. „Ich komme dich dann vom Flughafen abholen.“

Kapitel 7

Zwei Wochen später war es dann endlich soweit. Es war der letzte Samstag im April, als ich aus der S-Bahn am Flughafen München stieg und den Schalter für den Flug nach Neapel suchte.

Die nächsten Wochen würde ich bei meiner Familie in Ravello verbringen. Nun, da ich endlich am Flughafen stand und mein Ticket in der Hand hielt, konnte ich meine Freude kaum noch verbergen. Mit dem Ticket in der Hand schien das Ganze auf einmal so real. Bis zuletzt hatte ich gedacht, dass bestimmt wieder irgendetwas dazwischenkommen würde, aber nun stand ich tatsächlich hier am Gate.

Auf der Anzeige Tafel vor mir blinkte in Großbuchstaben: Flug 378 nach Neapel. Abflug 11:20 Uhr. Ich schaute auf meine Handy Anzeige und da es erst 10 Uhr war, beschloss ich in der Lounge gemütlich einen Kaffee zu trinken. Einer der Vorteile meines Berufs war es, dass man in der Business Class auf Geschäftsreisen mehr Meilen sammelte, als man ausgeben konnte. Der Business Lounge Zugang war dabei ein netter Nebeneffekt.

Ich nahm die Tageszeitung aus dem Ständer, ließ mich in einen der gemütlichen Sessel fallen und bestellte mir einen cremigen Cappuccino. So ließ es sich doch auf den Abflug warten. Eine Stunde später saß ich endlich im Flugzeug und schaute den anderen Menschen beim Einsteigen zu.

Was für eine bunte Mischung aus Menschen in diesem Flieger saß. Ich fragte mich, was diese Menschen wohl nach Neapel führte und wer dort auf sie wartete. In diesen Flieger passten sicher an die 200 Menschen. Jeder von ihnen mit einem eigenen Leben. Über keines davon wusste ich jedoch etwas.

Ich schüttelte den Kopf über meine komischen Gedanken und beschloss mir meine Kraft für später aufzusparen. Denn eines war sicher: von dem Moment an, in dem ich einen Fuß in das Haus meiner Großeltern setzen würde, war es vorbei mit der Ruhe. Meine Großeltern hatten regelmäßig die ganze in Amalfi ansässige Familie zu Besuch. Diese bestand aus drei Tanten, drei Onkel, acht Cousinen und sechs Cousins. Dann waren da noch die Geschwister meiner Großeltern und deren Kinder.

Ich steckte mir also meine Kopfhörer in die Ohren, wählte meine Italien Playlist aus und schloss die Augen.

Als ich die Augen das nächste Mal öffnete, waren wir bereits im Landeanflug auf Neapel.

*****

Am Flughafen Neapel herrschte wie immer reges Chaos. Ich suchte das Kofferband, um meinen Koffer in Empfang zu nehmen und fiel fast um bei dem Versuch, ihn vom Band zu hieven. Vielleicht war mein Outfit doch nicht so gut zum Reisen geeignet, wie ich dachte.

Ich trug mein sommerliches Hippie Kleid in sonnigem Gelb, welches zwar bis zu den Knöcheln reichte, jedoch ab der Mitte der Oberschenkel komplett gefranst war und somit einen recht guten Blick auf meine Beine bot. Ich hatte es nicht gekauft, weil ich besonders sexy wirken wollte, sondern weil es so flippig und gleichzeitig auch richtig bequem war. Jedoch merkte ich jedes Mal, wenn ich das Kleid trug, wie die Blicke sämtlicher Männer an den Fransen hängen blieben. Dazu trug ich meine bunten Sandalen mit 8 Zentimeter Keilabsatz.

Ich hatte mir eingeredet, dass der Keilabsatz die Absatzhöhe durchaus kompensieren würde. Jedoch hatte ich diese Rechnung ohne meinen schweren Koffer gemacht. Also versuchte ich so galant wie möglich, meinen Koffer vom Band zu hieven, ohne zu viel von meinem Körper preiszugeben und möglichst, ohne hinzufallen. Als ich diese Mission nach einer halben Ewigkeit erfolgreich erfüllt hatte, machte ich mich auf in Richtung Ausgang. Ich suchte während dem Gehen nach meinem Handy in meiner beigen Korbtasche (warum musste sie auch so groß sein?), als mir mein Reisepass aus der Hand glitt und zu Boden fiel.

Leise fluchend blieb ich stehen, als ich aus dem Augenwinkel sah, wie jemand niederkniete und nach meinem Reisepass griff. Als ich den Blick auf die Person richtete, stockte mir der Atem. Zwei dunkelbraune, nahezu schwarze Augen fixierten finster mein Gesicht. Ich starrte zurück in diese dunklen, nahezu teuflischen Augen. Ich wusste nicht, wie lange wir so verharrten. Bestimmt waren es nur wenige Sekunden, aber es kam mir wie lange Minuten vor. Dann jedoch wanderte sein Blick zu meinen Schuhen und blieb schließlich an meinen Oberschenkeln hängen, die zwischen den Fransen des Kleides hervorschauten. Ich war unfähig meinen Blick von ihm zu lösen. Ihm schien es genauso zu gehen.

Für einen Moment dachte ich, dass ich diesen Mann kannte. In meinem Kopf ratterte es wie verrückt. Ich blickte auf die muskulösen Arme des seltsamen Fremden, die unter seinem engen schwarzen Hemd gut zur Geltung kamen. Einen Arm hatte er lässig über sein Knie gelegt. In der anderen Hand hielt er meinen Reisepass. Seine rechte Hand zierte ein großes schwarzes Tattoo. Drei gekreuzte Schwerter zierten seinen Handrücken. Die Fingerknöchel der linken Hand waren allesamt mit einzelnen Symbolen tätowiert. Sein pechschwarzes Haar fiel ihm locker in die Stirn und ein schwarzer drei-Tage-Bart umrandete sein Gesicht. Eine Narbe zog sich wie ein Blitz durch seine rechte Augenbraue.

Aber Moment mal! Diesen Blitz kannte ich doch. Aber das war ganz und gar unmöglich. Das konnte nicht sein. Ausgeschlossen. Oder etwa doch?

Noch während ich ihn wie vom Donner gerührt betrachtete, richtete er sich auf und setzte seine schwarze, verspiegelte Sonnenbrille auf. Ich konnte seine Augen und die Blitz Narbe nun nicht mehr erkennen. Wortlos reichte er mir meinen Reisepass. Ich zögerte kurz und griff dann danach. Unsere Finger berührten sich für den Bruchteil einer Sekunde und mir war, als hätten mir seine Finger einen Stromschlag verpasst.

Ruckartig zog ich meine Hand zurück und sah ihn an. Immer noch sagte niemand etwas. Ich sollte mich bedanken, sollte ihn nach der Narbe fragen, aber irgendwie funktionierten die Synapsen in meinem Gehirn gerade überhaupt nicht. Ich war unfähig, auch nur ein Wort hervorzubringen. Der Fremde verzog keine Miene. Kein Lächeln. Er drehte sich einfach um und verschwand in der Menschenmenge.

Verwirrt schaute ich ihm hinterher. Wie lange ich dort stand, konnte ich nicht mit Gewissheit sagen. Erneut kamen es mir wie Minuten vor. Wahrscheinlich jedoch waren es wieder nur ein paar Sekunden.

*****

Das aufgeregte Rufen meiner Cousine Giorgia holte mich jäh in das Hier und Jetzt zurück. Mit großen Schritten lief sie auf mich zu und umarmte mich so fest, dass ich schon Angst hatte zu ersticken. Sanft umhüllte mich ihr blumiges Parfüm und ich fühlte mich sofort etwas sicherer. Nachdem sie mich ausgiebig gemustert hatte und anscheinend nichts an meinem Aussehen auszusetzen hatte, machten wir uns auf den Weg zu ihrem Wagen, den sie natürlich mitten im Halteverbot geparkt hatte.

Die beiden Polizisten, die gerade dabei waren, ihr einen Strafzettel auszustellen, bedachte sie mit ein paar Kusshänden und warf sich dann mit einer lasziven Geste ihre langen Haare über die Schulter. Im Nu war der Strafzettel vergessen und die Polizisten waren extrem bemüht, meinen schweren Koffer auf das Heck des uralten sonnengelben Fiat 500 zu laden.

Giorgia bedachte jeden von den beiden mit einem Küsschen auf die Wange und nutzte dann die Gunst der Stunde, um schnell davon zu düsen. Ich schaute sie an und als sich unsere Blicke trafen, fingen wir beide an zu kichern. Da war ich nun also. Ich war wieder in Kampanien. Und es hatte sich nichts verändert.

Giorgia suchte über dem Fahren im dichten Verkehr von Neapel ihre aktuelle Playlist und verband das Handy mit dem tragbaren Lautsprecher.

„Un'estate Italiana" von Edoardo Bennato und Gianna Nannini tönte aus dem Lautsprecher.

Wir kurbelten unsere Fenster hinunter und fuhren laut singend über die Serpentinenstraßen nach Ravello.

Ich war zuhause. Und der Fremde, der vielleicht alles andere als fremd war, war vergessen.

Zumindest für den Moment.

Kapitel 8

Als wir den letzten Teil der steilen Küstenstraße von Sambuco nach Ravello entlangfuhren, zeigte sich das azurblaue Meer der Amalfi Küste unter strahlendem Sonnenschein, so, als wolle es mich nach all den Jahren endlich wieder willkommen heißen.

Giorgia lenkte den kleinen Fiat in eine der schmalen Seitenstraßen von Ravello, als auch schon meine Großeltern aus ihrem Restaurant gelaufen kamen, die Wagentür aufrissen und mich fast schon aus dem Wageninneren hinaus zerrten.

Wieder einmal bekam ich fast keine Luft, so fest wurde ich bei ihrer Umarmung umklammert. Ich ließ das Willkommensprozedere widerstandslos über mich ergehen. Alle sprachen laut durcheinander, sodass ich gar nichts verstand. Also lachte ich einfach nur und ließ mich auch zum fünften Mal fest drücken.

Schließlich beruhigten sich alle wieder und während mein Großvater meinen Koffer vom Heck des Fiats abschnallte und auf mein Zimmer trug, ging ich mit meiner Großmutter und Giorgia in das *„Il Sorrentino"*, unser heimeliges italienisches Restaurant. Mittlerweile war es fast 15 Uhr, was bedeutete, dass sich momentan keine Gäste im Restaurant aufhielten. Die Mittagsküche war seit 14:30 Uhr geschlossen und würde erst wieder zum Abendessen um 19 Uhr öffnen.

Ich ging direkt durch bis in die Küche, und setzte mich dort zu Giorgia an den alten Holztisch, der in er Mitte des Raumes stand. Da stellte meine Nonna uns auch bereits zwei dampfende Teller Paccheri mit frischer Tomatensoße und Basilikum auf den Tisch. Eifrig griffen wir zur Gabel und ließen es uns schmecken. Jeder Bissen war ein wahrhaftiger Genuss.

Nach dem Essen verabschiedete sich Giorgia und auch mich überkam mit einem Mal eine große Müdigkeit. So beschloss ich mich ein Weilchen in mein Zimmer zurückzuziehen. Ich öffnete mein Fenster und blickte hinaus.

Aus dem Fenster im zweiten Stock hatte ich einen fantastischen Ausblick auf die hängenden Gärten hinter unserem Haus.

Der Garten meiner Großeltern verteilte sich auf drei untereinander liegende Hänge und führte bis zum eingezäunten Abhang, an dem es steil zum Meer hinunter ging. Die rustikalen Holztische mit ihren grün-rot-weißen Stofftischdecken standen im sanften Schatten der uralten Bäume: Oliven, Orangen und Zitronen. In den Bäumen hingen bunte Glühbirnen und Laternen, die in der Abenddämmerung und Dunkelheit der Nacht für angenehmes Licht sorgten.

Erschöpft ließ ich mich aufs Bett fallen. Eine Klimaanlage gibt es hier nicht und obwohl es erst Ende April war, stand die Hitze bereits in den höheren Stockwerken des Hauses.

Die leichte Brise, die durch das Fenster wehte, strich um meine Nase und sorgte schon bald dafür, dass ich tief und fest einschlief.

*****

Ich wurde von gedämpftem Gelächter geweckt. Im ersten Moment wusste ich nicht, wo ich war und ich schaute mich suchend um. Dann sah ich die unverkennbaren, bunt bemalten Fliesen an der Wand und den alten von Hand bemalten Holzschrank. Ein Lächeln stahl sich auf mein Gesicht. Ich war zuhause!

Als ich aus dem Fenster blickte bemerkte ich, dass die Sonne bereits recht tief stand, was mich erkennen ließ, dass ich wohl bis in den Abend hinein geschlafen haben musste. Ein Blick auf mein Handy verriet mir, dass es bereits kurz nach 19 Uhr war. Die ersten Gäste saßen bereits an den Tischen im Garten.

Schnell steckte mir die Haare hoch und eilte unter die Dusche. Mit einer Hand hielt ich mein Handtuch um den Körper geschlungen und mit der anderen Hand zerrte ich den Koffer auf mein Bett. Ich wühlte mich durch den Inhalt und entschied mich für ein wadenlanges weißes Kleid, welches mit gelben Sonnenblumen bestickt war. Passend dazu legte ich die Sonnenblumen Kette an, die wunderbar zu dem Ausschnitt des

Kleides passte sowie mein goldenes Fußkettchen und die mit Gold Glitzer gesprenkelten braunen Sandalen. Schnell sprühte ich mir noch etwas Parfüm auf die Handgelenke und den Hals und drehte mich dann einmal vor dem Spiegel um die eigene Achse. Für Makeup hatte ich definitiv keine Zeit mehr. Meine Haare ließ ich hochgesteckt, sodass sie zumindest etwas nach Frisur aussahen.

Ich eilte die Treppe hinunter in die Küche, wo schon reges Treiben herrschte. Die nächsten drei Stunden verbrachte ich damit, Bestellungen aufzunehmen sowie Essen und Getränke zu servieren. Ich kam keinen Augenblick zur Ruhe, denn das Restaurant füllte sich wirklich schnell.

Als es gegen 22 Uhr endlich ruhiger wurde, zieht mich Giorgia beiseite.

„Carlotta, bist du noch fit genug, um mir bei einer, nun ja, sagen wir speziellen Gesellschaft zu helfen?", fragte sich mich.

„Spezielle Gesellschaft?", schaute ich sie fragend an.

„Don Mario und Familie", erwiderte sie.

„Don Mario und Familie", wiederholte ich unnötigerweise gedankenverloren.

Don Mario Leone war der Patrone einer der führenden Mafia Familien von Kampanien. Seine Familie kontrollierte so ziemlich alles, was es in der Region zu kontrollieren gab und sein Einfluss reichte von Rom bis nach Sizilien, wie man munkelte. Er und mein Großvater waren zusammen zur Schule gegangen und seit jeher, tja, wie sollte ich sagen…einander verbunden traf es wohl ganz gut. Mein Großvater wollte mit den Geschäften der Mafia nichts zu tun haben und Don Mario akzeptierte das. Dennoch behielt er es sich vor in unserem Restaurant, dem *„Il Sorrentino"*, hin und wieder zu essen.

„Ach vergiss es. Das war eine blöde Idee von mir. Ich mach das schon", beeilte sich Giorgia zu sagen, der mein Zögern nicht entgangen war. Sie kannte auch den Grund dafür.

„Giorgia, ist schon in Ordnung. Warum machst du nicht schon mal die Abrechnungen und ich nehme derweilen die Bestellung auf?", schlug ich Giorgia entschlossener vor, als ich mich fühlte.

„Bist du sicher?“, erwiderte sie zweifelnd.

„Na sicher bin ich sicher“. Ich setzte mein, wie ich hoffte, zuversichtlichstes Lächeln auf und drehte mich dann um, um zu der Gesellschaft zu gehen, die etwas abseits im untersten Teil des Gartens direkt am Steilhang saß.

Die spezielle Gesellschaft bestand aus fünf Personen, so wie ich das erkennen konnte. Don Mario, der Statur nach zu urteilen zwei seiner Leibwächter, sowie zwei weitere Personen, die ich nicht kannte. Dann jedoch sah ich in der Dämmerung eine weitere Person, die mit dem Rücken zu mir unter dem uralten Olivenbaum unseres Gartens stand. Der Unbekannte hatte eine Hand in der Hosentasche vergraben und hielt in der anderen Hand ein Handy, mit dem er telefonierte, während er auf das Meer vor ihm blickte, welches nur noch von den Straßenlaternen am Ufer sowie den kleinen Lichtern vereinzelter Boote erhellt wurde.

Ich war mir nicht sicher, ob der Unbekannte komplett in Schwarz gekleidet war, oder ob es in dem schummrigen Licht nur so aussah. Es blieb mir auch keine Zeit weiter drüber nachzudenken, denn mittlerweile war ich bei der Gesellschaft angekommen und begrüßte mit einem gewinnenden Lächeln Don Mario.

„Buonasera Don Mario, es ist mir eine Freude Sie im *‚Il Sorrentino‘* willkommen zu heißen“, hieß ich ihn angemessen willkommen.

„Signorina Carlotta? Sie sind zurückgekehrt, wie ich hörte. Welch eine Freude Sie wiederzusehen nach all den Jahren“, erwiderte Don Mario.

Ich gab das Kompliment lächelnd zurück. „Die Freude ist ganz meinerseits.“

Während ich die Bestellung aufnahm plauderte ich weiter mit Don Mario.

„Carlotta, ich habe Sie schon lange nicht mehr hier gesehen. Erzählen Sie mir, was ist aus Ihnen geworden? Das letzte Mal, dass ich Sie gesehen habe, muss mindestens zehn Jahre her sein.“

Es waren 12 Jahre, um genau zu sein. 12 lange Jahre, die wie aus einem anderen, längst erloschenen Leben schienen. Ich dachte kurz darüber nach, was ich ihm erzählen sollte, kam dann aber zu dem Entschluss, dass ich ihm gefahrenlos die Kurzfassung meines Werdegangs schildern konnte.

„Ich habe an der Sorbonne und an der La Sapienza Finanzwesen studiert. Danach habe ich mich an der LBS in London weitergebildet. Nach dem Master Abschluss war ich drei Jahre Analystin in Boston, gefolgt von zwei Jahren als Börsen Beraterin in Frankfurt. Seit knapp zwei Jahren bin ich nun Abteilungsleiterin in München bei einer großen Investment Firma."

„Bravo", ertönte eine tiefe Stimme so dicht hinter mir, dass ich den Atem der Person im Nacken spüren konnte.

Ich schnellte herum und stieß überrascht mit der Person zusammen, die mich soeben so erschreckt hatte. Zwei starke Hände umfassten meine Schultern, als ich daraufhin nach hinten taumelte und beinahe das Gleichgewicht verlor. Ich blickte in zwei dunkelbraune, nahezu schwarze Augen, die mich teuflisch anfunkelten.

Sofort erkannte ich die Narbe, die sich wie ein Blitz durch die rechte Augenbraue zog. Es war der Fremde vom Flughafen, der mir auf einmal alles andere als fremd war. Auch wenn er sich in den letzten 12 Jahren äußerlich sehr verändert hatte, vor allem was die Tattoos betraf, so waren spätestens mit dieser Begegnung alle Zweifel ausgeräumt.

Vor mir stand Matteo. Nach 12 langen Jahren.

Unfähig mich aus seinem harten Griff zu wenden, blieb ich wie paralysiert stehen und schaute ihm in die dunkeln Augen.

„Vielleicht erinnerst du dich an meinen Enkel Matteo, Carlotta", ertönte Don Marios Stimme aus dem Hintergrund.

Matteo. Matteo Leone. Natürlich erinnerte ich mich an ihn. Ich erinnerte mich an alles. Daran, dass ich mit ihm den schönsten Sommer meines Lebens verbracht hatte. Daran, dass ich mit ihm mein magisches erstes Mal erlebt hatte. Und daran, dass er am Morgen danach verschwunden war und sich nicht mehr gemeldet hatte. 12 Jahre lang. Kein Wort. Ja, ich erinnerte mich an den Enkel von Don Mario.

„Matteo", bringe ich schließlich kühl hervor.

„Carlotta", entgegnete er mir nicht minder distanziert. Seine Augen fixierten mich und sein harter Griff begann mir wehzutun. Doch das schien er überhaupt nicht zu bemerken.

„Du kannst mich jetzt loslassen", forderte ich ihn mit Nachdruck auf.

Wie als hätte er sich soeben an meinen Armen verbrannt, ließ er seine Hände augenblicklich sinken und vergrub sie in seinen Hosentaschen. Er wand sich von mir ab und nahm mit einem legeren Handgriff die Speisekarte vom Tisch.

„Ich nehme die Spaghetti con Vongole und dazu den besten Weißwein, den du empfehlen kannst."

Ich nickte und machte mich auf den Weg zur Küche, ohne noch einmal zurückzublicken. In der Küche angekommen, lehnte ich mich mit dem Rücken an die Tür und fasste mir mit den Händen an meine Wangen. Sie glühten.

„Was ist los?", fragte mich Giorgia besorgt.

„Matteo", antworte ich ihr.

„Oh nein", stöhnte Giorgia, „ist er etwa hier? Dann muss er später zugestoßen sein, denn mit Don Mario ist er ganz sicher nicht gekommen. Wenn ich das gewusst, hätte, dann hätte ich dich nie gebeten, den Tisch zu übernehmen! Es tut mir so leid, Carlotta."

Ich seufzte. „Das macht nichts. Es ist 12 Jahre her, das ist eine sehr lange Zeit."

„Nicht lang genug, wenn du mich fragst", erwiderte Giorgia trocken.

„Soll ich das übernehmen?", beeilte sie sich zu sagen.

„Nein, nein ist schon gut. Ich war nur überrascht, ihn auf einmal wiederzusehen nach all den Jahren. Ich meine, er ist Don Marios Enkel. Es war irgendwo damit zu rechnen, dass ich ihn irgendwann wieder treffen würde…".

Ich ließ den Satz bewusst unbeendet, aber Giorgia war da nicht so zurückhaltend. „…und ihm dann kräftig in seinen strammen Hintern trittst", beendete Giorgia den Satz für mich.

Ich musste unwillkürlich lachen. „Ich werde ihn weder treten noch schlagen noch sonst was. Er ist mir egal. Er ist die Vergangenheit. Eine lang vergessene Vergangenheit."

Wenigstens klangen meine lang geübten Worte überzeugend für die Menschen um mich herum. Denn ich wusste, dass sie nicht vollends der Wahrheit entsprachen.

„In Ordnung. Also machen wir jetzt Folgendes. Du bringst ihnen die Getränke und dann hilfst du Nonna bei den Reservierungen für Morgen. Da scheinen ein paar Dinge unklar zu sein. Ich übernehme in der Zwischenzeit den Service der Herren und serviere ihnen das Essen."

Giorgias Worte duldeten keine Widerrede, also lenkte ich ein.

„Gut, so machen wir es."

*****

Bereits als ich die Treppenstufen zum letzten Hang hinab schritt, spürte ich Matteos Blick auf mir. Es ärgerte mich, dass ich unter seinem strengen Blick nervös wurde und ich verkrampfte mich unwillkürlich bei dem Versuch, mein Tablett voller Getränke so galant wie möglich zu balancieren.

„Bloß nichts verschütten", ermahnte ich mich innerlich.

Während ich die Getränke auf den Tisch stellte, zitterte meine Hand leicht, was man in dem schummrigen Licht der Laternen hoffentlich nicht sah.

Als ich bei Matteos Platz ankam, erwartete ich, dass er seinen Arm zur Seite nahm, um es mir zu erleichtern, den Wein vor ihm abzustellen. Da hatte ich mich jedoch getäuscht. Wie ein Fels saß Matteo dort und bewegte sich keinen Zentimeter. Also blieb mir nichts anderes übrig, als mich halb über ihn zu beugen und das Glas neben seiner Hand abzustellen.

Ich merkte wie Matteo den Kopf zur Seite drehte und spürte seinen Atem auf meinem Hals, so nah schien er mir für einen kurzen Augenblick. Als ich das Glas vor ihm abstellte, strich er ganz flüchtig, fast schon zufällig, mit seinem kleinen Finger über meinen Handrücken. Fast dachte ich, ich hätte es mir nur eingebildet. Aber die Gänsehaut auf meinem Arm bewies mir das Gegenteil. Schnell zog ich meine Hand zurück, richtete mich auf und schaute in die Runde.

„Darf ich Ihnen sonst noch etwas bringen? Das Essen wird in Kürze serviert."

„Grazie, Carlotta.", entließ mich Don Mario mit einem Lächeln.

Ich nickte den Gästen zu, drehte mich um und eilte ins Haus zurück. Dabei versuchte ich nicht gehetzt, sondern total entspannt zu wirken, was mir nicht so ganz gelingen wollte.

Kapitel 9

Als ich das nächste Mal nach draußen blickte, waren alle Lichter im Garten erloschen. Die Gesellschaft hatte den Tisch verlassen und sich verabschiedet, so schien es. Da Giorgia den Service übernommen hatte während ich mit meiner Großmutter im Büro die Anfragen für die nächsten Tage durchgegangen war, hatte ich nicht bemerkt, wann sich Don Leone mit seiner Gefolgschaft verabschiedet hatte.

Ich nahm den restlichen Müll aus dem Mülleimer in der Küche und verlasse das Haus, um ihn in der großen Tonne zwei Straßen weiter zu entsorgen. Gerade als ich den Sack in die Tonne geworfen hatte, beschlich mich auf einmal das ungute Gefühl, nicht allein hier zu sein. Die Gasse war zu dieser nächtlichen Stunde nahezu stockdunkel. Nur am Anfang der Straße leuchtete schwach eine Laterne, die es mir ermöglichte, meine Umgebung zumindest schemenhaft wahrzunehmen.

Kalte Angst machte sich in mir breit. Ich versuchte ruhig zu bleiben. Wir waren hier in Ravello. Was sollte mir hier schon passieren? Wer sollte mir etwas Böses wollen? Ich horchte in die Nacht und ging langsam rückwärts in Richtung der rettenden Laterne, als ich urplötzlich gegen einen harten Körper prallte, zum zweiten Mal an diesem Abend.

Ein spitzer Schrei entwich meiner Kehle, der jäh von einer großen Hand erstickt wurde, die sich unnachgiebig über meinen Mund legte.

„Schhhhhhh“, ertönte ein leises Flüstern an meinem Ohr.

Ich nahm den Duft von Tanne, Sandelholz, Moschus und Orange war. Diesen Duft kannte ich. Er war mir heute schon einmal begegnet. Matteo. Ich löste mich ruckartig aus seinem Griff und wirbelte erbost zu ihm herum.

„Sag mal spinnst du? Was soll denn das? Du hast mich verdammt noch mal zu Tode erschreckt!“

Matteo neigte den Kopf leicht zur Seite, so, als würde er seine Worte noch einmal überdenken wollen bevor er sie aussprach.

„Das war keine Absicht. Aber als ich dich im Vorbeifahren aus dem Haus kommen sah, wollte ich die Gelegenheit nutzen, um mit dir zu reden."

Ja klar. Wem wollte er hier etwas vormachen? Aber nicht mit mir!

„Es gibt nichts zu bereden. Wenn dir das Essen nicht geschmeckt hat, dann beschwer dich doch bei meinen Großeltern. Und jetzt entschuldige mich, ich bin müde."

Ich machte einen Schritt zur Seite und ging demonstrativ an ihm vorbei, als ich mit einem Mal seinen festen Griff in meinem Nacken spürte.

Er zog mich unsanft zu sich heran und flüsterte mir mit drohender Stimme ins Ohr: „Du gehst, wenn ich es dir erlaube, Carlotta."

Ich versuchte mich aus seinem harten Griff zu winden und begann wild, um mich zu schlagen. Sein Griff verhärtete sich als er mich gegen wie Hauswand drängte und sich dicht vor mich stellte.

„Matteo was soll das?", zischte ich schäumend vor Wut. „Ich bin nicht dein Eigentum. Ich komme und gehe wann ich will. Was ich tue und nicht tue, entscheide ich", ich zeigte mit dem Zeigefinger auf mich, um meinen Worten Nachdruck zu verleihen, „und nicht du".

Keine Reaktion.

„Lass. Mich. Los. *Sofort!*"

Die Worte klangen genauso messerscharf aus meinem Mund, wie ich sie meinte.

„Ich werde dich erst loslassen, wenn du mir zuhörst." Matteo sah mich drohend aus seinen dunkelbraunen Augen an.

Es schien fast so, als seien sie soeben noch eine Nuance dunkler geworden, als hätte seine Wut sie noch düsterer werden lassen. Ich verdrehte die Augen.

„Also, Matteo, was willst du?" herrschte ich ihn an.

„Na also. Es geht doch, Carlotta."

Er macht eine kurze Pause und stützte seine Arme links und rechts neben mir an der Wand ab. Sein Gesicht kam dem meinem bedrohlich nahe.

„Was ich will ist, dass du für uns arbeitest."

Ich sah ihn entgeistert an. „Für euch arbeiten?", wiederholte ich irritiert seine Worte.

„Was meinst du damit?", Matteo richtete sich auf, allerdings nicht ohne sich zu vergewissern, dass ich nicht wegrannte. Er verschränkte die Arme vor der Brust, was dazu führte, dass seine Muskeln unter der engen schwarzen Lederjacke viel zu gut zum Vorschein kamen.

Ich ärgerte mich über mich selbst, dass mich das leicht aus der Fassung brachte.

„Wie du weißt, geht meine Familie einigen Geschäften nach, die zu einem größeren Familien Unternehmen gehören. Hotels, Bars, Boutiquen, Salons, Nachtclubs…das Portfolio ist in den letzten Jahren enorm erweitert worden, und es ist leicht den Überblick zu verlieren. Wir wollen wissen, wo sich Investitionen lohnen und was abgestoßen werden kann. Außerdem wollen wir expandieren. Aber du kennst meinen Großvater, er traut niemandem. Er lässt niemanden außerhalb der Familie in die Bücher schauen. Bis er dich heute Abend wiedergesehen hat. Er hat es sich in den Kopf gesetzt, dass du, Giuseppe Sorrentinos Enkelin, diese Arbeit für uns erledigst."

Hatte ich das gerade richtig verstanden? Ungläubig schaute ich Matteo an.

„Glaubst du ernsthaft, dass ich für die Mafia arbeite?".

„Glaubst du ernsthaft, dass du dich dem Wunsche von Mario Leone widersetzen kannst?", konterte Matteo mit eisigem Blick.

„Ja, Matteo, das glaube ich. Ich habe hart dafür gearbeitet, um dorthin zu kommen, wo ich jetzt bin. Ich habe nicht nach links und nicht nach rechts geschaut, sondern immer nur gerade aus auf das Ziel. All die Jahre habe ich wie eine Verrückte geschuftet. Meinst du ernsthaft ich gebe das alles auf, um für die Mafia zu arbeiten? Da irrst du dich gewaltig."

Ich lachte laut auf, so absurd erschient mir dieser Gedanke.

„Ich besuche meine Familie hier in Kampanien. Nicht mehr und nicht weniger. Ein paar Wochen Erholung in Ravello, dann fliege ich zurück nach München, zurück in mein Leben, Matteo. Also richte deinem Großvater aus, dass ich sein Angebot ablehne. Und jetzt Schluss damit. Lass mich endlich durch!"

Ich trommelte mit meinen Fäusten auf seine Brust.

Er hielt wütend meine Handgelenke fest und drückte mich zurück an die Wand. Sein Gesicht war gefühlt nur noch einen Zentimeter von meinem entfernt. Wenn ich wollte, was ich aber natürlich nicht wollte, dann könnte ich ihn jetzt küssen. Ich spürte seinen Atem auf meinen Lippen. Für einen Augenblick schloss ich meine Augen und war augenblicklich wieder 17 Jahre alt.

Ich saß unter dem alten Olivenbaum und schaute verträumt auf das Meer hinaus, eng umschlungen mit Matteo. Schnell öffnete ich die Augen wieder, denn diese Geschichte würde sich ganz sicher nicht wiederholen.

Ich drehte entschieden meinen Kopf zur Seite und wartete ab. Etwas anderes blieb mir nicht übrig, denn sein Griff war so stark, dass ich mich unmöglich allein davon lösen konnte. Schließlich senkte Matteo den Kopf.

„Carlotta, das letzte Wort ist noch nicht gesprochen. Ich bin es nicht gewohnt nicht das zu bekommen, was ich will. Ich nehme mir was ich will, ohne Ausnahme. Und das wird dieses Mal nicht anders sein."

Irgendwie hatte ich bei diesen Worten das Gefühl, dass es hier nicht länger um den Job als Mafia Strategin ging, sondern um etwas ganz anderes.

„Kann ich jetzt gehen oder wirst du mich dann umbringen?".

Noch immer sah ich ihn nicht an. Zu viele Gefühle durchfluteten meinen Körper und ich wollte auf keinen Fall, dass Matteo diese in meinen Augen sah. Mit den Fingerknöchel strich Matteo sanft an meiner Halsschlagader entlang. Seine Hand glitt über mein Schlüsselbein und weiter hinunter zwischen meine Brüste, wo er das Sonnenblumen Amulett zwischen seine Finger nahm und schweigend betrachtete.

Ich atmete schwer. Dann merkte ich, wie er seinen Griff etwas lockerte und nutzte diesen Moment, um mich von ihm zu lösen. Ich rannte regelrecht die Straße entlang, hielt mich mit einem Arm an der Hausecke fest, um nicht aus der Kurve zu fliegen und erreichte dann nach 100 Metern keuchend unser Haus, in das ich hineinrannte und die Tür schnell hinter mir verschloss. Ich lehnte mich rückwärts an die Tür, ließ meinen Kopf erschöpft dagegen fallen und sank langsam zu Boden.

Was zum Teufel war das denn bitte? Was war hier gerade geschehen?

Die nächsten Tage verliefen unspektakulär. Alles folgte seinem geregelten Ablauf, genauso, wie es sein sollte. Ich verbrachte Zeit mit meiner Familie und nutzte die übrige Zeit, um mich in die Bücher einzulesen und mir die Reservierungen der vergangenen sowie der kommenden Wochen als auch die Tisch Anordnungen und die Menü- sowie die Marktpreise anzusehen.

Es gelang mir sogar fast, mich davon zu überzeugen, dass sich diese Sache, wie ich sie nannte, erledigt hatte. Ich hatte Matteo seit der stürmischen Begegnung in der dunklen Gasse nicht mehr gesehen und redete mir ein, dass ich sehr froh darüber war.

Wenn da nur nicht diese leise Stimme in meinem Kopf wäre, die mich des Lügens bezichtigte.

Kapitel 10

Am Montagmorgen fuhr ich bereits sehr früh mit Giorgias altem Fiat 500 zum Großmarkt, um mit einigen Händlern ihre Produktpreise und Auswahl zu verhandeln. Seitdem ich im Restaurant mithalf, hatten auch mich bereits einige Gäste nach der Möglichkeit gefragt, das von meinen Großeltern hergestellte Pesto sowie die verschiedenen Pasta Saucen erwerben zu können. Sie wollten unbedingt ein Stück authentisches Kampanien mit nach Hause nehmen, um auch nach dem Urlaub die Sonne und den Geschmack Italiens nicht missen zu müssen.

Nach zwei Stunden recht produktiver Gespräche mit verschiedenen Händlern, stieg ich gegen 7 Uhr in der Früh wieder in die süße gelbe Zitrone und fuhr entlang der kurvigen Küstenstraße zurück in Richtung Ravello. Ich genoss den Ausblick auf das Meer, welches bereits so früh am Morgen in einem kräftigen Blau vor mir lag.

Jedoch erforderte die kurvige Strecke nahezu meine volle Aufmerksamkeit. Also lenkte ich die kleine gelbe Kugel schließlich an einem ruhigen Strandabschnitt auf einen freien Parkplatz. So früh am Morgen war glücklicherweise kaum etwas los und die Parkplatzsuche gestaltete sich als recht einfach.

Seitdem ich in Kampanien angekommen war, war ich noch nicht einmal zum Strand gefahren. Ich hatte das Meer aus dem Fenster bewundert, mich in Gedanken darin verloren, aber tatsächlich hatte ich es noch nicht geschafft am Strand spazieren zu gehen, den Sand unter meinen Zehen zu spüren und in das kühle Nass zu springen, um mich von der warmen Sonne Süditaliens küssen zu lassen, die auf dem tiefblauen Wasser besonders stark reflektierte.

Ich ging durch den Sand und genoss es, mit jedem Schritt den zarten Sand unter meinen Füßen zu spüren. Die kleinen Wellen brachen sich in einem immer fortwährenden Rhythmus mit einem beruhigenden Rauschen am Ufer. Über mir kreisten bereits hungrige Möwen auf der Suche nach Nahrung und die Sonne war jetzt schon so präsent, dass es versprach, ein weiterer heißer Tag zu werden. Ich schloss die Augen und atmete die salzige Luft ein, die vom Meer her ausging. Ein kleines Lüftchen wehte durch meine Haare, die ich heute offen trug. Es war der perfekte Tag. Und es war Ruhetag im Restaurant, kam es mir in den Sinn. Auf mich wartete heute kaum Arbeit und eigentlich wäre es an der Zeit, einfach mal nichts zu tun bzw. genau das zu tun, worauf ich spontan Lust hatte. Mit geschlossenen Augen, die Sinne geschärft von den Gerüchen und Geräuschen um mich herum, begann ich im Kopf meinen perfekten Tag zu planen.

Eine große Welle wurde den Strand hinauf gespült und ihre Ausläufer erreichten meinen linken Fuß. Erfrischend, fast schon elektrisierend, strich das kühle Nass über meinen Fuß.

Kurzentschlossen öffnete ich mein bis zu den Knöcheln reichendes blutrotes Wickelkleid und ließ es zu Boden gleiten. Ich streifte meine mit bunten Perlen besetzten Sandalen ab und band mir mit dem Baumwoll-Gürtel des Wickelkleides die langen Haare zu einem Knoten auf dem Kopf. So stand ich nun, nur in rote Spitzenunterwäsche gekleidet, am Rande des Wassers und fühlte mich in meiner spontanen Entscheidung bekräftigt: genauso sollte der Tag beginnen!

Ich wollte in das kühle Wasser springen, die salzigen Tropfen auf meiner Haut spüren und mir die Sonne ins Gesicht scheinen lassen, während ich mich auf dem Rücken vom Meer treiben ließ und an nichts außer Sommer, Sonne und Meer dachte. Dass ich keinen Badeanzug dabeihatte, interessierte mich in diesem Moment herzlich wenig. Schließlich war die Spitzenunterwäsche nicht nur sehr bequem, sondern auch äußerst hübsch, wie ich fand. Sie stand also einem Bikini in keinerlei Hinsicht etwas nach. Außerdem konnte ich nach dem Schwimmen wunderbar das Wickelkleid überziehen und mich dann galant am Strand der nassen Unterwäsche entledigen. Das würde sowieso niemandem auffallen. Denn außer ein paar vereinzelten Frühaufstehern, die ich im kleinen Strandcafé seitlich von mir wahrnahm, und die alle mit sich selbst beschäftigt schienen, war hier um diese Uhrzeit noch nichts los.

Ich ging auf das Wasser zu und traute mich Schritt für Schritt tiefer hinein. Als das Wasser meine Knöchel umspülte, hielt ich kurz inne. Da es erst Anfang Mai war, war das Wasser noch längst nicht so aufgeheizt wie im Sommer, und die Kälte erzeugte tausend kleine Nadelstiche um meine Knöchel. Ich motivierte mich innerlich dazu weiterzugehen. Einen Schritt nach dem anderen. Und schließlich hatte ich es geschafft, ich war bis zum Hals im Wasser.

Nach dem ersten Kälteschock gewöhnte sich mein Körper erstaunlich schnell an die frische Wassertemperatur und ich begann, mein morgendliches Bad in vollen Zügen zu genießen. Nach ein paar kräftigen Schwimmzügen drehte ich mich auf den Rücken, legte die Beine hoch und ließ mich vom Wasser treiben. Ich schloss die Augen und hielt mein Gesicht den Sonnenstrahlen entgegen, die mir vom Himmel her freudig entgegen strahlten. Dass meine Haare dabei teilweise nass wurden, störte mich nicht. Die würden auch schnell wieder trocknen.

Einige Minuten verharrte ich so und es gelang mir, dass sich mein Körper zum ersten Mal seit langer Zeit etwas entspannen konnte.

*****

Nach einer viertel Stunde etwa machte sich jedoch die Kälte immer mehr bemerkbar, und ich beschloss mich im Strandcafé mit einem leckeren Cappuccino etwas aufzuwärmen. Ich schwamm gemächlich an Land zurück, zog mein Wickelkleid über und löste dann den Verschluss von meinem roten Spitzen-BH, der sich dankbarerweise vorne zwischen den Brüsten öffnen ließ. Somit war es wirklich einfach, sich dem nassen Teil unter dem Kleid zu entledigen. Schließlich beugte ich mich hinab und griff mit meinen Händen unter das Kleid, um mich auch meinem nassen Slip zu entledigen. Ich drehte beide Teile mit den Händen aus, löste dann die Schleife aus meinem Haar und knotete damit mein Wickelkleid an der Hüfte zu. Das feuchte Haar fiel mir lockig über meine Schultern bis hinunter zur Hüfte und sorgte dafür, dass mein luftiges Sommerkleid noch etwas nasser wurde als zuvor.

Vielleicht sollte ich mir das nächste Mal ein Handtuch ins Auto legen, nur für den Fall, dass mir wieder danach sein sollte, mich meiner Kleider zu entledigen und ins Wasser zu springen, dachte ich, während ich mit den Sandalen in der einen Hand und der nassen Unterwäsche in der anderen Hand auf das kleine Café am Strand zuging.

Ich betrat das Café und wurde freundlich von der Bedienung begrüßt.

„Kann ich bitte einen Tisch auf der Terrasse bekommen“, fragte ich die junge Frau Anfang zwanzig.

„Natürlich, bitte folgen Sie mir“, wies sie mich mit einem freundlichen Lächeln an.

Sie teilte mir den, wie ich fand, schönsten Platz der ganzen Terrasse zu, welcher etwas abseits am linken Ende der Terrasse lag.

„Die Karte bringe ich Ihnen sofort“, teilte sie mir mit, dann war sie verschwunden.

Ich schlug meine Beine übereinander, legte die Arme entspannt über die Lehnen des gemütlichen Stuhls, der wirklich mehr mit einem Sessel als einem Stuhl gemeinsam hatte und schaute verträumt hinaus auf das Meer. Eine losgelöste Haarsträhne fiel mir ins Gesicht und die nassen Tropfen rannen von der Haarspitze über meine Lippen. Ich leckte mir genüsslich mit der Zungenspitze über die Lippen, um den salzigen Geschmack zu kosten. Dann merkte ich plötzlich aus den Augenwinkeln, dass ich beobachtet wurde.

Ich drehte den Kopf und blickte in zwei samtig braune Augen, die fast schon schwarz in der Sonne glänzten. Mit gekreuzten Armen lehnte Matteo lässig am Geländer des Cafés und sah mich durchdringend an. Sein Blick wanderte von meiner Zunge, die ich schnell wieder in meinem Mund verschwinden ließ an meinem Körper hinab.

„Nass geworden?“, fragte er mich amüsiert, als er sich lässig mit der Hüfte vom Geländer abstieß und geschmeidig wie eine Raubkatze auf mich zukam.

Ich sagte nichts, sondern zog nur vielsagend meine Augenbrauen in die Höhe, was so viel bedeuten sollte wie *„erwartest du auf diese Frage wirklich eine Antwort?“.*

Ohne zu fragen, setzte sich Matteo zu mir an den Tisch. Ich drehte meinen Oberkörper mit absichtlich großen Bewegungen nach links und nach rechts, nur um das festzustellen, was ich eh schon gewusst hatte, nämlich dass er sich ausgerechnet zu mir an den einzigen besetzten Tisch auf der Terrasse setzen musste, anstatt an einem der vielen freien Tische neben oder hinter mir Platz zu nehmen.

„Setz dich doch“, sagte ich sarkastisch und deutete mit der Hand auf den Stuhl, auf dem er eh schon Platz genommen hatte.

Matteo erwiderte nichts, sondern sah mich nur mit einem wachsamen Blick an, während er lässig zwei Finger hob und der Bedienung signalisierte, herzukommen. Da kam auch schon die Bedienung, sichtlich bemüht, einen bleibenden Eindruck zu hinterlassen.

Bei Matteo selbstredend.

Ich glaubte fast, dass ihre Bluse vor fünf Minuten, als sie mich zum Tisch geführt hatte, noch nicht so einen freizügigen Blick auf ihre wohlgeformten Brüste preisgegeben hatte. Aber das schien nur mir aufzufallen. Zumindest ließ Matteo sich nichts anmerken, denn sein Blick war nach wie vor ausschließlich auf mich gerichtet, auch als er die Speisekarte von der Bedienung entgegennahm.

„Darf ich Ihnen schon etwas zu trinken bringen?“, fragte die junge Bedienung, wobei ihre Frage eher an Matteo als an mich gerichtet war.

„Zwei Marocchini“, wies Matteo sie an.

„Eigentlich“, unterbrach ich ihn und sah freundlich, aber bestimmt zu der Bedienung, „möchte ich lieber einen simplen Cappuccino.“

Unsicher schaute die Blondine von Matteo zu mir. Matteos Blick verfinsterte sich, dann aber nickte er und bedeutete der Blondine den Rückzug anzutreten.

„Also, was machst du hier?“, fragte ich ihn.

„Geschäfte“, antwortete er kurz angebunden.

„Soso, Geschäfte. Wartest du hier auf den Kutter, der dir die nächste Ladung Kokain an Land bringt?".

Seine Mundwinkel zuckten leicht, obwohl er sich durchaus bemühte, ernst zu bleiben. „Kutter?", antwortete er amüsiert. „Auf einen Kutter lasse ich höchstens die Menschen verladen, die ich vorher habe umbringen und zerstückeln lassen, bevor ich ihre Überreste dann auf offener See den Haien zum Fraß vorwerfe", erwiderte Matteo mit einem Achselzucken.

Entsetzt sah ich ihn an.

„Carlotta, das war ein Scherz." Matteo lachte nun lauthals.

„Da bin ich mir nicht so sicher", murmelte ich mehr zu mir selbst als zu Matteo.

In diesem Moment kam die Blondine zurück und servierte uns die Kaffee, wobei sie sich extra weit über den Tisch beugte, um Matteos Marocchino zu servieren. Über ihren Rücken hinweg schaute mich Matteo herausfordernd an. Es war schon ein seltsames Bild, das sich gerade vor mir abspielte. Es schien fast so, als ergebe sich die Blondine voll und ganz Matteo, der sie sich nehmen konnte und mit ihr machen konnte, was auch immer er wollte.

Aber es passte. Matteo machte durchaus den Eindruck, dass er sich alles nehmen konnte, was er wollte. Und zwar ohne Rücksicht auf Verluste. Ganz sicher machte er da bei der Frauenwelt keinerlei Ausnahme.

Um diese, wie ich zugeben musste, doch unangenehmen Gedanken von anderen Frauen abzustreifen, fragte ich ihn also erneut.

„Was machst du hier Matteo? Geschäfte am Strand und das vor acht Uhr am Morgen an einem Montag?".

Die Blondine lächelte Matteo noch einmal lasziv an, drehte sich dann mit einem kecken Hüftschwung um und stolzierte davon. Erneut wunderte es mich, dass mir jede dieser Bewegungen auffielen, sie Matteo jedoch komplett unberührt ließen. War er aus Stein? Nun ja, dass sein Herz es war, davon war ich überzeugt. Und was seinen Körper betraf, den ich abschätzend betrachtete, der war entweder aus Stein oder Stahl oder einer Mischung aus beidem.

„Der Laden gehört mir“, riss mich Matteo aus meinen Gedanken.

„Und wenn ich am Vortag bis spät auf dem Festland zu tun habe, dann komme ich morgens her, bevor ich zurück nach Capri reise.“

Natürlich. Der Laden gehörte ihm. War ja klar. Was gehörte der Familie Leone auch nicht. Angefangen von ihrer pompösen Villa auf Capri, die eigentlich mehr einer Mischung aus Schloss und Festung glich als einer Villa. Bedrohlich aber auch zugleich faszinierend thronte sie ganz oben auf den Klippen der Insel und blickte verachtend auf die Normalsterblichen unter ihr herab.

„Na wenn das so ist, dann hätte ich gerne erneut die Karte. Mein Frühstück heute geht auf dich. Das kannst du dir ja sicher leisten, wenn das hier“, ich machte eine ausladende Bewegung mit der Hand, „dein Laden ist.“

Matteo neigte den Kopf und sagte mit einem bedrohlich leisen Flüstern, „Na sieh mal an. Und ich dachte du bist keine dieser Frauen, die sich gerne einladen lassen.“

„Eine dieser Frauen?“, ich zog meine linke Augenbraue in die Höhe. „Ich bin sicher keine *dieser* Frauen. Mit den Frauen, die du kennst, habe ich nicht das Geringste gemeinsam. Und nein, ich brauche keinen Mann, der mein Leben finanziert. Aber da ich deiner Gesellschaft nun wohl oder übel ausgesetzt bin bis ich meinen Cappuccino ausgetrunken habe, und den zweiten, den ich mir danach an meinem freien Tag hier bestellen werde ebenfalls, kannst du mich so wenigstens auf deine Kosten für diese Qualen entschädigen.“

Ich sah wie Matteo mit seinen Händen hart die Tischkante umfasste. Seine Knöchel färbten sich dabei weiß. Er sah mich nicht an, sondern sah angespannt auf seine Hände. Meine Worte hatten ihn offenbar verärgert. Gut so. Das sollten sie auch. Und das ging sogar noch besser.

„Kannst du es dir als großer Mafia Boss eigentlich erlauben hier rumzusitzen und mir auf die Nerven zu gehen, statt Geschäfte zu machen? Hast du nichts Besseres zu tun? Die Kleine“, ich nickte in die Richtung der Blondine, „scheint definitiv eine *dieser* Frauen zu sein, von denen du eben gesprochen hast. Wieso lässt du mich nicht meinen freien Tag genießen und verziehst dich mit ihr? Besorg es ihr doch mal so richtig. Vielleicht kannst du so wenigstens *eine* Frau heute glücklich machen, obwohl", ich schaute ihm abschätzend in den Schoß, „vielleicht auch nicht, vergiss es."

*****

Matteo sprang so heftig auf, dass der Stuhl hinter ihm zu Boden fiel. Ich zuckte unwillkürlich zusammen. Mit einem Schritt war er bei meinem Stuhl angelangt und zog mich unsanft hinter sich her in das Innere des Cafés. Je mehr ich mich wehrte, desto stärker und grober wurde sein Griff. Er stieß mich unsanft in einen Raum, welchen ich aus dem Augenwinkel als Abstellkammer identifizierte, trat mit einem lauten Knall die Tür hinter sich zu, schleuderte mich ungestüm dagegen und positionierte seine geballte linke und rechte Faust direkt neben meinen Kopf.

Ich schäumte vor Wut.

„Was zum Teufel…", schrie ich ihn an, aber er erstickte meine Worte mit einem harten, fordernden Kuss.

Keinerlei Sanftheit lag in diesem Kuss. Er war roh, ungezügelt und hart. So hart, dass ich glaubte, Blut zu schmecken.

Für einen Moment erlag ich den, über Jahre recht erfolgreich, unterdrückten Gefühlen für ihn, die mich bei seiner Berührung übermannten und erwiderte seinen Kuss. Doch bereits im nächsten Moment gewann meine sengende, aufgestaute Wut auf ihn und sein rücksichtsloses, rüpelhaftes Verhalten erneut die Oberhand. Ich drehte meinen Kopf demonstrativ zur Seite. Dabei spürte ich seinen heißen Atem auf meinem Hals. Seine Lippen waren nach wie vor so nah, dass ich schon glaubte, sie auf meinem Hals zu spüren. Ich war unfähig mich zu rühren und es wollte mir kein Ton über die Lippen kommen.

In meinem Kopf herrschte absolutes Chaos und irgendwie litt mein Gehirn momentan unter einem völligen Aussetzer. In diesem Moment wusste ich wahrscheinlich noch nicht mal mehr, wie ich hieß und wo ich herkam. Sein heißer Atem wanderte von meinem Hals zu meinem Ohr und seine zu Fäusten geballten Hände glitten an meinem Körper hinab, bis sie fest meine Hüften umfassten.

„Hör zu Carlotta. Du solltest mich wirklich nicht reizen", zischte Matteo mir in einem bedrohlichen Flüsterton ins Ohr.

„Sonst was?", erwiderte ich heiser in die andere Richtung, da ich meinen Kopf noch immer von ihm weggedreht hatte.

Er biss kraftvoll in mein Ohrläppchen, sodass ich laut keuchen musste.

„Sonst muss ich dich bestrafen", flüsterte er in mein Ohr, als er den Schmerz, den sein Biss hinterlassen hatte mit seiner Zunge linderte.

Er drückte seine Lenden gegen mich und ich merkte, wie hart er war.

„Sieh mich an", befahl er mir.

Als ich nicht reagierte, umfasste er mit einer Hand sanft, aber bestimmt meine Kehle und zwang mich so, ihn anzusehen.

„Hat es dir die Sprache verschlagen Carlotta? Du bist auf einmal so still."

Seine Pupillen hatten eine nachtschwarze Farbe angenommen und fixierten mich mit einem düsteren, gefährlichen Ausdruck.

„Antworte mir!"

Sein nächster Befehl ließ nicht lange auf sich warten.

Was dachte er eigentlich, wer er war und wie er mich behandeln konnte? In mir tobte ein Unwetter der höchsten Stufe. Ich versuchte mich von ihm zu lösen und fing an, mit meinen Fäusten auf seine Brust zu Trommeln. Jedoch scheiterte ich kläglich gegen dieses Tier von einem Mann. Er war viel stärker als ich und ich hatte nicht die geringste Chance, ihm zu entkommen. Er fixierte meine Handgelenke über meinem Kopf mit seiner linken Hand. Mit der rechten Hand zog er meine Hüfte gegen seine Lenden.

„Siehst du, was du angerichtet hast?", flüsterte er mit rauchiger Stimme.

„Er will dich noch genauso, wie vor 12 Jahren. Ich will dich noch genauso, wie vor 12 Jahren, Carlotta."

Ich schluckte schwer. Das war alles so surreal. Tausend Gedanken gingen in meinem Kopf umher. Tausend Sachen, die ich all die Jahre in Gedanken immer wieder vorgetragen hatte, die ich ihm an den Kopf werfen wollte. Aber alles, was aus meinem Mund kam, war ein einziges Wort.

„Nein", hauchte ich, erleichtert, dass ich meine Stimme nicht für immer verloren zu haben schien.

„Nein?", wiederholte Matteo drohend meine Worte. „Hast du nein gesagt?".

Seine schwarzen Augen verengten sich bedrohlich, was seine Narbe über dem rechten Auge wie einen Blitz erscheinen ließ, der kurz davor war einzuschlagen und großen Schaden zu hinterlassen, wie bereits vor 12 Jahren.

Noch bevor ich etwas erwidern konnte, durchdrang das Klingeln eines Telefons die aufgeladene Stille. Fluchend ließ Matteo meine Handgelenke los und griff nach dem klingelnden Handy in seiner Hosentasche.

*****

Ich wusste nicht, wie mein Verstand es schaffte, so schnell von seinem paralysierten Schockmodus auf aktiven Überlebensmodus umzuschalten, aber er tat es. Ich duckte mich blitzschnell und noch bevor Matteo realisierte, was da gerade passierte, schlüpfte ich unter seinem Arm hindurch, öffnete die Tür und rannte so schnell mich meine Beine trugen zu meinem Auto.

Ich betete, dass der Wagen ansprang, was er glücklicherweise auch sofort tat und brauste so schnell es die nicht einmal 14 PS des über 50 Jahre alten Wagens zuließen über die Küstenstraße davon. In diesem Moment hätte ich für meinen C63 mit seinen 500 PS womöglich getötet, denn ich hatte reichlich Angst, dass Matteo mir folgen würde. Und was auch immer er für einen Wagen fuhr, da war ich mir sicher, er war mindestens so schnell und kraftvoll wie sein Besitzer.

Während ich den Fiat, so schnell ihn seine kleinen Rädchen nur trugen, um die Kurven fliegen ließ, schaute ich angespannt in den Rückspiegel. Doch es blieb ruhig. Nach zehn Kilometern beruhigte sich mein Atem etwas und nach weiteren fünf Kilometern hatte ich mich soweit im Griff, dass ich in eine versteckte Seitenstraße bog, um eine Bestandsaufnahme von Körper und Geist zu machen.

Ich parkte den Fiat etwas abseits unter einem Gebüsch, nur um ganz sicher zu gehen, nicht gefunden zu werden. Das war einer der Vorteile dieser Knutschkugel von Auto. Sie waren so klein, dass man sie gut verstecken konnte. Dann atmete ich einmal tief ein und aus, löste langsam meine Hände, die das Lenkrad fest umklammert hielten und stieg aus.

Draußen stützte ich mich erst einmal mit den Händen auf dem Dach des Autos ab und ließ den Kopf zwischen den Armen herunterhängen. Ohne meine Stirn und meine Wangen auch nur anzufassen wusste ich, dass sie glühten. Vor Scham, vor Schock, vor Wut oder vor Angst, fragte ich mich. Oder vielleicht auch vor Erregung?

Diesen Gedanken schob ich sofort wieder energisch zur Seite und schimpfte innerlich mit mir selbst über die Absurdität dieses Gedankens. Wieso sollte es mich erregen, wenn ich von einem rüpelhaften Mafioso, der mich vor 12 Jahren einfach ohne ein Wort sitzen gelassen hatte, brutal verschleppt und bedroht werde? Das war doch absurd! Total absurd! Vollkommener Quatsch! Das war es doch…oder?

Ich ließ meine Arme sinken und schaute an mir hinab. Der Gürtel des Wickelkleides hatte sich verdächtig gelockert und gab nun einen einwandfreien Blick auf den nackten Ansatz meiner Brüste preis. Panisch legte ich die Hände auf meine Brüste und sah mich suchend um. Dann bückte ich mich und schaute durch das Fenster ins Wageninnere. Ich öffnete die Tür und meine Hände fuhren suchend über den Fahrer- und Beifahrersitz. Wo zum Teufel war mein BH? Den hatte ich doch im Café noch zum Trocknen neben meinen Stuhl gehängt. Und zwar zusammen mit meinem Höschen.

Mein Höschen! Oh nein! Mir schwante Böses. Und spätestens als ich an mir herab auf meine nackten Füße blickte, wurde mir klar, dass ich sowohl meine Unterwäsche als auch meine Schuhe bei meiner Flucht vor Matteo im Strandcafé zurückgelassen hatte. Ich stöhnte verärgert auf! Das durfte doch alles nicht wahr sein!

Zurückfahren kam überhaupt nicht in Frage! Was, wenn Matteo noch dort war und nur darauf wartete, dass ich dorthin zurückkam. Was würde er dann mit mir machen? Nein, so viel Glück hatte man nicht zwei Mal. Ich würde mich nicht erneut der Gefahr aussetzen, in Matteos Fänge zu geraten und womöglich noch schwach zu werden. Dabei konnte er noch so betörend riechen. Und es interessierte mich auch nicht, dass sein heißer Atem eine prickelnde Gänsehaut auf meiner Haut hinterließ. Oder dass das, was da zwischen seinen Lenden so hart gegen meine Mitte gepresst hatte, sich genauso groß und vielversprechend angefühlt hatte, wie ich es in Erinnerung hatte.

Wenn überhaupt, dann dürfte sich dieser Teil von ihm in den vergangenen 12 Jahren nur zum Besseren entwickelt haben, insofern das überhaupt möglich war. Aber trotzdem! Die Antwort lautete „Nein". Zurückfahren war also keine Lösung. Was blieb dann noch?

Die Alternative war nach Hause zu fahren. Einen großen Teil des Weges hatte ich ja bereits hinter mir. „Genau", sagte ich mir. Das war eine gute Idee. Nach Hause fahren und duschen. Denn mittlerweile juckte das getrocknete Salzwasser auf meiner Haut und ich verspürte den Drang, auch andere Spuren auf meinem Körper abzuwaschen, bevor sie mir noch unter die Haut gingen. Das wollte ich in jedem Falle verhindern. Und was das Schuh- und Unterwäsche Problem anging, na das war doch die perfekte Entschuldigung, um die bunten Straßen von Positano nach einem passenden Ersatz zu durchkämmen.

Augenblicklich hob sich meine Laune und ich wollte diesem bisher katastrophalen Tag doch noch eine zweite Chance geben, ein guter Tag zu werden.

*****

Zu Hause angekommen musste ich zum Glück niemandem erklären, wieso ich ohne Schuhe durch die Straßen Ravellos lief, denn meine Großeltern schienen nicht zu Hause zu sein.

Ich drehte das Wasser unter der Dusche an, streifte mir mein Kleid vom Körper und stieg dankbar unter den warmen Strahl, aus dem das Wasser mit kräftigem Druck hervorschoss. Ich drehte meinen Kopf von links nach rechts, sodass der starke Strahl meine verspannten Schultern traf und die Spannungen etwas lockerte. Mit geschlossenen Augen stand ich eine Weile da und hörte einfach nur zu, wie das Wasser von meinem Körper auf den Boden der Dusche prasselte, um dann im Abfluss zu verschwinden.

Schließlich nahm ich die Seife aus dem Körbchen und begann mich einzuseifen. Meine Hände verharrten an meinen Brüsten und ich fuhr langsam um meine Knospen, während ich meine Augen erneut schloss. Ich dachte an Matteos Atem auf meinem Hals. Augenblicklich wurden meine Knospen hart, und ich verspürte ein verräterisches Ziehen zwischen meinen Beinen. Das, was ich befürchtet hatte, war also bereits geschehen. Es war mir unter die Haut gegangen. Er war mir unter die Haut gegangen.

Während meine linke Hand weiter meine Brust umkreiste, ließ ich meine rechte Hand zwischen meine Beine gleiten. Ich musste mir Abhilfe verschaffen. Und wenn es mit seinem Bild in meinem Kopf geschah, dann war es so. Dieses eine Mal. Nur dieses eine Mal. Und erfahren würde er es sowieso nie. So viel war sicher.

Es brauchte nicht viel, da kam auch schon die Erlösung. Schnell, kraftvoll und stürmisch, genauso wie Matteo. Genauso wie der Mann, dessen geistiges Abbild mir gerade zu eben dieser Erlösung verholfen hatte.

Als die Erregung abgeklungen war und ich aus der Dusche stieg, überkam mich die Scham vermischt mit einer sägenden Wut. Ich schämte mich, dass ich offensichtlich auf Matteo stand. Noch immer. Nach all den Jahren. Und nachdem, was er mir vor 12 Jahren angetan hatte. Nachdem, wie er mich vor 12 Jahren behandelt hatte. Ich war wütend auf Matteo, auf sein unsittliches Verhalten. Darauf, dass er mich damals hatte sitzen lassen. Darauf, dass er mich wie sein Eigentum behandelte. Darauf, dass er so eine unwiderstehliche Wirkung auf alle weiblichen Lebewesen in seiner Nähe hatte.

Ich war wütend auf mich, dass mich so ein Verhalten tatsächlich erregte. Mich, die stolze, unabhängige und emanzipierte Carlotta. Mich törnte es an, dass man mich festhielt, einsperrte und gegen meinen Willen grob anfasste? Ich fragte mich, ob dies alles nur ein böser Traum sei, der bereits viel zu lange andauerte und aus dem ich einfach nicht erwachen wollte. Vielleicht hatte Emmas Tod mich so aus der Bahn geworfen, dass mein Gehirn eine Art Schutzmechanismus aktiviert hatte und ich nun in einer Parallelwelt lebte, die eigentlich gar nicht existierte? Das passierte alles nicht wirklich. Es war pure Einbildung. Genau, so musste es sein!

Aber dann schaute ich auf meine Handgelenke und an die Stelle, die sich inzwischen leicht bläulich verfärbt hatte. Ich drückte mit der Fingerspitze auf den Punkt und sofort durchzog mich ein scharfer Stich. Der Schmerz war real. Das war keine Einbildung. Also war auch diese ganze absurde und total verworrene Situation keine Einbildung. Ich bildete mir all das nicht ein. Es war wirklich passiert.

Die Frage, die sich nun stellte, war, wie würde es weitergehen? Würde es wieder passieren? Wollte ich, dass es wieder passierte? Und was war eigentlich *„es“*? Tausend Fragen schwirrten mir im Kopf herum und so langsam begann sich alles um mich herum zu drehen.

Erschöpft ließ ich mich auf mein Bett sinken und vergrub stöhnend den pochenden Kopf in meinem Kopfkissen.

Na das konnte ja noch heiter werden.

Kapitel 11

Zur Mittagszeit nahm ich den Bus von Ravello nach Amalfi und stieg dort in den Bus nach Positano. Um diese Zeit einen Parkplatz in den kleinen und sehr steilen Straßen von Positano zu finden, war nahezu aussichtslos. Von daher entschied ich mich zu der, wie es mir erschien, einfacheren Variante, den öffentlichen Verkehrsmitteln. Ja, so etwas gab es in Süditalien tatsächlich. Zudem sogar recht pünktlich und zuverlässig, zumindest manchmal.

Glücklicherweise war heute so ein „manchmal" Tag und bereits eine halbe Stunde später stieg ich in Positano aus dem Bus, der größtenteils mit Touristen gefüllt war. Ich war lange nicht mehr in Positano gewesen, aber es hatte sich nichts verändert. Die Schönheit dieses bunten, kleinen Dörfchens war unvergänglich. Wenn überhaupt, dann hatte es in den letzten Jahren nur noch an Schönheit dazugewonnen.

Ich war absichtlich eine Haltestelle vor der eigentlichen Haltestelle Positanos ausgestiegen, um einen uneingeschränkten Blick über das kunstvoll in den Steilhang gebaute Dorf zu erhaschen. Ein paar Minuten stand ich unweit der Haltestelle und saugte dieses Bild in mich auf. „Seelenfotografie", nannte ich das. Wann immer ich etwas so Wunderschönes sah, nahm ich mir so viel Zeit wie nötig, um jeden Winkel davon mit der Seele abzufotografieren, sodass ich es in dunklen Momenten, wenn es mir nicht so gut ging, aus meiner Seele hervorkramen konnte, und mich dann an den schönen Erinnerungen von der Kälte des Moments wärmen konnte.

Meine Augen wanderten über die vielen bunten Häuschen, die überwiegend in leuchtenden Pastellfarben gestrichen waren. Häuser in Zitronengelb, Senffarben, Beige, Aprikose und Rosa waren bunt durcheinander gewürfelt und wirkten doch absolut perfekt aufeinander abgestimmt. Wie war so etwas nur möglich? Umrandet wurde das Ganze von saftig grünen Sträuchern, pinken Rosenhecken und gelben

Zitronenbäumen. Als ich auf das vor mir liegende Dorf zuging, rückte die charakteristische Kirche Positanos, Santa Maria Assunta, mit ihrer aufwändig verzierten, glitzernden Kuppel in Gold und Grün ins Bild. Was war die Amalfi Küste doch für ein surrealer Ort? Und wie glücklich durfte ich mich schätzen, dies meine Heimat zu nennen und jetzt, in diesem Moment, hier sein zu dürfen.

Meine Gedanken ließen mich demütig werden und ich verspürte eine tiefe Dankbarkeit in meinem Inneren. Die rumorende Unruhe, die sich seit dem Zwischenfall heute Morgen in meinem Körper breit gemacht hatte, wurde von den warmen Strahlen des Glücks und der Lebensfreude verjagt, die in diesem Moment gerade die Oberhand gewannen. Genauso sollte es sein! Dies war mein Tag. Dies war mein Leben. Es war ein Geschenk, welches mir gegeben wurde. Mir allein. Und das ließ ich mir von niemandem nehmen. Und da ließ ich mir auch von niemandem hineinpfuschen. Vor allem nicht von jemandem, dessen einzige Gefühle egoistischer, kalter und herrischer Natur waren.

Ich nahm mir selbst dieses Versprechen ab, als ich federnden Schrittes in eine der verwinkelten Steilstraßen Positanos einbog.

*****

In Positano herrschte bereits reges Treiben. Vor allem in den vielen kleinen Bars und Restaurants. Die meisten Besucher waren in den Mittagsstunden dort eingekehrt, um auf einem der begehrten Terrassenplätze mit Blick auf das Meer ihr Mittagessen einzunehmen. Die Kellner liefen schnellen Schrittes umher, nahmen Bestellungen auf, servierten das duftende Essen und räumten leere Teller ab, um den nächsten Gast willkommen zu heißen.

Obwohl ich ein leichtes Knurren im Magen verspürte, was darauf hindeutete, dass ich durchaus eine Kleinigkeit vertragen könnte, beschloss ich, mich erst einmal auf meinen Einkaufsbummel zu konzentrieren. Jetzt gerade war in den Geschäften nur wenig los. Das würde sich rasch ändern, nachdem die Leute ihr Mittagessen beendet hatten. Dann würde es genau umgekehrt sein: leere Restaurants und volle Geschäfte.

Ich beschloss also meinen Hunger zunächst zu verdrängen, bis das Knurren im Magen nicht mehr zu überhören sein würde, und stattdessen die Gunst der Stunde zum Einkaufen zu nutzen. Ich durchkämmte die kleinen Boutiquen und obwohl ich eigentlich auf der Suche nach neuen Sandalen und neuer Unterwäsche war, ließ ich mich von den vielen anderen Produkten erfolgreich von meinem eigentlichen Vorhaben ablenken. Da gab es handgemachte Seifen aus Lavendel, Zitronen, Orangen und Jasmin. Von Hand genähte Stoffsäckchen mit Kräuterfüllung, wobei ein Stoff die Schönheit des anderen übertraf. Mediterrane Motive in leuchtenden Farben prangten auf den Stoffen und ich konnte mich gar nicht entscheiden, welche ich davon am schönsten fand. Also kaufte ich kurzerhand drei davon. Auch die Auswahl an Leinen- und Baumwollstoffen war beeindruckend. Aus diesen Stoffen könnten ganz sicher die schönsten Taschen, Tischdecken, Säckchen und sogar Kleider genäht werden.

Wieder einmal bedauerte ich, dass ich dieses handwerkliche Geschick nicht beherrschte. Seit Jahren nahm ich mir vor, es zu lernen. Jedoch fehlte mir immer im entscheidenden Moment die Zeit und der letzte kleine Tritt in den Hintern, um es tatsächlich anzupacken. Das hieß aber nicht, dass ich die Stoffe nicht kaufen würde. Nein, nein, ich würde sie kaufen. Und wie ich sie kaufen würde. Denn obwohl es natürlich stimmte, dass man sich mit Geld nicht alles kaufen konnte, so konnte man sich damit aber zumindest eine Näherin leisten, die einem eben diese Taschen und Tischdecken aus den traumhaften Stoffen ganz nach Wunsch nähte.

Ich bummelte von Geschäft zu Geschäft und war dabei so vertieft in die Auswahl an Produkten, dass ich die drohende Gefahr zunächst nicht bemerkte. Ich war gerade dabei, mir einige der mediterranen Keramikteller vor einer der kleinen Boutiquen mit bunter Mosaik Fassade anzusehen, als ich die Gefahr hinter mir hörte. Vor Schreck ließ ich beinahe den Keramikteller mit Sonnenblumen Motiv fallen. Vorsichtig legte ich den Teller wieder auf seinen Platz. Ich versuchte mich so unauffällig wie nur möglich zu verhalten.

„Bloß nicht umdrehen. Bloß nicht umdrehen", murmelte ich leise vor mich hin, als ich der Stimme aus dem Hintergrund immer noch den Rücken zuweisend, so unauffällig wie möglich in das Geschäft ging.

Ich war mir recht sicher, dass er mich nicht gesehen hatte. Aber erst, als ich von den sicheren vier Wänden des Geschäftes umgeben war, traute ich mich ganz vorsichtig durch die Schaufensterscheibe des Ladens nach draußen zu sehen. Zum Glück war das Schaufenster mit jeder Menge Keramikschalen, -Tellern, -Krügen und -Töpfen ausgestattet, sodass man, wenn überhaupt, nur meinen Kopf von draußen erkennen konnte.

Matteo saß zusammen mit einem Mann Mitte dreißig, also etwa in Matteos Alter, an einem kleinen Tisch des modernen Cafés gegenüber. Die beiden waren in eine Unterhaltung vertieft. Es erschien mir eine informelle, entspannte Unterhaltung zu sein. Denn Matteo wirkte für seine Verhältnisse recht gelöst und ich zuckte regelrecht zusammen, als so etwas wie ein herzhaftes, ja nahezu lautes Lachen aus seiner Kehle drang. Der andere Mann musste irgendetwas Lustiges erzählt haben, das Matteo dazu veranlasst hatte, laut loszulachen.

Beeindruckend. Mit kleinen Lachfältchen um die Augen und einem schelmischen Grinsen wirkte Matteos Gesicht auf einmal gar nicht mehr so finster, sondern fast schon freundlich. Fast so wie früher, vor 12 Jahren. Aber nur fast, ermahnte ich mich. Wir wollten es ja nicht übertreiben. Bestimmt hatte der andere Mann irgendeine Frauengeschichte von seiner neusten Eroberung erzählt, die Matteo zum Schießen fand. Wundern würde es mich nicht.

Leider verstand ich jedoch nicht, worüber die beiden redeten. Eigentlich wollte ich wegsehen und mich weiter meinen Einkäufen widmen, aber ich war unfähig, meinen Blick von dem Tisch abzuwenden. Matteo war einer der aufmerksamsten Menschen, die mir je begegnet waren. Bereits in unserer Jugend war er immer extrem wachsam gewesen. Das brachte der „Job“, wenn man es so nennen wollte, als Mafioso wohl mit sich. Willst du überleben, sei immer überlegen.

Matteo beobachten zu können, ohne dass er etwas davon mitbekam, war mir in all den Jahren, in denen wir uns kannten, so gut wie nie gelungen. Diese Momente waren extrem rar und deswegen umso kostbarer. Während ich ihn in Gedanken versunken betrachtete, fragte ich mich, ob sich hinter der kaltherzigen, gebieterischen und groben Fassade dieses Mannes vielleicht irgendwo ganz tief im Inneren noch diese liebenswürdige, sanfte und gefühlvolle Person verbarg. Oder hatte es diese Person womöglich in Wirklichkeit nie gegeben?

Ich wusste nicht, wie lange ich bereits dort am Fenster stand, und die beiden beim Plaudern beobachtete, als mich eine mir unbekannte Stimme zurück in das Hier und Jetzt holte.

„Kann ich Ihnen helfen, Signorina?“, fragte mich ein braungebrannter Mann Anfang Siebzig.

Ihm musste dieses Geschäft gehören. Ich warf einen letzten flüchtigen Blick auf die andere Straßenseite und erkannte, dass sich nun auch ein kräftiger Mann, circa Mitte fünfzig, zu Matteos Tisch gesellt hatte. Entspannt stand er da, eine Hand auf die Schulter von Matteos Bekanntem gestützt. Er hatte eine Schürze umgebunden. Also musste er entweder in dem Café arbeiten oder aber es gehörte ihm. Alle drei lachten über etwas. Ich wandte meinen Blick ab und sah dem älteren Mann freundlich lächelnd ins Gesicht. Noch immer wartete er auf eine Antwort von mir.

„Vielen Dank. Ich bewundere ihre Produkte, vor allem die Teller mit den Sonnenblumen. Sie sind einfach wunderschön. Davon werde ich mir sicher das ein oder andere Stück mitnehmen. Darf ich mich vorher noch hier drinnen umsehen?“.

Der Mann lächelte mich mit seinen warmen braunen Augen freundlich an.

„Natürlich Signorina. Nehmen Sie sich alle Zeit, die sie brauchen.“

Ich bedankte mich und wandte mich dann dem Regal rechts von mir zu.

Als ich mich in die Hocke begab, um mir die bunten Weinflaschen Verschlüsse aus Keramik anzusehen, die dort in einem Flechtkörbchen lagen, vernahm ich, wie noch jemand das Geschäft betrat. Kurz darauf hörte ich, wie der Ladenbesitzer den Neuankömmling freudig begrüßte.

„Ciao Matteo. Ciao Aurelio. Wie schön euch zu sehen."

„Ciao Gianluca", erwiderte die Stimme, die ich ganz eindeutig Matteo zuordnen konnte.

Vorsichtig ging ich noch tiefer in die Hocke und schaute dann unter dem massiven Holztisch, der in der Mitte des Raumes stand, zu den drei Männern. Sie begrüßten sich mit einem freundschaftlichen Handschlag.

„Wir sind hier, um die Bestellung abzuholen", sagte der andere Mann.

Das musste dann wohl der Mann sein, den Gianluca, der Besitzer des Ladens, mit Aurelio angesprochen hatte.

„Ja natürlich", nickte Gianluca. „Die Bestellung ist fertig verpackt. Ganz wunderbare Stücke. Die hübsche Signorina ist ebenfalls sehr davon angetan, wie sie mir eben erzählt hat."

Gianluca drehte den Kopf in die Richtung, in der er mich vermutete und die Köpfe von Matteo und Aurelio folgten dieser Geste prompt.

Oh nein.

Das durfte doch nicht wahr sein. Mein Herz schlug mir bis zum Hals. Ich überlegte einen Moment, einfach in der Hocke zu verharren und darauf zu hoffen, dass man mich hier unten übersehen würde, aber da bemerkte ich bereits, wie Matteo seinen Oberkörper auf der anderen Seite des Tisches hinabgebeugt hatte und mir geradewegs in die Augen sah.

Ich saß in der Falle.

Kapitel 12

Langsam und so elegant wie möglich erhob ich mich aus der Hocke und hob zum Gruß eine Hand.

„Hi".

„Selber Hi", kam die Antwort von Matteo.

„Ihr kennt euch?". Nun hatte Aurelio das Wort ergriffen.

„Nein!", „Ja!", kam die Antwort auf seine Frage wie aus der Pistole geschossen.

Das „Nein" kam von mir. Das „Ja" stammte aus Matteos Munde.

Genervt kreuzte ich die Arme vor der Brust und sah abwartend zu Matteo. Sollte er es doch erklären. Dessen Augenmerk richtete sich stattdessen jedoch nach oben an die Decke. Amüsiert wanderte Aurelios Blick zwischen mir und Matteo hin und her.

„Aha. Ich glaube dieser Uneinigkeit nach zu urteilen, besteht hier einiges an Gesprächsbedarf. Ich gehe dann mal. Gianluca, gibst du mir das Paket?".

„Sicher, sicher, kein Problem", beeilte sich Gianluca zu sagen. Ihm war die Situation sichtlich unangenehm.

Während Gianluca in einem der hinteren Räume verschwand, um das Paket zu holen, folgte Aurelio ihm. Matteo und ich blieben schweigend zurück. Keiner sagte etwas. Wir sahen uns grimmig an. Wie lange wir so schweigend dastanden und uns erbost fixierten, konnte ich nicht sagen.

Irgendwann kam Aurelio zurück und klopfte Matteo freundschaftlich auf die Schulter.

„Also dann."

Als Matteo keine Reaktion zeigte, zuckte er mit den Schultern und wandte sich stattdessen mir zu.

„Auf Wiedersehen…", abwartend sah er mich an.

„Carlotta", antwortete ich ihm zaghaft.

„Auf Wiedersehen Carlotta."

Ich nickte ihm zu und er verschwand lächelnd durch die Tür nach draußen.

Gianluca war noch nicht zurückgekehrt. Womöglich wollte er uns bei dem nicht existenten Gespräch nicht stören. Mir wäre es jedoch lieber, er wäre hier. So stand ich allein Matteo gegenüber, während ich mir meinen nächsten Schachzug überlegte. Einerseits wollte ich nur noch so schnell wie möglich weg von hier. Andererseits war ich sauer auf ihn, dass er mich erneut in eine so prekäre Situation gebracht hatte, in der ich mich nicht befinden würde, wenn er nicht dafür gesorgt hätte, dass ich meine Schuhe und Unterwäsche hatte zurücklassen müssen. Und das wollte ich ihm verdammt nochmal sagen. Mit allen Konsequenzen, die es nach sich tragen würde.

„Also", überlegte ich in Gedanken. Was war der Plan? Flucht oder Angriff? Ich wägte die beiden Optionen in meinem Kopf gegeneinander ab.

„Also?", Matteo sah mich fragend an. „Gehen wir?".

Verblüfft erwiderte ich, „Gehen? Wohin?".

„Na so wie ich das sehe, schulde ich dir ein Paar Schuhe sowie Spitzenunterwäsche. Also werde ich dir jetzt neue kaufen."

Meine Verblüffung wandelte sich in Fassungslosigkeit. Bitte was? Er wird mir neue kaufen? Was war denn mit meinen alten Sachen geschehen?

„Du hast recht, du schuldest mir ein Paar Schuhe und Unterwäsche. *Meine* Schuhe und *meine* Unterwäsche." Ich betonte absichtlich das Wort, „meine".

„Warum gibst du mir nicht einfach meine Sachen zurück oder sagst mir, wo ich sie abholen kann?".

Abschätzend sah mich Matteo an. „Na weil ich sie dir nicht zurückgeben will."

„Moment mal. Du *willst* sie mir nicht zurückgeben oder du *kannst* sie mir nicht zurückgeben?".

„Carlotta…", Matteo machte einen Schritt auf mich zu und nahm eine widerspenstige Haarsträhne zwischen seine Fingerspitzen. Dann wickelte er sie sich langsam um den Finger.

„Es gibt nur wenig, was ich nicht kann. Das weißt du doch. Ich werde dir die Sachen nicht zurückgeben, weil ich es nicht will. Aus diesem Grund werde ich sie dir ersetzen. Du kannst sie dir mit mir zusammen aussuchen oder ich werde sie selbst für dich aussuchen. Wie du willst."

Mit beiden Händen umfasste ich seine rechte Hand, mit deren Zeigefinger er sich meiner Haarsträhne bedient hatte und machte sie energisch von meinem Haar los.

„Erstens: Das ist Diebstahl. Du kannst nicht einfach meine persönlichen Sachen nehmen und sie behalten. Zweitens: Ich brauche keinen Mann, der mir meine Kleidung bezahlt. Und drittens: …".

Mist. Jetzt fiel mir kein „Drittens" ein. Na auf meine Schlagfertigkeit war ja mal wieder Verlass. Ich merkte, wie mir die Schamesröte ins Gesicht stieg. So war ich doch sonst nicht. Ich war immer und in jeder Situation überlegen, kontrolliert und wortgewandt. Aber bei Matteo schaltete mein Gehirn einfach ab. Es verabschiedete sich und andere Regionen in meinem Körper übernahmen die Kontrolle. Das gefiel mir ganz und gar nicht.

„Kommt noch ein Drittens oder bist du fertig?", fragte mich Matteo amüsiert.

Mit hochgezogener Augenbraue sah ich ihn an.

„Gut. Das werte ich mal als ein Nein", antwortete Matteo immer noch amüsiert.

„Kommen wir zu deinem ersten Punkt: Diebstahl. Du kannst gerne versuchen, bei der Polizei Anzeige zu erstatten. Ich bringe dich selbstverständlich dorthin und warte, während du ihnen erzählst, dass Matteo Leone deine Schuhe und dein Höschen gestohlen hat. Auf die Reaktion bin ich äußerst gespannt."

Matteo verzog seine Lippen zu einem spöttischen Grinsen. Haha. Sehr lustig.

„Und Zweitens: Was du brauchst, dass wissen wir beide. Und du wirst es bekommen, glaub mir. Wir werden es beide bekommen. Und darauf freue ich mich, meine kleine Carlotta."

Ich spürte, wie sich mein Gesicht noch mehr verfärbte. Ob vor Scham, oder vor Wut, konnte ich nicht genau sagen. Womöglich eine gute Portion von beidem.

„Ich will dir ein Paar Schuhe kaufen und viel lieber als das, neue Unterwäsche. Ich kaufe dir auch sonst alles, was du willst. Nicht, weil du einen Mann brauchst, der es dir kauft, sondern weil ich es will. Du weißt, dass es sinnlos ist, sich meinem Willen zu widersetzen. Ich nehme mir, was ich will. Immer. Ohne Ausnahme. Und wenn es sein muss, mit Gewalt. Also lass uns endlich gehen. Danach wirst du mit mir zu Mittag essen, und wir werden über noch ausstehende geschäftliche Dinge sprechen."

Fassungslos stand ich vor ihm. Wie konnte man nur so von sich selbst überzeugt und eingenommen sein und dabei trotzdem so verdammt sexy aussehen? Es war mir ein Rätsel. Dieser Mann war mir ein Rätsel. Jedoch wollte ich diesem Rätsel nicht näher auf den Grund gehen.

Deshalb antwortete ich ihm entschlossen, „Ich werde nirgendwo mit dir hingehen Matteo. Heute ist mein freier Tag und damit mache ich, was ich will. Mit dir einkaufen und essen zu gehen, steht weder heute, noch in hundert Jahren auf meinem Plan. Also geh mir jetzt bitte aus dem Weg und lass mich in Ruhe."

Trotzig und mit erhobenem Kinn sah ich ihn an.

Jedoch machte er keinerlei Anstalten, mir aus dem Weg zu gehen. Stattdessen verengten sich seine Augen zu Schlitzen, was seine Narbe über dem Auge noch bedrohlicher und präsenter wirken ließ und murmelte, „Na gut, du hast es nicht anders gewollt. Sag nicht, dass ich dich nicht gewarnt hätte."

*****

Noch bevor ich wusste, wie mir geschah, beugte sich Matteo nach vorne und warf mich, als wäre ich lediglich eine Feder, über seine Schulter. Dann drehte er sich um und ging mit mir über der Schulter aus dem Geschäft.

„Bist du wahnsinnig geworden? Lass mich runter! Lass mich sofort runter Matteo! Was soll denn das? Loslassen!", schrie ich ihn an, während ich mit den Beinen zappelte und mit meinen Fäusten gegen seinen Rücken trommelte.

Das führte allerdings nur dazu, dass Matteo meine Beine mit einem Arm noch enger umfasste und mir mit der Hand des anderen Arms einen Klaps auf den Hintern gab.

„Lass das Carlotta. Es nützt dir doch nichts."

Als ich erneut wild zappelte, landete ein weiterer, jedoch deutlich härterer Klaps auf meinem Po. Ich fragte mich, wieso mir keiner half. Dann jedoch bemerkte ich, dass Matteo in eine kleine Seitengasse abgebogen war. Mir schwante Böses und ich bekam eine Gänsehaut. Endlich setzte er mich ab und ich spürte wieder festen Boden unter meinen Füßen. Ich rieb mir meinen brennenden Hintern und sah Matteo erbost an. Aus meinen Augen schossen Blitze, so wütend war ich auf ihn. Ich konnte sie förmlich sehen, so real fühlten sie sich an. Jedoch schien das Matteo nicht zu stören. Er umgriff fest mein Handgelenk und zog mich die Gasse entlang hinter sich her, so, als wäre ich ein störrischer Hund. Ich hatte keine Chance, mich seinem entschlossenen Griff zu entledigen.

Schließlich blieb er am Ende der Gasse vor einem Laden mit unauffälliger Fassade stehen. Widerwillig folgte ich seinem Blick. Dann jedoch stutzte ich. Wir standen vor einem Second Hand Laden. Jedoch war dies nicht irgendein Second Hand Laden. Das erkannte ich auf den ersten Blick. Dies war ein gehobener Second Hand Laden. Marken wie Gucci, Dior und Prada sprangen mir ins Auge.

Nicht, dass mir diese Marken viel bedeuteten, im Gegenteil. Doch dann fiel mein Augenmerk auf ein Paar Schuhe, die zu finden ich nicht mehr zu hoffen gewagt hatte. Ich konnte es kaum glauben, deshalb trat ich noch näher an das Schaufenster heran. Doch, das waren sie. Und sie verschwanden auch nicht einfach wie eine Fata Morgana, nachdem ich mich ihnen genähert hatte. Das waren sie. Das waren exakt die Designer Schuhe, die ich vor genau neun Jahren in einer der Hochglanz Modemagazine bewundert hatte.

Damals war ich noch ganz am Anfang von meinem Studium in Paris gewesen und konnte sie mir beim besten Willen nicht leisten. Sie kosteten damals so viel wie eine ganze

Monatsmiete mich gekostet hätte. Und auf der Straße wollte ich dann doch nicht schlafen. Jedoch waren sie mir nie ganz aus dem Kopf gegangen, und seitdem ich im Berufsleben stand und die finanziellen Mittel zur Verfügung hatte, hatte ich überall im Internet und wo immer ich auf der Welt war, danach gesucht. Jedoch ohne Erfolg. Die Suche gestaltete sich natürlich auch deswegen als schwierig, da ich das Foto aus dem Modemagazin irgendwann nicht mehr gefunden hatte und aus diesem Grund den Modellnamen nicht kannte.

Ich hatte die Hoffnung, sie nach all den Jahren noch zu finden, eigentlich aufgegeben. Aber da waren sie nun. Sie standen genau vor mir. Nur eine Glasscheibe trennte uns voneinander. Es waren flache weiße Sport Sneaker aus Leder. An der Außenseite war in kleineren Lederstücken das blaue Meer eingestickt. Darauf fuhr ein rosarotes Segelboot. Im Hintergrund leuchtete eine orangene Sonne. Eine schwarze Möwe war schemenhaft zu sehen. Im Vordergrund war ein schattierter Kaktus eingestickt. Für mich stellte es den perfekten Sonnenuntergang vor Capri dar. Die Schuhe luden zum Träumen ein, und sie erinnerten mich an meine Heimat. Deshalb hatten sie mich damals sofort in ihren Bann gezogen, auch wenn ich sonst keinen großen Hang zu Designer Kleidung verspürte.

Ich erwachte aus meinem nostalgischen Traum und öffnete ruckartig die Tür des Ladens. Schnellen Schrittes ging ich hinein und ohne mich umzusehen oder der Höflichkeit halber zu vorher nachzufragen, streckte ich meinen Arm aus und griff in das Schaufenster nach den Schuhen. Ich schloss die Augen und wünschte mir ganz fest, dass die Schuhe auch meiner Schuhgröße entsprachen. Ich war mir nicht sicher, ob ich trauriger wäre, wenn ich die Schuhe nie gefunden hätte, oder sie genau vor mir zu haben, sie aber wegen einer falschen Schuhgröße doch nicht mitnehmen zu können. Vielleicht würde ich sie dann einfach trotzdem kaufen, und sie mir zuhause auf den Schrank stellen und sie jedes Mal bewundern, wenn ich daran vorbeilief. Oder ich würde mir ein Stück Fuß abschneiden, wenn sie zu klein waren. Oder eine Sohle reinlegen, wenn sie zu groß waren. Irgendetwas würde mir schon einfallen.

„Be positive", sagte ich mir. Dann zählte ich innerlich bis drei und öffnete die Augen. Ich drehte den Schuh, sodass ich die Größe auf der Sohle erkennen konnte und schrie dann freudig auf. Es war tatsächlich haargenau meine Größe. So viel Glück musste man erst mal haben.

Naja, eigentlich hatte ich nie Glück. Eigentlich glaubte ich noch nicht einmal an so etwas wie Glück. Ich glaubte an harte Arbeit und daran, dass deren freudige Resultate durch Fleiß erbracht wurden. Aber wenn es so etwas wie Glück gab, dann hielt ich gerade jede Menge davon auf einmal in den Händen. Ob das Emmas Himmelswerk war?

Emma und Mia wussten von meiner weltweiten Suche nach den Capri Schuhen und hatten mich immer dabei unterstützt und ermutigt weiterzusuchen, so lächerlich das auch klingen mag. Matteo war mittlerweile hinter mich getreten und sah entschuldigend zu der Verkäuferin, die mich interessiert musterte.

„Entschuldigen Sie. Meine Freundin hat wohl ihre guten Manieren für einen Moment vergessen."

Voller Elan drehte ich mich zu den beiden um und begann wie ein Wasserfall ohne Punkt und Komma von den Schuhen und meiner verzweifelten jahrelangen Suche danach zu erzählen.

Die Verkäuferin hörte mir mit einem vergnügten Lächeln auf den Lippen zu und erwiderte dann, „da haben Sie aber Glück gehabt. Ich habe die Schuhe erst kürzlich von einer Dame erhalten, die von Capri zurück nach Paris gezogen ist. Viele Stücke ihrer alten Garderobe hat sie mir zum Verkauf anvertraut. Die Schuhe sind nur eines der Stücke in diesem doch recht auffälligen und eigensinnigen Stil."

Damit hatte sie eindeutig mein Interesse geweckt und auf einmal fand ich Matteos erneute Entführung gar nicht mehr so schlimm. Ich würde nicht so weit gehen zu sagen, dass ich ihm dankbar dafür war, aber mal ehrlich, hätte ich die Schuhe entdeckt, wenn er mich nicht hierhin geschleppt hätte? Nein, da war ich mir sicher. Diesen Laden kannte man oder man kannte ihn nicht. Er lag so versteckt, dass man ihn wirklich nur fand, wenn man wusste, dass er existierte.

Ich dachte mir, dass das auch so gewollt war. So könnten die Schönen, Reichen und Berühmten der Amalfi Küste samt Capri und Ischia ganz in Ruhe in einem ihrem Niveau angemessenen Geschäft shoppen, um schöne und einzigartige Vintage Stücke zu ergattern.

„Also gut", sagte ich und klatsche in die Hände. „Mein guter alter Freund hier", ich nickte in Matteos Richtung, „hat gesagt, er kauft mir alles was ich will".

Ich sah erneut zu Matteo, um zu sehen, ob er etwas einzuwenden hatte. Aber er grinste nur diabolisch. Wahrscheinlich, weil er wusste, dass ich soeben mein „Zweitens" aufgegeben hatte und mich nun doch dazu entschieden hatte, mich von einem Mann aushalten zu lassen. Aber mal ganz ehrlich. Der Laden hier war ein Paradies auf Erden. Bereits ein kurzer Blick verriet mir, dass ich hier sowas von fündig werden würde. Und, obwohl dieses Geschäft lediglich Second Hand Designer Kleider führte, so waren sie noch immer hochpreisig. Einige von ihnen waren gar echte Raritäten, längst weltweit vergriffen, und trugen deshalb vielleicht einen noch höheren Preis als ihr damaliger Neupreis.

Das würde keine billige Angelegenheit für Matteo werden. So viel stand fest. Als ich ein Kind war, gab es da immer diese Fernsehshow, in der zwei Mannschaften gegeneinander in verschiedenen Spielen antraten und die Gewinnermannschaft durfte dann für fünf Minuten mit einem großen Einkaufswagen durch die Spielwarenabteilung eines Kaufhauses rennen und alles an Spielsachen in den Wagen hineinwerfen, was ihnen gefiel. Den Inhalt des Wagens durften sie behalten. Das fand ich immer unglaublich faszinierend und nun hielt ich meine ganz eigene Kaufhaus-Shopping-Freikarte in der Hand. Nach allem was Matteo heute (und vor 12 Jahren) bereits mit mir angestellt hatte, hatte ich keinerlei schlechtes Gewissen, ihn die goldene Kreditkarte zücken zu lassen.

Ich sah das in diesem Ausnahmefall nicht so, dass ich mich von einem Mann aushalten ließ. Ganz im Gegenteil, es war der Preis dafür, dass *ich ihn* heute schon zum zweiten Mal aushalten musste. Meine Zeit war äußerst kostbar. Vor allem, wenn man sie mir vermieste. Dann wurde sie mit jeder Minute kostbarer und somit teurer.

Matteo dachte, dass er mich besitzen konnte und mit mir machen konnte, was auch immer er wollte? Gut. Sollte er das mal denken. Ich beschloss, dass das mit mir jetzt so ablaufen würde, wie mit einem neuen Sportwagen. Die Anschaffung war teuer. Aber damit nicht genug. Die Unterhaltung und Instandhaltung kosteten nochmals richtig Kohle. Und das regelmäßig. Eigentlich war ich mehr der Typ Oldtimer. Wie unser kleiner gelber Fiat 500 aus den Sechzigern. Zuverlässig, pflegeleicht und genügsam.

Aber was wäre ich für eine Frau, wenn ich nicht, wie auch bereits meine evolutionären Vorfahrinnen, anpassungsfähig wäre? Dann war ich heute eben mal ein Sportwagen.

Ein Ferrari.

Nein.

Ein streng limitierter Ferrari.

*****

Bewundernd stand ich vor dem Spiegel und drehte mich von einer Seite zur anderen. An den Füßen trug ich die Capri Schuhe. Sie waren wie für mich gemacht. Ich wollte sie gar nicht mehr ausziehen. Dennoch setzte ich mich kurze Zeit später auf das bequeme Sofa und zog sie behutsam aus. Ich wollte nicht riskieren, dass die Schuhe Schaden nahmen. Da ich sie für den Rest meines Lebens tragen wollte, musste ich sie wie ein rohes Ei behandeln und das bedeutete, sie nur zu ganz besonderen Gelegenheiten zu tragen.

„Die Schuhe nehme ich schon mal auf jeden Fall."

Ich reichte der Verkäuferin die Sneaker, obwohl ich sie eigentlich gar nicht mehr aus der Hand geben wollte.

„Ich werde mich jetzt noch umschauen."

„Natürlich. Und wenn Sie Hilfe brauchen, dann fragen Sie mich einfach", erwiderte die Verkäuferin höflich.

Ich drehte mich zu Matteo um, der noch immer dastand wie eine Mauer, die tätowierten Hände lässig in die Hosentaschen geschoben.

„Ich hoffe du hast Zeit mitgebracht. Wenn nicht, da ist die Tür.“ Ich zeigte mit dem Finger auf die Tür des Ladens. „Aber wenn du gehst, lass mir deine Kreditkarte da.“

Ich schenkte ihm ein zuckersüßes, vielleicht aber auch eher teuflisches Lächeln, und drehte mich dann so schnell von ihm weg, dass er keine Chance mehr hatte, etwas darauf zu antworten.

Aufmerksam durchforstete ich jedes einzelne Teil des Ladens und meine Laune besserte sich mit jeder Minute. Ich war wirklich begeistert von dem, was meine Augen hier sahen. So viele Schätze an einem Ort. Ein wahres Paradies.

Als ich nach einiger Zeit eine Verschnaufpause brauchte, ließ ich mich neben Matteo auf die einladende Couch fallen.

„Woher hast du das gewusst?“, fragte ich ihn.

Matteo löste den Blick vom Display seines Handys und sah mich amüsiert an. „Du weißt doch, dass es kaum etwas gibt, was ich nicht weiß. Deswegen musst du schon etwas konkreter in deiner Formulierung sein.“

Wie schaffte er es nur, selbst bei solch eingebildeten Aussagen so sexy zu wirken? Jeder andere Mensch, den ich kannte, würde einfach nur lächerlich wirken. Nicht so aber Matteo. Das war nicht fair.

„Na, dass ich viel lieber gebrauchte als neue Dinge kaufe“, erwiderte ich.

„Nennst du sie noch immer vorgeliebte Dinge?“, fragte mich Matteo.

„Woher weißt du…?“. Ich war baff.

„Ich dachte, das hätten wir soeben geklärt. Ich hätte dich für cleverer gehalten. Muss ich dir tatsächlich erneut sagen, dass es fast nichts gibt, was ich nicht weiß?“.

Er zwinkerte mir schelmisch zu.

„Idiot“, antwortete ich ihm genervt.

Aber da ich unbedingt wissen wollte, woher er das wusste, ließ ich nicht locker.

„Also? Nun sag schon.“

Matteo seufzte. „Ich gebe nicht gerne meine Geheimnisse preis. Das ist nicht gut fürs Geschäft."

„Ich bin also ein Geschäft?".

„Alles ist ein Geschäft, Carlotta."

Soso. Alles war also für ihn ein Geschäft. Ich mit eingenommen. Das sollte mich nicht überraschen. Im Gegenteil. Wieso aber verspürte ich mit einem Mal einen dicken Kloß im Hals? Dachte ich ernsthaft, ich sei mehr für ihn als irgendein Geschäft? Mir war noch nicht einmal bewusst, dass ich überhaupt irgendetwas für ihn sein wollte, ohne das „irgendetwas" näher zu definieren. Dennoch schien mich der Gedanke, ein Geschäft zu sein, zu betrüben.

Verärgert versuchte ich, diesen trüben Gedanken abzuschütteln. Es konnte mir doch wirklich egal sein, was ich für Matteo Leone war oder besser gesagt, was ich nicht für ihn war. Wieso war es mir dann nicht egal?

„Damals schon hattest du eine große Vorliebe für Second Hand. Es war der Tag, an dem wir alle zusammen in Neapel unterwegs waren."

Ich erinnerte mich an diesen Tag vor 12 Jahren. Oder besser gesagt an das aufregende Wochenende, das wir im Freundeskreis in Neapel verbracht hatten.

„Wir spazierten alle zusammen durch Neapel, als du plötzlich verschwunden warst. Du hattest diesen Second Hand Laden mit Pariser Mode entdeckt und warst so vertieft in die Kleider, die dort hangen, dass du nicht gemerkt hast, dass wir dich suchten. Irgendwann fand ich dich in dem Laden. Du hattest dieses knielange, leicht ausgestellte weiße Kleid an. Überall waren gelbe Zitronen mit grünen Sträuchern aufgedruckt."

Matteo hielt inne und ich starrte ihn an, als wäre er von einem anderen Stern.

„Das weißt du noch?". Vorsichtig sah ich zu ihm hinüber, aber er schaute mich nicht an.

Es schien, als betrachtete er starr seine Hände, während er weitersprach.

„Ich weiß noch alles von damals, Carlotta." Dann hob er den Blick. „Du sahst so schön in dem Kleid aus. Dein Strahlen war unbeschreiblich."

Erneut stockte Matteo.

„Du hast es mir gekauft", führte ich seine Gedanken fort.

„Ja, das habe ich. Ich konnte gar nicht anders. Das Kleid hat zu dir gehört, wie der Himmel zum Paradies. Es war für dich bestimmt. Daran bestand kein Zweifel. Du sagtest damals zu mir, dass dieses Kleid vorgeliebt worden sei. Jemand anderes hätte es bereits vor dir geliebt und du würdest diese Liebe nun weiterführen."

Ich legte meine Hand auf Matteos Knie und drückte es sanft. „Ich fasse es nicht, dass du dich daran noch erinnerst."

„Ich erinnere mich an so viele Dinge, Carlotta. Du hast ja keine Ahnung…".

Matteo legte vorsichtig seine Hand auf meine und schaute mich mit einem melancholischen Ausdruck an. Niemand sagte etwas und doch schien jeder in den Augen des anderen all die unausgesprochenen Worte und Gefühle zu erahnen.

Ich räusperte mich und sah verwirrt zu Boden. Es änderte nichts. Unterm Strich war alles gleichgeblieben. Er hatte mich, ohne zurückzublicken, sitzen lassen. Und in all den Jahren hatte ich nie eine Erklärung dafür erhalten. Jetzt wollte ich sie nicht mehr. 12 Jahre waren eine lange Zeit. Eine lange Zeit, um zu leiden, zu zweifeln und zu trauern. Das alles verdankte ich ihm. Seine Worte änderten daran nichts. Sie machten nichts davon ungeschehen. Auch wenn sie mich zu Tränen gerührt hatten und ich deshalb schnell aufsprang, um es ihm nicht zu zeigen.

„Ich bin soweit. Die Sachen, die mir gefallen, habe ich an der Kasse abgegeben."

„Du hast gar nichts davon anprobiert." Matteo sah mich erstaunt an.

Aber in seinem Blick lag noch etwas anderes. Ich glaubte Enttäuschung darin wahrzunehmen. Jedoch nur für einen ganz kurzen Augenblick. Dann legte sich wieder der fortwährende, undurchdringliche dunkle Schleier über seine Augen und er verschloss sich mir.

„Ich kenne meinen Körper. Ich weiß, was mir passt und was nicht. Ich weiß, was mir gefällt und was nicht. Und ich weiß, was ich will."

„Bist du dir da sicher?", fragte mich Matteo.

Dann erhob er sich und ging ohne ein weiteres Wort zur Kasse. Ich blieb zurück und mit mir die Frage, die Matteo in den Raum gestellt hatte und bei der ich mir nicht sicher war, ob sie sich wirklich auf die Kleiderwahl bezog.

Kapitel 13

Matteo zahlte, ohne mit der Wimper zu zucken, die Rechnung, und wir verließen den Laden mit zwei vollen Tüten. Während ich meinen Gedanken von vorhin weiter nachhing und mir den Kopf über Matteos Äußerungen im Zusammenhang mit dem Kauf meines geliebten Zitronenkleids vor 12 Jahren zerbrach, führte Matteo mich zielstrebig durch die Gassen von Positano.

Ich achtete nicht darauf wohin oder woher wir gingen, sondern folgte ihm einfach. Keiner von uns sagte etwas. Die Gassen waren nun wieder belebter. Mittlerweile war es fast 15 Uhr. Schließlich blieb Matteo stehen und ich sah auf. Wir standen vor einem edlen Dessous Geschäft. Hitze schoss mir in die Wangen. Das hatte ich ja vollkommen vergessen. Er wollte mir Schuhe und Unterwäsche kaufen. Die Schuhe hatten wir bereits abgehakt, aber die Unterwäsche war noch ausstehend.

Ich konnte mir beim besten Willen nicht vorstellen, Unterwäsche mit Matteo zu kaufen. Zwar hatte Matteo bereits jede Stelle an meinem Körper gesehen, nun ja, um ehrlich zu sein auch berührt und gekostet, aber das war bereits 12 Jahre her und geschah in einer ganz anderen Zeit und Phase meines Lebens. Die Carlotta von heute mit ihren fast dreißig Jahren, würde dieser törichten Versuchung ganz sicher nicht noch einmal erliegen. Ganz zu schweigen von alle dem, was danach käme. Vor allem das tiefe schwarze Loch, in das man fiel, wenn der süße Traum auf einmal zerplatzte wie eine Seifenblase. Nein. Das kam nicht in Frage. Diesen Fehler würde ich nicht noch einmal begehen. Und gemeinsam Unterwäsche mit dem heißesten und gefährlichsten Mann zu kaufen, den ich kannte und dem ich jemals begegnet war, gehörte deshalb definitiv auf die Liste der Dinge, von denen ich unbedingt die Finger lassen sollte.

„Matteo, ich werde keine Unterwäsche mit dir kaufen."

„Du kaufst sie ja nicht mit mir, sondern für dich", erwiderte Matteo spitzfindig.

„Hör auf. Du weißt genau, wie ich das meine."

„So, weiß ich das? So wie ich die Sache sehe, schulde ich dir noch neue Unterwäsche. Wir stehen vor einem Unterwäsche Laden. Einem der besten in ganz Kampanien, um genau zu sein. Also lass uns reingehen und sie aussuchen. Wo liegt das Problem?".

Ich schüttelte ungläubig den Kopf. Er verstand es einfach nicht. „Das Problem bist du."

Matteo musterte mich mit einem finstern Blick.

„Es ist mir unangenehm Matteo."

„Was genau ist dir unangenehm?". Matteo trat näher an mich heran, während er diese Worte nahezu flüsterte. Seine Nasenspitze berührte nun fast die meine.

Ich spürte die Hitze, die von ihm ausging. Er berührte mich nicht, aber trotzdem fühlte es sich so an, als ob mich seine Stimme streichelte. Und mein Körper, dieser elende Verräter, reagierte prompt darauf. Eine prickelnde Gänsehaut bildete sich auf meinem Rücken. Seine Mundwinkel wandelten sich zu seinem teuflischen Grinsen. Er schien genau zu wissen, was er tat und welchen Effekt seine Taten bei mir hinterließen.

„Ist da etwa jemand prüde geworden? Schade."

Seine Worte trafen mich, obwohl mir bewusst war, dass er dies nur sagte, um mich zu provozieren. Was sollte ich sagen, es funktionierte. Leugnen war zwecklos. Ich hatte auch meinen Stolz und das konnte ich nicht auf mir sitzen lassen. Denn wenn ich eines ganz sicher nicht war, dann war es prüde. Wie war das nochmal? Ich versuchte mich an seine Wortwahl zu erinnern. Alles ist ein Geschäft. So lauteten doch seine Worte. Gut. Und ich war Geschäftsfrau. Durch und durch Geschäftsfrau. Eine sehr gute noch dazu. Er wollte Geschäfte machen? Dann würden wir eben Geschäfte machen. Wir würden schon sehen, wer die bessere Strategie hatte und als Sieger aus der Verhandlung hervorgehen würde.

Ich nahm seine Hand, was ihn sichtlich verwirrte, und zog ihn mit einem koketten Lächeln in das Geschäft. Das verwirrte ihn noch mehr. Punkt eins ging also an mich.

„Guten Tag“, begrüßten uns die beiden blutjungen Verkäuferinnen, wobei sie verträumt in Matteos Richtung blickten.

Nun stieß auch noch ein dritter Verkäufer dazu, ein sehr gepflegter Mann Anfang dreißig. Er war kein Süditaliener so viel stand fest.

„Wie können wir Ihnen behilflich sein?“, fragte er uns, da die beiden Täubchen noch immer zu fasziniert von Matteo waren, um ihren Job zu machen.

„Mein Freund“, ich strich mit meinen Fingerspitzen zärtlich über Matteos Hinterkopf, „und ich sind auf der Suche nach angemessener Kleidung für gewisse Stunden. Nicht wahr, Matteo?“.

Verwundert über meinen plötzlichen Sinneswandel, sah Matteo mich mit funkelnden Augen an. Seine Augen verengten sich und er schien dem Ganzen zu misstrauen, ohne jedoch zu einem konkreten Ergebnis zu gelangen. Gut so. Noch war ich im Vorteil. Und ich würde alles daransetzen, dass das auch so blieb.

„Na da sind sie bei uns genau richtig“, erwiderte der Verkäufer mit einem professionellen Lächeln.

„Das ist ja wundervoll.“ Ich kicherte vergnügt.

Gott, machte das Spaß. Matteos Augen verengten sich immer mehr. Er war es nicht gewohnt, dass ich kicherte. Das tat ich auch nie. Aber jetzt tat ich es. Es gehörte zur Geschäftsstrategie. Und ein Geschäft war das Ganze doch schließlich für Matteo. Nicht mehr und nicht weniger.

„Na dann zeigen Sie mir doch mal, womit Sie eine Frau in gewissen Stunden um den Verstand bringen könnte.“

Ich legte den Kopf schief und fuhr mir mit dem Zeigefinger über meine Lippen. Der Verkäufer räusperte sich nervös, während Matteos Augen noch eine Nuance dunkler wurden und seine Narbe verdächtig zu zucken begann. Seine Hände hatte er in den Hosentaschen vergraben.

„Nun gut, dann folgen Sie mir bitte Signora.“

„Carlotta. Meine Freunde nennen mich Carlotta.“

„Sehr gerne, Carlotta.“, gab der Verkäufer zurück.

„Ist er jetzt etwa dein Freund", zischte mir Matteo wütend ins Ohr.

„Natürlich. Ist er nicht süß?", gab ich mit einem zuckersüßen Lächeln zurück und schickte Matteo mit spitzen Lippen einen kleinen imaginären Luftkuss.

Matteo knurrte leise. Enrico, der Verkäufer, zeigte mir verschiedene Dessous und ich schenkte ihm meine volle Aufmerksamkeit, während ich ihn hin und wieder, wie durch Zufall, an der Hand oder am Arm berührte. Ich spürte, wie Matteo vor Wut kochte. Dann schließlich lief seine aufgestaute Wut über und er stellte sich zwischen mich und Enrico.

„Sie haben uns sehr geholfen. Um den Rest werde ich mich selbst kümmern. Sie können gehen, Enrico."

„Natürlich Signor Leone. Ganz wie Sie wünschen", erwiderte Enrico, sichtlich eingeschüchtert von Matteo, welcher sich mit seinen knapp ein Meter neunzig bedrohlich vor ihm aufgebaut hatte.

Als Enrico verschwunden war, musterte mich Matteo mit bedrohlicher Miene.

„Was soll das?", bellte er.

„Was soll was?", gab ich zuckersüß zurück.

„Du provozierst mich. Lass das!"

Ich schaute ihn mit großen Unschuldsaugen an.

„Du wolltest doch mit mir Unterwäsche kaufen gehen. Und genau das machen wir doch gerade. Enrico hat uns so nett beraten. Ich hätte ihm gerne die Teile, die er für mich rausgesucht hat, vorgeführt, um seine Meinung dazu in Erfahrung zu bringen. Er ist doch absoluter Experte auf diesem Gebiet und ich will nur das Beste für meinen Körper…".

Ich kam nicht dazu, weiterzusprechen. Denn Matteo hatte sich abrupt umgedreht und nahm energisch verschiedene Dessous von den Ständern im Geschäft. Dann kam er wie eine Raubkatze auf mich zu.

„Hier." Er hielt mir die Teile, die er ausgewählt hatte, vor das Gesicht.

„Diese hier wirst du anprobieren. Gib mir die Sets, die Enrico dir rausgesucht hat, Carlotta. Du wirst sie nicht brauchen."

Da war wohl jemand eifersüchtig.

„Ich werde sie also nicht brauchen. Sagt wer?".

Ich klimperte unschuldig mit den Wimpern. Auch etwas, was ich bisher nur im Fernsehen gesehen hatte. Aber es schien seine Wirkung nicht zu verfehlen. Matteo blickte mich finster an. Ich erwiderte den Blick unverwandt. Jeder versuchte den anderen dazu zu bringen, den Blick abzuwenden. Doch niemand war bereit nachzugeben.

„Also schön." Matteo fuhr sich mit der Hand durchs Gesicht. „Ich merke schon, du willst nicht gehorchen. Wir beide werden ganz viel Spaß zusammen haben. Das verspreche ich dir. Vor allem, wenn ich dich für dein Ungehorsam bestrafen muss."

Ich schluckte und versuchte mir die Wirkung seiner Worte nicht anmerken zu lassen. Wortlos nahm ich ihm die Dessous, die er für mich ausgewählt hatte, aus der Hand und reichte ihm die Dessous, die Enrico für mich vorgesehen hatte. Dann ging ich an ihm vorbei in die Umkleidekabine und begann mich auszuziehen.

*****

Langsam drehte ich mich von einer Seite auf die andere und betrachtete prüfend das feuerrote Set aus BH, String und Strapse im Spiegel. Durch meine von Natur aus gebräunte Haut und die langen braunen Haare, die mir in leichten Locken um die Hüften fielen, wurden diese heißen Dessous sehr gut zur Geltung gebracht. Ich schlüpfte in die zehn Zentimeter Stilettos, die eine der Verkäuferinnen mir in die Kabine gebracht hatte, um den Look zu komplettieren. Es klackerte leise auf dem Boden, als ich mich im Spiegel betrachtete und mich dabei drehte.

Plötzlich spürte ich einen kleinen Luftzug an der Haut. Ich wirbelte herum und vor mir stand Matteo, der soeben in die Kabine getreten war, die so groß war, dass sie locker Platz für vier Personen bot. In der Ecke der Umkleidekabine stand ein schwarz-goldenes Sofa aus Samt, auf dem Matteo nun Platz nahm. Er sagte kein Wort. Sein Blick war unergründlich. Dann bedeutete er mir mit dem Finger, mich um die eigene Achse zu drehen.

Ich ermahnte mich, dass dies alles nur ein Geschäft für ihn war. Dass ich nur ein Geschäft für ihn war. Diese traurige Erkenntnis gab mir genug Willenskraft, um meinen Part als taffe Geschäftsfrau in diesem Spiel fortzusetzen. Langsam drehte ich mich vor Matteo, während ich den Zeigefinger meiner rechten Hand mit der Zunge befeuchtete und langsam mit der Hand meinen Hals hinab glitt. Ich fuhr weiter entlang des Schlüsselbeins und begab mich auf eine Reise zwischen meine Brüste. Matteo verfolgte aufmerksam die Wanderschaft meiner Hand. Er stellte seine Beine etwas weiter auseinander. Ohne Zweifel eine Reaktion darauf, dass seine Hose gerade etwas enger geworden war.

„Gefällt es dir?", fragte ich ihn mit einem unschuldigen Augenaufschlag, während ich verführerisch an meinem Daumen knabberte.

Als er nichts sagte, stolzierte ich langsam auf ihn zu. Ich war mir meiner Wirkung sehr wohl bewusst. Noch immer sagte er nichts. Er schaute mich einfach nur an. Mir wurde heiß unter seinem Blick, obwohl ich mir immer wieder ins Gedächtnis rief, dass dies alles nur ein Geschäft für ihn war. Dass er Frauen wie Gegenstände behandelte und unfähig war, Gefühle zuzulassen.

Als meine Knie die seinen berührten, beugte ich mich zu ihm hinab und ließ meine Hände über seine Oberschenkel gleiten.

„Ich frage dich noch einmal. Gefällt es dir?".

Ich leckte mir über meine Lippen, während ich vergeblich auf eine Antwort von ihm wartete. Matteo sah mich einfach nur an. Sein Blick war unergründlich. Was er in diesem Moment dachte, das wusste nur er selbst. Er hatte sich absolut unter Kontrolle. Das ärgerte mich. Aber ich war noch längst nicht fertig. Ich spreizte meine Beine und glitt langsam auf seinen Schoß.

„Ich glaube, ich kann den BH noch etwas enger tragen. Würde es dir etwas ausmachen, ihn hinten ein wenig zu verstellen?".

Ich nahm seine Hände, hauchte einen sanften Kuss auf jeden seiner tätowierten Finger und legte sie auf den BH-

Verschluss auf meinen Rücken. Ich spürte wie Matteo unter mir noch härter wurde. Sein Schwanz presste fest gegen seine Hose und mein Höschen. Ich widerstand dem Drang, mich an ihm zu reiben. Noch. Aber die Hitze, die in mir hochstieg, war kaum mehr zu ignorieren. Ich spürte, wie meine Mitte anfing zu pochen. Das Ganze durfte jetzt bloß nicht aus dem Ruder laufen.

Cool bleiben, sagte ich mir innerlich. Nicht der Versuchung nachgeben. Er hat dich nicht verdient. Er wird dir nur wieder weh tun. Dein Herz erneut in Stücke reißen.

*****

Matteo öffnete mit der linken Hand den BH-Verschluss. Die BH-Träger fielen über meine Schultern und glitten nach unten über meine Arme. Er schob den Zeigefinger seiner rechten Hand zwischen meine Lippen. Ich nahm ihn in den Mund und begann daran auf- und abzusaugen. Matteos schwarze Augen fixierten mich, verfolgten jede meiner Bewegungen. Seine linke Hand streichelte ganz sanft meinen Rücken auf und ab. So sanft, dass es einem Schmetterlingskuss gleichkam.

Mein Körper reagierte sofort. Eine Gänsehaut bildete sich auf meinem Rücken und ich musste ein Stöhnen unterdrücken. Matteo nahm seinen Finger aus meinem Mund, hob mich hoch, als wäre ich eine Feder und drückte mich gegen die Wand. Heiß glühend presste er seine Stirn an meine. Matteo schloss die Augen und atmete schwer.

„Willst du mich dazu bringen, dich mitten in einem Unterwäsche Geschäft so hart zu ficken, dass man deine Schreie bis nach München hört, Carlotta?“.

Meine Beine umschlossen seine durchtrainierten Hüften und ich presste meine Mitte an ihn. Ich konnte dem Drang nicht mehr widerstehen und begann, mich aufreizend an ihm zu reiben. Er stöhnte gequält auf und umfasste meine nackte linke Brust mit seiner rechten Hand. Er massierte sie ein paar Mal mit nahezu roher Wut, bevor er meinen Nippel mit seinem Daumen ganz zart umkreiste, nur um dann kurz darauf kräftig hinein zu kneifen.

Ich schaute an mir herab und das geschickte Spiel seiner Hände zusammen mit den schwarzen Tattoos, brachten mich fast zum Orgasmus. Ich stöhnte auf, aber Matteo erstickte mein Stöhnen augenblicklich mit einem heißen, fordernden Kuss. Ich sah Sterne. Alles drehte sich und ich vergaß für einen Augenblick alles um mich herum.

Aber dann sah ich auf einmal mich selbst mit 17 Jahren. Ich saß auf meinem Bett und sah traurig aus dem Fenster. Draußen schien die Sonne, jedoch vergoss ich mehr Tränen, als jeder Regen je verschütten konnte. Mit einem Mal war alles wieder da und meine flammende Erregung wurde von einem kalten, ernüchternden Schmerz erstickt.

„Es ist alles nur ein Geschäft“, rief ich mir ins Gedächtnis.

Ich löste mich von Matteo, was er dieses Mal überraschender Weise ohne große Gegenwehr zuließ, sammelte meinen BH vom Boden auf und hielt schützend meine Arme vor die Brüste.

„Deiner Reaktion nach zu urteilen schließe ich, dass du meine vorherige Frage mit ‚Ja‘ beantwortest. Also sind wir uns einig. Ich nehme das Set. Geh bitte raus. Ich möchte mich anziehen.“

Meine Stimme klang hart, und ich war dankbar, dass ich mich in diesem Moment so gut unter Kontrolle hatte.

Matteos dunkle Augen sahen mich durchdringend an. Jedoch entgegnete er nichts, sondern verließ, wie von mir gewünscht, wortlos die Kabine.

Mit fahrigen Bewegungen zog ich mich an und ging dann zur Kasse, wo Matteo bereits auf mich wartete. Wortlos reichte ich ihm das Set und hielt kurze Zeit später eine schicke kleine Tasche des Dessous Ladens in den Händen. Als wir vor das Geschäft traten, machte ich Anstalten mich zu verabschieden. Ich trat von einem Fuß auf den anderen und sah zu Boden, während ich versuchte, mir die richtigen Worte im Kopf zurechtzulegen.

„Also dann“, begann ich.

„Vielen Dank für die neue Kleidung. Deine Schuld ist hiermit offiziell beglichen. Du musst keine Angst haben, dass ich dich der Polizei melde.“

Ich zog einen Mundwinkel nach oben und versagte kläglich bei dem Versuch, unverbindlich zu lächeln. Schnell wandte ich mich ab und machte einen Schritt von ihm weg, als seine stählerne Hand meine Schulter umfasste.

„Wo willst du hin Carlotta?".

„Nach Hause, Matteo. Ich kam her, um mir neue Schuhe und Unterwäsche zu kaufen. Beides habe ich bekommen. Deine Schulden sind beglichen und unser Geschäft wurde zum Abschluss gebracht. Das war's."

Ich hatte das Geschäft durchgezogen und mein Herz war noch intakt. Ich hatte der Versuchung mit Matteo zu schlafen, widerstanden. Gleichzeitig hatte ich ihm gezeigt, dass ich ganz und gar nicht prüde war und ihm einen guten Vorgeschmack auf all das gegeben, was er niemals wieder haben würde. Mich und meinen Körper.

Ich hatte meine Sache gut gemacht. Wieso wollte sich dennoch nicht das berauschende Triumphgefühl einstellen, dass ich sonst bei entscheidenden Geschäftsabschlüssen immer verspürte?

„Hast du heute schon etwas gegessen?", fragte mich Matteo.

„Das muss dich nicht interessieren."

Matteo schob lässig seine Hände in die Hosentaschen.

„Also nein. Gut. Wir gehen etwas essen."

Ich schüttelte den Kopf über seine Wortwahl. Er hatte ein gnadenloses Talent für die Befehlsform. Daran bestand kein Zweifel.

„Ich möchte nichts essen, Matteo."

Mein knurrender Magen, der sich natürlich genau in diesem Moment zu Wort melden musste, verriet ihm jedoch das Gegenteil.

„Dein hungriger Magen ist ja fast schon lauter als dein genüssliches Stöhnen, wenn ich deine Brüste verwöhne."

Matteo sah mich amüsiert an. Verdammt! Ich merkte, wie meine Wangen sich rosa färbten.

„Muss ich dich wieder über meine Schulter werfen oder kommst du freiwillig mit?".

Matteos drohende Stimme ließ keinen Zweifel daran, dass er es durchaus ernst meinte und mich erneut, wie ein Neandertaler seine Beute, über die Schulter werfen würde. Da ging ich lieber freiwillig mit, auch wenn ich eigentlich nichts wie weg von ihm wollte. Aber dieses Fluchtgefühl schien in der Nähe von Matteo ein Dauerzustand zu sein.

*****

„Wo gehen wir hin?".

„Das wirst du dann schon noch sehen", antwortete mir Matteo mit einem Augenzwinkern.

Wir verließen die bunten Gassen Positanos und gingen in die Richtung, aus der ich heute Mittag gekommen war. Matteo trug meine Einkaufstaschen und ich lief schweigsam neben ihm her. Irgendwie wollte mir kein unverfängliches Gesprächsthema einfallen, also sagte ich lieber gar nichts.

Ich war eine Verfechterin des Leitspruchs „Reden ist Silber und Schweigen ist Gold." Zumindest dann, wenn einem nichts Schlaues einfiel. Es gab so viele Leute, die meinten, in jeder nur erdenklichen Situation ihre Meinung der Welt kund tun zu müssen. Das war auch alles wunderbar, solange man Ahnung hatte, wovon man redete. Und leider hatten das die wenigsten. In dem Falle war es ratsam, einfach mal die Klappe zuhalten und stattdessen zuzuhören. Denn im Zuhören verbarg sich die wahre Kommunikationskunst.

Nach ein paar Minuten erreichten wir eine schmucke kleine Gasse, in die Matteo zielstrebig einbog. Am Straßenrand parkte ein Auto, von dem ich sofort wusste, dass es Matteo gehörte. Ein roter Ferrari F8. Natürlich. Wäre er ein waschechter Italiener, wenn er nicht den Nationalstolz dieses Landes fahren würde? Im ersten Moment war mir danach, die Augen zu rollen. Doch ich verkniff es mir. Denn tief im Inneren musste ich zugeben, dass ich ebenfalls eine Vorliebe für schnelle Autos hatte und dabei stellte Ferrari für mich das non plus Ultra dar.

Insgeheim freute ich mich über die Möglichkeit, in einem Ferrari mitfahren zu dürfen. Aber das würde ich selbstverständlich nicht zugeben. Also verschränkte ich die Arme vor der Brust und blieb vor der Motorhaube stehen.

„Ist in dem Schlitten überhaupt Platz für meine Tüten oder muss ich die jetzt hier stehenlassen?".

„Weißt du Carlotta, es gibt so etwas, das nennt sich Kofferraum", antwortete mir Matteo mit einem ironischen Unterton.

„Und ich dachte, den Platz bräuchte dein Ego. Meinst du, es hat genug Platz, nur auf dem Fahrersitz?".

„Lass es uns einfach ausprobieren. Zur Not ist da ja noch der Beifahrersitz…", sagte Matteo trocken.

„Auf dem ich sitzen werde…", konterte ich.

„Solange du ein braves Mädchen bist", erwiderte Matteo mit dunkler Stimme.

„Und wenn ich kein braves Mädchen bin?". Ich zog die Augenbrauen erwartungsvoll in die Höhe.

„Du meinst, so wie eben im Laden, als du mich in der Umkleidekabine so ungeniert bestiegen hast?".

Matteo dachte, dass er mich mit dieser Bemerkung in Verlegenheit brachte, aber dieses Spiel konnte man auch zu zweit spielen.

„Das war noch gar nichts. Oder sagen wir mal so: das war noch sehr brav oder wie du es nennst, prüde."

Matteo sah mich erneut mit diesem unergründlichen Blick an. Die Sekunden verstrichen, ohne dass er sich rührte oder etwas sagte. Dann schüttelte er langsam den Kopf, fuhr sich mit der Hand durch die Haare und öffnete die Beifahrertür.

„Steig ein", er nickte in Richtung Beifahrersitz.

Ich rührte mich nicht, sondern sah ihn unverwandt an.

„Bitte."

Na also. Irgendwo ihn ihm steckte ja doch noch ein wenig Höflichkeit.

Kapitel 14

Wir brausten durch die engen Serpentinenstraßen, so schnell es der Verkehr zuließ. Der Motor des Ferraris röhrte jedes Mal, wenn Matteo das Gas Pedal betätigte. Neben mir ging es steil die Klippen hinunter. Dennoch hatte ich keine Angst. Matteo war ein sicherer Fahrer und wusste, was er tat - zumindest hinter dem Steuer. Ich lehnte mich in dem weichen Sitz zurück und genoss die Fahrt bei offenem Verdeck. Der Wind wirbelte meine Haare ganz durcheinander, aber das war mir egal. Ich fühlte mich so lebendig in diesem Moment, dass es meinetwegen auch in den Ferrari hineinregnen konnte.

„Ist das etwa ein Lächeln?", Matteo warf mir einen kurzen Seitenblick zu.

„Nein, das ist lediglich der Fahrtwind, der meine Mundwinkel auseinanderzieht."

Matteo lachte laut auf. Es war ein Lachen, das von Herzen kam, und es brachte auch mich noch mehr zum Grinsen.

„Na dann schauen wir mal, ob etwas mehr Fahrtwind deine Mundwinkel so weit auseinanderziehen kann, dass noch ein paar Zähne zu diesem Lächeln, das keines ist, dazukommen."

Er trat auf das Gaspedal und der Ferrari beschleunigte augenblicklich. Ein Adrenalinschub rauschte durch meinen Körper. Ich wurde noch fester in den Sitz gedrückt, und obwohl ich versuchte, es nicht zu tun, musste ich lachen.

Ein ansteckendes Lachen machte sich auf meinem Gesicht breit. Jetzt waren definitiv alle Zähne zu sehen. Für einen Moment vergaß ich, mit wem ich hier im Auto saß und durch die Kurven der Amalfi Küste brauste. Für einen Moment vergaß ich alles um mich herum. Es gab nur die Geschwindigkeit, die die Welt an mir vorbeiziehen ließ, den Wind, der nicht nur meine Haare, sondern auch meine Gedanken kräftig durchpustete, und das Röhren des Ferraris, dass alle anderen Geräusche verstummen ließ.

Leider war die Fahrt viel zu schnell vorbei und als wir auf ein kleines Plateau neben der Straße fuhren, welches als Parkplatz für ein schickes Restaurant mit einer frisch gestrichenen weiß-türkisenen Fassade diente, kehrte ich wieder in das Hier und Jetzt zurück. Matteo stieg aus, während mir der Concierge des Restaurants, welches offenbar auch ein Hotel war, die Autotür mit einem freundlichen „Buonasera Signora", öffnete.

Neugierig schaute ich mich um, während ich Matteo in das Innere des Hauses folgte. Es musste später Nachmittag sein, so viel konnte ich, ohne auf mein Handy zu schauen, feststellen. Das Restaurant war demnach noch komplett leer. Wir waren die einzigen Gäste. Die Mittagsküche hatte seit einigen Stunden geschlossen und die Gäste würden erst in ein paar Stunden zum Abendessen eintreffen.

Einen Moment fragte ich mich, ob wir hier überhaupt etwas zu trinken bekämen, ganz abgesehen von etwas zu essen. Bei dem Gedanken an Essen meldete sich augenblicklich wieder mein knurrender Magen zu Wort. Wieso konnte man dieses Knurren nicht abschalten? Es war so verräterisch laut, dass Matteo es nicht überhören konnte. Ein schlanker, braun gebrannter Mann Anfang 50 eilte auf Matteo zu.

„Signor Leone, che piacere. Es ist mir eine Freude."

„Ciao Michelangelo. Meine Freundin hier hat etwas Hunger. Kannst du ihr etwas zaubern?".

Interessiert musterte mich Michelangelo. Dann nickte er freundlich, klatschte in die Hände und antwortete, „natürlich Signor Leone."

Er wandte sich mir zu. „Signora, Sie erlauben?".

Etwas verwirrt schaute ich ihn an. Was sollte ich ihm erlauben? Ich hatte keine Ahnung, aber ich war mittlerweile einfach zu hungrig, um mir darüber viele Gedanken zu machen. Also nickte ich einfach nur und lächelte höflich.

„Also gut. Ich würde sagen als Vorspeise eine saftige Burrata mit frischen Tomaten und Basilikum. Dazu eine kleine Auswahl an frischen Bruschette, sowie einem Zucchini-Parmesan Carpaccio. Als Hauptspeise ein Stück der hausgemachten Lasagne und zum Schluss eine kleine Schüssel Tiramisu mit einem starken Espresso. Was sagen Sie?".

Ich konnte nicht umhin und musste erneut lächeln. Das wurde ja wirklich zum Dauerzustand.

„Das klingt ganz wunderbar." Ich konnte meine Begeisterung kaum verbergen.

Freudig nickend nahm Michelangelo meine Zustimmung zur Kenntnis und bat uns dann, ihm auf die Terrasse zu folgen. Auf der Terrasse befand sich ein eindrucksvoller Infinity Pool mit Ausblick auf die Klippen und das schäumende Meer, dessen Wellen lautstark gegen die Felsen prallten. Neben dem Pool befand sich eine weiße Marmor Fläche, auf der drei verschnörkelte Rokoko Tische unter einem hellblau gespannten Segeltuch standen. Aus den Lautsprechern klang sanfte italienische Musik, so dezent, dass sie für ein entspanntes Ambiente sorgte, aber dennoch eine Konversation mühelos zuließ. Matteo rückte mir den Stuhl mit direktem Blick auf das Meer zur Seite und ich nahm bereitwillig Platz.

„Gefällt es dir?". Matteo beugte sich erwartungsvoll in meine Richtung.

„Ist das eine ernstgemeinte Frage?", erwiderte ich ungläubig.

„Ja, ist es, Carlotta. Denn ich hatte wirklich gehofft, dass es dir hier gefällt. Wenn es das nicht tut, dann gehen wir wieder und fahren immer weiter, bis wir einen Ort gefunden haben, der dir gefällt."

Matteo schien das ernst zu meinen. Also beeilte ich mich damit, ihn zu beruhigen.

„Es ist wunderschön. Ich möchte gerne hierbleiben."

„Gut."

Matteo schien zufrieden mit meiner Antwort und lehnte sich in seinem Stuhl zurück.

*****

Hungrig machte ich mich über die Delikatessen her, die Michelangelo uns brachte. Das Essen war wirklich köstlich und ich genoss jeden Bissen davon. Ich wusste nicht, ob es daran lag, dass dies die erste Mahlzeit des heutigen Tages für mich war oder an der Qualität des Essens selbst, dass ich so kräftig zulangte, ohne jegliches Schamgefühl gegenüber Matteo. Vielleicht war es auch eine Kombination aus beidem. Normalerweise würde ich mich genieren, vor einem so attraktiven Mann so viel und so schnell zu essen. Aber was war an dem heutigen Tag bitte normal.

Wie erwartet, wurde ich beim Essen aufmerksam beobachtet. Auch das würde mich normalerweise extrem stören oder sagen wir, es wäre mir unangenehm. Aber in diesem Moment sollte er ruhig so viel starren wie er wollte, wenn das bedeutete, dass mehr von der Burrata für mich übrig blieb. Außerdem hatte das Ganze noch einen netten Nebeneffekt: je länger ich aß, desto weniger musste ich mit ihm reden und desto geringer waren die Chancen, ein Gespräch über ein Thema zu führen, dass ich nicht führen wollte. Und davon gab es bei Matteo Leone so einige.

„Wie ich sehe schmeckt es dir“, Matteo betrachtete mich amüsiert, aber sein Blick wandelte sich sogleich, als er sah, wie ich genüsslich die letzten Stücke der Burrata von meiner Gabel leckte.

„Hmmm“, antwortete ich nur und schloss die Augen, um mir den Geschmack dieser Burrata im Gedächtnis zu speichern.

Da bemerkte ich einen Finger, der sanft über den Rand meiner Lippen fuhr. Langsam öffnete ich die Augen. Eigentlich wollte ich sie viel schneller öffnen, um zu sehen, was da vor sich ging. Aber diese zarte Berührung fühlte sich so gut an, dass ich mir vorstellte, wie dieser Finger auf meinem Körper auf Wanderschaft ging und welche anderen Körperteile er zärtlich liebkosen könnte.

Als ich die Augen wieder vollends geöffnet hatte, bemerkte ich, dass es Matteos Daumen war, den er in diesem Moment sinken ließ.

„Ein Krümel“, murmelte er und ließ mich dabei nicht aus den Augen.

Vielleicht waren es auch eher meine Lippen, die er nicht aus den Augen ließ.

„Ein Krümel", wiederholte ich, mein Gehirn immer noch in rosa Zuckerwatte gepackt von dieser Berührung.

Matteo räusperte sich. „Carlotta, ich möchte mit dir reden."

Oh nein! Wo war das Essen, wenn man es brauchte. Hastig sah ich nach links und rechts, aber weder Michelangelo noch der nächste Gang waren in Sichtweite. Meine Chancen heil aus dieser Sache rauszukommen, sanken mit jeder Sekunde. Hastig überlegte ich, wie ich das Gespräch noch irgendwie abwenden konnte, aber mir fiel nichts ein. Ich könnte natürlich meinen RosÉ hinunterkippen und mir das Glas neu füllen. Das wären einige wertvolle Sekunden, die ich gewonnen hätte, aber ich wollte möglichst einen klaren Kopf bewahren. Bei Matteo Leone war es sicherer, immer auf der Hut zu sein. Dazu brauchte es einen nüchternen und messerscharfen Verstand.

„Die Antwort ist nein."

Matteo sah mich mit einem strafenden Blick an. „Die Antwort auf die Frage, ob dir deine neuen Schuhe gefallen ist also nein. Ich dachte es waren die Traumschuhe, nach denen du jahrelang gesucht hast. Aber wenn das so ist, dann kann ich sie ja wieder umtauschen."

„Matteo", jetzt war ich es, die ihn strafend ansah. „Das war sicher nicht die Frage, die du mir stellen wolltest."

„Bist du dir da ganz sicher, Carlotta?".

„Ja, bin ich. Deine Frage war doch viel eher, ob ich nicht doch für deinen Großvater arbeiten möchte. Für den großen Don Mario, vor dem ganz Kampanien zittert."

„Weißt du Carlotta, der erste Teil deiner Vermutung ist schon ganz richtig. Aber mit dem zweiten Teil liegst du falsch."

„Wie meinst du das?". Seine Worte ließen mich aufhorchen.

„Die Menschen in Kampanien zittern nicht vor meinem Großvater. Sie respektieren ihn. Er hat viel für die Region getan, tut es noch. Und das seit Jahrzehnten. Wo die Regierung versagt, sorgt er für Ruhe und Ordnung. Er ist ein gerechter Mann. Er ist Politiker, Geschäftsmann und Leitbild in einem. Mein Gott Carlotta, du weißt doch wie es läuft. Hier herrschen andere Gesetze als in Deutschland. Die geradlinige Führung und Struktur wie ihr sie habt, gibt es hier nicht. Die Menschen respektieren sie nicht. Sie machen, was sie wollen. Was meinst du, was hier los wäre, wenn es nicht Menschen wie meinen Großvater gäbe, die die Zügel fest in der Hand halten?".

Was er über seinen Großvater sagte, entsprach tatsächlich dem, was ich seit meiner Kindheit immer wieder über den Patrone der Familie Leone gehört hatte. Man war sich einig, dass er ein harter, aber gerechter Mann war. Man vertraute ihm. Im Gegensatz zu vielen anderen Mafia Familien, hatte die Familie Leone ihre Finger zum Beispiel weder im Menschenhandel noch in der Prostitution. Und sie tat auch alles dafür, diese Machenschaften aus Kampanien fernzuhalten. Das aber bedeutete nicht, dass sie nicht in andere illegale Geschäfte verwickelt waren.

„Carlotta. Die Zeiten haben sich geändert. Es ist nicht mehr so, wie noch vor zwanzig Jahren, als die alteingesessenen Mafia Familien in Italien uneingeschränkte Macht innehatten. In den letzten Jahren sind neue Mafia Strukturen entstanden, die,...nun sagen wir,...eine gewisse Unruhe mit sich bringen. Sie versuchen die Kontrolle an sich zu reißen, ohne Rücksicht auf Verluste. Ihr Vorgehen ist brutal und rücksichtslos. Wenn es sein muss, töten sie auch Frauen und Kinder, um ein Exempel zu statuieren. Sie schleusen Frauen ein und verkaufen sie an Bordelle, versteigern Kinder wie Ware. Das sind die Menschen, vor denen Kampanien zittert. Mein Beruf, wenn du so willst, hat sich in den letzten Jahren drastisch geändert. Ich bin so sehr damit beschäftigt, diese Bastarde außer Gefecht zu setzen, dass ich kaum mehr Zeit für das eigentliche Geschäft habe. Das aber führt dazu, dass der Einfluss der Familie Leone im besten Falle gleichbleibt. Aber das reicht einfach nicht mehr aus, so wie die Dinge stehen."

Matteo war sichtlich aufgewühlt. Seine Worte waren ehrlich, so viel konnte ich erkennen. Ich war baff. Mit dieser Geschichte hatte ich ganz und gar nicht gerechnet. Ich war fest davon ausgegangen, dass es der Familie Leone bei ihrem Job Angebot einzig und allein darum ging, dass ich ihnen dabei half, ihr Geld zu waschen, zu vermehren und ohne Spuren zu hinterlassen, auf Offshore Konten zu transferieren. Soeben hatte sich jedoch eine ganz neue Betrachtungsweise eröffnet.

„Und was genau wäre mein Part in diesem Spiel?".

Diese Frage brannte mir nun doch auf den Lippen.

Matteo lehnte sich in seinem Stuhl zurück und legte die Arme lässig auf den Lehnen des Stuhls ab. Er musterte mich eindringlich, dann sagte er bestimmt, „Wir wollen, dass du dir alles anschaust, was wir besitzen und woran wir Anteile haben. Sag uns, was wir behalten sollen, was wir ausbauen müssen und was abgestoßen werden kann. Schau dir an, wo wir mehr Gewinn einfahren können. Sag uns was funktioniert, und was verbessert werden muss. Wir brauchen jemanden, der den Markt für uns analysiert. Wo lohnt es sich zu investieren? Wo sind gute Renditen vorhanden? Und damit nicht genug. Wir wollen, dass du Deals in die Wege leitest und verhandelst im Auftrag der Familie Leone."

Wow. Das waren ganz schön viele Anforderungen auf einmal. Und wir sprachen, das wusste ich aus sicherer Quelle, von nicht geringen Millionenbeträgen. Wenn es stimmte, was man sich erzählte, dann lag das Vermögen der Familie Leone im hohen dreistelligen Millionenbereich.

„Wenn du Investitionen sagst...", sah ich Matteo fragend an.

„Dann meine ich alles, was du für gut befindest. Immobilien, Aktien, Firmen, Restaurants, Clubs, Hotels, Weine, Autos, Yachten. In Italien, aber auch weltweit."

Oha. Das war in der Tat reizvoll.

„Wieso ich?".

„Weil mein Großvater dir vertraut."

„Dein Großvater? Aha. Was ist mir dir?".

„Ich vertraue niemandem, Carlotta."

„Und wieso vertraut mir dein Großvater dann?".

„Er hat Erkundigungen über dich eingezogen. Jede Menge Erkundigungen. Die Resonanz schien ihn überzeugt zu haben. Er sagt, du seist über jeden Zweifel erhaben und die Beste für den Job. Außerdem ist er mit deinem Großvater zur Schule gegangen, und für ihn ist er ein Mann, dem Ehre und Respekt gebühren. Als seine Enkelin schließt dich das mit ein."

Ich ließ seine Worte einen Moment sacken. Was er mir anbot, war durchaus interessant. Aber es war auch absurd. Es war schlichtweg unmöglich. Für die Mafia zu arbeiten und damit auch für Matteo zu arbeiten, das ging nicht. Absolut nicht. Ich holte tief Luft und wählte meine Worte mit Bedacht.

„Danke. Und das meine ich ernst. Ich weiß euer Angebot zu schätzen. Aber ich habe einen Job, Matteo. Und ich habe ein Leben. Beides ist in München."

„Das heißt nicht, dass deine Zukunft nicht hier in Kampanien sein kann. Dort, wo auch ein wichtiger Teil deiner Vergangenheit ist."

Matteos Blick durchbohrte mich. Seine schwarzen Augen fixierten mich so intensiv, dass ich wegschauen musste.

Die Vergangenheit. Ein bittersüßes Gefühl von Sehnsucht, Schmerz und Melancholie stieg in mir auf. Er war ein großer Teil meiner Vergangenheit hier in Kampanien. Nach all dem Schmerz, den er hinterlassen hatte, war es nicht weise, ihn auch zu einem Teil meiner Zukunft zu machen.

Denn noch einmal würde ich das nicht überstehen.

*****

In diesem Augenblick trat Michelangelo an unseren Tisch und servierte uns die Lasagne. Mein Appetit war nach dieser Unterhaltung jedoch wie verflogen. Vor allem die letzte Bemerkung von Matteo über die Zukunft und die Vergangenheit, hatte eine schmerzliche innere Unruhe in mir ausgelöst, bei der an Essen nicht zu denken war.

Also erhob ich mich, ging um den Tisch herum und stellte mich an die Brüstung. Ich blickte auf das Meer unter mir. Auf die Wellen, die sich schäumend an den Felsen brachen. Dann blickte ich an den Horizont und mir war bewusst, dass ich längst nicht alles sehen konnte, was sich hinter dem Horizont verbarg. Genauso verhielt es sich mit dem Leben. Wer wusste schon, was die Zukunft bringen würde? Sie war die große Unbekannte mit den vielen Namen. Nur eines wusste ich. Wer nicht aus den Fehlern der Vergangenheit lernte, um es in der Zukunft besser zu machen, der war nicht nur töricht, sondern auch dumm. Ich war keines von beidem. So viel stand fest. Ich würde denselben Fehler nicht zweimal begehen. Auf gar keinen Fall.

Ich war so vertieft in meine Gedanken, dass ich erst nicht bemerkte, dass Matteo neben mich getreten war. Er hatte seine Hände lässig in seine Hosentaschen geschoben.

„Worüber denkst du nach?“, fragte mich Matteo.

Sein Blick war dabei auf das Meer und den Horizont gerichtet.

„Über die Zukunft.“

„Ich mache dir einen Vorschlag, Carlotta. Was in der Vergangenheit geschehen ist, können wir nicht mehr ändern, selbst wenn wir es noch so sehr wollen. Was in der Zukunft passiert, wird sich noch früh genug zeigen. Alles was wir in diesem Moment haben, ist die Gegenwart. Und schon bald wird auch diese Vergangenheit sein. Also lass uns die Gegenwart nutzen und das Beste daraus machen. Und damit meine ich schlicht und einfach unser Essen. Lass uns gemeinsam essen und nicht mehr über Geschäftliches reden. Lass uns meinetwegen über Schuhe oder Autos reden. Wir reden worüber du willst, solange du wieder denselben Appetit an den Tag legst, wie vorhin. Können wir uns darauf einigen?“.

Ich lächelte. Er hatte nicht ganz unrecht. Das Leben war kurz. Und es war definitiv zu kurz, um herausragendes Essen verkommen zu lassen.

„Ja, das können wir.“, antwortete ich ihm also.

„Ich fasse es nicht. Dann sind wir tatsächlich mal einer Meinung.“

Matteo zwinkerte mir spielerisch zu, während wir wieder an unserem Tisch Platz nahmen.

Der Rest des Essens verlief erstaunlich entspannt. Wir plauderten über alle möglichen Themen, die nichts mit Arbeit zu tun hatten. Dabei war ich so vertieft in unsere Unterhaltung, dass ich nicht merkte, wie schnell die Zeit verging. Erst als auf einmal die ersten Gäste des Abends die Terrasse betraten und sich am Tisch neben uns niederließen, nahm ich wieder die Welt um uns herum wahr.

„Wie spät ist es?“, fragte ich Matteo verwundert.

„19 Uhr durch", antwortete er mir nach einem Blick auf seine Uhr.

Wie war das denn passiert? Ich war ehrlich verwundert. Hatte ich wirklich die letzten drei Stunden mit dem Mann entspannt zusammengesessen und geplaudert, mit dem ich eigentlich überhaupt nichts zu tun haben wollte? Und wo war bitte die Zeit hin? Drei Stunden? Nicht einmal mit Allegra unterhielt ich mich für gewöhnlich drei Stunden. Und sie war schließlich meine Schwester. „Es geschehen noch Zeichen und Wunder", dachte ich kopfschüttelnd. Matteo bemerkte mein Kopfschütteln.

„Was ist los?".

„Nichts. Es war mir nur nicht bewusst, dass es schon so spät ist. Ich sollte besser nach Hause fahren. Meine Großeltern haben mich den ganzen Tag noch nicht zu Gesicht bekommen und machen sich sicher bereits Sorgen."

Matteo wirkte für einen kurzen Augenblick sichtlich betrübt. Allerdings wich dieser Ausdruck in seinem Gesicht so schnell wieder seinem Poker Face, dass ich mir nicht sicher war, ob ich mich nicht getäuscht hatte.

„In Ordnung. Ich fahre dich. Lass uns gehen."

Kapitel 15

Matteo brauste über die Küstenstraße in Richtung Ravello. Von der Fahrt bekam ich dieses Mal kaum etwas mit. Denn ich war tief in Gedanken versunken. So viele Dinge kreisten in meinem Kopf, dass es schwer war, Ordnung in das Chaos zu bringen. Ich versuchte gedanklich das Geschehene zu sortieren, aber das stellte sich als schwierig heraus. Vor allem mit Matteo an meiner Seite, der nur wenige Zentimeter von mir entfernt saß, dessen würziger und unverkennbarer Duft aus Moschus, Sandelholz, Orange und Tanne mir andauernd in die Nase stieg, und dessen starke Hände mit all seinen Tattoos gekonnt lässig das Lenkrad umfassten und den Wagen sicher um die engen Kurven lenkten.

Ich betrachtete Matteo unauffällig von der Seite. Seine schwarze Lederjacke hatte er abgelegt. Das war bei den Temperaturen auch wirklich mehr als ratsam, wobei er immer frisch und gestylt wirkte. Keine Ahnung, wie er das machte. Ich würde vermutlich darin eingehen und mich zu Tode schwitzen. Nicht so Matteo. Er hatte sein schwarzes Hemd an den Unterarmen hochgekrempelt, was einen guten Blick auf seine sehnigen Arme freigab, die ebenfalls mit Tattoos verziert waren.

Ich versuchte zu erkennen, was genau sie darstellten und glaubte, einen Falken mit gespreizten Flügeln zu erkennen. Wenn ich mich nicht irrte, dann war der Falke in vielen Völkern ein Zeichen von Mut und Stärke. Er war ein Symbol des Kriegers und des Sieges. Ich war versucht mit meinem Finger an dem Tattoo entlangzufahren, es mit meinen Fingerspitzen nachzuzeichnen. Aber natürlich tat ich das nicht und bedachte mich innerlich mit einem strafenden Blick. Diese Gedanken mussten schleunigst aus meinem Kopf verschwinden. Und möglichst, ohne andauernd zurückzukehren. Ich war doch keine 16 mehr und doch schienen meine Hormone komplett am Rad zu drehen, wann immer Matteo in meiner Nähe war. Das war gefährlich. Denn Falken waren ebenfalls dafür bekannt, im Besitz messerscharfer Augen zu sein. Ihnen entging nichts. Und das Letzte, was ich wollte war, dass Matteo mich bei meinen Gedanken an ihn ertappte.

Auf dem anderen Unterarm erkannte ich einen tätowierten Schmetterling, der davonflog, und eine Art Glitzerstaub zu hinterlassen schien. Darunter war das italienische Wort für Freiheit tätowiert. „Libertà". Was für ein seltsames und ungewöhnliches Tattoo für einen Mann. Wieso lässt sich ein so starker Mann wie Matteo einen zarten und zerbrechlichen Schmetterling auf den Arm tätowieren? Das machte keinen Sinn. Ich schaute mir auch den Rest seiner sichtbaren Tattoos an. Sie waren alle schwarz. Was hatte es mit dieser Farbe nur auf sich? Matteos Haare waren pechschwarz. Seine Augen färbten sich schwarz, wenn er erregt oder verärgert war. Sein Bart war schwarz. Seine gesamte Kleidung war schwarz und überhaupt seine ganze Erscheinung machte einen dunklen, unergründlichen und so entschlossenen Eindruck. Er wirkte wie ein schwarzer Ritter auf Kreuzzug.

Schließlich bog Matteo auf die Zufahrtsstraße nach Ravello ein und bevor ich mich versah, hielten wir in der kleinen Seitenstraße neben dem Restaurant und Haus meiner Großeltern. Matteo stellte den Motor ab. Seine Hände umfassten jedoch weiterhin das Lenkrad des Ferraris. Er sah mich nicht an, sondern starrte abwesend geradeaus. Es war, als würde er innerlich um etwas ringen. Er schien irgendeinen Kampf in seinem Inneren auszufechten, von dessen Inhalt ich keine Ahnung hatte. Ich ließ ihn gewähren und versuchte, mich möglichst nicht zu bewegen, um ihn nicht aus seinen Gedanken zu reißen, bevor er nicht selbst zu einem Entschluss gekommen war. Ich spürte, wie ich die Luft anhielt, aus Angst, diesen Moment nur durch die Atembewegung meines Brustkorbes zu zerstören.

Schließlich drehte Matteo sich zu mir um.

„Carlotta ich…", er stockte.

Matteo schaute mir in die Augen und es schien für einen Augenblick, als läge so etwas wie Sehnsucht in seinen Augen. Dieser Moment verging jedoch wieder so schnell, dass ich mir erneut nicht sicher war, ob ich mich nicht vielleicht doch geirrt hatte. Mit einem Schlag fiel wieder der dunkle Schleier der Unergründlichkeit über seine Augen und er verschloss sich mir und der Welt.

„Ich helfe dir noch mit den Einkaufstüten."

Das war es sicher nicht, was er vorhin angesetzt hatte zu sagen. Da war ich mir sicher. Jedoch war ich selbst verwirrt genug, sodass es vielleicht besser war, nicht zu wissen, was er eigentlich hatte sagen wollte.

„Das ist nicht nötig. Aber danke. Ich schaffe das schon."

Ich kletterte so elegant wie möglich aus dem tiefliegenden Wagen und auch Matteo stieg aus. Wir gingen zum geöffneten Kofferraum. Ich nahm ihm die Tüten ab, wobei sich unsere Finger kurz berührten. Ein Stromschlag durchzog mich und schnell zog ich meine Hand zurück, woraufhin eine der Taschen polternd zu Boden fiel.

Hastig ging ich in die Hocke, um sie aufzusammeln und auch Matteo beugte sich nahezu gleichzeitig hinab. Unsere Blicke trafen sich. Sie verhakten sich ineinander. Matteo streckte langsam seine Hand aus und berührte mit seinem Daumen sanft meine Wange. Ich sträubte mich nicht dagegen, obwohl ich es besser wissen sollte. Sofort spürte ich wieder diese kleinen Nadelstiche überall dort, wo er mich berührte.

„Carlotta! Na endlich! Wo warst du denn? Wir haben uns schon Sorgen gemacht!"

Die vorwurfsvolle Stimme von Giorgia brach mit einem Mal den Zauber des Moments und wie vom Blitz getroffen schnellte ich zurück. Ich stand so schnell auf, dass mir einen kleinen Moment lang schwindelig war. Auch Matteo erhob sich. Jedoch deutlich entspannter als ich.

„So ein Mist", schoss es mir durch den Kopf. Ich fühlte mich ertappt.

„Hi Giorgia. Es tut mir leid. Ich war in Positano unterwegs und muss komplett die Zeit vergessen haben."

„Ja und dein Handy scheinst du auch vergessen zu haben. Oder zumindest ab und an mal drauf zu schauen."

Giorgia klang vorwurfsvoll. Sie schien ehrlich besorgt. Ich zog mein Handy aus der Tasche und bemerkte, dass es auf lautlos gestellt war. Ich hatte acht verpasste Anrufe. Mein schlechtes Gewissen machte sich augenblicklich bemerkbar. Das sah mir alles ganz und gar nicht ähnlich. Ich war immer und zu jeder Zeit erreichbar. Und das Letzte was ich wollte war, dass sich meine Familie Sorgen um sich machte, weil sie mich nicht erreichen konnte. Das wäre umgekehrt genauso. Ich konnte es Giorgia nicht verübeln, wenn sie deswegen sauer war. Das wäre ich an ihrer Stelle auch. Entschuldigend sah ich sie an, aber noch bevor ich etwas sagen konnte, kam mir Matteo zuvor.

„Es ist meine Schuld. Ich habe sie zu lange für mich vereinnahmt."

Giorgia zog amüsiert die Augenbrauen in die Höhe. Dann erwiderte sie spitz und mit bösem Blick in Richtung Matteo,

„Sprich du mal lieber nicht von Schuld. Und seit wann lässt sich Carlotta denn vereinnahmen? Von dir ganz sicher nicht. Wir wissen ja, wohin das führt. Zum Glück ist nichts passiert. Hattest du einen angenehmen Nachmittag, Carlotta?".

Nichts passiert? Wenn Giorgia wüsste. In den letzten Stunden war so viel passiert, dass es einige Zeit dauern würde, das alles aufzuarbeiten und innerlich zu sortieren.

In diesem Augenblick klingelte Matteos Handy. Er schaute auf das Display und sein Blick verfinsterte sich. Mit einem schroffen „Si pronto", meldete er sich. Dann hob er zum Gruß lässig die Hand, drehte sich wortlos um, stieg in seinen Ferrari und war im nächsten Moment auch schon um die Ecke gebogen und aus meinem Sichtfeld verschwunden.

„Carlotta", Giorgias mahnende Stimme drang nur langsam zu mir durch.

„Er ist längst weg. Oder kannst du durch Wände sehen?".

Ich drehte mich zu Giorgia um, deren Blick zwischen amüsiert und besorgt hin und her schwankte. Ein plötzliches Gefühl der Leere hatte sich in meiner Magengrube eingestellt. Komisch. Wo kam das nun auf einmal her? Ich war zuhause bei meiner Familie. Wieso verspürte ich dennoch mit einem Mal dieses komische Gefühl?

Giorgia schritt energisch auf mich zu, legte mir den Arm um die Schultern und fragte versöhnlich, „Wie wäre es mit einem Aperol Spritz unter dem großen Olivenbaum im Garten? Dann zeigst du mir auch gleich, was du da alles gekauft hast.

Und vielleicht willst du mir ja dann auch erzählen, was da zwischen dem schwarzen Löwen und dir vorgeht."

„Dem schwarzen Löwen?", fragte ich verwundert.

„Matteo", antwortete sie mir achselzuckend.

Das war ja mal ein sehr treffender Name für ihn. Leone bedeutete übersetzt in der Tat „Löwe". So stark und gebieterisch wie Matteo war, war der Löwe tatsächlich ein Tier, welches ihn treffend beschrieb. Und schwarz, tja, das war er in vielerlei Hinsicht.

„Also gut." Ich harkte mich bei Giorgia ein. „Das klingt nach einem Plan."

*****

Zehn Minuten später saßen wir nebeneinander auf dem weichen Gras unter dem alten Olivenbaum, dessen dichtes Blätterdach uns angenehmen Schatten spendete und nur den ein oder anderen Lichtstrahl der warmen Abendsonne hindurch ließ. Entspannt lehnten wir uns mit dem Rücken gegen den breiten Stamm des knorrigen Baumes und ließen uns den kühlen Aperol Spritz schmecken, den wir uns in der Küche vorbereitet hatten.

Aperol Spritz war mein absolutes Lieblingsgetränk an heißen Abenden im sonnigen Italien. Ich hob das Weinglas, in dem sich die perlende Flüssigkeit befand gegen die Sonne, und drehte es zwischen dem Zeigefinger und dem Daumen hin und her. Die Farbe des Getränks, ein leuchtender Mix aus Gold und Orange, spiegelte den perfekten Sonnenuntergang wider, und machte Lust auf mehr. Ich war sehr froh, dass Giorgia und ich nebeneinandersaßen.

Über das, was sie mich ganz sicher fragen würde, redete es sich leichter, wenn man sich dabei nicht in die Augen sehen musste. Aber jetzt wollte ich erst einmal in Ruhe meinen wohl verdienten Cocktail genießen, während ich dabei faul und träge im Schatten lag. Als ich einen weiteren Schluck von dem erfrischenden Getränk nahm, stieg eine angenehme Wärme in mir auf. Ich war mir nicht sicher, ob es vom Alkohol kam oder ein Anflug von plötzlicher Sentimentalität war. Die Wärme breitete sich wie eine kuschelige Decke in mir aus und ich verspürte ein Gefühl der Dankbarkeit. Mit einem Mal wurde mir bewusst, dass es die absolut richtige Entscheidung war, hierher zu kommen. Es war genau der Ort, der mir jetzt half, all das zu verarbeiten, was in den letzten Wochen geschehen war. Und es war genau der Ort, an dem ich einfach ich selbst sein konnte. Nicht die taffe und überarbeitete Geschäftsfrau. Nein, hier durfte ich die jugendliche Carlotta sein, die in ihrer grenzenlosen Naivität und Unbeschwertheit voller Zuversicht in den Tag hineinlebte, ohne zu wissen, was er bringen würde. Dies hier war ein besonderer Ort. Ich verband so viele Erinnerungen und Erfahrungen mit ihm. Und dann waren da noch die Menschen, die ich so sehr liebte. Meine Großeltern lebten minimalistisch. Viele Teile ihrer Einrichtung stammten noch von ihren Eltern und Großeltern. Andere Dinge hatten sie selbst mit viel Liebe hergestellt. So wie der Tisch im Wohnzimmer, der aus Treibholz bestand, das über Jahre an den Strand gespült worden war und welches sie bei ihren Spaziergängen gesammelt hatten. Sie waren weiß Gott nicht reich, geschweige denn geschäftstüchtig. Ihr Restaurant mit seiner unglaublichen Lage war pures Gold wert. Würde man einen Teil des mehrstöckigen Hauses in Hotel Zimmer umwandeln, so wäre es, da war ich mir sicher, immer ausgebucht. Aber meine Großeltern wollten das nicht. Sie wussten, wie viel sie zum Leben brauchten und das, am Monatsende zu erreichen, reichte ihnen. Ihre freie Zeit nutzten sie lieber gemeinsam, mit der Familie oder mit Freunden, anstatt an Expansion, Umbau oder strategische Optimierung zu denken.

Es hatte lange gedauert, bis ich sie überredet hatte, wenigstens eine Webseite für ihr Restaurant zu erstellen. Das schlagende Argument dabei war gewesen, dass steigende Buchungen es ihnen ermöglichen konnten, das Restaurant, statt an sechs Tagen die Woche nur noch an fünf oder vier Tagen zu öffnen. Schafften sie es, dass Restaurant an jedem der geöffneten Tage voll auszulasten, so würde laut meinen Berechnungen innerhalb von vier Tagen das Geld zusammenkommen, das sie sonst an sechs Tagen einnahmen. Somit blieb mehr gemeinsame

Freizeit. Damit hatte ich sie endlich überzeugen können und ich war stolz zu sehen, wie beharrlich sie auf dieses Ziel hinarbeiteten. Aber nicht etwa, um sich zu bereichern. Nein. Einzig und allein, um mehr freie Zeit zur Verfügung zu haben, die sie miteinander verbringen konnten.

Geld machte meine Großeltern nicht glücklich. Im Garten zu arbeiten, am Strand zu spazieren oder ein Tagesausflug nach Capri oder Ischia, hingegen schon. Es war die Qualität ihrer Zeit, die ihnen wichtig war. Nicht die Quantität der ihnen zur Verfügung stehenden Mittel. Ich hatte das am Anfang nur belächelt. Aber seitdem ich hier war, wurde mir jeden Tag mehr vor Augen geführt, dass ich, wenn überhaupt, nur mich selbst belächeln konnte. Ich mit meinem 16, manchmal sogar 18 Stunden Arbeitstagen. Mit mittlerweile fast fünf Monaten an angesammelten Urlaubstagen, größtenteils durch Überstunden, die ich nie genommen hatte. Mit niemandem, der zuhause auf mich wartete. Unfähig richtig abzuschalten und zu entspannen. Um das zu kompensieren, kaufte ich mir materielle Dinge, von denen ich mir einredete, dass sie mich ausfüllten. Aber in Wirklichkeit waren sie doch nur dazu da, um der Leere in mir ein bisschen entgegenzuwirken. All die Jahre hatte ich so unerbittlich hart gearbeitet, dass ich überhaupt keine Zeit hatte, mir all das vor Augen zu führen. Ich hatte jeden Tag an meiner Karriere gefeilt, um möglichst schnell die nächste Stufe erklimmen zu können. Aber wofür eigentlich? Für das Prestige? Das Geld? Die Bestätigung und Anerkennung von Menschen, die mir eigentlich egal waren?

Jetzt, wo ich hier im Gras saß, unter dem schützenden Armen des Jahrzehnte alten Baumes, wurde mir klar, wie absurd das alles eigentlich war. Ich strebte nach einem noch besseren Leben für meine Familie und mich, während ich dabei in Wirklichkeit völlig an meinem Leben vorbeiging. Ein Spruch von Oscar Wilde kam mir in den Sinn: *„Wirklich zu leben, ist das allerseltenste auf der Welt. Die meisten Menschen existieren lediglich, sonst nichts.“* Ich hatte diesen Spruch vor Jahren auf einer Postkarte in einem Geschäft an der Themse gelesen. Damals fand ich den Spruch faszinierend und kaufte mir umgehend die Karte, welche ich mir in London an die Wand über meinen

Schreibtisch pinnte. Sicherlich war die Karte noch irgendwo zu Hause. Nach dem Studium hatte ich nur wenige Dinge mit nach Boston genommen. Die Karte, so glaubte ich mich zu erinnern, war nicht dabei. Somit war sie in Vergessenheit geraten. Bis heute. Bis zu diesem Moment.

Wenn ich mir mein Leben der letzten Jahre so ansah, dann hatte ich tatsächlich eigentlich nur existiert. Es war ganz in Ordnung gewesen. Mehr aber auch nicht. Alles in meinem Berufsleben hatte so funktioniert, wie ich es mir vorgenommen hatte. Die wenige Zeit, die mir privat blieb, verbrachte ich, wann es mir möglich war, mit meinen engen Freunden und meiner Familie. Meistens allerdings am Telefon oder per Videoanruf. Denn für Besuche blieb wenig Zeit. Lebendige Momente gab es nicht allzu viele. In unserer Studienzeit war es genau umgekehrt gewesen. Wir hatten jeden Tag voll zusammen ausgekostet. Lediglich vor den Prüfungen hatten wir uns zusammengerissen und Tag und Nacht gelernt, um all den Stoff aufzuarbeiten, den wir in den vorangegangenen Monaten hatten schleifen lassen.

Was war nur seitdem passiert? Wieso hatte sich alles verändert? Die Carlotta von vor zwei Wochen hätte womöglich argumentiert, dass man diesen Zustand das „Erwachsensein“ nannte. Die Carlotta von heute war sich dessen nicht mehr so sicher.

„An was denkst du?“, Giorgia holte mich aus meinen Gedanken in die Gegenwart zurück.

„An alte Zeiten“, antwortete ich ihr.

„Hach ja“, Giorgia seufzte theatralisch. „Die guten alten Zeiten.“

Ich merkte, wie sie mich von der Seite ansah, als würde sie überlegen, ob sie das Thema nun wirklich anschneiden sollte. Aber ich würde meine Cousine schlecht kennen, wenn ich nicht wüsste, dass ihre Neugier immer ihren Anstand besiegte.

„Hat ein gewisser gutaussehender, aber teuflisch böser Mafioso, mit deinen Gedanken an die alte Zeit zu tun?“.

„Du meinst der Mafioso, der mir damals mein Herz in tausend Teile gebrochen hat?“.

Ich sah sie gequält an und versuchte zu lächeln. Aber selbst nach all den Jahren wollte mir das noch nicht so richtig gelingen. Noch immer war der Schmerz in mir zu spüren. Zwar längst nicht mehr so stark wie noch vor 12 Jahren, aber darüber lachen konnte ich auch heute noch nicht.

„Sag ich doch. Teuflisch böse."

Ich seufzte. „Nein. Hat er nicht."

Giorgia stieß mich mit der Schulter an. „Bist du sicher?".

Ihr leicht spöttischer Unterton war kaum zu überhören.

„Ja bin ich", antwortete ich energisch.

Aber da das selbst in meinen Ohren lahm klang, schob ich zögerlich hinterher, „naja vielleicht ein bisschen."

„Carlotta, jetzt lass dir doch nicht alles aus der Nase rausziehen. Was läuft da zwischen euch?".

Das war in der Tat eine sehr gute Frage. Was lief da zwischen uns?

„Ich weiß es nicht."

Das beantwortete zwar nicht Giorgias Frage, aber es war die ehrlichste Antwort, die ich parat hatte. Denn ich wusste selbst nicht, was da zwischen uns lief.

„Sein Großvater will, dass ich für die Familie arbeite. Als Strategin. Ich soll mir ihre Geschäfte ansehen, sie analysieren und sie beraten. Und Matteo drängt mich dazu, das Angebot von Don Mario anzunehmen."

Giorgia schaute mich mit großen Augen an.

„Meine Cousine ist eine Mafia Braut. Ich fasse es nicht."

Ich rollte genervt mit den Augen.

„Giorgia, ich bin ganz sicher *keine* Mafia Braut. Ich habe abgelehnt."

„Amore, du weißt schon, dass du Angebote der Mafia nicht einfach ablehnen kannst? Wir sind hier nicht in Deutschland. In Kampanien gelten andere Gesetze."

„Stell dir vor, Giorgia, genau das habe ich heute bereits schon einmal gehört. Es ändert aber nichts an meiner Meinung."

„Was ist denn deine Meinung?".

Giorgia sah mich mit ehrlichem Interesse an.

„Ich habe ein Leben in München. Eine vielversprechende Karriere, für die ich in den letzten Jahren hart geschuftet habe.

Für die ich jede Menge Opfer erbracht habe. Ich habe mir einen Namen gemacht. Noch ein paar Jahre mit überzeugenden Ergebnissen, und ich habe gute Karten für einen Platz im Vorstand. Das werfe ich doch nicht alles weg, um nach Kampanien zu ziehen und bei der Mafia anzuheuern. Nächste Woche fliege ich nach Hause, ganz wie geplant."

Giorgia betrachtete mich eine Weile schweigend.

„Weißt du Carlotta, all das, was du gesagt hast mag stimmen. Aber ich glaube eine Sache hast du nicht bedacht."

„Die da wäre?".

„Warum du? Warum will Don Mario gerade dich?".

Ich zuckte mit den Schultern.

„Keine Ahnung Giorgia. Matteo meinte er habe Erkundigungen über mich eingezogen. Mit seinen Kontakten gesprochen. Angeblich haben ihn die Aussagen dieser Menschen überzeugt."

„Und genau das ist der springende Punkt."

Verwirrt sah ich Giorgia an. Ich wusste beim besten Willen nicht, worauf sie hinauswollte.

„Carlotta." Sie legte sanft ihre Hand auf meinen Unterarm. „Don Mario hat genug Mittel zur Verfügung, um sich jeden Strategen dieser Welt zu sichern. Ich würde mal behaupten, dass er sich dazu nicht einmal viel Mühe geben müsste, denn das Imperium der Familie Leone ist so beachtlich, dass manch ein Top Manager seine eigene Mutter verkaufen würde, um bei ihm einen Fuß in die Tür zu bekommen. Wir reden hier nicht von Peanuts. Der Einfluss der Familie ist mittlerweile international. Selbst an Orten wie New York, Kapstadt und Dubai haben sie eine beachtliche Anzahl an Immobilien. Die Familie kauft sich was sie will, und wen sie will. Aber bisher haben sie nie jemanden von außerhalb der Familie in ihren inneren Kreis gelassen. Das weiß ich von Großvater, der wie du weißt, seit Kindertagen eine gute Freundschaft zu Don Mario pflegt. Jetzt kommst du aus Deutschland daher, warst seit ‚zig' Jahren nie länger als ein oder zwei Wochen in Italien zu Besuch. Du bist also noch nicht mal mehr eine richtige Italienerin. Und du bist eine Frau, kein Mann. Entschuldige, dass ich das sage, aber du weißt, was ich meine."

Giorgia sah mich eindringlich an. Dann fuhr sie fort.

„Da kommst du also her und kaum läufst du der Familie einmal über den Weg, als Bedienung wohl bemerkt, will Don Mario, dass du Strategin der Familie wirst. Und da wunderst du dich nicht einen Moment? Ich meine, sei mir nicht böse Carlotta. Wir wissen alle, dass du sehr gut bist in dem was du machst. Aber wieso sollte Don Mario dich nehmen, wenn er auch jemanden haben könnte, der zwanzig Jahre mehr Erfahrung hat als du?".

Es fühlte sich an, als hätte mir jemand eine heftige Ohrfeige verpasst und mich anschließend mit einem Eimer eiskaltem Wasser übergossen.

„Warum siehst du mich so an, als hätte ich dir gerade den Beweis dafür geliefert, dass Aliens existieren?".

Giorgia musterte mich besorgt. „Carlotta jetzt sag mir nicht, dass dir das Ganze nicht auch zumindest etwas komisch vorgekommen ist."

Ich schüttelte langsam den Kopf.

„Hast du dich wirklich gar nicht gewundert?".

Ich schüttelte immer noch den Kopf.

„Kein bisschen?".

Kopfschütteln.

Ich war so dumm. So naiv. Oder war ich einfach nur so von mir selbst überzeugt, dass ich nicht eine Sekunde daran gezweifelt hatte, dass die Familie mich als Strategin wollte, weil sie genauso wie ich glaubten, ich sei die Beste für den Job.

„Hör zu, Carlotta. Ich behaupte ja gar nicht, dass sie dich nicht wegen deiner herausragenden Kompetenzen wollen. Ich sage lediglich, dass da meines Erachtens noch mehr dahintersteckt. Auch, dass er angeblich Matteo auf dich angesetzt hat, um dir Druck zu machen, erscheint mir ein komischer Zufall. Wieso nicht Stefano, Galliano oder Cesare? Wenn ich hier eins und eins zusammenzähle, dann denke ich, dass das Interesse an deiner Person über das rein Berufliche hinausgeht."

„Du denkst...", begann ich zögernd.

„Ich denke, dass Matteo dich in seiner Nähe haben will und deine berufliche Kompetenz als Vorwand dazu nutzt“, beendete Giorgia den Satz für mich.

„Aber wieso sollte er das wollen?“.

Mein Herz schlug schneller bei diesem Gedanken. Giorgia drückte meinen Arm.

„Vielleicht weil er dich genauso wenig vergessen kann, wie du ihn?“.

Erneut schüttelte ich den Kopf.

„Aber Giorgia, das ist doch Schwachsinn. Ich meine, sieh ihn dir doch an. Er kann jede Frau haben, die er will. Und wenn ich ihn mir so ansehe, dann denke ich, dass eine Frau allein seinen Appetit überhaupt nicht stillen kann. Ein Mann wie er treibt es doch mit drei Frauen auf einmal, um halbwegs befriedigt zu sein.“

Giorgia schien über meine Worte nachzudenken.

„Damals, als du und er, naja du weißt schon. Also nachdem ihr miteinander geschlafen hattet und er Hals über Kopf verschwand, verschwand er nicht nur vor dir. Man hat Matteo danach für einige Zeit nicht mehr auf Capri und auch nicht mehr hier in der Gegend gesehen. Das müssten locker fünf oder sogar sechs Jahre gewesen sein. Niemand weiß, wo er in dieser Zeit gewesen ist. Er war einfach weg. Als er wieder auftauchte, war er so, wie du ihn jetzt erlebt hast: dunkel, herrisch und verschlossen.“

Das war in der Tat seltsam. Ich hatte es ehrlicherweise nach besagtem Sommer auch für einige Jahre vermieden, nach Ravello zurückzukehren. Zu groß war der Schmerz, den Matteo hinterlassen hatte. Diejenigen in meiner Familie, die von uns wussten, hatten es immer tunlichst vermieden, von Matteo oder der Familie Leone zu sprechen. Und ich hatte nie nachgefragt.

„Dann ist er also seit sechs Jahren wieder hier.“

Giorgia nickte.

„Was weißt du über ihn?“, fragte ich sie.

„Na das, was man eben so weiß. Er hat für einen großen Teil der Geschäfte die Verantwortung übernommen. Er ist ein knallharter und erbarmungsloser Geschäftsmann. Auf allen wichtigen Veranstaltungen ist der präsent. Hat seine Finger überall, im geschäftlichen Sinne."

„Und im privaten Sinne?".

Ich beobachtete Giorgia aufmerksam, um ihre Reaktion auf meine Frage nicht zu verpassen.

„Ich bin mir nicht sicher", antwortete mir Giorgia ausweichend und sah zur Seite.

Aha. Wusste ich es doch. Sie verbarg etwas vor mir.

„Natürlich bist du dir sicher, Giorgia. Es gibt wohl kaum einen Klatsch und Tratsch, von dem du nichts weißt. Also raus damit."

„Na gut", Giorgia pustete sich eine Strähne aus der Stirn.

„Wie du richtig vermutet hast, wurde er in den letzten Jahren immer mit wechselnden Frauenbekanntschaften gesichtet. Nie etwas Ernstes, so scheint es zumindest."

Giorgia beendete den Satz, aber ich hatte das Gefühl, dass sie mir noch nicht alles gesagt hatte.

„Raus damit, Giorgia. Was ist es?".

Sie zögerte. Dann aber rückte sie mit der Sprache raus, wenn auch nur widerwillig.

„Man hat ihn in letzter Zeit öfter mit Elena Medici gesehen."

Den Namen Elena Medici hatte ich schon einmal gehört. Jedoch erinnerte ich mich nicht mehr an den Zusammenhang. Giorgia, die anscheinend bemerkte, dass ich mit dem Namen Elena Medici nicht allzu viel anfangen konnte, half mir auf die Sprünge.

„Die Familie Medici ist ein altes Florentiner Adelsgeschlecht. Der Vater ist ein ganz hohes Tier in Rom und die Tochter, also Elena, eine Mischung aus Möchtegern Model und Schauspielerin, die dank Papi bereits jede Menge Verträge mit einigen großen italienischen Labels abschließen konnte."

Stimmt. Jetzt fiel es mir wieder ein. Ich hatte ihr Foto in einem der Glanzmagazine gesehen, die bei uns im Büro auslagen. Sie lief über den Laufsteg der Mailänder Fashion Week für einen dieser Top Designer. Ein bildhübsches Mädchen Anfang zwanzig. Genauso stellte ich mir Matteos Beuteschema vor.

„Na dann ist doch alles klar. Wenn er mit dieser Elena zusammen ist, dann ist das Interesse der Familie an mir rein beruflich, genauso wie ich vermutet habe."

Obwohl ich versuchte überzeugend zu klingen, schaffte ich es nicht einmal mich selbst zu überzeugen. Eine beißende Eifersucht machte sich in mir breit, vermischt mit einer grenzenlosen Enttäuschung. Aber wieso eigentlich? Wieso war ich enttäuscht? Mit Matteo und mir war seit 12 Jahren Schluss. Ich war mir nicht einmal sicher, ob wir jemals so etwas wie eine Beziehung hatten. Ich war hier lediglich zu Besuch und würde bald wieder abreisen. Dann würde ich Matteo vielleicht nie wiedersehen. Außerdem wollte ich doch auch gar nichts mit ihm zu tun haben.

Mit wem er also zusammen war, konnte mir total egal sein. Es sollte mir total egal sein. Nur leider, das musste ich mir eingestehen, war es das aus irgendeinem Grund nicht. Giorgia schien meine Gedanken lesen zu können, denn sie umarmte mich fest.

„Wir sollten dich mal auf andere Gedanken bringen. Wie wäre es, wenn wir zwei Hübschen morgen Abend in das *‚La Luna'* gehen und mal so richtig abfeiern? Dienstags geht dort immer die Post ab und Morgen soll anscheinend auch dieser angesagte DJ aus Mailand auflegen. Dort suchen wir dir einen schönen ausdauernden Hengst, der dir all deine Sorgen vertreibt."

Ich verschluckte mich an meinem letzten Schluck Aperol und fing an zu husten. Tränen stiegen mir in die Augen und Giorgia klopfte mir auf den Rücken.

„Hengst? Hast du gerade Hengst gesagt?", fragte ich sie röchelnd, während ich versuchte Luft zu holen.

„Na klar. Auf denen reitet es sich am besten. Ich weiß wovon ich rede, glaub mir."

Sie zwinkerte mir zu, dann stand sie auf und hielt mir die Hand hin. Ich konnte mich nicht beherrschen und lachte laut los. Was war sie mir doch für eine Verrückte, meine Giorgia. Einfach unverbesserlich.

Kapitel 16

Den Abend verbrachte ich gemütlich im Kreise meiner Familie. Eine meiner Tanten hatte uns zum Abendessen eingeladen. So saßen wir bis in den späten Abend alle zusammen bei ihr auf dem Balkon und plauderten.

Auch der nächste Tag verging dank des immensen Besucherandrangs wie im Fluge. Ich war permanent am Rennen und so kam ich auch nicht dazu, über Matteo nachzudenken. Gegen 22:30 Uhr entließ uns meine Großmutter in Gnaden mit den Worten, dass das Restaurant am Freitag geschlossen bleiben würde, da wir die Catering Firma meiner Tante bei einer Abendveranstaltung auf Capri unterstützen würden. Dazu würden wir uns bereits am Freitagmorgen auf den Weg nach Capri machen. Das war auch alles kein Problem, bis meine Großmutter beiläufig erwähnte, dass es sich um das Sommerfest von Don Mario handelte, welches er jedes Jahr in seiner Villa abhielt. Doch alles rausreden half nicht. Ich musste mit. Meine Großmutter beendete das Thema mit einem bestimmten „Basta Carlotta!“, was jeglichen Widerstand zwecklos machte. Also gab ich auf. Zumindest für den Moment. Bis Freitag war ja noch etwas Zeit. Und bis dahin würde ich vielleicht krank werden, wenn ich Glück hatte. Wer hätte gedacht, dass ich mir jemals so etwas wünschen würde?

Giorgia und ich machten uns auf den Weg zu ihrer Wohnung, um uns für die Party im *„La Luna“* zu stylen. Der Kleiderschrank meiner Cousine war beachtlich und es war gar nicht so leicht, sich für ein Outfit zu entscheiden. Schließlich entschied ich mich für ein feuerrotes knielanges Kleid, welches vorne hochgeschlossen, hinten jedoch komplett rückenfrei war. Dank der vorgeformten Cups, die in das Kleid eingearbeitet waren, brauchte es hierfür keinen BH. Passend dazu lieh mir Giorgia ihre roten Pumps mit Schleife und Stiletto Absatz. Meine Cousine entschied sich für ein kleines Schwarzes in Kombination mit schwarzen Riemchenpumps. Die Haare ließen wir beide offen, lockten sie uns aber mit dem Lockenstab, um ihnen mehr Volumen zu verleihen. Wir schminkten uns etwas auffälliger als sonst und amüsierten uns prächtig dabei. Manchmal durfte es eben ruhig etwas mehr sein.

Als wir die Wohnung verließen und in das Taxi stiegen, waren wir beide schon etwas angeheitert. Um kurz vor Mitternacht stiegen wir aus dem Taxi. Direkt vor uns lag das *„La Luna"*. Aus dem Inneren tönte laute Musik zu uns und die lange Schlange vor dem Eingang musste wohl bedeuten, dass die Musik des *„La Luna"* nicht die schlechteste war. Vor allem heute, wo der DJ aus Mailand auflegte, auf den hier alle so scharf waren. Ich machte Anstalten, mich in der Schlange anzustellen, aber Giorgia nahm grinsend meine Hand und zog mich direkt zur Tür. Ich erwartete schon eine peinliche Abfuhr vom Türsteher zu kassieren, aber dieser hob erfreut die Arme und umarmte Giorgia einige Sekunden lang. Die Umarmung erschien mir fast zu innig, um rein freundschaftlich zu sein, aber das sollte mir herzlich egal sein, wenn der Typ uns eine Stunde oder mehr Wartezeit in der Schlange ersparen konnte. Und das konnte er.

Wenige Sekunden später betraten Giorgia und ich das Innere des Clubs. Ich sah mich neugierig um. Es war bereits recht voll und auf der Tanzfläche war schon richtig was los. Die Musik wummerte laut und die bunten Strahler an der Decke bewegten sich im Rhythmus der Musik. Giorgia und ich bestellten uns einen Espresso Martini und ließen unsere Blicke über die Tanzfläche schweifen. Der DJ war bereits voll im Gange und auf der Erhebung neben dem DJ-Pult sorgten zwei Tänzerinnen in knappen silbernen Hotpants, Tops und Stiefeln, für Stimmung. Eine Weile ließen wir die Musik auf uns wirken. Wir bestellten noch einen weiteren Espresso Martini und begaben uns dann ebenfalls auf die Tanzfläche. Der DJ, das musste ich zugeben, war wirklich so gut, wie alle sagten. Er versetzte die Menschen in Ekstase und sorgte für einen Höhenflug nach dem nächsten. Ich hob die Arme in die Höhe und ließ mein Becken im Rhythmus kreisen. Giorgia tat es mir gleich. So tanzten wir Seite an Seite, ließen uns von der Musik treiben und schalteten unsere Gedanken einfach aus. Es gab nur uns, die Musik und den Beat. Immer wieder tanzten uns Männer an. Manche von ihnen durchaus gutaussehend. Dennoch schien niemand mit unserem Tempo mithalten zu können. Denn nach ein paar Songs ging allen die Puste aus. Da aber weder Giorgia noch ich Interesse daran hatten, von der Tanzfläche zu verschwinden, wechselten die Männer, die uns antanzten, regelmäßig.

Ein kraftvoller Hengst mit Durchhaltevermögen, wie Giorgia es formuliert hatte, war also noch nicht dabei gewesen. Und mit weniger wollten wir uns nicht zufriedengeben. Nach über einer Stunde auf der Tanzfläche waren wir beide erhitzt, außer Atem und durstig. Wir gingen zurück zur Bar und gönnten uns erst einmal einen eiskalten Gin and Tonic. Ich hielt mir das kühle Glas an die Stirn und an den Hals. Das tat gut. Fast in einem einzigen Zug leerte ich das Glas, so durstig war ich. Also machten wir es wie eine Stunde zuvor und bestellten noch einen weiteren davon.

Die Hitze sorgte zusammen mit dem Alkohol dafür, dass sich alles um uns herum leicht drehte. Wir kicherten und amüsierten uns prächtig, während wir die Leute um uns herum beobachteten, die teilweise schon richtig betrunken waren. Nach einiger Zeit sah ich, wie sich der Türsteher Giorgia von hinten näherte und sie erneut umarmte. Ihr schien das sichtlich zu gefallen. Sie stellte ihn mir als Giovanni vor und fragte mich, ob es in Ordnung sei, wenn sie mit ihm vor der Tür etwas besprechen würde. Wenn ich mir Giovanni so ansah, groß, stark und durchtrainiert, dann konnte ich mir gut vorstellen, was die beiden zu besprechen hatten und wie genau diese Besprechung ablaufen würde. Aber ganz sicher war ich hier nicht der Spielverderber. Giorgia schien glücklich, und das war das Wichtigste. Alles andere ging mich im Grunde genommen nichts an und ich konnte mich auch prima für einige Zeit allein hier amüsieren. Also nickte ich zustimmend. Sie zwinkerte mir zu und verschwand dann mit Giovanni in der Menge.

Obwohl ich das meiste von den vier Cocktails heraus geschwitzt hatte, merkte ich dennoch nach ein paar Minuten, dass ich besser eine Toilette aufsuchen sollte. Bei der Gelegenheit konnte ich mich auch gerade etwas frisch machen.

Ich folgte den Zeichen für die Toilette und stieß schließlich eine schwere Tür auf, die nach draußen führte. Ein frischer Windstoß wehte mir entgegen. Ein krasser Kontrast zu der sengenden Hitze in dem Club. Erst jetzt merkte ich, wie warm es drinnen war und wie angenehm es im Gegensatz dazu hier draußen war. So schnell würde ich erst einmal nicht mehr nach drinnen gehen. So viel stand fest. Außerdem erschien mir das Gelände hier draußen recht weitläufig, was eine Erkundung umso interessanter machte. Ich glaubte mich an Giorgias Worte zu erinnern, dass *„La Luna“* sei neben einem Club auch eine Event Location für Feste aller Art. Wenn ich mich hier draußen so umsah, dann hielt ich das für durchaus möglich.

Da meine Blase sich mittlerweile unmissverständlich meldete, beschloss ich, die Erkundungstour noch ein paar Minuten aufzuschieben und zunächst die Toilette hier draußen aufzusuchen. Es war komisch, dass niemand außer mir hier zu sein schien. In einem Club voller Menschen würde man doch erwarten, dass mehr Menschen nach draußen gingen, um ihr natürliches Bedürfnis zu stillen oder um einfach mal frische Luft zu schnappen. Aber aus welchen Gründen auch immer, war ich hier draußen die Einzige. Schulterzuckend machte ich mich auf den Weg zur Toilette. Hier draußen sah ich nun keine Hinweisschilder mehr, weswegen sich die Suche als etwas schwierig gestaltete. Die spärliche Beleuchtung der Solarlampen am Wegesrand trug auch nicht wirklich zu meiner Orientierung bei. Dann jedoch stand ich endlich vor einem kleinen Gebäude auf Holz im Bali Stil, welches die Aufschrift „Toilette“ trug. Erleichtert trat ich ein. Nachdem ich mich dem Espresso Martini und der Gin and Tonic entledigt hatte, stellte ich meine kleine Clutch auf der Ablage vor dem Spiegel ab, um meinen Look zu prüfen und nachzubessern. Zum Glück war ich Expertin im Nachbessern und kannte einige sehr hilfreiche Tricks und Kniffe, die einem verschwitzten Körper zu neuer Frische verhalfen. Ich öffnete die kleine Tasche und zog zwei Deo Tücher hervor, gefolgt von einem Miniatur Fläschchen Vanille Parfüm, einem kleinen Kamm, Puder und Lippenstift. Mit aufmerksamem Blick in den Spiegel richtete ich mein Äußeres wieder her so gut es ging.

Als mich das Ergebnis zufriedenstellte, wusch ich mir erneut die Hände und ließ das kühle Wasser auch über meine Handgelenke und Unterarme laufen. Das tat gut. Ich öffnete die Tür nach draußen und beschloss, mich nun endlich meiner Erkundungstour zu widmen. Das Handy hatte ich auf laut gestellt. Ich würde es also hören, wenn Giorgia sich bei mir meldete.

*****

Langsam ging ich den Holzpfad weiter, der mich zu der Toilette geführt hatte. Mittlerweile hatte sich der Mond hinter den Wolken hervorgeschoben und das Mondlicht zusammen mit dem schwachen Licht der Solarlampen sorgten dafür, dass ich die Umgebung um mich herum recht gut wahrnehmen konnte. Nach kurzer Zeit erreichte ich eine Terrasse, die mit hellem Holz ausgelegt war. Darauf standen weiße Lounge Sofas und Tische. Auch einige dieser modernen Kokon Schaukeln, oder Hänge-Sessel, wie man sie auch nannte, standen etwas abseits. Alles war farblich aufeinander abgestimmt und wirkte modern-minimalistisch.

Ich überquerte die Terrasse und ging weiter geradeaus, wo mir einige Kübelpflanzen die Sicht versperrten. Mittlerweile war die Musik, die aus dem Inneren des Clubs drang, nur noch ein leises Geräusch im Hintergrund. Das Grundstück erschien mir recht weitläufig, denn von dem modern-minimalistischen Teil ging es nun weiter in eine Art Dschungel im Bali Stil. Überall um mich herum waren Grünpflanzen, Bäume und Ranken, die definitiv nicht hier in Kampanien wuchsen. Die Besitzer des *„La Luna“* müssen sie importiert haben.

Statt auf dem Holzpfad zu bleiben, entschied ich mich dazu, mir die Pflanzen näher anzusehen und ging sozusagen querfeldein. Während ich mich noch durch den halben Regenwald kämpfte, vernahm ich gedämpfte Stimmen. Ich blieb stehen und lauschte. Vor mir erkannte ich einen Lichtschein und auch das Plätschern von Wasser war nicht zu überhören. Vorsichtig schob ich einige Blätter zur Seite und erkannte vor mir einen Swimming Pool mit Unterwasserbeleuchtung. Er war leer. Und doch lud er mit seiner nächtlichen Beleuchtung, die das Wasser türkisblau erstrahlen ließ, zum Baden ein.

Mein Blick schweifte vom Pool auf die Terrasse direkt daneben. Einige Personen saßen dort unter Laternen auf langen Ecksofas zusammen. Lounge Musik drang aus den Lautsprechern, die irgendwo im Gestrüpp verborgen sein mussten. Ich konnte nicht genau erkennen, wer dort saß oder was dort vor sich ging und im Grunde genommen ging es mich auch gar nichts an. Ich wollte mir lediglich die Event Bereiche des *„La Luna“* ansehen und das hatte ich ja nun getan. Offensichtlich war dort irgendeine private Veranstaltung im Gange, die ich auf keinen Fall stören wollte.

Also machte ich Anstalten, den Rückzug anzutreten. Weit kam ich allerdings nicht. Denn als ich mich umdrehte, stand ein großer, glatzköpfiger Mann vor mir. Dessen kompletter Lebensinhalt bestand offenbar darin, im Fitnessstudio seine Muskeln zu trainieren, denn er war ein Bär von einem Mann. Er trug einen schwarzen Anzug mit einem weißen Hemd und hatte einen Knopf im Ohr. Gerade hob er seinen Arm und sprach in ein Mikrofon, dass offenbar an seinem Handgelenk befestigt war.

„Wir haben ungebetenen Besuch.“

Er wartete einen Moment. Dann schien er durch den Knopf in seinem Ohr eine Antwort zu erhalten.

„Eine Frau. Mitte oder Ende zwanzig. Ich habe sie hier noch nie gesehen.“

Wieder machte er eine Pause.

„In Ordnung.“

Der große Bär hatte mich seit Gesprächsbeginn keine Sekunde aus den Augen gelassen. Jetzt endlich richtete er das Wort an mich.

„Mitkommen“, war jedoch das Einzige, was er sagte.

Wenn ich gehofft hatte, er würde mich fragen wer ich sei und was ich hier machte, dann hatte ich mich getäuscht. Da ich aber keinesfalls die Absicht hatte mitzukommen und mir diese ganze Sache so langsam etwas unheimlich wurde, beschloss ich ihm diese Informationen zu geben, obwohl er nicht danach gefragt hatte.

„Hören Sie. Mein Name ist Carlotta Sorrentino. Ich bin im ‚*La Luna*' zu Gast, habe die Toilette gesucht und bin wohl etwas vom Weg abgekommen. Es war nicht meine Absicht irgendjemanden bei was auch immer zu stören. Ich würde vorschlagen, dass ich zurück zum Club gehe und wir vergessen das hier jetzt einfach. In Ordnung?".

Der Bär fixierte mich noch immer.

„Mitkommen", war das Einzige, was er erwiderte.

So langsam wurde ich wütend. Was bildete sich der Muskelprotz denn ein, wer er war? Dies hier war so weit ich wusste öffentliches Gelände. Ein Schild mit der Aufschrift „Privat" hatte ich nirgends gesehen. Ich hatte nichts verbrochen und niemandem etwas getan. Der Kerl hatte also kein Recht, mich festzuhalten oder mich irgendwo hinzubringen. Ich stemmte die Hände in die Hüften und sah den Kerl scharf an.

„Ich werde nicht mit Ihnen mitkommen. Ich werde jetzt zurück zum Club gehen und Sie werden mich gefälligst vorbeilassen. Alles andere wäre Freiheitsberaubung und das wollen Sie nicht, glauben Sie mir."

Erhobenen Hauptes schritt ich an ihm vorbei. Allerdings hatte ich die Rechnung ohne die Pranken des Bärs gemacht. Er packte mich und zog mich mit sich in Richtung des Bungalows, der Hinter der Terrasse, auf der die anderen Menschen zusammensaßen, im schwachen Licht zu erkennen war.

„Was soll denn das! Lassen Sie mich sofort los! Loslassen! Sie sollen mich loslassen."

Ich schrie den Bär an und versuchte mit aller Kraft, mich seinem Griff zu entziehen. Ohne Erfolg. Der glatzköpfige Bär schleppte mich erbarmungslos weiter in Richtung Terrasse.

„Seien Sie leise, sonst bekommen Sie noch richtig Ärger", zischte mir der Bär ins Ohr.

Aber daran dachte ich ja gar nicht. Vielleicht konnten mir die Menschen, die dort auf der Terrasse saßen, helfen, wenn sie sahen, was hier vor sich ging. Also wehrte ich mich weiterhin mit aller Kraft und wies den Bär mit lauter Stimme an, mich sofort loszulassen.

*****

„Was ist denn hier los?“.

Ein Mann hatte sich von der Sitzgruppe erhoben und schritt auf uns zu.

Auch die anderen Menschen auf der Sitzgruppe drehten sich nun neugierig um. Nur ein Mann im dunklen Anzug war am Telefonieren und schien von alledem hier nichts mitzubekommen. Er saß in einer nicht beleuchteten Ecke der Terrasse, am rechten Ende der Sitzgruppe. Ich konnte sein Gesicht nicht erkennen. Eine der Frauen im kurzen Minirock stand nun auf, ging aufreizend zu ihm hinüber und ließ sich auf seinem Schoß nieder. Sie schien ihm etwas ins Ohr zu flüstern, doch er hob die Hand, um ihr zu signalisieren, sie solle leise sein. Das schien sie allerdings nicht davon abzuhalten, weiterhin auf seinem Schoß zu sitzen und sich mit ihren Brüsten verführerisch an ihn zu schmiegen. Während ich noch dieses Pärchen beobachtete, antwortete der Bär auf die Frage, die ihm soeben gestellt worden war.

„Es tut mir leid, Signor Leone. Diese Frau hat sich unbefugt Zutritt zu dem Gelände verschafft. Wir wollen sie drinnen überprüfen, aber sie ist wie Sie sehen nicht sehr kooperativ.“

Der Mann, den der Bär als Signor Leone angeredet hatte, sah mich interessiert an. Ich kannte ihn nicht. Er war ein gutaussehender Mann Anfang dreißig mit blauen Augen und dunkelbraunen Haaren. Seine Haut war sonnengeküsst, was durch das hellblaue Leinenhemd, das er trug, noch besser zur Geltung kam. Der Mann verbrachte definitiv viel Zeit in der Sonne, so viel stand fest.

„Guten Abend Signora. Ich bin Leonardo Leone. Wie heißen Sie?“, wendete er sich nun mit einem freundlichen, aber bestimmten Lächeln an mich.

„Carlotta Sorrentino. Hören Sie, ich habe mich lediglich verlaufen. Ich wollte mir die Event Location des *‚La Luna‘* ansehen, da mir viel Gutes darüber berichtet wurde und bin dabei wohl vom Weg abgekommen. Ich wollte niemanden stören, aber das alles habe ich dem Gorilla dort auch schon erzählt. Trotzdem lässt er mich nicht gehen. Das ist Freiheitsberaubung."

Leonardo Leone lächelte amüsiert. Dann bedeutete er dem Bär mit einer Handbewegung mich loszulassen. Ich warf dem Bär einen vernichtenden Blick zu, während ich mir den schmerzenden Arm rieb.

„Danke, Francesco. Ich glaube nicht, dass Signora Sorrentino uns erschießen will oder ein Attentat auf uns geplant hat."

Erschießen? Attentat? Wovon sprach er?

„Signora Sorrentino, es tut mir leid. Wir wollen hier ganz sicher niemanden seiner Freiheit berauben. Zumindest nicht, wenn das nicht der freie Wille dieser Person ist."

Er zwinkerte mir zu. Flirtete er etwa mit mir? Es sah ganz danach aus.

„Sie müssen wissen, es gibt bestimmte Leute, die unserer Familie auf Grund unseres, nun ja, sagen wir Familienunternehmens, nicht allzu wohlgesonnen sind. Deshalb sind wir auf gewisse Schutzmaßnahmen angewiesen. Francesco hat nur seinen Job gemacht. Wie ich an ihrem Unterarm erkennen kann, vielleicht etwas zu ambitioniert."

Ich folgte Leonardos Blick zu meinem Arm und sah, dass die Finger des Bär dort einen klaren Abdruck hinterlassen hatten. So langsam waren aber nun wirklich genug Stellen meines Körpers malträtiert worden.

„Kommen Sie, Carlotta. Ich darf Sie doch so nennen, hoffe ich? Ich stelle Sie meinen Freunden vor und versorge ihre Blessur mit etwas Eis. Vielleicht darf ich Sie auch auf einen Drink zu uns einladen? Sie würden mir damit eine sehr große Freude bereiten."

Leonardo hatte ein entwaffnendes, gewinnendes Lächeln. Und mein Arm konnte in der Tat ein wenig Eis vertragen. Also nickte ich und folgte Leonardo, der seinen linken Arm um meinen unteren Rücken legte und mich mit seiner Hand sanft in Richtung der Sitzecke manövrierte.

„Leute hört mal einen Moment."

Die Gruppe schien das Interesse an der kleinen Show, die ich eben mit dem Bär veranstaltet hatte, schnell verloren zu haben. Denn sie waren alle wieder in Gespräche vertieft und nahmen erst Notiz von unserer Anwesenheit, als Leonardo in die Runde rief.

Mein Blick schweifte über die Anwesenden. Ich zählte sechs Männer und vier Frauen plus Leonardo. Der Oberkörper des Mannes, der immer noch am Telefonieren war, war von uns abgewandt, sodass ich sein Gesicht noch immer nicht erkennen konnte. Die Frau, die eben auf seinem Schoß gesessen hatte, hatte sich erhoben, um sich ein weiteres Glas Wein einzugießen. Als Leonardo um Aufmerksamkeit bat, richtete sie sich auf und sah mich argwöhnisch an. Ich hatte das Gefühl, ihr schon einmal begegnet zu sein, konnte ihr Gesicht aber nicht direkt einordnen. Sie war Anfang zwanzig und bildhübsch. Lediglich die Art und Weise wie sie mich musterte, machte sie mir unsympathisch. Neid und Eifersucht, das konnte ich sofort an ihrem Blick erkennen, waren genauso wie Missgunst im Charakter dieser Frau präsent.

„Es ist jemand zu unserer kleinen Feier gestoßen, der sich verlaufen hat. Vielleicht stellen wir uns Carlotta kurz vor, dass sie nicht einen noch schlechteren Eindruck von uns bekommt. Francesco hat sie missverständlicher Weise vorhin verhaftet."

Leonardo zwinkerte mir erneut mit einem schelmischen Grinsen zu und ich musste gegen meinen Willen auch grinsen. Er war so ein Typ Mann, dem man einfach nicht böse sein konnte. Ein kleiner Schelm, wenn man so wollte. Nur, dass er weder klein war und für einen Schelm definitiv viel zu gut aussah. Er war nicht unbedingt mein Typ, aber er war definitiv ein sehr attraktiver Mann. Die Runde stellte sich mir nach und nach mit einem freundlichen Lächeln vor. Schließlich war es an der Frau, sich vorzustellen. Jedoch machte sie keinerlei Anstalten dies zu tun. Stattdessen ging sie wie eine Raubkatze auf Beutezug zurück zu dem Mann, der noch immer mit leiser, aber bestimmter Stimme telefonierte.

„Elena, willst du dich Carlotta nicht vorstellen?".

Elena!

Das war es! Das war sie!

Elena Medici.

Nun fiel es mir wie Schuppen von den Augen. Das war Matteos Freundin. Wie hatte mir das nur entgehen können. Natürlich war sie es. Die Ähnlichkeit zu dem Foto von ihr, welches ich in dem Mode Magazin gesehen hatte, war unverkennbar.

Aber wenn das Elena war, dann musste der Mann, auf dessen Schoß sie sich nun erneut langsam niederließ…

*****

In diesem Moment beendete der Mann sein Telefongespräch und drehte sich zu uns um. Mir stockte der Atem. Gleichzeitig wurde mir mein Herz aus der Brust gerissen und in tausend Stücke zerfetzt. Meine Lunge musste es ebenfalls erwischt haben, denn ich bekam keine Luft mehr.

Matteo.

Der Mann musste Matteo sein.

Und was sollte ich sagen, er war es tatsächlich. Unverkennbar.

Matteo starrte mich mit finsterem Blick an. Ich starrte zurück. Allerdings glaubte ich nicht, dass ich finster starrte. Ich glaubte eher, dass in meinem Blick entweder eine Millionen Gefühle auf einmal zu sehen waren oder aber mein Blick komplett leer war.

Was es auch war, Matteo sollte das definitiv nicht sehen. Er sollte nicht sehen, was er in mir auslöste. Er sollte nicht sehen, welche Macht er über mich hatte.

Dennoch war ich unfähig, meinen Blick von ihm abzuwenden. Das fiel anscheinend auch Elena auf. Denn ihr Blick wurde noch argwöhnischer. Mittlerweile hatte sich auf ihrem hübschen Gesicht eine hässliche Falte gebildet. Wie um ihr Territorium zu markieren, schmiegte sie sich nun demonstrativ an Matteo und küsste seinen Hals.

Der Anblick raubte mir fast den Verstand, aber ich war unfähig, den Blick von dem Horror Schauspiel vor mir abzuwenden. Ich schien eine äußerst ausgeprägte masochistische Ader zu haben, von der ich bisher noch nicht gewusst hatte.

Leonardo, der offensichtlich nicht begriff, was genau hier gerade vor sich ging, räusperte sich.

„Carlotta, die beiden Menschen, die in einem Anfall von Verliebtheit ihre guten Manieren vergessen haben, sind mein Cousin Matteo und seine Partnerin Elena."

Matteo fand als erster seine Stimme.

„Wir kennen uns."

„Flüchtig", ergänzte ich seine Aussage.

„Matteo und sein Großvater kamen neulich in das Restaurant meiner Großeltern zum Abendessen. Ich habe sie bedient. Das ist alles."

Leider hatte ich mich bei dem Versuch, mich unverfänglich aus der Affäre zu ziehen, nur noch tiefer in die Tinte geritten. Das wurde mir klar, als Leonardo sich zu mir umdrehte und begeistert ausrief:

„Ach Sie sind *die* Carlotta. Ich habe schon viel von Ihnen gehört. Sie haben also Matteo und meinem Großvater einen Korb gegeben? Göttlich. Dass ich es wahrhaftig erlebe, die Person zu treffen, die sich nicht dem Willen der beiden sturtsten Familienmitglieder beugt."

Da ich nichts auf seine Bemerkung erwiderte und Matteo nur mit den Augen rollte, fuhr Leonardo ungeniert fort.

„Also meine Liebe, kommen Sie, setzen Sie sich zu mir. Sie müssen mir unbedingt noch einmal genau erzählen, wie Sie den Mut gefunden haben, Matteo und Mario abzuweisen. Was trinken Sie?".

„Sie trinkt nichts."

Verwirrt über die schroffe Bemerkung schaute Leonardo zu Matteo.

„Carlotta wird sicher schon im *‚La Luna'* vermisst. Ich nehme nicht an, dass sie allein in den Club gekommen ist, Leonardo."

Matteo brachte seinen Cousin mit seiner unverhohlenen Unfreundlichkeit gegenüber meiner Person sichtlich in Verlegenheit. Jedoch wäre Leonardo kein echter Leone, wenn er sich nicht sofort wieder gefangen hätte.

„Wir wollen natürlich nicht, dass Ihre Freunde Sie vermissen, Carlotta. Also wie wäre es, wenn ich Sie zurück zum

Club begleite, sodass Sie mir auch nicht wieder verloren gehen und Ihnen dann dort einen Drink spendiere? Bei der Gelegenheit können Sie mich auch gerne Ihren Freunden vorstellen. Vielleicht haben die bessere Manieren als meine Freunde."

Das war ein klarer Seitenhieb in Richtung Matteo. Doch bevor der etwas erwidern konnte, redete Leonardo bereits weiter.

„Bevor ich das jedoch tue, werde ich wie versprochen Eis auf ihre Blessur tun, sodass es Ihnen nicht länger weh tut. Also geben Sie mir bitte Ihren Arm."

Als ich nicht reagierte, ergriff Leonardo sanft, aber bestimmt meine Hand und zog sie zu sich rüber. Ich spürte Matteos Blick auf mir, wagte es jedoch nicht, aufzuschauen. Leonardo nahm einen Eiswürfel aus der Schale auf dem Tisch und ließ ihn über die Rötung auf meinem Unterarm gleiten. Mit seiner rechten Hand hielt er meine Hand locker über seinem Knie, während seine linke Hand mit dem Eiswürfel an meinem Unterarm auf und ab glitt.

Es war mir wirklich peinlich, was hier gerade geschah, aber seitdem ich Matteo mit Elena gesehen hatte, schienen die Synapsen in meinem Körper nicht mehr auf mich zu hören. Ich war unfähig, mich zu rühren und auch das Sprechen schien ich verlernt zu haben.

„Schatz, ich bin müde. Lass uns gehen."

Das war Elenas ungeduldige Stimme.

„Ich werde Luciano bitten, dich nach Hause zu fahren", lautete Matteos Antwort.

„Und was ist mit dir?", fragte Elena, nun noch etwas ungeduldiger.

„Ich habe noch zu tun", antwortete Matteo knapp.

„Gut, dann warte ich auf dich."

Elena schien entschlossen, nicht ohne Matteo zu verschwinden.

„Dazu gibt es keinen Anlass, Elena. Ich weiß nicht, wie lange mein Geschäftstermin in Neapel dauern wird. Deshalb wird Leonardo dich nun zum Wagen bringen, während ich Carlotta zum Club zurückbegleite."

Ich hörte, wie Elena empört nach Luft schnappte. Dann sah sie mich mit unverhohlener Eifersucht an. Auch Leonardo blickte nun von mir zu Matteo und wieder zurück.

„Das Fest", brachte ich nun endlich unter Anstrengung all meiner Kräfte hervor, um dieser äußerst unangenehmen Situation endlich zu entkommen. „Wir müssen noch den Service vom Sommerfest am Freitag besprechen."

Matteo sah mich an und durchschaute natürlich sofort meine Lüge. Allerdings spielte er, ohne mit der Wimper zu zucken, mit.

„Genau. Dann muss ich Morgen nicht noch einmal extra nach Ravello fahren und spare mir diese Zeit."

„Sie kommen zu unserem Fest?".

Diese Frage kam von Elena. Hatte sie tatsächlich gerade *unser* Fest gesagt und sich damit indirekt als Teil der Familie Leone ausgegeben? In welcher Beziehung standen Matteo und sie? Waren sie etwa verheiratet?

Ich schaute auf ihre Finger, konnte aber keinen Ehering zwischen all ihren Klunkern ausmachen. Allerdings wollte das nichts heißen. Die Frau sah nicht so aus, als trüge sie einen klassischen goldenen Ehering.

„Ja, ich unterstütze den Service", antwortete ich ihr so höflich wie möglich, wobei es mir deutlich schwerfiel, meine Abneigung gegen sie zu verbergen.

„Service? Sie sind also eine Kellnerin?".

„Elena", ermahnte Matteo sie scharf.

„Was denn? Ich will doch nur deine Freundin kennenlernen. Du weißt doch, deine Freunde sind auch meine Freunde. Selbst wenn es Kellnerinnen oder Müllmänner bzw. Müllfrauen sind. Gibt es so etwas eigentlich?".

Sie lachte über ihre Bemerkung, als hätte sie gerade einen urkomischen Witz erzählt.

„Wie dem auch sei. Es war nett Sie kennenzulernen, Carlotta. Ich freue mich, dass Sie uns auf dem Sommerfest beehren und werde dort mein Versprechen nachholen, und Sie zu einem Drink einladen, den Sie auch nicht selbst servieren müssen."

Er lächelte mir erneut spitzbübisch zu und erhob sich dann. Der Mann schien seinen Humor auch in den unangenehmsten Situationen nicht zu verlieren.

„Elena, lass uns gehen. Ich bin ebenfalls müde und werde Luciano bitten, mich im Hotel abzusetzen."

Elena erhob sich nur widerwillig von Matteos Schoß und nicht ohne ihm noch einen besitzergreifenden Kuss aufzudrücken, den er allerdings nicht erwiderte. Dann stolziert sie mit ihren megahohen Absätzen an mir vorbei und mit jeder Sekunde wurde das Klackern, das ihre High Heels hinterließen, leiser.

*****

Matteo sah mich an.

„Tut es sehr weh?".

Ich blinzelte. Wie meinte er das? Panik kroch in mir hervor. Hatte er etwa doch an meinen Augen erkannt, wie weh es tat ihn mit Elena zu sehen? Das durfte doch nicht wahr sein. Nein, das durfte auf keinen Fall sein.

„Der Arm." Matteo nickte mit dem Kinn in die Richtung meines Unterarmes.

Ich atmete innerlich tief aus. Das hatte er also gemeint. Na dann hatte ich ja nochmal Glück gehabt.

„Nein", log ich.

„Lass mal sehen." Matteo griff nach meinem Arm, aber ich zog ihn blitzschnell weg und sprang auf.

„Das ist nicht nötig. Ich habe gesagt, dass er nicht mehr weh tut. Und wie du richtig bemerkt hast, bin ich nicht allein hier heute Abend. Also werde ich jetzt zurückgehen. Du musst mich nicht begleiten. Den Weg finde ich allein."

Ich verabschiedete mich von der Gruppe und wand mich zum Gehen, als ich Matteo sah, der bereits an der Ecke der Terrasse auf mich wartete.

„Was soll das? Ich habe gesagt, ich finde den Weg allein", zischte ich.

„Das habe ich verstanden. Ich werde dich dennoch begleiten", antwortete Matteo achselzuckend.

„Wieso?“, fragte ich ihn und rollte genervt die Augen.

„Weil ich es will“, antwortete dieser mir.

Ich ging los, ohne auf Matteo zu warten. Es wollte mich begleiten? Gut, dann sollte er sich mal beeilen. Ich hatte schließlich nicht die ganze Nacht Zeit. Matteo hatte mich in drei Schritten eingeholt. Ein paar Meter sagte niemand etwas.

„Du kommst also zum Fest?“.

„Sag bloß das wusstest du nicht?“.

„Ich habe es mir gedacht“, gab Matteo zurück.

„Und Elena, ist sie deine Freundin?“.

Die Frage war mir rausgerutscht, bevor ich es verhindern konnte. Ich bereute sie in dem Moment, in dem sie über meine Lippen kam. Matteo blieb stehen und drehte sich so, dass er mir direkt ins Gesicht sehen konnte.

„Nein. Sie ist nicht meine Freundin.“

„Na das sah aber eben ganz anders aus“, antwortete ich schnippisch.

Ich konnte meinen Ärger beim besten Willen nicht verbergen, dabei hatte ich gar kein Recht darauf, verärgert zu sein. Matteo konnte tun und lassen, was er wollte und mit wem er wollte. Wir waren seit 12 Jahren kein Paar mehr. Er war mir nichts schuldig. Allem voran keine Erklärung.

Dennoch war der Ärger da. Und die Enttäuschung. Die Enttäuschung loderte in mir wie die Lava in einem Vulkan, kurz vor dem Ausbruch. Und der Ärger war der Rauch über dem Vulkan, welcher meilenweit zu sehen war.

„Elena ist eine Bekannte, Carlotta. Ich habe viele Bekannte. Und ab und an treffe ich mich mit ihnen.“

„Sie scheint das anders zu sehen.“

Matteo hob die Augenbrauen. „Das kannst du nach fünf Minuten mit ihr beurteilen?“.

„Ja.“

Meine knappe Antwort kam wie aus der Pistole geschossen.

„Nun, für mich ist sie nicht mehr als eine Bekannte. Wenn sie das anders sieht, ist das ihr Problem.“

Ich schnaubte. „Ihr Problem? Matteo hörst du dir eigentlich manchmal selbst zu?“.

Matteo blieb mir die Antwort schuldig und wendete sich stattdessen wieder von mir ab. Wir schritten wortlos auf den Club Komplex zu, als mein Handy in der Tasche zu vibrieren begann. Es war Giorgia.

„Hi Giorgia", rief ich in das Telefon.

„Hi Süße. Ich bin vorne am Ausgang. Wir sollten langsam los. Wo treibst du dich denn rum? Hast du tatsächlich noch einen Hengst aufgerissen?".

Giorgia schrie so laut gegen die Musik an, dass Matteo sie ganz sicher durch das Telefon gehört haben musste.

„Kein Hengst in Sicht, Giorgia. Nur lausige Esel. Ich komme sofort", antwortete ich ihr. Dann legte ich auf.

„Also, du hast es gehört, ich muss los."

„Wie kommt ihr nach Hause?", fragte Matteo.

„Mit dem Taxi."

Matteo runzelte die Stirn.

„Um diese Uhrzeit werdet ihr da lange warten müssen. Lass mich dir einen meiner Fahrer rufen. Der kann euch nach Hause bringen."

Matteo nahm schon das Handy aus seiner Hosentasche, aber ich legte meine Hand auf seine und schob es zurück in seine Tasche. Bei der Berührung durchzuckte mich wie immer ein verräterischer Stromschlag. Aber ich schaffte es, ihn erfolgreich zu ignorieren. Meine Wut und Enttäuschung leisteten eine hervorragende Abwehr.

„Ich brauche deine Hilfe nicht Matteo. Und ich will sie auch nicht. Lass mich einfach in Ruhe."

Ich schaute Matteo fest in die Augen, um meiner Aussage Nachdruck zu verleihen. Dann drehte ich mich um und verschwand in Richtung Ausgang.

*****

Zum Glück war Giorgia viel zu aufgedreht, um etwas von meiner Verfassung zu bemerken. Es schien, als sei sie voll auf ihre Kosten gekommen, denn sie redete pausenlos mit einem fetten Grinsen auf mich ein. Aber irgendwie kam das, was sie sagte nicht bei mir an. Ich bemühte mich zu nicken und an den richtigen Stellen zu lachen, um sie nicht zu kränken und vor allem um die Aufmerksamkeit nicht auf mich zu lenken. Das Letzte, was ich jetzt wollte war, dass Giorgia etwas von meiner nächtlichen Begegnung erfuhr. Das war allein meine Sache, und was das betraf, hatte ich beschlossen, daraus gar nicht erst eine „Sache“ zu machen.

Es hätte eindeutiger nicht sein können. Aber was hatte ich anderes erwartet? Genauso hatte ich Matteo doch eingeschätzt. Ein Frauenheld, der sich nahm, wonach ihm gerade war. Der sich in seinem Telefonbuch die Frau raussuchte, auf die er in dieser Nacht gerade Lust hatte, nur um sie dann am nächsten Tag mit einer anderen Frau auszutauschen. Hatte ich ernsthaft geglaubt, ich hätte ihm damals etwas bedeutet? All die Jahre hatte ich mir immer eingeredet, dass diese Nacht etwas ganz Besonderes für uns beide gewesen war. Ich war felsenfest davon überzeugt gewesen, in unserer gemeinsamen Nacht eine tiefe Zuneigung in seinen Augen gesehen zu haben, die die Grenzen von jugendlicher Verliebtheit bei weitem überstiegen hatte. Für mich war es Liebe gewesen. Liebe. Sowohl das, was ich für ihn empfunden hatte, als auch das, was ich geglaubt hatte, in seinen Augen zu sehen.

In den vergangenen Jahren war ich vielen Männern begegnet und hatte weiß Gott einiges ausprobiert. Allerdings hatte ich mich nie wieder auf jemanden so eingelassen, wie auf Matteo. Es hatte irgendwie nie richtig gepasst. Die Gefühle, welche ich für Matteo hatte, wollten danach bei keinem anderen Mann mehr aufkommen. Bei nicht einem der Männer, die nach ihm kamen, verspürte ich das Bedürfnis, eine ernsthafte Beziehung einzugehen. Ich hatte meinen Spaß und kam stets auf meine Kosten. Aber dann verschwand ich immer, bevor es ernst werden konnte. Die ersten Jahre dachte ich, dass Matteo nicht nur mein Herz gebrochen hatte, sondern auch einen Teil davon mitgenommen hatte. Dieser fehlende Teil sorgte dafür, dass sich mein Herz nicht mehr reparieren ließ und demnach auch für niemand anderen mehr schlagen konnte. Etwas weniger poetisch ausgedrückt, könnte man sagen: er hatte mir die Unbeschwertheit genommen, die es brauchte, um sich zu verlieben, sich fallen zu lassen und sich bedingungslos auf jemanden einzulassen.

Zumindest dachte ich das eine Zeit lang. Danach hörte ich auf, mir darüber den Kopf zu zerbrechen, weil sich mein Job immer mehr in den Vordergrund drängte und mein Privatleben mit jedem Tag ein klein wenig an Präsenz verlor.

Und jetzt war ich hier.

Und er war hier.

Nur, dass jetzt alles anders war.

Nach einiger Zeit hielt das Taxi vor dem Haus meiner Großeltern.

Ich umarmte Giorgia zum Abschied und stieg aus dem Wagen. Während ich den Haustürschlüssel aus der Handtasche kramte, bemerkte ich die Scheinwerfer eines eleganten schwarzen Wagens, der nun wendete und mit laufendem Motor am Anfang der Straße auf irgendetwas zu warten schien. Achselzuckend schloss ich die Tür auf und betrat das Haus. Ich stieg die Stufen zu meinem Zimmer hinauf, legte meine Handtasche aufs Bett und machte mich auf den Weg ins Badezimmer, um mir den Schweiß der vergangenen Stunden abzuduschen.

Irgendjemand hatte im Bad das Fenster offengelassen. Also schaltete ich das Licht im Bad an, ging zum Fenster und schaute ich kurz hinaus, um es dann zu verschließen. In diesem Moment sah ich, wie sich die schwarze Limousine langsam in Bewegung setzte und im nächsten Moment aus meinem Blickfeld verschwunden war.

Seltsam.

Unter der Dusche ließ ich das warme Wasser auf meine Schultern prasseln und versuchte dabei, allen Kummer und alle Sorgen zu vergessen. Leider gelang mir das nicht. In den letzten Wochen hatten sich so viele Emotionen aufgestaut, die ich immer wieder unterdrückt hatte, dass jetzt alle Dämme brachen.

Ein lautes Schluchzen entwich mir und dann folgten auch schon die ersten Tränen, die nicht mehr aufzuhalten waren. Also ließ ich ihnen freien Lauf und weinte. Ich weinte um meine Freundin, deren Leben viel zu früh geendet hatte und deren Tod so unfassbar sinnlos war. Ich weinte um mein gebrochenes

Herz, das einfach nicht heilen wollte und dessen alte Wunden nun erneut auf brutale Weise aufgerissen worden waren. Und ich weinte aus Angst vor alle dem, was die Zukunft womöglich noch an Schmerz, Trauer und Ungewissheit für mich bereithielt.

Irgendwann hatte das warme Wasser alle Tränen weggewischt und mein Körper fühlte sich energielos und taub an. Mit letzter Kraft schaltete ich das Wasser ab, trocknete mich mit dem Handtuch ab und schlüpfte in mein kuscheliges Nachthemd. Die Haare föhnte ich mir nur halbherzig und band sie dann zu einem Zopf zusammen. Erschöpft putzte ich mir die Zähne und schlüpfte dann ins Bett.

In nächsten Moment war ich auch schon eingeschlafen und verfiel in einen tiefen und traumlosen Schlaf.

Kapitel 17

Der Mittwoch und der Donnerstag verflogen in Windeseile und bevor ich mich versah, war es auch schon Freitagmorgen. Trotz meiner hartnäckigen Bemühungen war es mir nicht gelungen, mich vor dem Fest der Familie Leone zu drücken. Ich musste mit. Daran gab es nichts zu rütteln.

Eine der wichtigsten Lektionen, die ich im Berufsleben gelernt hatte, war, dass man sich manchmal mit der Situation, so wie sie eben war, abfinden musste. Man konnte nicht immer alles zu seinen Gunsten auslegen und manchmal hatte man einfach kein gutes Blatt auf der Hand. Allerdings bedeutete das nicht, dass man deswegen aufgab. Es bedeutete lediglich, dass man das Beste daraus machen musste und sein Blatt strategisch und bedacht ausspielen sollte.

Und genau das würde ich jetzt tun. Ich würde dorthin fahren, einen guten Job erledigen, meine Familie unterstützen und wieder nach Hause fahren. Mit Matteo war ich nach dieser nächtlichen Begegnung ein für alle Mal durch. Ich wollte endlich mein verlorenes Stück Herz zurück. Dann würde ich es Stück für Stück wieder zusammensetzen und mit meinem Leben weitermachen.

Mein Verstand hatte das begriffen. Lediglich mein Herz musste es noch einsehen. Also würde ich meinem Herz heute Abend beweisen, dass Matteo weder die Sehnsucht noch den Schmerz wert war.

„Carlotta, bist du so weit? Wir wollen los."

Die Stimme meiner Großmutter riss mich aus meinen Gedanken.

Ich schnappte mir meine kleine Reisetasche, in der sich meine Arbeitskleidung sowie das Nötigste für die Nacht, die wir auf Capri sein würden, befanden und machte mich auf den Weg zur Haustür, vor der schon das Auto meiner Tante parkte.

Wir fuhren zum Hafen von Sorrent, wo wir den Wagen parkten und die Fähre nach Capri nahmen. Während der Fahrt ließ ich mir auf dem Deck die Morgensonne ins Gesicht scheinen und genoss mit geschlossenen Augen die würzige Meeresluft. Nach kurzer Zeit zeigte sich am Horizont auch schon Capri in all seiner Pracht. Mit jeder Minute kam die Insel näher und allmählich konnte ich auch die bunten aneinandergereihten Häuser am Strand erkennen, sowie die imposanten Felsen, die die Insel dominierten.

An der Anlegestelle wartete bereits ein Mitarbeiter meiner Tante, um uns zu unserer Unterkunft zu bringen. Diese befand sich lediglich drei Kilometer von dem Anwesen der Familie Leone. Wir belegten in Windeseile unsere Zimmer und machten uns dann auf den Weg zur Villa Leone, um die letzten Vorbereitungen für das Fest zu treffen.

Als wir die kurvige Straße entlangfuhren, war ich so fasziniert von dem azurblauen Meer unter uns, umrandet von pinken Blumen, grünem Aloe Vera und stacheligen Kakteen, dass ich das Anwesen der Familie Leone erst dann wahrnahm, als meine Tante, Giorgia und meine Großmutter begeistert anfingen, von der Schönheit des Anwesens vor ihnen, zu schnattern.

Wir passierten den Helipad des Anwesens und als ich aus dem Auto stieg, musste ich anerkennend zugeben, dass es in der Tat noch beeindruckender war, als ich es in Erinnerung hatte.

Da wir recht gut in der Zeit lagen, beschloss meine Cousine einen kleinen Rundgang zu unternehmen, unter dem Vorwand, dass sie im Service schließlich wissen musste, wo sich alles befand. Sie wollte auf gar keinen Falls riskieren, dass sie nicht antworten könnte, wenn ein Gast sie nach dem Weg fragt. Das wäre unhöflich und unprofessionell, erklärte sie mir mit einem solch ernsten Gesichtsausdruck, dass ich es ihr fast abgekauft hätte.

Aber eben nur fast.

Die Neugier war wohl eher das, was Giorgia antrieb. Aber wenn ich ehrlich war, dann hatte ich auch nicht jeden Tag Zugang zu solch außergewöhnlichen Bauwerken. Deshalb brauchte es nicht viel Überredungskunst und ich schloss mich ihrer kleinen Besichtigungstour an.

Das imposante Anwesen mit seinen weitläufigen Terrassen, den alten Steinmauern, und den beiden märchenhaften Türmen war bereits einige hundert Jahre alt. Natürlich war es seitdem immer wieder restauriert und modernisiert worden. Dennoch hatte es nichts an Charakter verloren.

Die äußere Steinfassade, ein Mix aus Hellbraun und Beige, war in ihrer ursprünglichen Form erhalten worden. Innen jedoch war alles mediterran gestrichen. Von Hand gemalte Kunstwerke zierten die Wände. Ebenso eine elegante Fassade im marokkanischen Stil aus pastellfarbenem Mosaik. Das Anwesen erinnerte mich an die Villa Cimbrone in Ravello, die ebenso beeindruckend und historisch signifikant war.

An dem südlichen Ende des Anwesens, etwas abseits gelegen, befand sich der hauseigene Weinberg der Familie Leone, in dem sie ihren erlesensten Wein in extrem limitierter Auflage herstellten. Oberhalb der üppigen Weinhänge, mit direktem Blick auf das Meer, befand sich ein weitläufiger Swimmingpool mit integriertem Jacuzzi und einem künstlichen Wasserfall, der von hohen Steinfelsen tosend in den Pool rauschte. Dahinter musste sich eine kleine Grotte befinden, wie ich zu erkennen glaubte.

Wir kehrten in den großen Garten der Villa zurück, in dem heute Abend das Fest stattfinden würde. Prachtvoller Blumenschmuck zierte bereits die Rundbögen aus Stein, welche den Garten umgaben und edle Gestecke wurden gerade auf den Tischen verteilt.

Die Bühne war gekonnt in den Hang gebaut worden und gab einen eindrucksvollen und ungehinderten Blick auf das weitläufige Meer dahinter frei. Hinter uns erhob sich majestätisch das historische Haupthaus, das dominierend über allem anderen thronte. Dennoch war nichts davon übertrieben oder gar protzig. Es war eine historische, prunkvolle italienische Villa mit Charme und jeder Menge Charakter, die sicherlich jede Menge Geschichten erzählen konnte.

Ich legte meine Hand an eine der Mauern im Garten und spürte die Wärme, die sie mir zurückgab. Wilder Blauregen wuchs entlang der Mauern und komplettierte ihren mediterranen Stil. Es fühlte sich gut an, hier zu sein, an diesem Ort. Wüsste ich nicht, dass auch Matteo heute Abend präsent sein würde, würde ich mich fast auf dieses Fest freuen. Und dass, obwohl ich nicht mitfeiern würde, sondern lediglich zum Arbeiten hier war.

*****

Bis zum späten Nachmittag waren wir mit den letzten Vorbereitungen beschäftigt und nahmen nichts außer der Arbeit um uns herum wahr. Es gab viel zu tun und die Uhr tickte gnadenlos. Bis zum Eintreffen der Gäste sollte alles perfekt sein. Das erforderte ein gutes Zusammenspiel aller anwesenden Mitarbeiter. Da das Team meiner Tante jedoch sehr eingespielt war, hatte sie stets alles unter Kontrolle und als Don Mario um kurz nach 18 Uhr einen Rundgang durch den Garten mit ihr unternahm, schien er sehr zufrieden von ihrer Arbeit. Uns blieb nun noch circa eine Stunde bis zum Eintreffen der ersten Gäste.

Ich nutzte die Zeit, um mich in dem Bereich für Angestellte frisch zu machen, meine rote Bluse gegen die frische weiße Arbeitsbluse zu tauschen und eine Kleinigkeit zu essen. Ich hatte seit dem schnellen Frühstück heute Morgen nichts mehr zu mir genommen und würde bis in die späten Abendstunden auch nicht mehr die Möglichkeit dazu bekommen, wenn ich es jetzt nicht tat.

Dann war es auch schon 19 Uhr und jeder von uns nahm seinen Platz im Service ein. Giorgia war einigen der Tische fest zugeteilt, während ich als Läuferin in der Menge umhereilte, um den durstigen Menschen Champagner auf dem Tablett zu servieren. Die Gäste schienen unersättlich und so legte ich einen Kilometer nach dem anderen zurück. So wie ich mit einem vollen Tablett aus der Küche trat und mich in den Garten begab, so wurde es auch schon wieder restlos geleert.

Matteo hatte ich bereits vor einiger Zeit gesichtet. Jedoch machte ich einen großen Bogen um ihn und überließ den Teil des Gartens, in dem er sich befand, einem meiner Kollegen. Jedes Mal, wenn ich einen flüchtigen Seitenblick riskierte, sah ich ihn mit anderen Menschen zusammenstehen. Als Gastgeber hatte er wohl viele Hände zu schütteln. Aber das war gut so. Dann kam er mir wenigstens nicht in die Quere.

Elena hatte ich bisher noch nicht gesehen, worüber ich auch nicht unglücklich war. Ich kam gerade zum wiederholten Male mit einem vollen Tablett aus der Küche und durchquerte den hinteren Teil des Gartens, als sich mir plötzlich jemand in den Weg stellte.

Ich sah erschrocken von dem Tablett auf, auf dem ich konzentriert die vollen Champagnerflöten balancierte und sah geradewegs in die dunklen Augen von Matteo.

„Guten Abend Carlotta."

Vor Schreck ließ ich fast das Tablett fallen, aber Matteo reagierte blitzschnell und hielt das wackelnde Tablett fest. Dabei landete eine seiner Hände auf meiner.

Ich erwartete, dass er seine Hand zurückzog, aber das tat er nicht. Er sah mich nur eindringlich an.

Mit einer schnellen Bewegung hatte er mich unter einen der Torbögen in eine stille Ecke gezogen, wo uns niemand der vorbeieilenden Bedienungen sehen konnte. Was hatte er vor?

„Du hast mich zu Tode erschreckt. Was schleichst du denn hier so herum?".

Matteo zog seine linke Augenbraue amüsiert hoch, dann erwiderte er mit ironischem Unterton, „ich schleiche hier nicht herum Carlotta. Ich wohne hier."

„Trotzdem erklärt das nicht, wieso du dich als Gastgeber des Festes in der hintersten Ecke herumtreibst. Apropos Fest, wie du vielleicht mitbekommen hast oder aber an dem Tablett erkennst, arbeite ich dort. Ich werde für das Servieren bezahlt. Also lass mich bitte vorbei, dass ich mir mein Geld auch verdienen kann."

Jedoch machte Matteo keinerlei Anstalten, mir aus dem Weg zu gehen.

„Carlotta, Carlotta", er schüttelte amüsiert den Kopf.

„Erstens: du solltest dir um die Bezahlung wirklich keine Sorgen machen. Schließlich wirst du vom Gastgeber bezahlt und wenn der Gastgeber möchte, dass du dich mit ihm unterhältst, anstatt Getränke zu servieren, dann ist das in diesem Moment dein Job. Zweitens: du arbeitest ja nun doch für uns. Es gefällt mir sehr, das zu sehen und ich möchte, dass du auch in Zukunft für uns tätig bist, wenn auch in anderer Form. Und Drittens: was ich muss und wessen Hände ich schüttele, das entscheide dann noch immer ich selbst, wenn du gestattest."

Ich blitzte ihn wütend an.

„Bist du jetzt fertig?".

„Wenn deine Antwort auf meine Frage ‚Ja' lautet, dann können wir die Details später besprechen und ich lasse dich für den Moment gehen", erwiderte Matteo, wie er fand, äußerst großzügig.

„Nein", sagte ich betont schroff.

„Nein?", wiederholte Matteo scharf.

„Du hast mich schon verstanden." Ich rollte genervt mit den Augen.

„Erkläre mir warum", drängte mich Matteo zu einer Erklärung.

Ich seufzte. „Matteo, ich schulde dir keine Erklärung warum ich etwas tue oder eben nicht. Außerdem habe ich es dir doch schon erklärt. Es hat sich nichts geändert."

Matteos Augen verdunkelten sich und die Narbe über seinem Auge zuckte verdächtig.

„Das ist nicht die Antwort, die ich von dir hören will."

So langsam kochte meine Wut über und ich entgegnete ihm ruppig, „ach nein? Das tut mir leid. Aber ich sag dir mal was: das ist nicht mein Problem."

Matteo riss mir das Tablett aus der Hand und stellte es energisch auf die flache Mauer neben ihm. Die Gläser wackelten und klirrten verdächtig, aber ich achtete ausschließlich auf Matteo, weil ich mich vor dem fürchtete, was als nächstes kommen würde. Er schien sichtlich in Rage und wohin uns das das letzte Mal geführt hatte, daran erinnerte ich mich noch zu gut.

Reflexartig machte ich einen Schritt zurück, aber Matteo hatte diese Lücke im Nu wieder geschlossen und sah drohend auf mich herab.

„Ich muss mich sichtlich beherrschen, die Finger von dir zu lassen, Carlotta. Denn nichts wünsche ich mir gerade mehr, als dich für dein loses Mundwerk zu bestrafen."

Dann beugte er sich zu mir herab und sein Mund war nur wenige Zentimeter von meinem Ohr entfernt. Ich konnte seinen Atem spüren, der meine Ohrmuschel kitzelte.

„Wie gerne würde ich dir jetzt etwas richtig Hartes und Großes zwischen deine Lippen schieben, sodass sie für einige Zeit mit etwas ganz anderem, als mit frechen Antworten beschäftigt sind“, flüsterte er mir mit dunkler Stimme ins Ohr.

Gänsehaut machte sich auf meinem Rücken breit.

„Mein Leben besteht daraus, mir zu holen, was ich will, wen ich will und wann ich will. Und glaube mir, ich schrecke ganz sicher nicht davor zurück, es mir mit Gewalt zu nehmen, wenn man es mir nicht freiwillig gibt. Letztendlich bekomme ich immer das, was ich will. Auf die eine oder eben auf die andere Art. Du hast die Wahl. Gib es mir oder ich werde es mir nehmen.“

Zur Demonstration seiner Worte biss er mich in diesem Moment gekonnt in meinen Hals, bevor er den Schmerz mit seiner Zunge linderte. Die Gänsehaut breitete sich augenblicklich auf meinem ganzen Körper aus. Mein törichter Körper reagierte wie elektrisiert auf seine Berührungen und in mir rang der Wunsch, ihn für diese Arroganz kräftig in die Eier zu treten, mit dem Wunsch, etwas ganz anderes mit seinen Eiern zu tun.

„Also, was ist deine Antwort?“. Matteo sah mich siegessicher an.

Doch bevor ich ihm antworten konnte, wurden wir unterbrochen.

„Ach hier bist du, mein Schatz. Ich habe dich schon überall gesucht“, flötete eine aufgesetzt freundliche Stimme aus dem Hintergrund.

Elena.

Matteos Augen verfinsterten sich und Elena stolzierte mit ihren himmelhohen High Heels auf uns zu.

„Störe ich?“, fragte sie gekonnt unschuldig.

„Nein, Sie stören nicht“, antwortete ich, bevor Matteo die Chance dazu hatte.

„Steht Ihnen, die Kellner Uniform“, sie nickte in Richtung meiner Kleidung.

„Jeder auf seinen Posten, nicht wahr?“.

Sie schaute mich boshaft lächelnd an.

„Apropos Posten, mein Schatz. Ich möchte mich mit ein paar wichtigen Leuten unterhalten und würde dich dazu gern an meiner Seite haben. Also kommst du?“.

Elena sah ihn verliebt an und klimperte mädchenhaft mit ihren falschen Wimpern.

„Ich bin hier noch nicht fertig, Elena“, knurrte Matteo und schüttelte ihre Hand von seinem Arm ab.

„Doch, doch. Wir sind hier fertig, Signora Elena. Nehmen Sie ihn ruhig mit.“

Eilig schnappte ich mir das Tablett von der Mauer und machte mich aus dem Staub. Das war ja gerade nochmal gut gegangen.

Ich hätte nicht gedacht, dass ich das mal sagte, aber womöglich hatte Elena mich gerade vor einer Dummheit bewahrt, die ich später bitter bereut hätte.

Schnell mischte ich mich unter die Leute, um die mittlerweile nicht mehr ganz so perlenden Champagner Flöten zu verteilen.

*****

Um 21 Uhr schließlich hielt Don Mario eine kurze Ansprache auf der Bühne, in der er seine Gäste offiziell begrüßte und das Buffet eröffnete. Pünktlich zum Buffetbeginn bat mich meine Tante, die dort postierten Service Kräfte zu unterstützen, um dem Andrang der Gäste gerecht zu werden.

Ich war so in die Arbeit vertieft, dass ich nicht merkte, wie sich Leonardo dem Buffet näherte.

„Guten Abend, Carlotta“, begrüßte er mich erfreut.

„Wie schön Sie wiederzusehen. Wie geht es Ihrem Arm?“.

Er beäugte kritisch meinen Unterarm, konnte jedoch nichts erkennen, da meine weiße Bluse lange Arme hatte.

„Guten Abend Leonardo. Alles bestens. Vielen Dank der Nachfrage.“

Ich lächelte ihn freundlich an. Er war mir wirklich sympathisch und wie mir schien, sowohl bodenständig als auch lustig. Ein richtiger Kumpel-Typ.

„Wie ich sehe, sind Sie gerade mächtig beschäftigt und ich will Sie auch gar nicht lange aufhalten. Aber ich habe nicht vergessen, dass ich Ihnen noch einen Drink schulde. Wie lange müssen Sie hier noch aushelfen?".

Ich überlegte kurz, dann antwortete ich ihm.

„Gegen Mitternacht habe ich eine halbe Stunde Pause."

Leonardo nickte zufrieden. „Perfekt. Dann treffen wir uns doch um Mitternacht am Pool. Sie halten Ihre bis dahin sicher reichlich geschundene Füße in das kühle Wasser und lassen sich den Cocktail schmecken, den ich ihnen servieren werde. Haben wir einen Deal?".

Er funkelte mich mit vergnügten Augen voller Erwartung an und ich konnte nicht anders, als verschmitzt zu lachen und zuzustimmen.

„Deal", antwortete ich ihm.

„Super, dann bis nachher."

Leonardo winkte mir lässig zu und ging dann weiter.

Als ich Matteo auf das Buffet zukommen sah, entschuldigte ich mich rasch unter dem Vorwand, auf Toilette zu müssen. Matteo sah, dass ich das Weite suchte und wollte mir folgen, jedoch duckte ich mich und wand mich so geschickt durch die Menschenmenge, dass er meine Fährte verlor.

Auch auf dem Rückweg war ich äußerst aufmerksam und achtete darauf, Matteo nicht über den Weg zu laufen. Matteo versuchte kurz darauf noch einmal, mich am Buffet abzufangen, wurde dann jedoch von zwei Frauen, die Elena anschleppte, in ein Gespräch verwickelt.

Um 22:15 Uhr wurden alle Gäste zu Tisch gebeten. Es folgte eine musikalisch-akrobatische Darstellung einer bekannten sizilianischen Tänzer-Truppe, sowie eine Spendengala zu Gunsten der Projekte der Leone Stiftung.

Wenn ich mich recht erinnerte, setzte sich die Leone Stiftung sehr breitgefächert sowohl für Tiere als auch für Menschen überall auf der Welt ein. Eine Mafia Familie mit Herz. Es war schon seltsam, aber die Familie wollte einfach nicht in die klassische Mafia Definition passen. Ich nahm mir fest vor, mich im Internet besser über die Arbeit der Stiftung zu informieren.

Aufmerksam beobachtete ich die Show und die Auktion vom Buffet aus, an dem nun recht wenig zu tun war. Da nun alle Gäste saßen, hatte ich einen freien Blick auf den Tisch der Familie. Don Mario saß dort mit einigen seiner Söhne, seiner Tochter und seinen Enkeln, zu denen sowohl Matteo als auch Leonardo zählten. Auch einige andere Frauen, die nicht zur direkten Familie gehörten, saßen mit am Tisch.

Um kurz vor Mitternacht bat mich meine Tante, meine Pause zu nehmen, damit ich vor der zweiten Schicht, die wohl bis in die fortgeschrittenen Morgenstunden dauern würde, noch etwas Kraft tanken konnte.

Ich machte mich auf zu dem vereinbarten Treffpunkt am Pool, um Leonardo nicht warten zu lassen. Mittlerweile war es stockdunkel, aber der Pool war beleuchtet und auch rund um den Pool sorgten gedämpfte Lichter für eine angenehme Atmosphäre.

Leonardo wartete bereits am Pool. Als er mich kommen sah, begrüßte er mich freudig winkend. Er hatte einen kleinen Tisch aufgestellt, an dem er irgendetwas mixte.

Ich musste schmunzeln. Der Mann machte es sich wahrhaftig nicht leicht. Er hätte auch einfach einen Cocktail an der Bar bestellen und hertragen können. Aber nein, er machte ihn lieber selbst. Ein weiterer Pluspunkt für ihn. Er erschien mir in vielerlei Hinsicht der perfekte Mann zu sein und meine Alarmglocken läuteten nicht im Geringsten in seiner Gegenwart.

Aber es läutete auch sonst nichts in seiner Gegenwart. Er war attraktiv, sympathisch und bestimmt auch irgendwo durchtrieben, aber er war nicht mein Typ. Zwar hatte er ein paar Mal mit mir geflirtet, aber wenn ich meinem Bauchgefühl traute, dann glaubte ich, dass er dasselbe für mich empfand, wie ich für ihn: freundschaftliche Sympathie.

Wäre es anders, hätte ich diesem nächtlichen Treffen am Pool auch nicht zugestimmt. Wenn ich etwas nicht wollte, dann war es zwischen die Fronten der Familie zu geraten.

„Hi", begrüßte ich ihn lächelnd.

„Hi Carlotta. Warum ziehst du nicht schon mal deine Schuhe aus und lässt deine Beine ganz entspannt ins Wasser hängen. Ich bin gleich soweit. Nur noch eine Sekunde. Ist es ok, wenn wir das alberne ‚Sie' einfach weglassen?".

Nickend ließ ich mich am Beckenrand nieder und streifte meine Schuhe ab. Da ich zu der weißen Bluse einen schwarzen knielangen Rock trug, konnte ich meine Beine direkt ins Wasser gleiten lassen.

Ich konnte es nicht vermeiden, genüsslich aufzustöhnen als das erfrischende Wasser meine schmerzenden Füße kühlte. Das fühlte sich so gut an. Leonardo lachte.

„Dachte ich es mir doch. Deine Füße können eine kleine Abkühlung gut vertragen. Und für dich habe ich hier auch eine leckere Erfrischung."

Leonardo reichte mir ein Glas und ließ sich dann neben mir nieder. Ich tunkte die Zunge in das Glas und lachte dann erfreut auf.

„Gin and Tonic. Genau das, was ich jetzt brauche! Kannst du Hellsehen?".

Leonardo grinste. „Vielleicht", antwortete er mir augenzwinkernd.

„Vielleicht habe ich dich auch einfach nur richtig eingeschätzt."

Jetzt war es an mir zu grinsen. „Richtig eingeschätzt? Wie schätzt du mich denn ein?".

Leonardo krempelte seine Hose um und ließ seine Beine ins Wasser gleiten.

„Willst du das wirklich wissen?", fragte er mich mit gespielt ernster Miene.

Ich musste erneut lachen. „Ist es denn so schlimm?".

Leonardo lächelte mich an und schaute dann auf das Wasser. Plötzlich wurde er ernst.

„Wie schlimm es ist, das musst du mir sagen. Aber so wie ich es beurteile, ist es sehr schlimm."

Verdutzt sah ich zu Leonardo.

„Wie meinst du das?".

Leonardo schaute kurz zu mir rüber, dann sah er wieder auf das Wasser.

„Du und Matteo. Was auch immer da zwischen euch läuft. Und jetzt sag bitte nicht, dass da nichts läuft. Es scheint dich schlimm erwischt zu haben, so, wie du Elena angeschaut hast, als sie neulich Abend ihre Show abgezogen hat."

Ich rieb mir mit den Händen durch das Gesicht. Wenn es ihm schon nicht entgangen war, dann war es Matteo wohl erst recht aufgefallen. Und das war nicht gut. Ganz und gar nicht.

„Carlotta, wenn es dich beruhigt, ich kenne Matteo schon mein ganzes Leben und so wie er dich angesehen hat, bin ich sicher, dass auch du ihn nicht kalt lässt."

Das beruhigte mich nicht. Ganz im Gegenteil. Es beunruhigte mich zutiefst. Die Sache mit Matteo war lange vorbei und ich wollte, dass das so blieb. Auf keinen Fall wollte ich ihn noch einmal so nah an mich ranlassen, nur um dann erneut verletzt zu werden. Und das war bei ihm nur eine Frage der Zeit. So viel stand fest.

„Hör zu, Carlotta. Es steht mir nicht zu, dich auszufragen und das will ich auch gar nicht. Aber so wie ich dich einschätze, bist du keine Frau, die ihre Sorgen gerne preisgibt. Du bist jemand, der alles gern mit sich selbst ausmacht. Genauso wie Matteo. Ihr seid euch darin sehr ähnlich. Allerdings habe ich bei Matteo gesehen, wozu das führen kann. Und ohne ins Detail zu gehen, lass mich dir sagen, dass es zu nichts Gutem führt. Wenn du willst, und das ist ganz und gar dir überlassen, dann kannst du mir ganz unverfänglich erzählen, was da zwischen euch vorgeht. Ich werde nicht über dich urteilen und ich werde dir nichts vorschreiben. Ich werde dir lediglich zuhören und wenn du willst, nur wenn du willst, dann werde ich dir meine Meinung dazu sagen."

Leonardo drückte aufmunternd meinen Arm.

„Warum tust du das?", fragte ich ihn.

„Warum tue ich was?", fragte er mich zurück.

„Warum interessiert dich, wie es mir geht und was ich mit Matteo zu schaffen habe?", entgegnete ich nun etwas detaillierter.

„Ich mag dich Carlotta. Ich kenne dich kaum, aber trotzdem habe ich dich auf Anhieb gemocht. Im Gegensatz zu Elena, der verwöhnten Göre. Bisher hat mich meine Menschenkenntnis noch nie im Stich gelassen und ich bin mir sicher, dass sie es auch dieses Mal nicht tut. Du rufst etwas in Matteo hervor, dass ich schon sehr lange nicht mehr an ihm gesehen habe. Aber du wirkst so gehetzt, so getrieben und traurig. Ich würde dich viel lieber fröhlich und gelassen sehen. Und wenn mein Cousin damit zu tun hat, was ich schwer vermute, dann kann ich dir helfen, das in den Griff zu bekommen."

Ich überlegte, ob ich Leonardo wirklich offenbaren sollte, was in mir vorging. Aber andererseits, was hatte ich schon zu verlieren? Er erschien mir nicht der Typ, der sich von Matteo dazu anstacheln ließ, mich auszuhorchen, mal ganz abgesehen davon, dass Matteo das auch nicht veranlassen würde. Ich mochte Leonardo. Und er war nicht nur ein Mann, sondern auch ein Leone. Er sah die Dinge sowohl aus dem Blickwinkel eines Mannes als auch aus dem eines Leone. Und ein Perspektivenwechsel konnte hier sicherlich nicht schaden.

Aber hier und jetzt war weder der richtige Ort noch die richtige Zeit dafür. Eine viertel Stunde meiner Pause war bereits verstrichen und in 15 Minuten musste ich meine zweite Schicht schieben, die sehr wahrscheinlich noch weitere drei bis vier Stunden dauern würde.

„Ich danke dir für dein Angebot, Leonardo. Das ist sehr lieb von dir und ich möchte gerne darauf zurückkommen. Nur werde ich es jetzt nicht schaffen, dir die ganze Geschichte zu erzählen."

Ich ließ meinen Kopf langsam in den Nacken fallen und drehte ihn nach links und rechts. Mein Nacken und meine Schulter waren sichtlich verspannt. Der arbeitsreiche Tag hatte seine Spuren hinterlassen.

„Das verstehe ich. Dann machen wir es doch folgendermaßen: ich gebe dir meine Telefonnummer und du rufst mich an, wenn du Luft und Zeit hast, es mir zu erzählen. Und bis du wieder in den Einsatz musst, werde ich dir jetzt ein wenig die Schultern lockern."

Als er meinen prüfenden Blick bemerkte, fügte er hinzu, „Ich glaube du hast verstanden, dass mein Interesse an dir rein freundschaftlicher Natur ist. Du musst dir also keine Gedanken über falsche Hoffnungen oder dergleichen machen und kannst es ruhig zulassen, dass ich dir helfe. Du musst wissen, dass ich sogar ein zertifizierter Masseur bin."

Ich prustete los, „Ach ja, bist du das?".

Leonardo zwinkerte mir zu. „Laut der ‚Bali Chill and Relax School', ja. Dort habe ich mir das in einem zweiwöchigen Kurs hart erarbeitet. Also lach nicht."

Aber das brachte mich nur noch mehr zum Kichern.

„Bali Chill und Relax School? Also lag ich doch nicht so falsch, als ich dich als Surfer Typen eingeschätzt habe. Na dann mal los. Zeig mir, was sie dir auf Bali so alles beigebracht haben."

Ich bedeutete ihm mit einer Handbewegung, dass er beginnen sollte. Leonardo erhob sich und kniete sich hinter mich.

„Zu Befehl Signora. Dann schließen Sie mal die Augen und entspannen Sie sich."

Ich tat wie geheißen und tatsächlich verstand Leonardo sein Handwerk. Er traf genau die Punkte, die mir Schmerzen bereiteten und versuchte, den Schmerz durch angemessenen Druck zu lindern.

Die Massage fing gerade an Wirkung zu zeigen, als eine wütende und eiskalte Stimme die Stille der Nacht durchbrach.

Sie ließ augenblicklich alle Entspannung von mir abfallen und versetzte mich in eine Schock Starre erster Klasse.

„Was zum Teufel ist hier los?"

Kapitel 18

Ich fühlte mich ertappt, obwohl ich mir gar nichts hatte zu Schulden kommen lassen. Langsam drehte ich meinen Kopf in die Richtung, aus der die donnernde Stimme gekommen war und sah in zwei rabenschwarze, vor Wut blitzende, Augen. Die Narbe über dem Auge zog sich dabei wie ein weiterer bedrohlicher Blitz durch Matteos schwarze Augenbraue.

„Wir haben uns unterhalten", antwortete ihm Leonardo lässig.

„*Das* nennst du also unterhalten?".

Matteos Stimme wurde noch schneidender, obwohl ich das gar nicht für möglich gehalten hatte.

So langsam reichte es mir. Was bildete sich der Kerl eigentlich ein? Ich war nicht sein Eigentum. Ich war ja noch nicht einmal seine Freundin. Ich konnte tun und lassen, was ich wollte und mit wem ich wollte. Darüber war ich ihm weder Rechenschaft noch irgendwelche Erklärungen schuldig. Dass er sich hier so aufspielte war völlig inakzeptabel und es wurde Zeit, dass ihm das mal einer sagte.

Entschlossen stand ich auf und klopfte mir den Staub von der Kleidung. Dann ging ich zielstrebig auf Matteo zu und blieb so dicht vor ihm stehen, dass sich unsere Nasenspitzen fast berührten. Wütend reckte ich das Kinn und baute mich vor ihm auf, so gut es mir möglich war. Ich stemmte die Hände in die Hüften und funkelte ihn an.

„Wer glaubst du eigentlich zu sein, dass du hier aufkreuzen kannst und wegen nichts und wieder nichts eine solche Szene machst? Mal abgesehen davon, dass es dich überhaupt nichts angeht, was ich mache und mit wem ich es mache. Selbst wenn es Leonardo und ich nackt im Pool miteinander getrieben hätten, hätte es dich nicht zu interessieren. Und jetzt entschuldige mich, ich muss arbeiten. Meine Pause war genau in dem Moment vorbei, als du hier aufgetaucht bist. Auf den Rest verzichte ich gern."

Ich machte Anstalten, an Matteo vorbeizugehen, aber er hielt mich mit einem schnellen Griff am Handgelenk fest.

„Du gehst nirgendwohin“, zischte er mir erbost zu.

„Was soll das Matteo? Lass mich *sofort* los!“

Mit der anderen Hand versuchte ich Matteos festen Griff von meinem Handgelenk zu lösen. Doch Matteo hielt mich eisern fest. Ich versuchte mit immer ausschweifenderen Bewegungen, mein Handgelenk zu befreien. Dann passierte das Unvermeidbare. Ich verlor das Gleichgewicht und fiel der Länge nach in den Pool. Ein lautes Platschen ertönte und das Wasser schwappte über mir zusammen. Mein ganzer Körper samt Kleidung war unter Wasser.

Über mir am Pool Rand hörte ich aufgeregte Stimmen meinen Namen rufen. Das Wasser dämpfte den Schall und die Stimmen drangen nur leise zu mir durch. Die ganze Situation wuchs mir gerade über den Kopf. In mir tobten eine Mischung aus unbändigem Zorn und grenzenloser Scham. Ich hielt mir unter Wasser die Hände vor das Gesicht und beschloss noch einen Moment in der stillen Tiefe des Pools auszuharren, bevor ich auftauchte, Luft holte und mir überlegte, wie ich jetzt bitteschön in patschnasser Kleidung weiterarbeiten sollte und wie ich Matteo als nasser Pudel noch würdig gegenübertreten konnte.

Während ich noch überlegte und unter Wasser seufzend ausatmete, wobei einige Luftbläschen aus meinem Mund an die Oberfläche blubberten, spürte ich wie neben mir plötzlich jemand in den Pool sprang.

Ich öffnete die Augen und sah Matteo vor mir, der mich mit seinen starken Armen packte und an die Oberfläche zog. Das wurde ja immer besser. Dachte er etwa, ich wäre am Ertrinken? Ich wollte doch einfach nur einen Moment meine Ruhe. Ruhe vor ihm. Ruhe vor seiner erdrückenden, herrischen Präsenz, die alles in mir aufwirbelte wie ein Tornado.

Wir tauchten auf und ich nahm tief Luft. Als ich die Augen öffnete, sah ich Leonardo am Beckenrand, der mir grinsend zuzwinkerte, und dann in der Dunkelheit verschwand. Ich drehte mich zu Matteo um und sah, dass er mit Hemd und

Anzughose in den Pool gesprungen war. Lediglich seine Schuhe und sein Jackett lagen am Beckenrand.

„Warum um Gottes Willen springst du in den Pool Matteo?“, brachte ich prustend hervor.

„Soll das ein Witz sein? Weil du fast ertrunken bist.“

„Ich war doch nicht am Ertrinken!“, schrie ich entrüstet von seiner Aussage.

„Ach ja?“, erwiderte Matteo wütend. „Das sah von hier oben aber ganz anders aus.“

Ich schwamm zum Beckenrand und ließ mich halbliegend auf einer der oberen Stufen nieder. Dann ließ ich den Kopf erschöpft in den Nacken fallen und schaute in den klaren Sternenhimmel über mir. Was war hier nur los? Was war nur mit mir los? Mein sonst so geordnetes und strukturiertes Leben war gewaltig aus den Fugen geraten. Es herrschte Chaos soweit ich sehen konnte. Und ich hatte keine Ahnung, wohin das noch führen sollte.

Als ich meinen Blick schließlich wieder senkte, merkte ich, dass Matteo mich die ganze Zeit über beobachtet hatte.

„Was?“. Ich sah ihn fragend an.

„Das frage ich dich, Carlotta.“

„Wie meinst du das?“.

Seine Frage irritierte mich.

„Was willst du? Was überlegst du? Was machst du mit mir?“, erwiderte Matteo.

Er schaute mich mit einem seltsamen Blick an, den ich nicht deuten konnte. Sein Blick durchdrang mich und es kam mir so vor, als würde er sich in meine Seele brennen. Mir wuchs erneut alles über den Kopf, also stand ich mit einem Ruck auf und stieg die restlichen Treppenstufen aus dem Becken. Überall an meinem Körper lief Wasser an mir hinab. Die Kleidung war komplett durchtränkt und meine weiße Bluse bot einen vorzüglichen Blick auf meinen ebenfalls weißen Spitzen-BH darunter. Na großartig.

„Was machen wir jetzt? Ich kann so doch nicht arbeiten.“

Ich machte eine ausladende Handbewegung in Richtung meiner nassen Kleidung. Matteo stieg ebenfalls aus dem Pool, aber unfairer Weise sah das bei ihm so aus, als sei Poseidon gerade dem Wasser entstiegen. Er könnte auch eines dieser Parfüm Models sein, die aus der Brandung am Strand steigen. Auch mit Hemd und Anzughose würde er das Parfüm zu einem Bestseller machen. Da war ich mir sicher.

„Komm mit mir“, er streckte seinen Arm nach mir aus, aber anstatt mich erneut unsanft zu packen, hielt er mir einfach nur seine Hand hin. Das war gefährlich.

Ich zögerte.

„Vertrau mir.“

Als hätte mir Matteo die Zweifel von der Stirn ablesen können, sprach er diese Worte mit samtig weicher Stimme aus.

Also gut. Es brachte ja alles nichts. Welche anderen Optionen hatte ich auch? Keine. Also ergriff ich seine Hand. Augenblicklich durchfuhr mich der Stromschlag, auf den ich bereits gewartet hatte. Das passierte jedes und jedes Mal, wenn ich Matteo berührte. So, als wäre er elektrisch geladen. Ich hörte es förmlich knistern. Hoffentlich würde mein Herz nicht irgendwann vor Schreck stehenbleiben. Lässig hob Matteo im Vorbeigehen sein Jackett auf. Seine Schuhe ließ er stehen.

*****

Ich folgte Matteo durch einen Seiteneingang in das große Haupthaus, welches in diesem Flügel nur schwach beleuchtet war. Ich konnte nicht viel erkennen, aber Matteos warme Hand umschloss die meine fest und führte mich sicher durch die Winkel und Ecken des Hauses.

Wir gingen die Treppen hinauf in den zweiten Stock und schließlich öffnete Matteo die Tür zu einem der Zimmer. Es sah aus, wie ein Arbeitszimmer. Ein großer Schreibtisch mit verschiedenen Monitoren stand in einer Ecke am Fenster. Dahinter hingen verschiedene Gemälde, welche die Familie zeigten. Auf der anderen Seite waren die Flügeltüren nach außen geöffnet und führten auf einen Balkon, der den Pool und den Weinberg überblickte und einen guten Blick auf das dahinterliegende Meer freigab. In der Mitte des Raumes befand sich eine Art Konferenztisch mit Stühlen, an dem sicherlich bis zu acht oder zehn Personen Platz hatten. Etwas abseits stand eine kleinere Lounge mit minimalistisch-modern aussehendem Sofa und zwei Sesseln.

„Warte hier."

Mit diesen Worten war Matteo auch schon wieder verschwunden.

Ich wanderte neugierig in dem Zimmer umher und machte zwei der Stehlampen an, die das Zimmer in ein schwaches, goldenes Licht tauchten. Es war recht kühl in dem Zimmer und ich fröstelte. Eine Gänsehaut zog sich über meine Arme und Beine. Kurzentschlossen streifte ich mir meine nasse Kleidung vom Körper und behielt nur meine ebenfalls nasse Unterwäsche an. Ich schaute mich suchend nach einer Decke um, fand aber keine. Deshalb umschlang ich meinen Körper mit meinen Armen und begann mit meinen Händen an den fröstelnden Armen auf und ab zu reiben.

Plötzlich spürte ich eine warme starke Brust, die mich von hinten umschlang. Matteo war unbemerkt in das Zimmer zurückgekehrt, während ich der Tür den Rücken zugekehrt hatte, um auf dem Sofa nach einer Decke zu suchen. Er drehte mich in seinen Armen um und zog mich in eine feste Umarmung. Sein Kinn ruhte auf meinem Kopf und die Hitze, die von ihm ausströmte, wärmte meinen Körper auf angenehme Weise. Schließlich begann er, mit den Fingerkuppen seiner linken Hand sanft meinen Rücken auf und ab zu gleiten. Augenblicklich bildete sich erneut die heimtückische Gänsehaut. Dieses Mal aber nicht von der Kälte, sondern von Matteos zarter Berührung.

Es war absolut verrückt, wie mein Körper auf ihn reagierte. Er war verrückt nach ihm. Doch das war gefährlich. Und welches Ende das nahm, das wusste ich nur zu gut. Dennoch schienen alle Warnungen, die mein Kopf aussprach, meinen hungrigen Körper wenig zu interessieren. Ich spürte, wie sich eine verräterische Nässe zwischen meinen Beinen bemerkbar machte und mein Kopf auf Autopilot umzuschalten drohte. Ich bewegte mich nicht, sondern ruhte in Matteos Armen. Mein Kopf lag an seiner Brust und hörte auf das gleichmäßige Klopfen seines Herzens. Das war dann wohl der Beweis, dass er tatsächlich ein Herz hatte. Da war ich mir durchaus nicht immer so sicher gewesen. Matteos Hand strich über den Verschluss meines BHs und verweilte darauf.

„Du bist nass bis auf die Haut. Ich habe dir frische Kleidung mitgebracht, die sollte für heute Abend reichen. Und bevor du fragst, die Kleider sind von meiner Schwester. Sie hat so viel davon, dass es ihr wohl nicht einmal auffallen wird, wenn diese Stücke fehlen. Außerdem ist sie eh so gut wie nie auf Capri."

Ich löste mich von ihm und sah, dass er frische weiße Unterwäsche, sowie eine schlichte weiße Bluse und einen dunklen Rock auf einen der Stühle gelegt hatte. Damit würde der Unterschied zu meiner nassen Kleidung wirklich kaum auffallen.

Ich beugte mich hinab, um die Kleidung auf dem Sessel näher zu inspizieren, als ich merkte, wie der Verschluss von meinem BH geöffnet wurde. Da fielen mir die Träger auch schon über die Arme und BH glitt zu Boden. Ich verdeckte meine nackten Brüste instinktiv mit meinen Armen und wirbelte zu Matteo herum.

Bevor ich jedoch etwas sagen konnte, zog der mich schon an sich heran und begann mich fordernd zu küssen. Zunächst wehrte ich mich dagegen und versuchte mit den Ellenbogen an seiner Brust Abstand von ihm zu schaffen. Dann jedoch überwältigte mich die Leidenschaft seines Kusses und meine Arme wanderten wie von selbst nach oben und umschlangen seinen Nacken. Gierig drängte ich mich mit meinen nackten Brüsten an ihn. Alle Zurückhaltung hatte sich in Nichts aufgelöst, und es zählte nur noch die Leidenschaft, die wie ein wütendes Feuer in mir loderte und mehr wollte.

Seine Hände glitten über meinen nackten Rücken und umfassten mit einem harten Griff meine Pobacken. Er massierte grob meinen Hintern, dann unterbrach er seinen Kuss für einen kurzen Augenblick, um mein nasses Höschen, das nicht nur vom Poolwasser nass war, abzustreifen. Das Höschen glitt an meinen Beinen hinab und ich kickte es in eine Ecke. Dann packte Matteo mich erneut am Po und hob mich mit einem Ruck hoch.

Meine Beine umschlangen seine Taille und mit wenigen Schritten waren wir bei dem Sofa angekommen. Matteo kniete sich auf das Sofa und legte mich sanft darauf ab. Dann befahl er mir, die Arme über den Kopf zu strecken, sodass er freien Zugang zu meinem splitternackten Körper hatte. Gierig ließ er den Blick darüber wandern und jeder Zentimeter, den seine Augen streiften, brannte unter seinem Blick wie Feuer.

Er selbst hatte sich bereits umgezogen und trug wie gewohnt eine schwarze Anzughose mit einem schwarzen figurbetonten Hemd, das seine Muskeln umspannte. Eigentlich sollte es mir unangenehm sein, wie ich da nackt und schutzlos vor ihm lag, seinem Blick komplett ausgeliefert, während er hingegen vollkommen bekleidet war. Jedoch musste ich gestehen, dass es mir nicht im Geringsten unangenehm war. Es törnte mich an. Sehr sogar.

„Worauf wartest du", flüsterte ich mit heiserer Stimme.

Matteo schaute mich mit seinem undurchdringlichen Blick aus seinen fast schwarzen, raubtierhaften Augen an. Dann legte er mir einen Finger auf die Lippen und bedeutete mir so, nicht zu reden. Ich nahm seinen Finger in den Mund und begann daran zu saugen. Sein Blick wurde noch eine Nuance dunkler und ein leises Stöhnen entwich ihm. Dann zog er langsam den Finger aus meinem Mund und ging damit auf Wanderschaft.

Er glitt meinen Hals hinab, fuhr über mein Schlüsselbein und weiter zu meinen Brüsten. Dort umkreiste er zunächst meine rechte Knospe, die sich sofort aufrichtete, gefolgt von der linken Knospe, wo sich dasselbe Spiel wiederholte.

„Mehr", entwich es mir und ich drückte meinen Rücken durch, um seinen Händen näher zu sein.

„Ich habe dich nicht verstanden. Was willst du?", sagte Matteo in einem rauen Ton.

„Mehr", hauchte ich erneut angestrengt.

„Mehr was?", antwortete mir Matteo und kniff mich hart in meine rechte Knospe.

Ich keuchte auf.

„Fick mich Matteo."

Matteo lachte. Ein raues, fast heiseres Lachen.

„So wunderbar ungeduldig. Warum überrascht mich das nicht? Alles zu seiner Zeit."

Er umfasste meine Brüste mit beiden Händen und knetete sie mit kraftvollen Bewegungen. Der Schmerz entfachte neue Lust, die sich nun kaum mehr zügeln ließ.

Meine Arme schnellten nach vorn zu Matteos Kragen. Ich wollte ihn auf mich ziehen. Jedoch umfasste er meine Handgelenke und verlagerte meine Arme zurück über meinen Kopf.

„Wenn du weiterhin so ungeduldig bist, muss ich dich entweder bestrafen oder festbinden. Es fällt mir schwer, mich zu entscheiden, was davon mir besser gefällt. Vielleicht mache ich auch einfach beides."

„Hör auf zu reden und mach weiter, Matteo."

Meine ungeduldige Stimme entlockte ihm erneut ein raues Lachen. Dann fuhr er mit der Hand zwischen meine Oberschenkel und bedeutete mir mit sanftem Druck, die Beine zu öffnen.

Ich sollte mich für meine grenzenlose Gier schämen. Aber in diesem Moment tat ich das nicht. Mein Gehirn hatte sich längst verabschiedet und mein Körper, der von der momentanen Leidenschaft völlig berauscht war, hatte die Kontrolle übernommen.

Matteos Hand glitt an der zarten Haut meiner Oberschenkelinnenseite hinauf und ich reckte ihm meine Mitte entgegen, in der Hoffnung, er würde sie endlich berühren. Jedoch wanderten seine Fingerspitzen einfach nur an meiner Oberschenkelinnenseite hinauf und hinab. Ich stöhnte frustriert auf und verschluckte mich fast, als seine Finger plötzlich meine Mitte streiften. Es war wie eine Erlösung. So, als würde man nach einem anstrengenden Marathon endlich die Ziellinie überqueren. Doch die Erlösung hielt nur kurz an, denn Matteo begann, mich von neuem zu quälen. Er umkreiste meine Perle mit einer Hand und umfuhr die Knospe meiner linken Brust mit der anderen Hand. Sein rechtes Knie ruhte zwischen meinen Beinen, sodass ich keine Chance hatte, sie zu schließen. Ich konnte spüren, wie sich die Lust in mir mit jeder Sekunde mehr aufbaute und mein Körper nach Erlösung schrie.

„Mach die Augen auf, Carlotta. Sieh mich an."

Meine Wimpern flatterten, als ich unter großer Anstrengung die Augen öffnete, und in Matteos dunkle Augen sah. In seinen Augen lagen animalische Lust und eine unbändige Gier. Aber da war noch etwas anderes, das ich nicht deuten konnte. Unsere Blicke verhakten sich und Matteo tauchte zwei seiner Finger in mich.

Ich stöhnte auf und begann mit meinem Becken zu kreisen, um möglichst viel zu spüren. Matteo bewegte seine Finger in mir nicht. Er sah mich nur mit diesem alles- aber gleichzeitig auch nichtssagenden Blick an und beobachtete jede meiner Bewegungen.

„Matteo, lass die Spielchen. Bitte".

Er zog seinen Finger aus mir heraus und beugte sich über mich. Mit einer Hand stützte er sich über meinem Kopf ab, die andere Hand, mit dessen Finger er in mir war, glitt zu meinem Mund. Matteo schob mir die beiden Finger, die bis eben noch tief in mir waren, in den Mund.

„Koste mal", flüsterte er mir ins Ohr.

Dann biss er in mein Ohrläppchen, um es dann anschließend mit zarten kleinen Küssen zu bedecken. Er richtete sich auf und sah mich an. Ich schmeckte mich selbst an Matteos Fingern. Matteo zog die Finger aus meinem Mund, nur um dann selbst zu kosten. Das törnte mich unglaublich an und ich griff ungeduldig nach Matteos Hosenbund, um ihm die Hose zu öffnen und das zu befreien, was ich gerade am meisten wollte.

Jedoch hielt Matteo mich erneut zurück. Stattdessen bahnte er sich mit heißen Küssen einen Weg an meinem Körper hinab bis hin zu meiner Mitte. Sein Kopf verschwand zwischen meinen Oberschenkeln und nur eine Sekunde später spürte ich seinen geschickten Mund zwischen meinen Beinen. Ich war so erregt, dass ich mir Mühe geben musste, nicht auf der Stelle zu kommen. Seine Zunge glitt über meine Mitte, umspielte meine Perle und neckte mich mit jeder Sekunde mehr. Es war kaum auszuhalten.

Meine Arme schnellten nach vorne zu seinem Kopf und meine Finger krallten sich in seinem Haar fest und bewegten seinen Kopf in dem Rhythmus, den mein Körper brauchte, um endlich den ersehnten Höhepunkt zu erreichen. Ich stöhnte, und das sicher nicht leise. Aber ich konnte meine Lust nicht mehr länger im Zaum halten.

Matteo glitt mit der Zungenspitze in mich hinein. Dann saugte er gekonnt an meiner Perle. Seine Hände wanderten zu meinen Brüsten und er massierte mit seinen Fingerspitzen sanft meine Knospen. Ich merkte, wie sich der Höhepunkt unaufhaltsam in mir aufbaute. Dann brach er hervor wie die glühend heiße Lava aus einem Vulkan. Funken sprühten und ich sah Sterne. Mein Oberkörper schnellte nach oben, nur um dann wieder auf das Sofa zu sinken. Die Erlösung strömte mir durch jede einzelne Ader bis hin in die Finger- und Zehenspitzen. Ich bekam kaum noch Luft. Erschöpft ließ ich mich auf das Sofa sinken und schloss für einen Moment die Augen, um den Orgasmus ausklingen zu lassen.

Dann jedoch spürte ich Matteos Lippen auf meinen und neue, heiße Lust flammte augenblicklich in mir auf. Der Kuss intensivierte sich mit jeder Sekunde und als ich es nicht mehr aushielt, setzte ich mich rittlings auf Matteos Schoß und begann an seinem Hosenbund zu nesteln. Matteo packte mich an den Hüften und stand auf. Bevor ich wusste, wie mir geschah, hatte er mich schon durch das Zimmer getragen und auf der Schreibtischkante abgesetzt.

Er legte einen Finger unter mein Kinn und zwang mich, ihm direkt in die Augen zu sehen. Dabei sagte er kein Wort. Und auch seinen intensiven Blick zu deuten, gestaltete sich als unmöglich. Ich wurde aus diesem Mann einfach nicht schlau. Aber nun war auch nicht der Zeitpunkt, um darüber nachzudenken. Jetzt gab es nur ihn und mich. Was immer danach kam, mit all seinen Konsequenzen, das konnte warten. Ich würde all das hier schon noch früh genug bereuen. Dann sollte es sich auch lohnen.

Matteo beugte sich zu mir hinab und umfasste mit beiden Händen mein Gesicht. Dann küsste er mich. Es war jedoch eine andere Art von Kuss. Die Leidenschaft war Zagheit, fast schon Vorsicht gewichen. Der Kuss war ruhiger und inniger. Dennoch nicht weniger intensiv. Vielleicht sogar noch viel intensiver als der vorherige, wilde, leidenschaftliche Kuss. Aber auf seine eigene, ganz besondere Art und Weise. Ich genoss jede Millisekunde dieses Kusses. Wie lange der Kuss dauerte, konnte ich beim besten Willen nicht sagen. Ich hatte darüber jegliches Zeitgefühl verloren. Und nicht nur das. Ich hatte alles andere um mich herum vergessen. Wo ich war, wieso ich hier war, was ich da eigentlich tat.

Es gab in diesem Moment nur Matteo und mich. Die Welt um uns herum hatten wir ausgeschlossen, wenn auch nur für einen kleinen Moment. Zumindest kam es mir so vor. Wie Matteo darüber dachte und was er fühlte, wenn er überhaupt etwas fühlte, wer wusste das schon. Schließlich unterbrach ich den Kuss, um Matteo endlich der überschüssigen Kleidung zu entledigen.

Aber als ich seinen Hosenbund umfasste, um den Knopf seiner Hose zu öffnen, hielt er meine Hände fest und lehnte seine Stirn an meine. Die Sekunden verstrichen, in denen er nichts sagte. Ich war sichtlich verunsichert und fragte mich, wieso er plötzlich die Notbremse gezogen hatte und nicht weiter machte. Nach Sekunden der Stille, die sich wie ellenlange Minuten anfühlten, seufzte Matteo schließlich.

„Es wäre nicht richtig, Carlotta. Und normalerweise wäre mir das egal, aber ich will bei dir nicht ein zweites Mal alles falsch machen. Das hast du nicht verdient. Du hast etwas viel Besseres verdient."

Dann schob er hinter, „Es tut mir leid. Es würde nicht funktionieren."

Fassungslos und entsetzt sah ich ihn an. Ich versuchte beschämt meine nackten Brüste zu verdecken und sah mich nach etwas Brauchbaren dazu um. Aber in diesem Zimmer befand sich einfach nichts, was dazu geeignet gewesen wäre, außer die frische Kleidung, die Matteo mir gebracht hatte. Und um an die zu gelangen, musste ich an ihm vorbei. Momentan jedoch, war ich unfähig mich zu rühren.

„Was meinst du denn mit *es*? Was ist ‚*es*'?".

Matteo strich mir mit seinem rechten Zeigefinger sanft über die Schulter, aber ich drehte meine Schulter von ihm weg und bedeutete ihm, mich nicht anzufassen.

„Das mit uns Carlotta. Ich habe keine ernsten Beziehungen und auch nichts, was dem nahe käme. Ich habe lediglich Sex. Befriedigenden, harten und schmutzigen Sex. Meine Partnerinnen wissen das und sie akzeptieren es. Aber du, du bist anders. Du bist besonders. Ich werde dir nicht das geben können, was du suchst und deshalb werde ich mir von dir auch nicht das nehmen, was ich am meisten von dir will."

Ich sah ihn an und mit jeder Sekunde vergrößerte sich der Abgrund unter mir, in den ich zu stürzen drohte. Es war ja nicht so, dass mein Verstand mich nicht vorgewarnt hatte. Ich wusste, dass ich mit dem Feuer spielte und es lassen sollte. Aber ich hatte es trotzdem getan. Ich war dumm und töricht, aber mein Herz war stärker als mein Verstand.

„Und was ist das, was du am meisten von mir willst?".

Matteo schob die Hände in seine Hosentaschen und sah an mir vorbei auf einen Punkt, irgendwo an der Wand hinter mir.

„Deinen Körper. Ich will ihn besitzen. Ich will, dass er nur mir gehört. Das ich mit dir machen kann, was ich will, und wann ich es will. Wenn ich dich sehe, habe ich augenblicklich hunderte von Fantasien, eine schmutziger als die andere. Ich kann mich kaum beherrschen, so sehr nehmen sie von mir Besitz."

Ich nickte langsam.

„Ich verstehe. Und was wäre, wenn ich dir meinen Körper geben würde? Ohne Verpflichtung, ohne Beziehung? Was wäre, wenn wir beide einfach nur Spaß zusammen hätten? Eine geschäftliche Vereinbarung sozusagen."

Matteo sah mich mit verschlossener, düsterer Miene an. Seine Kiefer mahlten hart und seine Augenbraue zuckte verräterisch. Er musste sich offenbar schwer beherrschen

„Wir wissen beide, dass das nicht gut gehen würde, Carlotta und ich will dich nicht noch einmal verletzen."

Er seufzte und sein Blick wurde hart.

„Ich muss zurück zum Fest. Vor dem Feuerwerk muss ich noch eine verdammte Rede halten."

Mit diesen Worten drehte er sich um und war im nächsten Augenblick durch die Tür verschwunden.

*****

Ich blieb allein zurück. Nackt, unbeholfen und verletzt. Er wollte mich nicht erneut verletztzen? Das hatte er doch längst getan. Noch nie hatte ich mich so zurückgewiesen gefühlt. So wertlos. Ich spürte, wie mir die Tränen in die Augen stiegen. Aber ich würde jetzt auf gar keinen Fall losheulen. Ich würde mich jetzt zusammenreißen und stark sein. So wie ich es immer war. Dazu brauchte ich keinen Mann und schon gar keinen Mann, dem ich anscheinend nicht einmal für bedeutungslosen Sex gut genug war.

Ich glitt vom Tisch und durchquerte den Raum, um mich anzuziehen. Meine Sachen waren noch immer klatschnass. Deshalb blieb mir nichts anderes übrig, als die Kleider anzuziehen, die mir Matteo hingelegt hatte. Sie passten haargenau. Wieso wunderte mich das nicht? Bei seinem Frauenverschleiß hatte Matteo sicher ein gutes Augenmaß. Welch Ironie. Ich knüllte meine nassen Sachen zusammen und verließ den Raum. Es fiel mir nun deutlich schwerer, mich in dem nur spärlich beleuchteten Flügel des Hauses zurechtzufinden, aber schließlich fand ich den Ausgang und sammelte meine Schuhe am Pool ein, die ich dort vorher ausgezogen hatte.

Wie nicht einmal eine halbe Stunde das Leben doch so dramatisch ändern konnte. 30 Minuten vorher war alles gut und 30 Minuten später stand man vor einem Trümmerhaufen. Erneut schossen mir die Tränen in die Augen und erneut blinzelte ich sie erfolgreich weg. Ich atmete dreimal tief durch und machte mich dann zurück auf den Weg zum Fest.

*****

Glücklicherweise war niemandem mein Fehlen aufgefallen. Immerhin war ich zwanzig Minuten länger weggeblieben, als meine Pause es mir erlaubt hatte. Jedoch schien das Team meiner Tante alles unter Kontrolle zu haben. Die Aufmerksamkeit war nun sowieso auf die Bühne gerichtet, auf die Matteo gerade unter tosendem Applaus schritt.

Matteo winkte ab, so als ob ihm der Rummel um seine Person unangenehm wäre, was er natürlich nicht war. Er wusste ganz genau, welche Wirkung er auf seine Umgebung hatte. Matteo begann seine Rede gekonnt mit einer lustigen Anekdote der Familie und hatte sofort alle Lacher auf seiner Seite. Er dankte den Gästen für ihr Kommen und verlas die bei der Auktion zusammengekommene Spendensumme, was erneut mit tosendem Applaus zur Kenntnis genommen wurde. Dann rief er auch den Rest der Familie auf die Bühne, um allen Anwesenden weiterhin ein rauschendes Fest zu wünschen.

Als die letzten Worte von der Bühne erklungen waren, begann das Feuerwerk über dem Meer. Raketen sausten in den Himmel und explodierten in grün, rot und weiß am Himmel. Die italienischen Farben, natürlich. Es war ein beeindruckendes Feuerwerk, nur leider stand mir absolut nicht der Sinn danach. Ich versuchte verkrampft nicht nach Matteo Ausschau zu halten und konzentrierte mich auf meine Arbeit.

Die Zeit verstrich gähnend langsam. Irgendwann war das Feuerwerk beendet und die Musik setzte ein. Auch das interessierte mich nicht. Ich arbeitete, ohne aufzusehen, weiter. Irgendwann merkte ich, wie mir jemand sanft, aber bestimmt eine Hand in den Rücken legte.

Ich sah auf und blickte direkt in die aufmerksamen Augen von Don Mario.

„Habe ich mich doch nicht getäuscht. Sie sind es, Carlotta. Es freut mich Sie wiederzusehen."

„Guten Abend, Don Mario. Die Freude ist ganz meinerseits. Welch reizendes Fest", antwortete ich ihm so höflich und aufrichtig wie möglich.

Hoffentlich durchschaute er meine Halbwahrheiten nicht.

„Haben Sie über mein Angebot nachgedacht? Ich höre, Matteo hat es Ihnen unterbreitet, aber Sie haben zunächst abgelehnt. Ich hoffe, Sie haben Ihre Meinung mittlerweile zu meinen Gunsten geändert?".

Ich seufzte resigniert. Diese Familie konnte wahrlich einnehmend sein.

„Ich weiß Ihr Angebot sehr zu schätzen, Don Mario. Und ich fühle mich geschmeichelt. Ganz ehrlich. Aber ich habe ein

Leben und einen Job. Beides ist in München, wo ich sehr bald wieder hin zurückkehren werde."

Don Mario lächelte verschmitzt. Das hätte ich dem Patrone gar nicht zugetraut. Er sah fast schon wie ein ganz normaler Opa aus, wie er da so stand mit einem verschmitzten Lächeln auf den Lippen.

„Nun Carlotta. Im Leben kommt längst nicht immer alles so, wie man es sich ausmalt. Das Leben kann von einem auf den anderen Moment eine ganz andere Richtung annehmen. Aber das muss ich Ihnen ganz sicher nicht sagen. Ich bin überzeugt, wir sehen uns wieder. Und darauf freue ich mich. Wenn Sie gestatten, ich bin müde und werde mich zurückziehen."

Er nickte mir zu und ich könnte fast schwören, dass er mir zugezwinkert hatte. Dann war er weg und ich blieb verwirrt zurück. Das schien sich ebenfalls zum Dauerzustand zu entwickeln. Sehr beunruhigend. Aber was noch beunruhigender war, war Don Marios Aussage. Was meinte er damit, dass er mir ganz sicher nicht sagen müsse, dass das Leben von einem auf dem anderen Moment eine völlig andere Richtung annehmen konnte. Was wusste er? War das einfach nur so dahingesagt oder steckte mehr dahinter? Was lief hier eigentlich? Oder wurde ich langsam einfach paranoid? Diese Familie trieb mich noch in den Wahnsinn.

Den Rest der Nacht arbeitete ich schweigend, wo auch immer ich gebraucht wurde. Matteo bekam ich nicht mehr zu Gesicht. Und als wir endlich gegen fünf Uhr morgens in unser Auto stiegen, um zur Unterkunft zurückzufahren, war ich so müde, dass ich keinen klaren Gedanken mehr fassen konnte, sondern nur noch ein weiches Bett wollte, in das ich mich fallen lassen konnte.

Binnen fünf Sekunden war ich eingeschlafen.

Kapitel 19

Am späten Vormittag erwachte ich aus einem tiefen und traumlosen Schlaf. Von draußen auf der Terrasse drangen gedämpfte Stimmen in das Zimmer. Mit beiden Beinen schwang ich mich aus dem Bett und stand auf. Die Füße schmerzten sichtlich von der ganzen Rennerei. Auf der Terrasse saßen bereits meine Großeltern, meine Tante, Giorgia, sowie ein paar weitere Mitglieder des Teams. Der Tisch war gedeckt und es gab Frühstück.

Erst als mein Magen knurrte merkte ich, wie hungrig ich eigentlich war.

„Carlotta ist von den Toten auferstanden", lachte Giorgia, stand auf und umarmte mich.

„Komm und setz dich. Iss was mit uns."

Das musste man mir nicht zweimal sagen. Ich goss mir eine Tasse dampfenden Kaffee ein und nahm mir eines der Kaffeestückchen.

„Wenn du aufgegessen hast, wollen wir noch einmal zur Villa der Familie, die restlichen Sachen zusammenpacken. Das sollte ein paar Stunden in Anspruch nehmen. Wir werden dann am späten Nachmittag die Fähre zurücknehmen, sodass ihr noch ein paar Stunden ruhen könnt, bevor ihr das Restaurant am Abend wieder öffnet", erklärte mir meine Tante.

Und ich dachte immer, mein Büro Job in München als Strategin sei anstrengend. Gegen diese körperliche Tätigkeit jedoch, hatte er keine Chance. Ich duschte schnell, zog mich um und warf die wenigen Sachen, die ich mitgebracht hatte in meine kleine Reisetasche. Die noch immer feuchte Arbeitskleidung erinnerte mich an den Albtraum von letzter Nacht. Zum Glück hatte niemand etwas bemerkt.

Dann konnte es auch schon losgehen. Die Sonne stand bereits hoch am Himmel. Es war ein weiterer wolkenloser Tag auf Capri. Während wir die kurze Strecke von der Unterkunft bis zu dem Anwesen der Familie zurücklegten, schaute ich aus dem Autofenster auf die vielen Oliven-, Zitronen-, Mandel- und Orangenbäume, die den Straßenrand der kurvigen Auffahrt zierten. Immer wieder schossen mir Bilder von letzter Nacht in den Kopf, aber sobald sie erschienen, verdrängte ich sie sofort wieder. Ich wollte jetzt nicht darüber nachdenken. Denn dann riskierte ich, auf der Stelle loszuheulen. Und dann würde jeder den Grund für meinen Gefühlsausbruch wissen wollen. Das ging auf gar keinen Fall. Also musste ich mich zumindest so lange zusammenreißen, bis wir wieder zuhause waren und ich in meinem Zimmer verschwinden konnte. Allein.

Als wir durch das Tor des Anwesens der Familie fuhren, zog sich mein Magen zusammen. Ich wollte wirklich nicht hier sein, nach alledem, was gestern Abend zwischen Matteo und mir vorgefallen war. Ich wollte ihm auf gar keinen Fall über den Weg laufen. Und mich in seinem Zuhause aufzuhalten, machte genau das umso wahrscheinlicher.

*****

Meine Tante verteilte die Aufgaben und wir machten uns an die Arbeit. Meine Aufgabe bestand darin, die Dekoration rund um das Haus und im Garten abzuhängen, und diese in dem Lieferwagen zu verstauen, der ebenfalls in der Auffahrt parkte. Ich beschloss zunächst mit der Deko im Garten zu beginnen und mich dann rund um das Haus zu arbeiten. So schön, wie die Dekoration am Vorabend doch gewesen war, so lästig war es nun, sie wieder zu entfernen.

Es war mir nicht bewusst, wie viel Arbeit hinter so einer Feier steckte. Die Lampions von der Mauer zu entfernen, stellte sich als äußerst schwierig heraus. Es blieb mir nichts anderes übrig, als die Mauer hinaufzuklettern. Also suchte ich mir einen Pfeiler, um möglichst ohne Verletzung auf die Mauer zu gelangen. Tatsächlich funktionierte es.

Hinter der Mauer ging es steil hinab. Zum Glück litt ich nicht unter Höhenangst. Unter mir sah ich das Meer und die weiße Gicht, die durch den Zusammenprall des Wassers und der Felsen entstand. Ich richtete mich auf der Mauer auf. Es war wirklich windig hier oben. Das Anwesen wurde durch die

Mauern perfekt vom Wind geschützt, aber hier oben war es alles andere als windstill. Ich schaute hinaus auf die Weite es Meeres.

Am Horizont erkannte ich bunte Segelschiffe. Sie sahen von hier so winzig aus. Das Wasser war tiefblau und der azurblaue Himmel darüber mit der goldenen Sonne komplettierte dieses Bild von einem Paradies. Wie gerne würde ich noch länger hier oben stehen und die Aussicht auf mich wirken lassen, aber was ich noch lieber wollte war, so schnell wie möglich von hier wegzukommen. Also drehte ich mich um, um mit dem Abhängen der Lampions und Glühbirnen zu beginnen.

Als ich mich in Richtung der Villa drehte, sah ich Matteo. Er stand auf dem großen Balkon und stützte sich mit den Händen auf der Brüstung ab. Sein schwarzes Haar war ihm in die Stirn gefallen. Hatte er mich etwa beobachtet? Er schaute direkt zu mir. Jedoch trug er eine schwarze, verspiegelte Sonnenbrille. Ich konnte seine Augen hinter den dunklen Gläsern also nicht erkennen.

In diesem Augenblick erfasste mich eine Windböe und ich geriet aus der Balance.

„Carlotta“, hörte ich Matteos eindringliche Stimme vom Balkon, doch als ich wieder aufsah, war er verschwunden.

Eine Sekunde später jedoch, stürmte er aus der Tür der unteren Etage und sprintete auf die Mauer zu.

„Carlotta!“ Matteo schrie mich nahezu an.

„Komm *sofort* darunter! Was denkst du dir eigentlich?“.

Mir selbst schlug das Herz bis zum Halse. Ob von dem Schreck, dass ich für einen Moment das Gleichgewicht verloren hatte und es hinter mir ziemlich weit in die Tiefe ging oder davon, dass Matteo auf einmal vor mir stand, wusste ich nicht. Womöglich eine Mischung aus beidem.

„Ich bin beschäftigt, wie du siehst. Also lass mich bitte in Ruhe“, ich blitzte ihn wütend an.

„Beschäftigt mit was? Selbstmord? Was machst du denn da oben? Du kommst jetzt sofort da runter.“

Matteos Stimme wurde noch eine Nuance schärfer.

„Ich muss die Lichterketten abhängen, Matteo. Also geh einfach. Das machst du doch sowieso am liebsten. Je schneller ich fertig bin, desto früher bist du mich los.“

Matteo stemmte die Hände in die Hüften, schob sich die Sonnenbrille auf den Kopf und rieb sich die Augen. Er hatte sichtlich Probleme, seinen Zorn im Zaum zu halten.

„Carlotta. Das hier ist mein Anwesen. Du arbeitest für mich. Ich bezahle dich. Also tust du auch, was ich dir sage. Und ich befehle dir jetzt sofort da runter zu kommen. Du kannst die Lichterketten abmachen. Gar kein Problem. Aber dafür wirst du die Leiter benutzen, genauso wie die Leute, die sie aufgehangen haben.“

„Die Leiter?“, wiederholte ich lahm.

„Ja, Carlotta, die Leiter. Oder meinst du wir bringen die Leute, die für uns arbeiten, absichtlich in Lebensgefahr?“.

Schamesröte stieg mir ins Gesicht, und ich fühlte mich richtig dumm. Zum zweiten Mal innerhalb weniger Stunden. Was hatte ich mir nur dabei gedacht. Ich war doch sonst nicht so unbedacht und dämlich. Mein Verstand musste in den letzten Tagen wirklich ernsthaften Schaden genommen haben. So viel stand fest. Ich war zu einer dummen Gans mit unterirdischer Intelligenz mutiert.

Langsam bewegte ich mich auf den Pfeiler zu, um wieder von der Mauer hinabzusteigen.

„Carlotta, was machst du da? Ich habe gesagt du sollst sofort darunter kommen! Wieso verdammt nochmal hörst du einfach nicht auf das, was man dir sagt?“.

Wütend drehte ich mich zu Matteo um und geriet dabei wieder leicht ins Schwanken.

„Ich komme doch runter. Was denkst du, was ich hier gerade mache?“.

Ich nickte auf den Pfeiler vor mir. Matteo schaute von dem Pfeiler zu mir und wieder zu dem Pfeiler. Dann fuhr er sich mit den Händen durch die Haare und fluchte leise.

„Spring“, befahl er mir.

„Wie bitte?“, ich sah ihn entgeistert an.

„Spring! Ich fange dich auf. Nun mach schon.“

Matteo breitete seine Arme aus und bedeutete mir zu springen. Als ich zögerte, wiederholte er seine Worte noch einmal, nur dieses Mal deutlich härter.

„Wenn ich auf diese Mauer klettern muss, um dich eigenhändig da runterzuholen, dann…“.

„Dann was?“, unterbrach ich Matteo gereizt.

„Lass es lieber nicht darauf ankommen, Carlotta.“

„Und wieso nicht?“, erwiderte ich nicht minder gereizt.

Was sollte dieses Theater? Was kümmerte es ihn überhaupt, was mit mir war oder ob mir etwas zustieß?

Plötzlich ging alles ganz schnell. Ich hörte, wie Matteo erneut leise fluchte. Dann machte er einen schnellen Satz nach vorne und umgriff mit einem kräftigen Ruck meine Fußknöchel. Mit einem spitzen Schrei fiel ich von der Mauer direkt in Matteos Arme. Dieser versuchte die Wucht des Aufpralls mit seinem Körper abzufangen und so landeten wir beide der Länge nach auf dem Boden.

Ich fiel weich auf Matteo. Matteos Landung auf dem Rasen war hingegen weniger angenehm. Er stöhnte leise und rieb sich den Kopf, was meine Vermutung bestätigte.

„Was machst du denn?“, fragte ich ihn entsetzt und rollte mich von ihm runter.

„Hast du dir wehgetan? Kannst du dich bewegen? Was sollte denn das?“.

Ich bombardierte Matteo mit meinen Fragen. Der Schreck saß mir noch in den Gliedern.

„Was das sollte, das frage ich dich, Carlotta. Mach so etwas nie wieder. Von dieser Mauer in die Tiefe zu stürzen, überlebt selbst ein Dickkopf wie du wohl kaum.“

Matteo rieb sich noch immer den Kopf.

„Lass mich mal sehen.“

Ich beugte mich über ihn, um zu erkennen, wo genau am Kopf es ihn schmerzte.

„Nicht bewegen.“

Bei dem angestrengten Ton von Matteo zuckte ich zusammen. Hatte er sich ernsthaft verletzt?

„Bei der Aussicht geht es mir direkt schon viel besser.“

Ich schaute an mir hinab und sah, dass Matteo mir verstohlen in den Ausschnitt schielte. So schwer verletzt konnte er also nicht sein.

„Haha, sehr witzig."

Ich stand auf und klopfte mir den Staub von der Kleidung. Auch Matteo stand auf und wurde auf einmal wieder ernst.

„Ich bin froh, dass dir nichts passiert ist, Carlotta. Auch wenn du mir das wahrscheinlich nicht glaubst."

Er schaute auf seine Armband Uhr, dann fixierte er mich mit seinen dunklen Augen.

„Ich muss jetzt los, aber ich werde jemandem vom Personal anweisen dir die Leiter zu bringen, um diese Dinger abzuhängen. Das hält dich hoffentlich davon ab, wieder auf diese Mauer zu steigen."

Damit hob er zwei Finger zum Gruß und wandte sich zum Gehen. Kurz darauf hörte ich, wie röhrend ein Motor angelassen wurde und sich ein Auto entfernte.

Ich blieb mal wieder zurück. Mittlerweile war das wirklich ein armseliger Dauerzustand.

Augenblicklich wurde ich wütend. Wann genau hatte ich mich zu einer Frau gewandelt, die andauernd im Regen stehen gelassen wurde? Die einem Mann hinterherlief? Ich musste schleunigst hier weg. Weg von dem Anwesen der Familie. Weg aus Capri. Und vor allem weg von Matteo, bevor dieser wieder zurückkehrte. Es ärgerte mich, dass ich mich trotz allem fragte, wo er wohl hingefahren war und ob er sich mit Elena traf. Die hatte zumindest nicht auf dem Anwesen übernachtet. Irgendwann in der Nacht hatte sie sichtlich angetrunken das Fest zusammen mit zwei weiteren Frauen in ihrem Alter verlassen. Dabei war sie nicht in der besten Laune gewesen. Ob das wegen des Alkohols war oder wegen Matteo, das wusste ich nicht. Jedoch hoffte ich insgeheim, dass Matteo der Grund dafür war.

Während ich noch meinen Gedanken nachhing, brachte ein Angestellter die Leiter, von der Matteo gesprochen hatte. Er stellte sie mir an die Mauer und nickte mir freundlich zu.

„Kommen Sie, Signora. Ich halte Ihnen die Leiter."

Ich ging auf den älteren Mann zu. Er musste Anfang siebzig sein. Seine Haut war von Lachfalten übersät und sein Teint war wirklich zum neidig werden. Er machte einen freundlichen und liebenswerten Eindruck.

„Vielen Dank, Signor…?“.

Er lächelte mich erneut an.

„Nennen Sie mich Felice, Signora Carlotta. Signor Leone hat mich angewiesen Ihnen hierbei behilflich zu sein. Das mache ich gerne. Wollen Sie auf die Leiter steigen oder wollen Sie sie lieber festhalten?“.

Felice sah mich aufmunternd an.

„Das ist sehr nett von Ihnen Felice. Aber Sie müssen das nicht tun. Sie haben doch sicher andere Dinge zu tun und ich möchte Sie davon nicht abhalten. Ich komme schon klar.“

Felices Lächeln wird noch eine Spur breiter. Mir wurde so langsam klar, woher diese Lachfalten stammten.

„Das glaube ich Ihnen Signora. Aber Signor Leone hat mich gebeten, Ihnen zu helfen und Sie wissen sicher, dass man Signor Leone nichts abschlagen kann.“

Ich seufzte. Es war aussichtslos diesen Kampf zu gewinnen und der nette alte Felice machte nur seinen Job. Es war eine Sache, sich mit einem der nervigen Bodyguards anzulegen, aber ich wollte nicht mit dem armen Felice streiten. Also gab ich mich geschlagen.

„Also gut Felice. Aber Sie werden ganz sicher nicht auf diese Leiter steigen. Das mache ich selbst. Sie können sie aber gerne festhalten. In Ordnung?“.

Felice zwinkerte mir zu.

„In Ordnung“, erwiderte er.

Wir machten uns an die Arbeit und hatten nach knapp drei Stunden alle Lampen und Glühbirnen abgehangen und verstaut. Eine weitere Stunde half ich meiner Tante bei den restlichen Arbeiten und dann waren wir endlich fertig. Mittlerweile war es bereits 16 Uhr und wir hatten endlich alle Spuren des rauschenden Festes beseitigt. Unsere Arbeit hier war beendet. Wir machten uns eilig auf zum Hafen, da uns nur noch wenige Stunden bis zur Öffnung des Restaurants blieben und vor allem meine Großeltern noch etwas Ruhe vor dem Sturm vertragen konnten.

Gegen 17:30 Uhr fuhren wir die hügelige Straße hinauf nach Ravello. Obwohl ich mich wirklich bemühte wach zu bleiben, fielen mir immer wieder die Augen zu. Die durchgearbeitete Nacht, das ständige Gefühlschaos mit Matteo und noch dazu die sengende Hitze sorgten dafür, dass ich so langsam meine Waffen streckte. Dabei hatte ich noch eine vier bis fünf Stunden Schicht im Restaurant vor mir.

Das konnte ja heiter werden.

Kapitel 20

Nach einer ausgedehnten Dusche fiel ich in mein Bett, um mir zumindest noch eine Stunde Schlaf vor dem Ansturm der Restaurant Gäste zu gönnen. Um 19 Uhr schließlich schleppte ich mich wieder aus dem Bett ins Bad und spritzte mir kaltes Wasser ins Gesicht, um wach zu werden. Dann zog ich ein sonnengelbes T-Shirt unter meine Jeans Latzhose, schlüpfte in meine gelben Sandalen und ging nach unten in das Restaurant.

Selten hatte ich mich bereits vor der Arbeit so auf einen Feierabend gefreut. Bevor die ersten Gäste eintrafen, machte ich mir noch einen starken Espresso. Ich spürte wie die Lebensgeister langsam zurückkehrten, als ich den Espresso mit einem Schluck verschlang. Giorgia und meine Großeltern waren im Garten, um die letzten Tische zu decken. Ich beschloss in der Küche nach dem Rechten zu sehen und loggte mich dann im Computer ein, um die neusten Anfragen und Emails zu beantworten. Pünktlich um halb acht trafen die ersten Gäste ein.

Das *„Il Sorrentino"* füllte sich schnell und eine Stunde später waren alle Tische, sowohl drinnen als auch draußen, ausnahmslos besetzt. Ich kam gar nicht mehr dazu, müde zu sein, da ich permanent nur am Laufen war. Bestellungen aufnehmen, Getränke servieren, Getränke nachschenken, Essen servieren, Essen abräumen, Fragen beantworten, das Telefon entgegennehmen, Kassieren und das alles so schnell und dennoch so freundlich und herzlich wie möglich. Gegen 21 Uhr traf auch meine Tante ein, um uns zu unterstützen. Der Andrang war heute wirklich groß. Das wäre unter normalen Umständen ein Grund zur Freude gewesen, aber heute war es eine echte Herausforderung.

Ich würde heute Nacht sehr tief und sehr lange schlafen, da war ich mir sicher. Die Gäste waren gut gelaunt und amüsierten sich. Obwohl es erst später Mai war, waren die Nächte bereits mild und man konnte mit einer leichten Weste ohne Probleme bis spät nachts draußen sitzen. Genau das schienen die Gäste auch vorzuhaben. Unter den mit Lampions und Lichterketten behangenen Olivenbäumen schienen sie sich bei Kerzenschein, einem guten Glas Wein und leckerer Pasta sichtlich wohl zu fühlen. Es war einer dieser Abende, an denen man sogar das Meer rauschen hörte. Ich stand an die Tür zum Garten gelehnt und betrachtete die Menschen, die dort so freudig zusammensaßen. Es war schön zu sehen, dass wir ihnen dabei helfen konnten, ein paar entspannte und friedvolle Stunden zu verbringen.

Seitdem ich hier war, wurde mir mit jedem Tag mehr bewusst, worauf es meiner Meinung nach im Leben wirklich ankam. Die Definition von Glück erschien mir greifbarer, verständlicher. Was tatsächlich zählte im Leben, das war die Zeit. Nicht die Quantität der Zeit, sondern die Qualität. Ein paar vergnügte Stunden mit Freunden und Familie im Garten, bei einem genussvollen Abendessen in einer lauen Vorsommernacht unter Sternen, kam meiner Definition von Glück schon recht nahe. Ich schaute hinauf in den Sternenhimmel und mir wurde einmal mehr vor Augen geführt, wie klein wir Menschen doch im Vergleich zum Universum waren. Ein kleines bisschen Sternenstaub in der unergründlichen Weite der Unendlichkeit. Das Leben hat vor uns stattgefunden und es würde auch nach unserem Ableben weitergehen. Alles was wir hatten, war der kleine Abschnitt zwischen zwei Ereignissen, Geburt und Tod. Was wir daraus machten oder was wir eben nicht daraus machten, das lag allein bei uns.

Eines stand fest: der Moment, so wie es ihn jetzt gerade gab, der würde bereits im nächsten Moment unwiderruflich vorübersein und der Vergangenheit angehören. Er würde niemals wiederkehren. Deshalb musste man das Beste daraus machen, um diesem Moment so viel Lebensqualität wie möglich einzuhauchen. Und das tat ich, seitdem ich hier war. Was aber war mit meinen Lebensmomenten der letzten Jahre? Hatte ich auf die Qualität geachtet? Ich hatte hart für eine Zukunft mit Qualität gearbeitet. Dem war ich mir bewusst. Aber diese Qualität hatte ich anders bemessen. Ich hatte sie anders definiert. Erfolg im Beruf sowie finanzielle Sicherheit und

Freiheit waren meine Ziele gewesen. Ich wollte ein Unternehmen leiten, es zu einem vorher noch nie dagewesenen Erfolg bringen, während ich mir nie wieder Sorgen machen musste, etwas nicht bezahlen zu können. Arztrechnungen, Medikamente, spezielle Therapien, unerwartete Schäden am Haus, Autoreparaturen, all die lästigen Dinge, die einem Menschen das Wasser bis zum Halse stehen ließen. Ich hatte in der Vergangenheit miterleben müssen, in welch einem zwei-Klassen Gesundheitssystem wir mittlerweile in Deutschland lebten. Da waren zum einen die Privatpatienten. Sie bekamen immer und umgehend einen Termin. Sie wurden mit anderen Methoden und besseren, natürlich auch teureren Medikamenten behandelt. Bevor man sie aufgab, wurde deutlich mehr probiert und operiert. Kassenpatienten hingegen konnten ihr Todesurteil bei gravierenden Erkrankungen eigentlich sofort unterschreiben. Es war eine schmerzvolle Erfahrung, die ich damals durchleben musste. Ich sprach nie darüber. Aber sie trieb mich tagtäglich an, nie wieder in eine solche Situation zu gelangen.

Geld sollte nie wieder darüber entscheiden, ob ein Mensch, den ich liebte, lebte oder starb. Würde ich noch einmal in eine solche Situation kommen, und bei Gott, wenn es ihn denn gab, hoffte ich, dass die nie der Fall sein würde, so wollte ich in der Lage sein, die beste Behandlung zu finanzieren. Ich wollte meine Familie beschützen. Im Grunde genommen war es genau das, was mein Leben bestimmte. Aus diesem Grund hatte ich die letzten Jahre geschuftet, als gäbe es kein Morgen. Das Resultat konnte sich durchaus sehen lassen.

Aber ich hatte immer nur auf die Zukunft hingearbeitet. Den Moment selbst, das Hier und Jetzt, hatte ich in den letzten Jahren nie gelebt. So hatte sich die Quantität meiner Möglichkeiten vermehrt, aber die Qualität meiner Existenz sank stark gegen Null. Ich selbst war auf der Strecke geblieben. Das war mir jetzt klar. Dennoch war ich nach wie vor der Überzeugung, dass mein Handeln richtig gewesen war. Wenn auch nicht erfüllend, so war es erwachsen und verantwortungsvoll.

Die Frage war nun, wie es weitergehen sollte, denn meine Rückreise nach München stand kurz bevor.

*****

„Carlotta?". Meine Großmutter legte mir ihre Hand auf die Schulter und ich kehrte langsam wieder aus den Tiefen meiner Gedanken in die Gegenwart zurück.

„Du kannst gerne Feierabend machen. Den Rest schaffen wir auch allein. Das muss alles sehr anstrengend für dich gewesen sein. Also geh nur noch oben."

Ich nahm die Hand meiner Großmutter und musste unwillkürlich lächeln.

„Nonna du bist vierzig Jahre älter als ich. Wenn ich jetzt das Feld räumen würde und dir die restliche Arbeit hinterlasse, dann müsste ich mich doch schwer schämen. Das kommt gar nicht in Frage. Warum schaust du nicht nach den Gästen und machst ihnen mit deiner charmanten Art klar, dass wir eigentlich schon seit einer halben Stunde geschlossen haben und ich kümmere mich um die Abrechnungen?".

Meine Großmutter lächelte liebevoll.

Sie war eine weise Frau und kannte mich bereits mein ganzes Leben lang. Deswegen wusste sie, wann es zwecklos war, mit mir zu diskutieren. Also ließ sie mich gewähren und machte sich auf in den Garten zu den noch besetzten Tischen.

Ich ging hinein, um mit den bereits bezahlten Abrechnungen zu beginnen. Im Vorbeigehen sah ich, wie Giorgia und mein Großvater mit dem Koch das Menü der nächsten Tage, sowie die Einkaufsliste durchgingen. Meine Tante saß auf einem der Tische und hörte aufmerksam zu, um sich ein paar Rezepte für ihre Catering Firma abzuschauen. Ich musste schmunzeln. Aber es blieb schließlich alles in der Familie. Eine halbe Stunde später hatten auch die letzten Gäste dankend und zufrieden das Lokal verlassen und nur noch wenige Abrechnungen lagen vor mir.

Meine Tante und Giorgia hatten sich soeben verabschiedet und meine Großeltern saßen bei einem Glas Wein an der Theke und unterhielten sich über die scheinbar sehr gelungene Feier im Anwesen der Familie Leone. Es war fast Mitternacht und mein Bett rückte zum Greifen nahe. Ich konnte es förmlich rufen hören. Nur noch ein paar Abrechnungen trennten mich davon. Ich war gerade dabei die Zahlen der nächsten Rechnung einzutippen, als die Tür zum Restaurant geöffnet wurde.

Wer konnte so spät am Abend noch vorbeischauen? Hatte Giorgia vielleicht etwas vergessen? Bevor ich reagieren konnte, standen zwei glatzköpfige, von Kopf bis Fuß tätowierte, Schlägertypen im Vorraum und verriegelten blitzschnell die Tür hinter sich. Mein Arm schnellte reflexartig zum Telefon, um die Polizei zu verständigen. War das hier ein Überfall? Lohnen würde es sich nach diesem Abend.

Als ich das Telefon erreichte und die ersten Zahlen des Notrufs eintippte, richtete der Größere der bulligen Glatzköpfe eine Waffe auf mich.

„Das würde ich an deiner Stelle seinlassen, Süße."

Ich erstarrte. Auch meinen Großeltern stand der Schock ins Gesicht geschrieben. Meine Großmutter war ganz blass vor Angst und mein Großvater hatte eine Hand an sein Herz gelegt und starrte die Schläger mit offenem Mund und weit aufgerissenen Augen an. Mein Schutzinstinkt erwachte augenblicklich zum Leben.

„Was wollen Sie?".

Meine Stimme zitterte, obwohl ich versuchte so fest und unerschrocken wie möglich zu klingen. Doch mit einer Waffe im Gesicht ließ einen die eigene Stimme schneller im Stich als gedacht. Die Glatzköpfe lachten hämisch.

„Da gibts so einiges Süße. Vor allem wenn ich mir dich so ansehe. Da fallen mir direkt viele Dinge ein, die ich von dir will."

Gänsehaut breitete sich auf meinem Körper aus. Eine Mischung aus Ekel und Angst überkam mich. Wollte der Typ mich etwa vergewaltigen? Dann lag meine Wahl also zwischen Tod durch Erschießen und Vergewaltigung? Wobei die Vergewaltigung meinen Tod vielleicht nur hinauszögern würde. Ich erschauderte bei diesen düsteren Aussichten.

Meine Hände suchten unauffällig nach einem Gegenstand zur Verteidigung, aber ich konnte einfach nichts Brauchbares finden.

„Lassen Sie sie sofort in Ruhe. Wollen Sie Geld? Das können Sie haben! Und dann verschwinden Sie!"

Mein Großvater hatte seine Stimme wiedergefunden und stand auf. Er ging drohend auf die Angreifer zu. Der zweite Schläger richtete nun seine Waffe auf ihn.

„Sitzen bleiben, Opa. Sonst knall ich dich ab. Und deine Alte gleich mit."

Mein Großvater hielt augenblicklich inne. Er legte seine Hand auf die meiner Großmutter, die heftig zitterte.

„Eine Nachricht von Wladimir, Opa. Und jetzt hör gut zu. Denn ich sage dir das nur einmal. Wladimir will dein Restaurant mit allem Drum und Dran. Er wird dir ein Angebot machen und das wirst du annehmen. Sonst wird von deiner Familie bald nichts mehr übrig sein. Und mit der Süßen hier", er zeigte mit der Waffe auf mich „fangen wir an. Wir werden sie mitnehmen und erst mal unseren Spaß mit ihr haben. Die Kleine sieht aus, als würde sie auf Spaß stehen."

Mit der anderen Hand fasste sich der Typ an seine Eier und rückte sie zurecht. Ihn schien das hier sichtlich anzumachen.

„Wenn wir genug von ihr haben, werden wir sie verkaufen. In Amsterdam werden wir einiges an Kohle für sie bekommen. Und wenn sie durch ist, dann nehmen wir uns deine nächste Enkelin vor. Giorgia, wenn ich mich recht erinnere? Das ist so eine ganz Wilde, die erst noch hart eingeritten werden muss. Ich werde sie mir ganz persönlich vornehmen. Sie zum Schreien zu bringen wird ein Fest, das verspreche ich dir. Also denk besser gar nicht daran, die Polizei einzuschalten. Wir beobachten dich. Wir sehen alles. Und wir haben jederzeit Zugang zu dir und deiner Familie."

Damit drehten sich die beiden bulligen Typen um, entriegelten die Tür und waren im nächsten Moment in der Dunkelheit verschwunden.

*****

Ich eilte zur Tür und verriegelte sie hastig. Dann ging ich schnellen Schrittes zu meinen Großeltern und nahm sie fest in den Arm. Wir verharrten eine Weile so. Niemand sagte ein Wort. Ehrlich gesagt hatte es mir die Sprache verschlagen. Was hier gerade passiert war, war noch nicht bis zu meinem Gehirn vorgedrungen. Irgendein innerer Schutzmechanismus musste die Verarbeitung des Geschehens verlangsamt haben.

Doch als die Minuten verstrichen, drang immer mehr des Erlebten zu mir hindurch und ich realisierte, dass dies hier kein böser Traum war, sondern die brutale Realität.

Ich ließ meine Großeltern los und ging zum Kühlschrank, um ihnen ein kaltes Glas Wasser einzuschütten.

„Hier." Ich hielt ihnen zwei Gläser hin.

„Trinkt das erst einmal."

Mein Großvater sah mich mit leeren Augen an und nahm wortlos das Glas. Dann reichte er es meiner Großmutter und nahm sich das zweite Glas. Nachdem die beiden ausgetrunken hatten, führte ich sie an einen der Tische im Inneren des Restaurants. Ich dachte darüber nach Giorgia anzurufen, aber ich wusste nicht, ob die Typen noch irgendwo lauerten und konnte auch ihre Bemerkung darüber, dass sie uns im Auge hatten, nicht einschätzen. Also vergewisserte ich mich lediglich, dass alle Türen und Fenster geschlossen waren und setzte mich dann zu meinen Großeltern an den Tisch.

Meine Großmutter war noch immer ganz blass. Aber sie war eine starke Frau. Weswegen sie auch keine Träne vergoss, obwohl ihr das niemand in dieser Situation verdenken konnte.

Ich räusperte mich und versuchte, die Unmengen an Gedanken und Fragen, die mir gerade durch den Kopf geisterten, zu sortieren, um zu einem logischen Einstieg zu gelangen. Also fragte ich zunächst das, was am Offensichtlichsten schien.

„Wisst ihr, wer dieser Wladimir ist?".

Meine Großeltern tauschten verängstigte Blicke und schauten dann zu mir.

„Wir kennen nur einen Wladimir. Wobei kennen auch zu viel gesagt ist."

Mein Großvater räusperte sich. Ich drängte ihn nicht, sondern wartete, bis er bereit war, weiter zu reden.

„In den letzten Jahren haben sich hier neue Strukturen gebildet. Clans aus anderen Ländern versuchen die Vormacht zu gewinnen. Sie agieren in den schlimmsten Geschäftsbereichen: Prostitution, Drogen, Menschenhandel. Zumindest anfangs."

Mein Großvater brach erneut ab. Ihm schien das Reden sichtlich schwer zu fallen. Er stand immer noch unter Schock. Also hakte ich vorsichtig nach.

„Zumindest anfangs, sagtest du. Was ist dann passiert?".

Mein Großvater rieb sich mit den Händen über das Gesicht und fuhr stockend fort.

„Wir wissen das auch nur vom Hören-Sagen. Anscheinend greifen sie seit einiger Zeit auch nach lukrativen Immobilien. Sie wandeln alte Häuser in guter Lage in Luxushotels und Resorts oder aber Edel Restaurants um. Da diese Häuser seit Generationen in Familien Besitz sind, wollen die Besitzer natürlich nicht verkaufen. Und schon gar nicht zu den Preisen, die diese Clans ihnen bieten. Für den Fall gibt es dann solche Menschen, wie die, mit denen wir vor ein paar Minuten Bekanntschaft gemacht haben."

Ich musste schlucken. „Also waren das keine leeren Drohungen?".

Ich schaute meinen Großvater mit großen Augen an.

„Nein. Mit diesen Leuten ist nicht zu spaßen. Wladimir ist der Chef des Russenclans. Die schrecken vor nichts zurück. Ich glaube den Kerlen jedes ihrer Worte."

Mein Großvater atmete tief ein und hielt die Luft an. Dann ließ er sie langsam entweichen.

„Weswegen ich das Angebot, was auch immer es sein wird, annehmen werde."

Nun begann meine Großmutter doch zu schluchzen und hielt sich verzweifelt die Hände vors Gesicht.

„Was redest du denn?". Meine Stimme klang erschreckend hoch und ich sah meinen Großvater an, als hätte er mir gerade erzählt, dass Morgen die Welt untergehen würde.

„Meine Familie steht für mich an oberster Stelle. Ich werde niemanden in Gefahr bringen. Das war das einzige Mal, dass jemand eine Waffe auf meine Frau und auch auf dich gerichtet hat."

Ich griff nach der Hand meines Großvaters und umfasste sie.

„Nonno, jetzt atme tief durch und beruhige dich. Du kannst nicht klar denken. Es ist spät, wir haben lange und stressige Tage hinter uns. Das alles hat uns auf dem falschen Fuß erwischt. Wir werden eine Lösung finden, das verspreche ich dir. Aber sicher nicht mehr heute Abend. Also machen wir folgendes: du und Nonna, ihr werdet jetzt ins Bett gehen."

Mein Großvater wollte etwas einwenden, aber ich bedeute ihm, still zu sein.

„Ich weiß, das ist leichter gesagt als getan, aber so kommen wir nicht weiter. Ich hole euch beiden jetzt einen Grappa, oder vielleicht besser gleich zwei. Den trinkt ihr und dann schlaft ihr euch erst mal aus. Morgen sieht alles schon ganz anders aus."

Mit diesen Worten erhob ich mich und ging zum Bar Fach, um meinen Großeltern großzügig von dem hochprozentigen Alkohol einzuschütten. Einzuschlafen war ohne die richtige Dröhnung heute Nacht wohl kaum möglich. Aber meine Großeltern brauchten ganz dringend diesen Schlaf. In all den Jahren hatte ich gelernt, dass Müdigkeit den vielleicht größten Feind des Erfolges darstellte. War man müde, so war man gereizt, verzweifelt, depressiv und paranoid. Man sah Gespenster, wo keine waren. Alles wirkte aussichtslos und hoffnungslos.

Mit ausgeruhtem Körper und Geist hingegen, sah das alles schon wieder ganz anders aus.

Ich würde die beiden jetzt ins Bett schicken, die Abrechnungen fertigstellen und mir dann etwas einfallen lassen. Dieser strukturierte Plan half mir, mich zu beruhigen und die Kontrolle über mich zurückzugewinnen. Es brachte weder mir noch meinen Großeltern etwas, in Panik auszubrechen. Dieses Problem musste, wie alle anderen Probleme, ruhig, strategisch und mit kühlem Kopf bewältigt werden. Das alles zählte zu meinen Kernkompetenzen, die ich jahrelang stetig verbessert hatte, bis hin zur Perfektion.

Ich würde dieses Problem lösen, auch wenn ich noch nicht wusste, wie. Aber das würde mir schon noch einfallen. Ich merkte, wie die Angst und Verzweiflung meinem Selbstvertrauen und meiner Zuversicht wichen. Das war ein gutes Zeichen. Ich vergewisserte mich mit einem Blick auf meine Großeltern, dass ich keinen Arzt für sie rufen musste. Aber sie waren stark und schienen nach den Gläsern mit Hochprozentigem durchaus gefasster.

Alkohol war selten eine Lösung. In diesem Fall jedoch war es Mittel zum Zweck. Meine Großeltern verabschiedeten sich schließlich mit dem Versprechen, sich umgehend schlafen zu legen und Morgen über alles weitere nachzudenken. Ich lauschte angestrengt, und nach ein paar Minuten waren die Stimmen verstummt. Sie mussten eingeschlafen sein.

*****

Ich verbannte die Horror Begegnung aus meinem Kopf, um die Abrechnungen abzuschließen. Dies war einer der wenigen Momente, in denen ich es zuließ, auf mich selbst stolz zu sein. Genauer gesagt auf die Fähigkeit in einer solchen Ausnahmesituation, die mich noch dazu direkt und persönlich betraf, ruhig zu bleiben.

In den vergangenen Jahren war ich in meinem Job oftmals extremen Stresssituationen ausgesetzt gewesen. Ich erinnerte mich noch gut an den letzten Börsen Crash und wie es darum ging, so viel Kundenvermögen wie möglich zu retten. Mit Panik hätten wir damals alles verloren. Allein unserer Strategie, die wir inmitten des Chaos aus dem Boden gestampft hatten, war es zu verdanken gewesen, dass wir damals glimpflich davongekommen waren. Es gab zu jedem Problem eine Lösung. Man musste nur so lange suchen, bis man sie fand.

Also beschloss ich, die Abrechnungen zu Ende zu machen und mich dann der Lösung des Problems zu widmen. Meine Müdigkeit war verflogen und ich fühlte mich top fit. An Schlaf war also eh nicht zu denken. Nachdem die

Abrechnungen abgeschlossen waren, machte ich mir einen weiteren Espresso, dieses Mal allerdings direkt einen Doppelten und ging mit dem heißen Getränk nach oben auf mein Zimmer. Dort setzte ich mich an den kleinen Schreibtisch, klappte meinen Laptop auf und schaltete ihn ein. Während der Laptop hochfuhr, trank ich meinen Espresso und sah aus dem Fenster. Die Lichterketten in den Bäumen leuchteten in einem angenehmen Goldton und versprühten ein Gefühl von Harmonie und Geborgenheit.

Um keinen Preis dieser Welt würde ich zulassen, dass meine Großeltern dieses Juwel, unser Zuhause, hergaben. Ich öffnete den Browser und suchte nach diesem Wladimir sowie dessen Clan. In der nächsten Stunde las ich mich durch Unmengen an Artikeln, die mir die Gewissheit verschafften, dass mit diesem Typen nicht zu scherzen war. Der würde sich von der Polizei nicht beeindrucken lassen, so viel stand fest. Diese Möglichkeit fiel also schon mal weg.

Ich lehnte mich in meinem Stuhl zurück und betrachtete das Ganze aus einer etwas distanzierteren Perspektive. Wenn man so nah vor dem Computer saß, dann fehlte einem manchmal die Sicht auf das große Ganze. Ich fasste in Gedanken zusammen, was ich bisher in Erfahrung gebracht hatte. Verkaufen war keine Option. Zur Polizei zu gehen ebenfalls nicht. Mit dem Typen zu reden, würde auch nichts bringen.

Ihm etwas anderes anbieten, tja, meine Großeltern hatten nur das hier. Da gab es also nichts. Ich stand auf und ging im Zimmer auf und ab. Ganz so einfach würde es also nicht werden, eine Lösung zu finden. In meinem Kopf ratterte es und ich spielte alle bisherigen Möglichkeiten noch einmal durch. Allerdings ohne Erfolg, was bedeutete, dass ich noch nicht tief genug gegraben hatte. Ich setzte mich also erneut an den Laptop und fuhr mit meiner Suche fort. Artikel für Artikel sah ich mir genau an und überlegte, wie ich mir das erlangte Wissen zu Nutzen machen könnte. Doch der Geistesblitz blieb aus.

Ich wollte das Browser Fenster des Internets gerade schließen, um Morgen weiterzumachen, als mein Blick auf einen der unteren Artikel fiel. Er hatte nichts direkt mit dem

Russenclan zu tun, aber vielleicht half er mir trotzdem weiter. Es war ein Artikel über die einflussreichsten Familien Italiens. Ich klickte auf den Artikel und vor mir öffnete sich eine große Karte von Italien, die in verschiedene Abschnitte und Regionen unterteilt war. Ich klickte auf die Region Kampanien und vier Namen tauchten auf: Cantale, De Santis, Leone und Santoro. Das waren also die vier einflussreichsten Familien Kampaniens. In dem Moment schlug der Geistesblitz in voller Wucht ein.

Natürlich! Genau das war es! Das war die Lösung! Ich presste mir die Hände vor den Mund, um nicht laut aufzuschreien. Wenn uns die Polizei keinen Schutz gewähren konnte, dann musste ich mich eben an die Leute wenden, die über dem Gesetz standen. Die Leute, vor denen die Polizei größten Respekt hatte. Vor deren Einfluss jeder Respekt hatte. Die Mafia. Wie gut, dass ich mittlerweile nicht nur direkte Verbindungen, sondern auch noch ein Jobangebot von der Mafia hatte. So wie die Situation nach dem heutigen Abend lag, konnte ich meine Familie hier nicht allein lassen. Es war unmöglich in der jetzigen Lage nach München zurückzukehren. Die ständigen Sorgen und die Ungewissheit über das Wohlergehen meiner Großeltern, meiner Cousinen und deren Familien, würden zu sehr an mir nagen. Außerdem würde ich mir ewig Vorwürfe machen, wenn ihnen in meiner Abwesenheit etwas zustieße.

Nein, da gab es nur eins: ich musste die Angelegenheit klären. Ich musste für die Sicherheit meiner Familie sorgen. Genau das war es, worauf ich in den letzten Jahren hingearbeitet hatte. Wer hätte gedacht, dass es nun nicht meine finanziellen Mittel waren, die dafür sorgten, dass meine Familie ihr glückliches und beschauliches Leben in Ruhe weiterführen konnte, sondern tatsächlich meine beruflichen Fähigkeiten.

Die Familie Leone wollte, dass ich für sie arbeitete? Gut, dann tat ich es. Denn so wie ich das sah, war das die einzige Möglichkeit meine Familie in Sicherheit zu wissen. Meine Arbeit im Gegenzug für ein beachtliches Gehalt und was bei weitem wichtiger war, die Beseitigung des Problems namens Wladimir.

Das war der Deal. Und den würde ich Morgen Don Mario unterbreiten.

*****

Eine extreme Erleichterung machte sich in mir breit. Ich war mir sicher, dass Don Mario den Deal annehmen würde. Und ich war mir ebenso sicher, dass die Familie Leone genug Einfluss hatte, um uns diesen Wladimir und seine Bande vom Hals zu halten. Jetzt galt es, sich optimal auf die Verhandlungen vorzubereiten. Denn da dies meine einzige Chance war, durfte ich mich nicht darauf verlassen, dass Don Mario automatisch auf meine Bedingungen eingehen würde.

Ich würde darum kämpfen müssen. Und dazu brauchte es einen Plan mit einer bombensicheren Strategie. Nur würde ich diese Strategie nicht mehr heute Nacht entwickeln können. Dazu brauchte es einen klaren und wachen Verstand. Und da es mittlerweile schon nach drei Uhr am Morgen war, brauchte mein Verstand erst einmal ein paar Stunden Schlaf. Turboschlaf, so nannte ich das. Wenn es im Büro darauf ankam maximale Leistungen zu erbringen, die nahezu 24 Stunden Arbeit am Tag erforderten, dann kam ich mit sehr wenig Schlaf aus. Wenn es darauf ankam, konnte ich mich immer auf meinen Körper verlassen. Er wusste, wann er beißen musste.

So würde es auch dieses Mal sein. Deshalb musste ich mir gar nicht erst den Wecker stellen. Ich wusste, dass ich spätestens um acht Uhr wieder wach sein würde. Fünf Stunden Schlaf waren in solchen Situationen purer Luxus. Die würden mehr als ausreichen, um meine Batterien für den Entwurf meiner Strategie aufzuladen. Ich ging ins Bad, machte mich fertig und sprang ins Bett. Zwei Minuten später war ich eingeschlafen.

Kapitel 21

Meine innere Uhr weckte mich pünktlich um sieben Uhr. Anscheinend hatte mein Körper mit knappen vier Stunden bereits genug Schlaf gefunden und war bereit, in die Schlacht zu ziehen. Ich schlich in die Küche, um mir einen Kaffee zu machen. Aber ich hatte unnötigerweise darauf geachtet, keinen Lärm zu machen. Denn meine Großeltern schienen längst wach zu sein. Sie saßen bereits in der Küche und lasen die Zeitung. Dabei wirkten sie sehr gefasst. Die gesunde Portion Schlaf schien auch ihnen mehr Zuversicht gegeben zu haben. Das war gut. Da wir nun alle beisammen waren, musste ich keine weitere Zeit mehr verlieren und konnte sie direkt in meinen Schlachtplan einweihen.

Ich machte mir einen Cappuccino und setzte mich zu ihnen an den Tisch. Ohne um den heißen Brei herumzureden, kam ich direkt zum Punkt.

„Ich habe die Lösung", platzte es aus mir heraus.

Meine Großeltern sahen mich fragend an. „Wie meinst du das?".

Ich holte tief Luft und erzählte meinen Großeltern von Don Marios Angebot, für ihn zu arbeiten, sowie meiner Absicht, dieses Angebot nun doch anzunehmen, nachdem ich es zunächst mehrmals ausgeschlagen hatte. Während meiner Erzählung schauten sich meine Großeltern immer wieder vielsagend an, unterbrachen mich jedoch nicht. Nachdem ich zu Ende erzählt hatte, sagte zunächst niemand von ihnen etwas.

Meine Großmutter fand als Erste wieder ihre Stimme.

„Carlotta, Kind, wir wollen dir nicht dein Leben nehmen, das du dir in München aufgebaut hast. Du musst das nicht für uns opfern. Deine Freunde, deine Karriere, dein Lebensmittelpunkt. Das würden wir uns nicht verzeihen und das können wir auch nicht von dir verlangen."

Ich legte meine Hand besänftigend auf die Hand meiner Großmutter.

„Ihr nehmt mir gar nichts weg. Es ist meine Entscheidung. Und wer sagt, dass es für immer sein wird. Alles, was momentan zählt, ist uns diesen Wladimir und seine irren Jungs vom Hals zu schaffen. Die Sicherheit unserer Familie hat nun oberste Priorität. Alles andere sehen wir dann."

Nachdem meine Großeltern nichts erwiderten, fuhr ich fort.

„Ich bin gestern Nacht alle Möglichkeiten durchgegangen. Immer und immer wieder. Außer dieser Lösung, fällt mir keine andere ein. Falls ihr einen anderen Weg seht, dann sagt es mir. Falls nicht, werde ich mich jetzt auf mein Gespräch mit Don Mario vorbereiten."

Es folgte eine weitere Minute des Schweigens. Dann hob mein Großvater kapitulierend seine Hände. „Ich rufe Don Mario an und sage ihm, dass du ihn besuchen möchtest."

„Ich werde ihn heute besuchen. Also soll er sich Zeit machen."

Mit diesen Worten prostete ich meinen Großeltern mit der Cappuccino Tasse zu und stand auf, um in mein Zimmer zurückzukehren. Nach einer kalten Dusche zog ich meine gemütlichen Leggins zusammen mit meinem kuscheligen, verwaschenen Top an. Darin konnte ich am besten Nachdenken. Ich setzte mich an den Schreibtisch, nahm Papier und Stift zur Hand, und begann mit der Erarbeitung des Schlachtplans.

*****

Vier Stunden später stand ich vor dem Spiegel und betrachtete mich von allen Seiten. Ich hatte mein enganliegendes rotes Etuikleid angezogen, welches mir bis zu den Knien reichte. Dazu meine passenden Riemchensandalen in Silber. Meine Haare hatte ich zu einem Dutt hochgesteckt, um den förmlichen Eindruck zu untermauern. Auch geschminkt hatte ich mich heute ausnahmsweise. Ich wollte älter aussehen, als ich es war. Das war Teil der Strategie, die so gut wie immer funktionierte. Je älter man als Frau aussah, desto ernster nahmen einen die Männer.

Ich warf einen letzten Blick in den Spiegel, besprühte mich mit meinem sommerlichen Orangen Parfüm und stieg die Treppe hinunter in die Küche. Mein Großvater hatte mir gesagt, Don Mario würde mich heute in seiner Villa auf Capri empfangen. Ich könnte kommen, wann ich wollte. Ein Angebot, das ich dankend annahm.

In der Küche verabschiedete ich mich von meinen Großeltern und versprach, mich zu melden, sobald ich Neuigkeiten hatte. Ich nahm ihnen das Versprechen ab, bis dahin niemandem etwas von dem gestrigen Vorfall und den daraus resultierenden Folgen zu erzählen und mich sofort zu benachrichtigen, falls Wladimir oder seine Jungs wieder auftauchen sollten. Dann nahm ich die Schlüssel des gelben Fiat 500 und wünschte mir einmal mehr meinen Mercedes zurück, der mich deutlich schneller zur Fähre befördert hätte. Nun musste ich also alles aus den knapp 14 PS des klapprigen, mehr als fünfzig Jahre alten Fiat, kitzeln. Herausforderung angenommen.

Eine knappe Stunde später parkte ich den Wagen in Positano und machte mich zu Fuß auf den Weg zur Fähre. Die Überfahrt dauerte lediglich eine halbe Stunde. Zum Glück war das Meer ruhig und mir wurde weder schwindlig, noch bekam ich Kopfschmerzen. Das hätte mir gerade noch gefehlt. Ich lehnte mich in dem Sessel der Fähre zurück und ging noch einmal alles durch. Es stand so viel auf dem Spiel, dass ich bei all der Routine und Zuversicht auch ein bisschen nervös war. Aber das war nicht unbedingt schlecht. Ein Adrenalinschub sorgte dafür, dass der Verstand auf Zack war und konzentriert agierte.

Am Hafen angekommen, wollte ich mich gerade nach einem Taxi umsehen, als ich aus dem Augenwinkel einen von Don Marios Leuten auf mich zukommen sah.

„Signora Sorrentino?".

„Ja, die bin ich", antwortete ich ihm.

Woher er wusste, dass ich mit dieser Fähre anreisen würde, wollte ich gar nicht erst wissen.

„Ich bin hier, um Sie abzuholen. Haben Sie alles, was Sie brauchen?".

Ich nickte und begleitete ihn zu der schwarzen Limousine, die am Straßenrand parkte. Ich ließ mich in die weichen Polster sinken und schloss die Augen, um noch einmal an meinen Verstand zu appellieren. Was in der nächsten Stunde geschah, würde über die Zukunft meiner Familie entscheiden.

Es lag in meinen Händen. Und ich würde das Ding schaukeln.

*****

Der Wagen fuhr in die weitreichende Einfahrt und der Chauffeur oder was auch immer dieser Mann normalerweise für Don Mario tat, öffnete mir die Wagentür. Dort begrüßte mich die Hausdame, die mich bat, ihr zu folgen. Sie führte mich durch das Anwesen in das Haupthaus. Wir stiegen die Treppen hinauf in die erste Etage und bogen nach rechts ab. Entlang des weitläufigen Korridors befanden sich einige Räume, deren Türen allerdings verschlossen waren. Lediglich eine Tür stand offen. Und durch diese Tür führte mich nun die Hausdame. Ich sah mich um und erkannte schnell, dass dies Don Marios Büro sein musste. Alte Gemälde hingen an der Wand. Nicht, dass ich von Kunst viel Ahnung hatte, aber diese Bilder sahen definitiv antik und teuer aus. Der dunkelbraune Schreibtisch war aus altem, massivem Holz. Dahinter standen einige Bronze Statuen sowie gerahmte Fotografien der Familie mit einflussreichen Personen. Ein edler Füller lag auf geprägtem Briefpapier mit dem Wappen der Familie. Zwei sich kreuzende Löwen. Hinter dem Schreibtisch führte ein großer Balkon nach draußen. Balkone schien es in diesem Haus definitiv einige zu geben.

Ich kam nicht mehr dazu, mich weiter umzusehen, denn in diesem Moment betrat Don Mario den Raum. Ich lächelte ihn freundlich an, aber mein Lächeln drohte zu verrutschen, als ich sah, wer hinter ihm eintrat. Es war niemand anderes als Matteo. Das durfte doch nicht wahr sein. Ich hatte gehofft, mich mit Don Mario allein unterhalten zu können. Schließlich kam das Angebot von ihm. Und soweit ich wusste, wollte Matteo nichts mit mir zu tun haben. Was also machte er hier? Wollte er den Deal etwa verhindern?

Ein weiterer Adrenalinstoß durchfuhr mich und ich merkte, wie Angst versuchte, sich in mir breit zu machen. Das durfte ich nicht zulassen. Ich brauchte diesen Deal. Er war meine einzige Chance. Matteo schloss die Tür hinter sich, lehnte sich lässig dagegen und überkreuzte abwartend die Arme. Ich erwartete, dass er etwas sagte, doch er schwieg. Don Mario ergriff in diesem Moment das Wort.

„Carlotta, wie schön Sie wiederzusehen. Setzen Sie sich doch."

Er ging um den Schreibtisch zu seinem Platz und machte eine auslandende Handbewegung auf den Stuhl gegenüber. Don Mario wartete, bis ich mich gesetzt hatte, und nahm dann ebenfalls Platz. Einen Moment lang musterte er mich aufmerksam und wieder hatte ich den Eindruck, dass diese Augen viel mehr sahen und wussten, als gut für mich war. Dennoch ließ ich mich davon nicht beirren. Ich räusperte mich.

„Danke, dass Sie mich empfangen."

Don Mario schenkte mir ein offenes Lächeln und fuhr dann fort.

„Ihr Großvater hat mir nicht gesagt, worum es geht. Überhaupt hat er nicht viel gesagt. Ich nehme an, es geht um mein Angebot, Sie als Beraterin der Familie einzustellen?".

Ich nickte.

„Matteo sagte mir, Sie hätten trotz mehrerer Versuche seinerseits kein Interesse an dieser Position. Haben Sie Ihre Meinung geändert?".

Ich setzte mich aufrecht hin, schlug meine Beine übereinander und faltete meine Hände. Dann sah ich Don Mario fest in die Augen.

„Die Umstände haben sich geändert, sodass ich Ihr Angebot nun in Betracht ziehe."

Hinter mir hörte ich, wie Matteo einen zischenden Laut von sich gab. Ich drehte mich in meinem Stuhl um und sah ihn scharf an.

„Hast du mir etwas zu sagen, Matteo?".

Matteo stieß sich von der Wand ab, steckte die Hände in die Hosentaschen seiner Anzughose und ging lässig zu dem schweren Sofa links von mir. Dort knöpfte er mit einer Hand sein Jackett auf und ließ sich darauf nieder.

„Ich würde gerne mehr über diese, wie hast du es genannt“, er hielt kurz inne und sah mich forschend an, „Umstände erfahren, die dich umgestimmt haben.“

„Sie haben mich nicht umgestimmt, sie haben lediglich dafür gesorgt, dass ich das Angebot in Betracht ziehe“, antwortete ich ihm höflich, aber bestimmt.

„Nun Carlotta, wollen Sie uns von den Umständen berichten, die dies verursacht haben?“.

Don Mario lehnte sich in seinem Sessel hinter dem Schreibtisch zurück.

„Meine Familie wird bedroht. Gestern Abend gegen Mitternacht kamen zwei bewaffnete Schläger Typen in das Lokal, haben eine Pistole auf mich und meine Großeltern gerichtet und gesagt, dass meine Großeltern ihrem Boss das Lokal und das Haus verkaufen müssen. Ansonsten würden sie dafür sorgen, dass unsere Familie keine Ruhe mehr findet. Davon mich zu entführen, zu vergewaltigen und zu verkaufen war die Rede. Dasselbe haben sie mit anderen Mitgliedern meiner Familie vor.“

Man könnte eine Stecknadel zu Boden fallen hören, so leise war es nun in dem Büro von Don Mario. Ich sah zu Matteo, der seine Hände zu Fäusten geballt hatte, so fest, dass seine Knöchel weiß hervortraten.

„Wer?“, brachte er donnernd hervor.

Er schäumte vor Wut.

„Wer was?“, fragte ich ihn.

„Wer ist der Boss von diesen Typen?“.

Ich strich mir eine verirrte Strähne hinter das Ohr und antwortete dann vorsichtig. „Sie nannten ihn Wladimir. Ich gehe davon aus, dass er…“.

„Der Boss des Russenclans ist“, beendete Matteo meinen Satz. „Damit liegst du richtig.“

Matteo sprang auf und tigerte rastlos im Raum auf und ab. Schließlich wandte Don Mario das Wort an mich.

„Wissen Sie, Carlotta, in den letzten Jahren haben solche Clans immer mehr an Macht und Einfluss gewonnen. Sie mischen in Geschäften mit, die extrem lukrativ sind, welche die hiesigen italienischen Familien jedoch meiden."

Don Mario machte eine Pause.

Ich nutzte diese Pause, um ihm eine Frage zu stellen. „Sie sprechen von…".

„Prostitution, Auftragsmord, Kinderpornografie, Menschenhandel", unterbrach mich Matteo erneut.

„Das sind alles extrem lukrative Einnahmequellen, insofern man kein Gewissen besitzt und sich auf dem Leiden anderer Menschen ein Imperium erbauen möchte", fuhr Don Mario fort.

„Und verstehen Sie mich nicht falsch. Es gibt genug italienische Mafia Familien, die in diesen Geschäftsbereichen mitmischen. Aber innerhalb der führenden Familien Kampaniens gibt es seit Generationen den Kodex, das nicht zu tun. Und daran halten sich alle, ausnahmslos."

Er seufzte. „Leider haben wir in den letzten Jahren einen nicht unerheblichen Teil unserer Vormachtstellung einbüßen müssen. Nicht zuletzt, weil wir diesen unwürdigen, aber sehr gewinnbringenden Geschäften, nicht nachgehen."

Don Mario betrachtete nachdenklich seine Hände.

„Diese Clans wachsen so schnell wie Krebsgeschwüre. Sie verdienen mit ihren Machenschaften schnelles, gutes Geld. Unsere Geschäfte, die im Gegensatz dazu vergleichsweise ehrenhaft sind, können da nur schwer mithalten. Das wiederum führt dazu, dass sich diese Clans immer weiter ausbreiten und Besitzansprüche stellen, neue Geschäftszweige auskundschaften und zunehmend furchtloser werden."

Ich nickte wissend. „Ja, das habe ich gestern mitbekommen."

„Haben Sie dich angerührt?". Matteos Augen funkelten zornig.

Ich konnte förmlich die Flammen der Wut darin sehen. Langsam, aber bestimmt schüttelte ich den Kopf.

„Nein, haben sie nicht. Noch nicht."

Matteo schlug mit der Faust gegen die Wand. „Dazu wird es auch verdammt nochmal nicht kommen."

Don Mario bedeutete seinem Enkel sich zu beruhigen. Ich nutzte diesen Moment, um meinen Deal einzufädeln.

„Ich hoffe, dass es dazu nicht kommen wird. Das bringt mich zu dem Angebot, welches ich Ihnen unterbreiten möchte.“

Don Mario nickte mir auffordernd zu. Das Zeichen, mein Anliegen vorzutragen.

„Zunächst dachte ich, dass Sie meine Dienste nur in Anspruch nehmen wollen, um sich persönlich zu bereichern. Und der Mafia bei solchen sicher nicht immer legalen Tätigkeiten zu helfen, stand nicht gerade weit oben auf meiner Karrierewunschliste. Nicht nach all den Jahren der unerbittlich harten Arbeit, die es gebraucht hat, um dorthin zu kommen, wo ich mich bis vor knapp drei Wochen noch befunden habe.“

Ich machte eine kurze Pause, um Luft zu holen.

„Dann aber erzählte mir Matteo, was der eigentliche Grund für mein Engagement ist. Es geht nicht nur darum, Ihr Vermögen zu vermehren, sondern auch darum, Ihre Vormachtstellung gegenüber solcher Banden und Clans zu behaupten, bzw. zu stärken. Auch das konnte ich mir anfangs nur schwer vorstellen.“

Ich sah Don Mario eindringlich an.

„Bis gestern. Mit einer Waffe bedroht zu werden, während man völlig hilflos zuhören muss, wie man zur Prostitution gezwungen werden soll, ist etwas unfassbar Abscheuliches. Es war ein Perspektivenwechsel der besonderen Art.“

Don Mario lauschte meinen Ausführungen aufmerksam.

„Ich will das nicht noch einmal erleben. Und ich will nicht, dass meine Familie so etwas noch einmal erlebt. Ich will nicht, dass irgendjemand, der genauso unschuldig ist, wie wir, das jemals erleben muss.“

Meine Stimme wurde mit jedem Satz härter und bestimmter.

„Diese Banden müssen weg. Zurück in die Versenkung, aus der sie gekommen sind. Und ich bin bereit, Ihnen dabei zu helfen. Lassen Sie mich Ihnen helfen, die finanziellen Mittel dafür zu beschaffen. Sie im Gegenzug stellen die richtigen

Kontakte her und machen es zu Ihrer obersten Priorität, dieses Gesindel auszurotten."

Ich sah Don Mario fragend an.

„Carlotta, ich denke Sie haben uns noch mehr zu sagen, nicht wahr?".

Es war erschreckend, wie gut dieser Mann mich durchschaute. Hoffentlich wurde mir das nicht irgendwann zum Verhängnis.

„Ich will mit illegalen Geldgeschäften nichts zu tun haben. Ich will davon nichts wissen. Meine Tätigkeiten werden sich auf legale Angelegenheiten konzentrieren. Meinetwegen auch auf Grauzonen. Aber die Grenze zur Illegalität möchte ich bei meiner Arbeit nicht überschreiten. Ist das etwas, worauf wir uns einigen können?".

Don Mario nickte. „Ja, das sollte sich einrichten lassen."

„Gut."

Ich räusperte mich und fuhr fort.

„Meine Familie steht ab sofort unter Ihrem Schutz. Wladimir und seine Schläger werden sie nicht mehr bedrohen. Sie werden davon absehen, das Haus und das Restaurant zu kaufen. Die Begegnung gestern Nacht war das erste und letzte Mal, dass ich, oder jemand anderes aus meiner Familie, von ihnen bedroht wurde. Ich will meine Familie in absoluter Sicherheit wissen. Wladimir muss wissen, dass sie Tabu sind."

Don Mario nickte erneut. „Auch das lässt sich einrichten."

„In Ordnung."

Nun kam Punkt drei auf meiner Liste.

„Werden wir uns in allen Punkten einig, so werde ich erst einmal in Italien bleiben und mich auf unbestimmte Zeit in München beurlauben lassen. Das bedeutet aber auch, dass ich meinen Großeltern bei ihrem Restaurant unter die Arme greifen möchte. Sie werden mir deshalb Flexibilität bei meiner Arbeitszeit, meinem Arbeitsort und meiner Arbeitsweise zugestehen. Ich erledige meine Arbeit immer und stets zur vollkommenen Zufriedenheit meiner Kunden. Wie ich das mache, bleibt jedoch mir überlassen."

Don Mario nickte erneut und ich glaubte fast, ein kleines Schmunzeln auf seinem Gesicht zu erkennen, war mir aber nicht sicher.

„Carlotta, wie viele Punkte genau umfasst deine Liste?". Matteo klang leicht amüsiert.

Als ich ihn wütend ansah, wurde er jedoch sofort wieder ernst.

„So viele es eben braucht, Matteo. Regel Nummer 1 einer jeden Strategie: Die Grundsätze festlegen, selbst wenn der einzige Grundsatz ist, dass es keinen Grundsatz gibt."

„Fahren Sie fort, Carlotta", ermunterte mich Don Mario.

„Mein Gehalt. Ich werde Ihnen offenlegen, wie viel ich in München verdiene. Ich erwarte dasselbe Gehalt auch von Ihnen. Das ist nicht verhandelbar. Ich bin jeden Cent davon wert."

Ich zog mein Kleid zurecht und schob dann hinterher, „Wir werden sehen, wie die Sache funktioniert und ob es Sinn macht, die Zusammenarbeit auf lange Sicht fortzusetzen. Ich garantiere Ihnen meine Zeit bis zum Ende des Jahres. Genauso garantiere ich Ihnen beachtliche Gewinne. Im Gegenzug erwarte ich jedoch den permanenten Schutz meiner Familie. Auch dann, wenn das Arbeitsverhältnis irgendwann beendet werden sollte."

Ich machte erneut eine gewollte Pause und sah Don Mario forschend an. War ich zu weit gegangen? Hatte ich zu hoch gepokert? Sein Gesichtsausdruck ließ keinerlei Interpretation zu. Jetzt wusste ich auch, von wem Matteo das geerbt hatte.

„Das war es von meiner Seite. Wenn Sie diese Bedingungen akzeptieren können, dann kommen wir ins Geschäft."

Ich lehnte mich in meinem Stuhl zurück und wartete auf die Reaktion der Gegenpartei.

„Carlotta, ich kann mit all Ihren Bedingungen leben. Gestatten Sie mir allerdings, Ihnen ebenfalls ein paar Bedingungen vorzutragen."

Das hatte ich erwartet, ich war also wenig überrascht. Er wäre ein schlechter Geschäftsmann, wenn er nicht auch seine

Wünsche in den Deal einbringen würde. Die Frage war, ob ich bereit war, diese zu akzeptieren.

„Natürlich, Don Mario, ich höre sie mir gern an", antwortete ich ihm.

Matteo war verdächtig still. Ich schielte zu ihm hinüber.

„Nun gut. Ihr Hauptarbeitsort wird Capri sein. Auch wenn Sie nicht jeden Tag hier sein werden, so ist es dennoch wichtig, dass dies Ihre Basis wird. Die meisten der Unterlagen befinden sich in diesem Haus und dürfen dieses Haus auch nicht verlassen. Ich werde Ihnen ein Zimmer und ein Büro herrichten lassen. Sie können es, wann immer nötig, nutzen."

Dieses Mal war ich diejenige, die nickte.

„Das geht in Ordnung."

Don Mario nahm meine Zustimmung zur Kenntnis und ging zu seiner nächsten Bedingung über.

„Ab und an werden Sie Geschäftsreisen antreten müssen. Ich erwarte, dass Sie daran teilnehmen. Sie sollen Beraterin sein und falls notwendig, auch Verhandlungen begleiten oder gar führen. Dazu ist Ihre Präsenz, wo auch immer diese Meetings stattfinden werden, unerlässlich."

Auch das war kein Neuland für mich. Das würde kein Problem sein.

„Das ist kein Problem", bejahte ich also Don Marios zweite Bedingung.

„Sehr gut, Carlotta. Das freut mich zu hören. Ich habe nur noch eine letzte Bedingung."

Don Mario sah Matteo an, der schweigend mit verschränkten Armen auf dem Sofa saß und aufmerksam zuhörte.

„Matteo ist dafür ausgebildet worden, die Investments und Expansionen der Familie zu leiten. Er hat in den letzten Jahren gute Arbeit geleistet und dafür gesorgt, dass wir internationales Ansehen erlangt haben. Durch ihn sind wir überhaupt erst in der Lage, diese Heuschreckenplagen von Clans und Banden zu bekämpfen. Demnach werden Sie mit ihm zusammenarbeiten."

Ich zuckte zusammen. Bitte was? Meinte er das ernst?

„Matteo und Sie bilden ein Team. Ich habe mich über Sie erkundigt, Carlotta, und ich weiß, dass Sie in der Regel allein arbeiten. In diesem Falle wird das nicht so sein. Sie mögen mehr Expertin in Strategie und Beratung sein. Matteo jedoch ist Ihnen überlegen, was das Hintergrundwissen der Geschäfte der Familie betrifft und er besitzt das Vertrauen und die Anerkennung der Leute und Geschäftspartner, mit denen Sie zu tun haben werden."

Ich wollte etwas erwidern, doch er hob die Hand und sprach weiter.

„Jeder hat also etwas, was der andere nicht besitzt. Durch die Zusammenarbeit werden die zwei Hälften zu einem perfekten Ganzen."

Ich starrte Don Mario an. War das, was er gerade gesagt hatte, etwa der Deal Breaker? Ich konnte nicht mit Matteo zusammenarbeiten. Das würde nicht einmal einen Tag gut gehen. Wir würden uns an die Gurgel gehen, noch bevor es Zeit für das Mittagessen wurde. Außerdem hatte Matteo mir klargemacht, dass er mich nicht in seinem Leben haben wollte. Also war er ganz sicher auch gegen diese Bedingung.

Das Klingeln von Matteos Handy riss mich aus meinen Gedanken. Matteo erhob sich und wandte sich mir zu.

„Ich muss los. Für mich hört sich das schwierig, aber nicht unmöglich an. Solange dir klar ist, dass ich der Boss bin, gebe ich dem Ganzen eine Chance."

Er nickte seinem Großvater zu und war verschwunden, noch bevor ich mich von der Arroganz seiner Worte erholt hatte und ihm irgendeine souveräne Bemerkung an den Kopf schleudern konnte.

Notiz an mich selbst: dringend an meiner Souveränität arbeiten. So wie sich das aus Don Marios Mund angehört hatte, waren wir einander gleichgestellt. Aber es war mir vollkommen klar, dass er sich als der Boss aufspielen würde. Er konnte gar nicht anders.

Aber gut. Was hatte ich schon für eine Wahl? Don Mario war auf all meine Bedingungen eingegangen. Ich hatte den Schutz meiner Familie in greifbarer Nähe und finanziell musste ich auch keine Abstriche machen.

Das Experiment schien mir einen Versuch wert. Ich schenkte Don Mario mein professionellstes Lächeln.

„Ich bin einverstanden. Wo soll ich unterschreiben und wann soll ich anfangen?".

Kapitel 22

Es war noch sehr früh am Montagmorgen, als ich meine Reisetasche ein letztes Mal durchsah. So wie es aussah, hatte ich alles eingepackt und nichts vergessen. Die nächsten paar Tage würde ich auf Capri verbringen. Der Anfahrtsweg war recht lange. Von Ravello bis zur Fähre waren es je nach Verkehrslage gut eine halbe oder gar eine Stunde. Dann musste man dort einen Parkplatz finden, warten bis die Fähre ablegte, eine weitere halbe Stunde auf der Fähre verbringen und dann dauerte es nochmals zwanzig Minuten, bis man das Anwesen der Familie erreichte. Alles in allem waren es pro Strecke zwischen neunzig Minuten und zwei Stunden. Das war nicht nur lange, sondern auch ermüdend.

In den kommenden Tagen wollte ich die Geschäfte der Familie kennenlernen, mich so gut wie nur möglich in die Bücher einlesen, ihre Investitionen analysieren und Geschäftspartner bewerten. Das würden lange Tage werden, die meine volle Aufmerksamkeit und Konzentration benötigten. Da konnte ich es mir nicht leisten, jeden Tag um die drei bis vier Stunden an Fahrtzeit zu verlieren. Also würde ich die nächsten Tage und Nächte auf Capri bleiben. So lange, bis ich mir einen guten Überblick verschafft hatte.

Ganz wohl war mir nicht dabei, im selben Haus wie Matteo zu übernachten, aber was blieb mir anderes übrig. Ich hatte meine Wahl getroffen und in den Deal eingewilligt. Es stand zu viel auf dem Spiel, um einen Rückzieher zu machen. Außerdem würde ich mich an seine Gesellschaft gewöhnen müssen. Denn schließlich arbeiteten wir ab heute zusammen. Ein Gedanke, der mir nach wie vor absurd und unwirklich vorkam.

Ich warf einen letzten Blick in den Spiegel. Heute trug ich meinen khakifarbenen Boilersuit zusammen mit braunen Wildleder Riemchensandalen. Meine Haare hatte ich zu einem Zopf geflochten. Der Look sah weder übermäßig formell noch zu leger aus. Es war genau das richtige Outfit, um sich den ganzen Tag lang durch Akten zu wühlen, ohne dass es ungemütlich wurde. Ich schnappte mir meine Reisetasche, die Giorgia mir ausgeliehen hatte, zusammen mit meiner Handtasche und ging nach unten, um mich für die nächsten Tage von meinen Großeltern zu verabschieden.

Eine Stunde später betrat ich zögerlich die Fähre, wohlwissend, dass es nun keinen Weg mehr zurück gab. Die Fähre legte ab und ich stellte mich an die Reling des Schiffes, um sehnsüchtig das Festland zu betrachten, welches langsam aus meinem Blickfeld verschwand.

Es war wie ein Sinnbild für mein altes Leben, von dem ich nun Abschied nahm.

*****

Auf Capri angekommen, wartete bereits die altbekannte Limousine auf mich, um mich zu dem Anwesen der Familie zu bringen. Als der Wagen die kurvigen Straßen entlangfuhr, hatte sich meine Nervosität so gut wie gelegt. Es war eine Entscheidung, die ich bewusst getroffen hatte, um meiner Familie zu helfen. Und genau das war es, was mich in den letzten Jahren immer angetrieben hatte. Ich wollte meine Familie schützen und ihnen ein ruhiges, beschauliches Leben ermöglichen. Zwar dachte ich bisher immer, dass dies durch meine finanziellen Mittel geschehen würde, aber nun lagen die Dinge eben anders. Der Preis für das Wohlergehen und die Sicherheit meiner Familie waren meine beruflichen Fähigkeiten. Und diese würde ich nun zur Schau stellen. Ich war Profi durch und durch. Ablenkungen ließ ich nie zu. Das würde ich auch dieses Mal nicht, egal wie sexy und anziehend mein zukünftiger Arbeitspartner - oder Boss, so wie er es formulierte, auch sein mochte.

Mit meinem Chef in München hatte ich alles geklärt. Er war nicht begeistert, dass ich auf unbestimmte Zeit hierbleiben würde, aber er konnte es sich auch nicht leisten, mich durch eine unvorteilhafte Reaktion seinerseits zu verlieren. Denn er wusste, dass ich im Handumdrehen einen neuen Job finden würde, womöglich bei der Konkurrenz. Aus diesem Grund gestaltete sich die Lösung dieses Problems als die Einfachste. Der Job in München lief mir nicht weg.

Allerdings erzählte ich ihm lediglich, dass ich meinen Großeltern bei der Lösung eines Problems zur Seite stehen musste. Das war nicht einmal gelogen. Und mehr musste er auch gar nicht wissen.

*****

Der Wagen fuhr durch das große Tor und kam vor dem Anwesen der Familie Leone zum Stehen. Die Tür wurde geöffnet und dieselbe Hausdame, wie schon beim letzten Mal, begrüßte mich.

„Guten Morgen, Signora Sorrentino. Bitte folgen Sie mir. Luca wird das Gepäck auf Ihr Zimmer bringen."

Ich folgte der rundlichen Dame ins Haus. Wir gingen denselben Weg, den wir bereits bei meinen Vertragsverhandlungen letzte Woche gegangen waren, blieben jedoch direkt vor der ersten Tür im Korridor stehen.

„Ihr Büro", bedeutete mir die Hausdame, welche sich als Cosima vorgestellt hatte und öffnete die noch geschlossene Tür.

Ich folgte ihr in den hellen Raum und sah mich neugierig um. Cremefarbene Wände wechselten sich mit türkisen Akzenten ab. Vor einer Fensterfront, die von der Decke bis zum Fußboden reichte, stand ein hellbrauner Schreibtisch mit modernem Stuhl. In der gegenüberliegenden Ecke befanden sich zwei türkisfarbene Sessel, die sehr modern, aber auch sehr gemütlich aussahen. Vor den Sesseln stand ein flacher hellbrauner Holztisch, mit einem Strauß frischer Blumen darauf. Daneben sorgten zwei Stehlampen für weiteres Licht. Handgeflochtene Korbleuchten hingen von der Decke. Der Raum war sehr dezent und geschmackvoll eingerichtet. Hier würde ich mich wohlfühlen.

Ich trat an die Fensterfront und bemerkte, dass man von dort einen direkten Blick auf das Einfahrtstor des Anwesens hatte, wo ich vor ein paar Minuten selbst angekommen war. Seitlich dahinter befand sich ein bunter Blumenhang, der steil zum Meer abfiel. In der Ferne erkannte ich die für Capri so charakteristischen Felsen, die aus dem Meer ragten.

„Du bist tatsächlich gekommen", ertönte eine tiefe Stimme hinter mir.

Ich drehte mich um, sichtlich bemüht, mir dabei Zeit zu lassen. Mit verschränkten Armen antwortete ich Matteo.

„Natürlich. Wir haben einen Vertrag und für gewöhnlich handhabe ich meine Geschäfte mit der Einhaltung von Verträgen."

Ich konnte es mir nicht verkneifen und fügte so professionell wie möglich hinzu, „außerdem ist Weglaufen nicht mein Stil, ganz im Gegensatz zu manch anderen hier Anwesenden."

Ich glaubte ein Zucken um Matteos Mundwinkel zu erkennen, die Andeutung eines kleinen, versteckten Lächelns. Cosima verabschiedete sich und ein weiterer Mann mittleren Alters betrat das Büro.

„Darf ich vorstellen, das ist Carmine. Er wird dir alles erklären."

Mit einem knappen Kopfnicken verabschiedete sich nun auch Matteo und war bereits im nächsten Augenblick verschwunden. Der Herr hat wohl Besseres zu tun, dachte ich verärgert über die halbherzige Begrüßung.

Aber meine Wut verrauchte augenblicklich, als ich mich darauf besann, dass es hier nur um die Arbeit ging und es mir egal sein konnte, ob Matteo, Carmine oder der Weihnachtsmann persönlich, mich einwiesen. Carmine schüttelte mir die Hand und ging dann zu meinem Schreibtisch, auf den er einen weiteren Stapel an Akten und Ordnern zu den bereits vorhandenen legte.

„Die Aufstellung sowie grundlegende Informationen aller Vermögensverhältnisse und Investitionen befinden sich bereits auf ihrem Laptop."

Er zeigte mit dem Finger auf den noch zugeklappten Laptop, welcher mit einem Monitor verbunden war.

„Die Details zu jeder Investition, jedem Besitztum der Familie, finden Sie in diesen Ordnern. Wir haben Ihnen alles auf den Schreibtisch gelegt, da wir nicht wussten, wie Sie die Akten anlegen wollen."

Sein Blick glitt zu dem leeren Regal, welches an der Wand neben dem Schreibtisch stand.

„Das haben Sie gut gemacht. Danke Carmine. Ich werde mir alles ansehen und es dann nach meinem eigenen System einordnen."

Carmine nickte. „In Ordnung. Falls Sie noch irgendetwas brauchen, habe ich meine Nummer auf Ihrem Business Handy gespeichert."

Carmine reichte mir ein brandneues Handy.

„Sie finden dort ebenfalls die Handy Nummern weiterer Mitarbeiter der Familie, die Sie sicherlich in den nächsten Wochen noch kennenlernen werden."

Ich nahm das Handy entgegen und scrollte durch das Telefonbuch. Auch Leonardos und Matteos Nummern waren dort aufgeführt.

„Danke, Carmine", verabschiedete ich ihn und schloss die Tür hinter ihm.

Dann lehnte ich mich mit dem Rücken an die Tür und betrachtete meinen vollen Schreibtisch vor der weiten Glasfront, durch die hell und angenehm das Tageslicht drang. Ein vorfreudiges Kribbeln erfasste mich. Es war ja nicht so, dass es mich nicht interessieren würde, was die Familie an Investitionen getätigt hatte und wo sie überall ihre Finger im Spiel hatte. In den Zeitungen wurde immer nur spekuliert. Ich hingegen würde in einigen Stunden ganz genau Bescheid wissen.

*****

Die Zeit verging wie im Fluge und ich bemerkte Cosima erst, als sie bereits vor mir stand und sich räusperte. Erschrocken blickte ich von dem Aktenberg auf.

„Es tut mir leid, Signora. Ich wollte sie nicht erschrecken. Sie müssen hungrig sein. Ich habe Ihnen etwas zu essen gebracht."

Cosimas Blick wanderte zu dem Tisch mit den beiden Sesseln und mein Blick folgte dem ihren. Dort stand eine dampfende Portion Risotto neben einem gemischten Salat und einem Schälchen Panna Cotta. Dazu hatte sie zwei große Flaschen Wasser gestellt.

„Danke, Cosima, das ist sehr nett von Ihnen."

Erstaunt stellte ich bei dem Blick auf meine Armbanduhr fest, dass es bereits 14 Uhr war. Die Zeit war verflogen. Aber eigentlich war das immer so, wenn ich mich in etwas vertiefte.

„Ich würde Ihnen gerne die Küche zeigen, aus der Sie sich jederzeit zu Essen und Trinken nehmen können. Wenn Sie den Tag im Anwesen verbringen, so können Sie mir gerne sagen, was Sie zu Mittag und zu Abend essen wollen. Ich wurde angewiesen, Ihnen alles zu bringen, was Sie möchten. Gerne können Sie auch im Garten speisen, wenn Sie etwas frische Luft brauchen."

Ich lehnte mich in meinem Stuhl zurück und rollte mit den Schultern, die sich durch das konzentrierte Einsehen der Akten verspannt hatten.

„Das ist sehr nett, Cosima. Wenn es für Sie in Ordnung ist, dann würde ich den Rundgang gegen 18 Uhr mit Ihnen machen, da ich noch einiges an Arbeit vor mir habe und eine Unterbrechung mich zu viel Zeit kosten würde."

Cosima nickte bei meinen Worten ein paar Mal schnell hintereinander, um ihre Zustimmung zu vermitteln.

„Ja natürlich. Aber Sie müssen doch etwas essen?".

Besorgt sah sie mich an. Sie erinnerte mich in diesem Augenblick sehr an meine mütterliche Assistentin Ida in München, die mir in den letzten Wochen immer wieder etwas gefehlt hatte.

„Ich werde gleich eine kleine Pause machen und zu Mittag essen. Es duftet ja wirklich köstlich", sagte ich beruhigend zu Cosima.

Diese wirkte daraufhin augenblicklich ruhiger und schien fürs Erste besänftigt.

„Wir sehen uns dann gegen 18 Uhr?".

„Ja, Signora Sorrentino. Um 18 Uhr hole ich Sie ab."

Ich bedankte mich noch einmal bei Cosima, als sie durch die Tür nach draußen schlüpfte. Dann beugte ich mich erneut über meine Akten, um mir weitere Notizen zu machen, aber der

Duft des Risotto war so verlockend, dass ich kurzerhand beschloss, eine kleine Pause einzulegen. Der Rest des Tages verging im Nu und zum zweiten Mal an diesem Tag war ich verwundert, als Cosima vor mir stand, was bedeuten musste, dass es bereits 18 Uhr war. Ich war an diesem Tag gut vorangekommen, aber noch lange nicht dort, wo ich sein wollte. Also würde ich den Rundgang mit ihr machen, mir so gleichzeitig etwas die Beine vertreten und dann noch ein paar Stunden weiterarbeiten.

Die Gedanken an Matteo hatte ich glücklicherweise durch die Arbeit ziemlich gut verdrängen können. Arbeit, möglichst viel Arbeit, war eben doch ein Allheilmittel. Dazu kam, dass ich ihn den Rest des Tages nicht mehr gesehen hatte, was meiner Konzentration sicherlich ebenfalls zu Gute kam.

*****

Mittlerweile war es fast 22 Uhr und ich beschloss, dass ich für heute genug getan hatte. Draußen war es mittlerweile dunkel und die Laternen waren angegangen, was die Auffahrt in ein warmes Licht tauchte. Ich streckte meine Arme aus und rollte ein paar Mal mit dem Kopf, um die verspannten Muskeln in meinem Genick zu lockern. Dann fuhr ich meinen Laptop runter und schaltete das Licht auf meinem Schreibtisch aus. Augenblicklich wurde es dunkel in meinem Büro. Lediglich eine der Stehlampen bei den beiden Sesseln erhellte das Zimmer in einem schwachen Lichtschein.

Hinter mir hörte ich in diesem Moment ein Geräusch und drehte mich in meinem Stuhl zum Fenster. Es war Matteo, der in engen schwarzen Jeans und Lederjacke gerade in seinen Sportwagen stieg. Als er die Tür des Wagens öffnete, sah er kurz zu meinem Fenster hinauf. Ich war mir nicht sicher, ob er mich sehen konnte, da es fast stockdunkel in meinem Büro war. Dennoch zuckte ich instinktiv zurück, da ich mich nicht dabei erwischen lassen wollte, wie ich ihn beobachtete. Matteo ließ den Motor an, welcher augenblicklich röhrend zum Leben erwachte und brauste im nächsten Moment davon. Wo er wohl so spät noch hinfuhr? Ich war mir nicht sicher, ob ich die

Antwort darauf wirklich wissen wollte. Und es ärgerte mich, dass es mich überhaupt interessierte. Er war ein erwachsener Mann und konnte tun und lassen, was er wollte. Mit wem er wollte. Zumindest redete ich mir das ein.

Um auf andere Gedanken zu kommen, beschloss ich eine Runde schwimmen zu gehen. Um diese Uhrzeit war sicher niemand mehr am Pool und Don Mario hatte bestimmt nichts dagegen, wenn ich mir nach einem langen Arbeitstag ein bisschen Abwechslung gönnte. Mir gefiel die Idee mit jeder Sekunde besser. Also erhob ich mich kurzentschlossen und machte mich auf den Weg zu meinem Zimmer, welches Cosima mir bei unserem gemeinsamen Rundgang gezeigt hatte. Das Zimmer lag gar nicht so weit vom Pool entfernt, im Nebenhaus. Ich verließ das Haupthaus mit den Büroräumen und die Kieselsteine knirschten unter meinen Schuhen, als ich den kurzen Weg zum nicht weniger pompösen Nebenhaus entlang schritt. Mein Zimmer befand sich im ersten Stock und hatte eine hübsche Aussicht, auf den Weinberg. Hier sah es morgens mit Sicherheit wunderschön aus, wenn sich der Nebelschleier lichtete und die Morgensonne die dunkle Nacht ablöste.

Ich beschloss am morgigen Tag extra früh aufzustehen, um mir dieses Naturschauspiel anzuschauen und vielleicht auch noch eine Runde zu joggen. Aber jetzt würde ich erst einmal eine Runde schwimmen gehen. Ich warf meinen Koffer auf das Bett und durchsuchte ihn nach meinem kirschroten Bikini. Rot war meine erklärte Lieblingsfarbe und passte noch dazu hervorragend zu meinen dunklen Haaren. Ich warf mir meinen knieumspielenden Morgenmantel aus hauchdünner roter Seide über, schlüpfte in meine Flipflops und machte mich auf den Weg zum Pool. Wie erwartet, oder besser gesagt, wie erhofft, traf ich auf dem ganzen Weg zum Pool niemanden an und auch der Pool selbst lag komplett verlassen im Mondschein. Nachdem ich meinen Morgenmantel auf einer der Liegen abgelegt hatte, ließ ich mich der Länge nach in das kühle Nass gleiten.

Was für eine willkommene Erfrischung. Ich schwamm einige Bahnen, um meine Muskeln zu lockern und ließ mich dann auf dem Rücken treiben, während ich in den mit Sternen behangenen Nachthimmel starrte und meinen Gedanken nachhing. Ich dachte an Emma und fragte mich, ob sie einer dieser hell leuchtenden Sterne war, die auf die Erde herabsahen. Zum millionsten Mal stellte ich mir die Frage, ob es ein Leben nach dem Tod gab und wie dieses Leben wohl aussehen mochte. Ich fragte mich, ob die Familie Leone wirklich für den Schutz meiner Familie sorgen konnte, wusste aber tief in mir, dass sie es konnten. Das beruhigte mich ungemein und vermittelte mir ein Gefühl der Ruhe. Hier in diesem Pool, den Blick auf den endlos weiten Himmel über mir gerichtet, verspürte ich das erste Mal seit langem so etwas wie Frieden. Die permanente Rastlosigkeit war einem inneren Gleichgewicht gewichen, welches ich in dieser Form schon lange nicht mehr verspürt hatte.

Gerade dachte ich an meine Eltern und an meine Schwester, als ich jäh von weiblichem Gekicher aus meinen Gedanken gerissen wurde. Ich sah mich um und bemerkte, dass das Gekicher von einem der Balkone kam, welche in Richtung des Pools ausgerichtet waren. Zwei brünette Frauen Anfang zwanzig standen in knappen Kleidern auf dem Balkon. In der Hand hielten sie etwas, was mir schwer nach einer Champagnerflöte aussah. Sie schienen mich nicht bemerkt zu haben, da sie sich angeregt über etwas unterhielten und dabei immer wieder kicherten. Die willkommene Ruhe und Einsamkeit waren dahin. Unter den Blicken dieser Mädels, wenn sie mich früher oder später im Pool entdeckten, wollte ich nicht weiter hier verweilen. Außerdem waren meine Hände bereits schrumpelig, was bedeutete, dass ich schon eine ganze Weile im Pool gewesen war.

Ich schwamm zu der breiten Steintreppe, die aus dem Pool führte und stieg aus dem Pool. Die Wassertropfen rannten an meiner Haut entlang und fielen zu Boden. In diesem Moment verstummte das Gekicher. Ich sah unwillkürlich zu den beiden jungen Frauen hinauf, nur um augenblicklich in eine Schockstarre zu verfallen. Denn die beiden Frauen waren nicht mehr länger allein. Matteo hatte sich zu ihnen gesellt und ihnen den Arm um die Schultern gelegt.

Sein Blick traf den meinen. Ich wollte wegesehen, doch ich konnte nicht. Unsere Blicke verhakten sich und ich wusste nicht, wie lange ich dort unten stand und zu ihm hinaufschaute. Es kam mir wie eine Ewigkeit vor.

Ich war es, die schließlich den Blick löste und schnellen Schrittes zur Liege schritt, um mir meinen dünnen Mantel überzuwerfen. Ohne noch einmal nach oben zu sehen, verschwand ich in der Dunkelheit.

*****

Obwohl mir eigentlich vollkommen klar war, dass Matteo an jedem Finger mindestens eine Frau haben musste und diese wahrscheinlich auch noch jede Woche austauschte, traf es mich dennoch mehr als ich erwartet hatte. Das lag wohl daran, dass das Herz nicht immer so dachte wie der Kopf. Verstand und Gefühle waren zwei unterschiedliche Paar Schuhe. Es war, als versuchte man in einem zehn Zentimeter hohen Stiletto am linken Fuß und einem flachen Turnschuh am rechten Fuß, elegant einen Laufsteg entlang zu laufen. Das war so gut wie unmöglich. Und so war es leider auch mit Kopf und Herz, die manchmal nicht verschiedener sein konnten.

Ich war in mein Zimmer zurückgeeilt, wo ich mich direkt unter die Dusche begab und die Tür zum Badezimmer verriegelte. Unter der Dusche verharrte ich erst einmal einige Minuten, bis sich der Sturm der Gefühle in mir gelegt hatte. Ich wickelte mich in ein dickes, weiches Badetuch ein und nahm mir ein zweites Tuch, mit dem ich mir die Haare trockenrieb, während ich auf meinem Bett saß und grübelte.

Matteo hatte nach all den Jahren immer noch einen besonderen Platz in meinem Herzen. Es war einfach unmöglich, das zu leugnen. Natürlich würde ich es niemals zugeben, es niemals aussprechen, aber mich selbst konnte ich nicht belügen. Es war zu offensichtlich. Ich fühlte mich nicht nur rein sexuell zu ihm hingezogen, da war mehr. Mehr als gut für mich war. Denn wo das hinführte, das wusste ich nur allzu gut. Ich lebte nach dem Leitbild, das es in Ordnung war, Fehler zu machen. Sie gehörten zum Leben dazu und nur wer sie beging, gewann an Lebenserfahrung. Wer denselben Fehler allerdings zweimal beging, der war einfach nur dumm. Denn der Sinn, Fehler zu machen, bestand darin, dass man daraus lernte und sie somit in Zukunft eliminierte. Matteo war ein Fehler, den ich vor 12 Jahren begangen hatte. Ich würde diesen Fehler nicht noch einmal begehen. Das wäre dumm, fahrlässig und egoistisch. Und ich wollte keines dieser Dinge sein. Obwohl ich mir das nahezu jeden Tag einbläute, war ich seitdem ich in Kampanien angekommen war, schon mehrmals fast dieser Versuchung erlegen.

Ich rief mir ins Gedächtnis, warum ich hier war. Der alleinige Grund, aus dem ich diesen Job angenommen hatte und mich nun permanent in Matteos Nähe befand, war, meine Familie zu schützen. Das waren meine Mission und mein Ziel zu gleich. Und nichts sollte mich davon abbringen. Vor allem sollte kein noch so attraktiver und rauer Mafioso dieser Welt mich dazu bringen, dieses Ziel zu gefährden.

Ich war so in Gedanken versunken, dass ich nicht merkte, wie sehr ich dabei mein Haar gerubbelt haben musste, denn es war bereits komplett trocken. Seufzend nahm ich meine Bürste aus dem Koffer, bürstete mein Haar und flocht es zu einem Zopf. Dann räumte ich den Rest von meinem Koffer aus, während mein Entschluss, mich in meiner Arbeit von den Gefühlen für Matteo nicht beeinflussen zu lassen, mit jeder Minute wuchs.

Kapitel 23

Am nächsten Morgen war ich bereits um kurz nach sechs Uhr auf den Beinen und saß im Rahmen des geöffneten Fensters, den Blick auf den Weinberg und das dahinterliegende Meer gerichtet. Der Morgentau lag wie ein dünner weißer Schleier über dem grünen Weinberg und erhob sich unter den Strahlen der Sonne, bis er sich schließlich eine halbe Stunde später komplett aufgelöst hatte. Es war ein idyllisches und heilendes Schauspiel der Natur gewesen, begleitet von dem munteren Zwitschern der Vögel. Ich streckte mich einmal kräftig im Fensterrahmen und erhob mich dann, um meine Laufsachen überzuziehen und eine Runde joggen zu gehen. Das würde mir die nötige Energie für einen weiteren arbeitsreichen Tag liefern.

Ich verließ das Grundstück in Richtung des Hauses, in dem wir vor kurzem während der Feier übernachtet hatten und verfiel in ein schnelles Tempo, welches ich die nächsten 25 Minuten über beibehielt. Meine Brust brannte wie Feuer und meine Beine fühlten sich schwer an. Aber genau das war es, was ich brauchte. Ich musste mir die Seele aus dem Leib rennen, mich vollends auspowern, um keinen Platz mehr für dumme Gedanken zu lassen, die mit einem gewissen dunklen Mafioso zu tun hatten. Keuchend kam ich 45 Minuten später wieder unter dem Torbogen zum Stehen. Nachdem ich wieder einigermaßen atmen konnte, machte ich mich auf in die Küche, um mir ein Glas Wasser zu holen. Es war zwar noch früh am Morgen, aber dennoch bereits sehr warm, sodass ich vor Durst fast umkam. Mein Mund war trocken und mein Körper verzehrte sich nach einer kühlen Erfrischung.

Als ich die Küche betrat, bemerkte ich jedoch, dass ich nicht allein war. Matteo lehnte lässig an der geöffneten Kühlschranktür, während er etwas darin zu suchen schien. Mein Blick glitt an ihm hinab. Es schien, als käme auch er gerade vom Sport. Er trug eine schwarze Jogginghose, die ihm locker auf den Hüften hing und ein verwaschenes graues T-

Shirt, welches verschwitzt schien. Auch sein Haar war feucht und wellte sich leicht. Als Matteo den Kühlschrank schloss, bemerkte er mich. Wortlos musterte er mich von Kopf bis Fuß. Ich fühlte mich nackt unter seinem Blick, war aber fest entschlossen, mich nicht aus der Ruhe bringen zu lassen.

„Morgen", murmelte ich und ging an ihm vorbei an den Kühlschrank.

„Na, gut geschlafen?", antwortete mir Matteo und drehte sich zu mir um.

„Na sicher. Und wie war dein Schlaf so?".

Diese spitze Bemerkung konnte ich mir nicht verkneifen. Ich versuchte gleichgültig zu klingen, was mir besser gelang, als ich dachte.

„Ganz wunderbar, vielen Dank der Nachfrage."

Matteo stand mir allerdings in nichts nach. Seine Antwort klang genauso gleichgültig und nichtssagend, wie meine Frage an ihn. Ich schnaubte kaum hörbar und öffnete dann mit einem festen Ruck die große Kühlschranktür. Das Wasser befand sich ganz unten und ich beugte mich hinab, um mir eine Flasche davon zu nehmen.

Hinter mir vernahm ich ein gedämpftes Stöhnen. Ich nahm die Flasche, richtete mich wieder auf und schloss die Tür.

„Was ist? Tut dir was weh?".

Mit der kalten Flasche in der Hand sah ich Matteo desinteressiert an. Ich drehte die Flasche auf und trank gierig daraus, wobei ein Teil des Wassers in der Hast an meinem Mund vorbeirann, geradewegs über meine Wangen, hinab an meinem Hals, in den Ausschnitt meines Tank Tops. Das tat so gut, dass ich genüsslich die Augen schloss, um die erfrischende Wirkung besser genießen zu können.

Erneut ertönte ein gedämpftes Stöhnen von Matteo. Ich sah ihn fragend an und bemerkte, dass seine Finger die Holzplatte des Tisches hinter ihm fest umklammerten. Sein Blick war hart und seine Augen blitzten.

„Ja, Carlotta, man könnte in der Tat sagen, dass mir etwas gewaltig weh tut."

Verwundert blickte ich ihn an.

Dann machte er einen schnellen Schritt auf mich zu, wie eine Raubkatze, die ihre Beute erlegen will, griff nach meinem Arm und umfasste mein Handgelenk. Im nächsten Moment legte er meine Hand auf den Schritt seiner Hose, unter der seine pralle Erektion nicht zu übersehen war. Matteo ließ den Kopf in den Nacken sinken und stöhnte nun lauter.

„Was machst du nur mit mir, Carlotta."

Die Art, wie er meinen Namen mit seiner vor Erregtheit rauen Stimme aussprach, ließ meinen Körper erschaudern. Augenblicklich bildete sich eine Gänsehaut auf meinem Rücken und ich rieb mit meiner Hand über Matteos pulsierendes Glied, welches sich durch den Stoff der Jogginghose klar abzeichnete. Matteo stöhnte erneut und umfasste dann mein Handgelenk mit einem eisigen Griff. Zwischen zusammengebissenen Zähnen brachte er die an mich gerichteten Worte angestrengt hervor.

„Am liebsten würde ich dir befehlen, jetzt sofort auf die Knie zu gehen, ihn in den Mund zu nehmen und es mir zu besorgen. Danach würde ich dich auf diesen verdammten Küchentisch werfen und ihn dir so tief und fest reinstecken, dass du nur noch meinen Namen rufen kannst."

Ein unterdrücktes Keuchen entwich mir.

Matteos rohe Worte hatten ihre Wirkung bei mir nicht verfehlt. Wir sahen uns an und atmeten schwer. Ich erkannte, dass Matteo dabei war, seine Beherrschung zu verlieren. Dann würde es kein Zurück mehr geben. Wollte ich das? Wollte ich das wirklich?

In diesem Moment unterbrach eine altbekannte Stimme meine fiebrigen Überlegungen.

„Carlotta, ich habe schon gehört, dass du jetzt hier arbeitest! Was für eine Freude!"

Ich zog meine Hand eilig zurück, so als hätte ich mich verbrannt und auch Matteo richtete sich auf und versuchte seine missliche Lage zu verstecken.

„Leonardo", begrüßte ich ihn erfreut und ging mit zwei angedeuteten Wangenküssen auf ihn zu.

„Tut mir leid. Ich bin ganz verschwitzt."

Als Leonardo mich mit hochgezogenen Augenbrauen und amüsiertem Blick betrachtete, fügte ich schnell hinzu, „vom Joggen."

Leonardo lächelte verschmitzt.

„Natürlich meine Liebe, wovon auch sonst."

Dann schritt er durch den Raum und klopfte Matteo freundschaftlich auf die Schulter.

„Na Cousin, alles munter?".

Dabei schielte er auf Matteos Hose.

„Sei bloß still", knurrte Matteo und wandte sich an mich.

„Ich sehe dich heute Mittag. Bis dahin solltest du dir einen ersten Überblick über die Geschäfte verschafft haben."

Ohne ein weiteres Wort, setzte er sich in Bewegung und verschwand durch die massive Küchentür.

Leonardos verschmitztes Lächeln riss nicht ab.

Ich verdrehte die Augen und stellte ihm die Frage, auf die er anscheinend wartete.

„Was denn?".

Leonardos Grinsen wurde noch breiter.

„Ich hoffe, ich habe euch nicht gestört?".

Ich verschränkte die Arme vor der Brust.

„Natürlich nicht, wobei hättest du uns denn stören sollen?", sagte ich so unschuldig wie möglich.

Leonardo legte sich spielerisch einen Finger auf die Wange, so, als würde er überlegen.

„Ja, da hast du wahrscheinlich recht. Es sah so aus, als hättest du meinen Cousin fest im Griff."

Ich prustete los. Leonardos Wortspiele waren einfach zu gut. Er wusste es. Natürlich tat er das. Vor lauter Lachen verschluckte ich mich und Leonardo klopfte mir auf den Rücken, um mich vor dem Ersticken zu retten.

„Ist ja gut, ich wollte dich nicht umbringen", sagte er halb im Scherz, halb besorgt.

Als ich mich beruhigt hatte, redete er weiter.

„Hör mal, ich bin erst gestern Abend spät von einer geschäftlichen Reise zurückgekommen. Aber heute Abend habe ich noch nichts vor und ich habe mich gefragt, ob wir vielleicht zusammen etwas Essen gehen. Hast du Lust?".

Leonardo war mir auf Anhieb sympathisch gewesen. Bereits als wir uns das erste Mal im *„La Luna“* über den Weg liefen. Zudem erschien mir ein leckeres Essen in entspannter Atmosphäre und in guter Gesellschaft nach einem weiteren langen Arbeitstag ein sehr verlockendes Angebot zu sein.

„Ja klar, sehr gerne“, stimmte ich seinem Vorschlag deshalb dankend zu.

Leonardo wirkte sichtlich erfreut.

„Super, dann sagen wir um 20 Uhr? Oder ist dir das zu früh?“.

Schnell schüttelte ich den Kopf. „Nein, nein. 20 Uhr ist perfekt.“

Leonardo nickte zustimmend. „Wunderbar, dann bis später. Ich weiß ja, wo du wohnst.“

Er zwinkerte mir zu und ich blieb allein in der Küche zurück.

*****

Eine knappe Stunde später betrat ich frisch geduscht und bereit für einen neuen Tag mein Arbeitszimmer. Ich fuhr den Laptop hoch und war innerhalb von wenigen Minuten wieder in den Zahlen versunken. Der Vormittag flog an mir vorbei, ohne dass ich irgendetwas, außer meinen noch zu analysierenden Dokumenten wahrnahm. Gegen Mittag machte ich mich auf in die Küche, um mir etwas zu Essen zu holen. Ich wollte nicht, dass Cosima mir immer das Essen brachte. Das erschien mir nicht richtig. Stattdessen ging ich in die Küche, nahm mir einen Teller von der himmlisch duftenden Minestrone, die sie in einem großen Topf kochte und setzte mich auf einen der weichen Stühle auf die kleine Terrasse des Nebenhauses, um etwas Sonne zu tanken. Warmer Sonnenschein im Gesicht und eine frische Brise Sommerwind im Haar, waren genau das Richtige für eine kurze Mittagspause. Zwei Stunden später hatte ich die erste Bestandsaufnahme der Vermögensverhältnisse beendet.

Von Matteo gab es jedoch noch immer keine Spur. Seit der Begegnung in der Küche heute Morgen und seinen abschließenden Worten, dass er gegen Mittag vorbeikommen würde, hatte ich nichts mehr von ihm gesehen oder gehört. Nicht, dass mich das störte. Naja, vielleicht ein bisschen. Ich hatte mich bisher gezwungen, nicht über das nachzudenken, was heute Morgen passiert war oder besser gesagt, hätte passieren können.

Dieser Mann brachte mich dazu, in nur wenigen Sekunden all meine Prinzipien und Entscheidungen über Bord zu werfen und mich ihm ohne Gegenwehr und Einwände, hinzugeben. Wie er das machte, war mir absolut schleierhaft, denn eigentlich war das unmöglich. Normalerweise war ich sehr standhaft, vor allem was meine Prinzipien betraf. Ich schüttelte energisch den Kopf über mich selbst und verdrängte die Gedanken an Matteo, um mich wieder meiner Arbeit zu widmen. Gegen 19 Uhr streckte Leonardo den Kopf in mein Büro.

„Bleibt es bei 20 Uhr?".

Auf seinen Lippen lag wie immer ein einnehmendes Lächeln. Ich schaute auf die Zeitanzeige meines Laptops und war wie so oft verwundert, wie schnell die Zeit verging, wenn ich mich in Arbeit vergrub. Eigentlich wollte ich noch etwas weiterarbeiten, aber versprochen war nun mal versprochen und wie auf Kommando meldete sich in diesem Moment mein grummelnder Magen, um die Entscheidung zu unterstreichen.

„Ja, klar. Ich sehe dich in einer Stunde unten."

Leonardo nickte zufrieden. „In Ordnung, ich hatte schon befürchtet, dass du mir einen Korb gibst und den Abend lieber mit deiner Arbeit verbringst."

Ich drehte schnell den Kopf zur Seite, um mein Grinsen zu verbergen, aber vor Leonardo konnte man nichts verbergen, so schien es.

„Wusste ich es doch. Ich kenne euch Arbeitstiere. Zwar ist mir bisher noch keine weibliche Version davon begegnet, aber du erfüllst jedes Klischee eines Arbeitstiers."

Ich musste lachen. „Ist ja gut. Ich habe doch gesagt, dass es bei unserer Verabredung bleibt. Aber wenn du mich noch lange aufhältst, dann verspäte ich mich doch noch."

Leonardo hob die Hände, so, als würde er sich ergeben wollen.

„Bin schon weg. Bis gleich."

Dann tippte er zum Abschied auf seine Uhr und zwinkerte mir zu.

Ich hatte gerade den Computer heruntergefahren und meine Akten fertig geordnet, als die Tür von neuem aufging.

Ohne aufzusehen fragte ich lächelnd, „Hast du was vergessen?".

Das Lächeln verging mir jedoch augenblicklich, als ich aufsah und direkt in zwei dunkle, verärgert dreinschauende Augen blickte, über denen sich drohend die blitzartige Narbe durch die Augenbraue zog.

„Wieso bis gleich?".

Ich sah Matteo irritiert an. „Wie bitte?".

Matteo trat in mein Büro, schloss die Tür und verschränkte die Arme vor der Brust.

„Was meint Leonardo mit ‚bis gleich'?".

Matteo trat näher und nur mein Schreibtisch trennte uns noch voneinander. Ich fühlte mich plötzlich sehr klein unter seinem verärgerten Blick und stand auf, um mich mehr oder weniger auf Augenhöhe mit ihm zu befinden. Matteo überragte mich jedoch noch immer um fast zwei Köpfe.

„Wieso interessiert dich das?", beantwortete ich seine Frage mit einer Gegenfrage.

„Wieso antwortest du nicht auf meine Frage?", erwiderte Matteo sichtlich gereizt.

„Weil ich dir keinerlei Rechenschaft schuldig bin über das, was ich nach meiner Arbeit tue, die übrigens für heute beendet ist. Wenn du mich jetzt also entschuldigen würdest."

Ich umrandete meinen Schreibtisch und ging an Matteo vorbei zur Tür. Doch dieser versperrte mir den Weg. Sein Blick kam mir nun noch eine Nuance dunkler und drohender vor. Unwillkürlich wich ich zurück.

„Läuft da was zwischen euch?".

Verdutzt sah ich ihn an. „Du spinnst doch. Was glaubst du eigentlich, wer du bist?".

Matteos Hand schnellte an meinen Hals und bevor ich mich versah, hatte er mich bereits an die Wand gedrängt. Ich konnte mich nicht rühren, da seine Hand meine Kehle fest umklammert hielt. Er senkte seine Stirn gegen meine und atmete schwer. Ich wagte es nicht, zu atmen.

„Carlotta ich warne dich. Hör auf mich zu provozieren."

Ich konnte seinen Atem auf meinem Gesicht spüren und sein markanter Duft stieg mir in die Nase. Mein Körper sprang sofort darauf an und ich leckte mir mit der Zunge über die plötzlich so trockenen Lippen. Aus Matteos Kehle drang ein tiefes Stöhnen und er ließ sein Becken langsam gegen meinen Körper sinken. Ich konnte seine Erregtheit spüren, die sich pulsierend gegen meinen Bauch drängte. Ich schloss die Augen, um der Flut von Gefühlen, die wie eine große Welle über mir zusammenbrach, zu entrinnen und schluckte schwer. Nur einen Bruchteil von einer Sekunde später spürte ich Matteos Lippen auf meinen. Hart und ungeduldig senkten sich seine Lippen auf meine und seine Zunge forderte drängend Einlass in meinen Mund.

Ich erwiderte seinen Kuss gierig und klammerte mich an ihn wie eine Ertrinkende, da meine Beine unter der Leidenschaft dieses Kusses nachzugeben drohten. Binnen Sekunden war es nur noch dieser Kuss, der existierte. Alles andere kam zum Stillstand. Die Welt hörte auf sich zu drehen, zumindest kam es mir so vor. Matteos Hände glitten an meinem Körper auf und ab, berührten mich überall.

Der Kuss wurde mit jeder Sekunde wilder und ich war kurz davor, die Beherrschung zu verlieren, als ein Klopfen an der Tür uns jäh in die Wirklichkeit zurückholte und uns auseinander schnellen ließ.

Der magische Moment war mit einem Mal vorbei. Panik ergriff mich, als ich mit fahrigen Bewegungen versuchte, meine Haare und meine Kleidung zu richten.

„Einen Moment", rief Matteo mit donnernder Stimme der Person auf der anderen Seite der Tür zu.

Dann sah er fragend zu mir. Ich strich meine Kleidung noch einmal glatt und fuhr mir mit den Fingern über meine Lippen. Sie waren verräterisch geschwollen. Ich hoffte inständig, dass wer auch immer auf der anderen Seite dieser Tür stand, dies nicht bemerken würde. Ich machte Matteo ein Zeichen und er öffnete die Tür.

„Hoffentlich komme ich nicht ungelegen?".

Das war bereits das zweite Mal an diesem Tag, dass mir diese Frage gestellt wurde. Zwei Mal zu viel für meinen Geschmack. Diese kopflosen Zusammenstöße zwischen Matteo und mir mussten wirklich aufhören. Ich wollte nicht riskieren, dass meine Professionalität in Frage gestellt werden würde. Es reichte, wenn ich mich selbst dafür verachtete.

„Nein, natürlich nicht, Don Mario", beeilte ich mich zu sagen.

„Ich wollte nur mal kurz vorbeischauen, um zu sehen, ob Sie sich gut eingelebt haben. Aber wie ich sehe, ist Matteo mir bereits zuvorgekommen."

Don Mario sah zwischen Matteo und mir hin und her. Schon wieder so eine zweideutige Bemerkung, von der ich nicht wusste, was ich davon halten sollte.

„Ja Großvater. Ich war gerade dabei, Carlotta ein paar ihrer Fragen zu beantworten."

Ich schaute ertappt zu Boden und versuchte nicht zu erröten. Durch seine Aktionen hatten sich überall in meinem Kopf neue Fragen ergeben. Antworten hatte er mir keine geliefert. Ganz im Gegenteil. Die durch Matteo verursachte Verwirrung stieg mit jedem unserer Zusammentreffen.

Don Mario schien jedoch mit dieser Aussage zufrieden.

„Nun gut, dann will ich euch nicht länger aufhalten. Ich wünsche einen guten Abend."

Er schloss die Tür und ich war wieder allein mit Matteo in meinem Büro. Ich blickte erneut verlegen zu Boden, da ich nicht wusste, was ich sagen sollte. Auch Matteo sagte nichts und schob stattdessen seine Hände in die Hosentaschen. Als ich ihn ansah, merkte ich, dass er mich mit einem verschlossenen Blick musterte.

Ich räusperte mich. „Da wären tatsächlich ein paar Fragen, die ich dir stellen möchte. Beruflich natürlich", beeilte ich mich zu sagen.

„Natürlich", antwortete Matteo gelassen.

Er schien wieder die Ruhe selbst. Keine Spur mehr von dem Feuer der Leidenschaft, das noch vor wenigen Minuten zwischen uns zu Gange gewesen war. Stattdessen erschien er mir kontrolliert und nahezu distanziert. Ich sah auf meine Armbanduhr und stellte mit Entsetzen fest, dass es schon fast halb acht war.

„Allerdings nicht mehr heute. Ich muss los. Sagen wir Morgen, 10 Uhr?".

Matteo nickte und fixierte mich mit einem harten Blick, was mich zwar verunsicherte, ich aber als Zustimmung wertete.

„Gut, dann also bis Morgen."

Ich bemühte mich, seinem Blick standzuhalten aber als er keine Anstalten machte zur Tür zu gehen, um mein Büro zu verlassen, ging ich an ihm vorbei zur Tür hinaus.

Dieses Mal hielt er mich nicht auf.

*****

Pünktlich um 20 Uhr ging ich die Treppen hinunter in Richtung Auffahrt, als ich Leonardo am Absatz der Treppe entdeckte. Er unterhielt sich mit jemandem. Ich trug mein knielanges weißes Boho Kleid, welches im ausgestellten Hippie Stil gehalten war. Dazu goldene Kreolen und meine goldenen neuen Sandalen, die ich ebenfalls mit Matteo gekauft hatte. Mein Haar hatte ich geöffnet, da der strenge Knoten nach einem langen Arbeitstag bereits Kopfschmerzen ankündigt hatte. Wobei ich mir gar nicht so sicher war, ob die Kopfschmerzen nicht von den ganzen Gedanken rund um Matteo stammten, die ich mir machte.

Als Leonardo mich die Treppe hinunterkommen hörte, drehte er sich zu mir um und unterbrach das Gespräch mit seinem Gegenüber.

„Ich glaube, ich sehe einen Engel. Bin ich etwa tot? Wenn das Paradies so aussieht, würde es mir zumindest nichts ausmachen zu sterben", frotzelte er und legte sich theatralisch die Hand auf sein Herz.

Ich lachte. Das war bei Leonardo ein Dauerzustand. Er brachte mich kontinuierlich zum Lachen. Schade eigentlich, dass ich nicht mehr als freundschaftliche Gefühle für ihn hegte.

Ich wusste, dass es ihm genauso ging. Er hatte es mir selbst gesagt und meine Intuition verriet mir, dass es auch stimmte. Vielleicht kamen wir auch genau aus diesem Grund so gut miteinander aus. Da war keine elektrisierende Spannung. Es knisterte nicht. Die Atmosphäre zwischen uns war einfach nur entspannt und freundschaftlich.

„Sei still, du Quatschkopf", antwortete ich ihm lachend.

Doch das Lachen blieb mir im Halse stecken, als ich sah, mit wem sich Leonardo gerade unterhalten hatte. Zwei nahezu schwarze Augen musterten mich grimmig. Matteo. Auf seiner Stirn hatte sich eine steile Falte gebildet. Er stand einfach nur da und sah mich an. Um seinem bohrenden Blick zu entkommen, richtete ich das Wort an Leonardo.

„Also, wollen wir dann los?".

Leonardo reichte mir galant den Arm. „Natürlich mein holder Engel. Das Paradies wartet auf mich. Ich bin bereit, dir überallhin zu folgen."

Ich rammte ihm gespielt ernst den Ellenbogen in die Seite.

„Spinner".

Er zwinkerte mir grinsend zu.

„Na ihr beiden scheint euch ja prächtig zu verstehen."

Matteo schien nun doch seine Stimme wiedergefunden zu haben.

„Wieso auch nicht?", erwiderte ich etwas harscher als beabsichtigt.

„Also dann, Cousin. Man sieht sich."

Leonardo klopfte Matteo auf die Schulter, eine Geste, die wie ich fand, die familiäre Vertrautheit der beiden zum Ausdruck brachte.

Dann wandte er sich wieder mir zu.

„Let's go, girl. Ich bin am Verhungern."

Kapitel 24

Leonardo parkte in einer stillen Seitenstraße von Anacapri. Von dort gingen wir zu Fuß weiter, bis in ein kleines familiäres Restaurant, am Rande der Altstadt. Vor dem Restaurant befanden sich lediglich zwei Tische. Auf jeder Seite des Eingangs einer. Wir setzten uns an den noch freien Tisch auf der rechten Seite und wurden schon Sekunden später überschwänglich von einer älteren molligen Dame begrüßt, die Leonardo in eine kräftige Umarmung zog, sodass ich befürchtete, sie könne ihn erdrücken.

„Darf ich vorstellen, das ist Eleonora. Ihr gehört dieses wundervolle Restaurant, in welchem ich seit Jahren Stammgast bin. Eleonora, das ist Carlotta. Sie arbeitet für uns."

Eleonora begrüßte mich ebenfalls sehr herzlich und zählte dann die Spezialitäten des Tages auf. In diesem Restaurant schien es keine Speisekarte zu geben, was es mir sehr sympathisch machte. Denn das bedeutete Abwechslung und sprach vor allem für die Frische der Gerichte. Wir bestellten beide das Zucchini-Melonen Carpaccio, gefolgt von der Pizza des Tages, sowie eine große Karaffe des blumigen Hausweins.

Kaum war Eleonora verschwunden, ergriff Leonardo auch schon das Wort. Wir plauderten ohne Punkt und Komma und unterbrachen unsere Unterhaltung nur, um das ausgesprochen leckere Essen zu vertilgen, welches ich diesem unscheinbaren Restaurant gar nicht zugetraut hätte. Ein wahrhaftiger Geheimtipp. Als wir beim Dessert angelangt waren, ein ganz traditionelles Tiramisu, welches so zart war, dass es auf der Zunge verschmolz, wechselte Leonardo das Thema.

„Ich würde gerne auf unsere Unterhaltung am Pool zurückkommen. Matteo und du. Du wolltest mir erzählen, was da zwischen euch vor sich geht. Ich möchte dich zu nichts drängen, aber man kann die Spannung zwischen euch förmlich spüren. Und wenn ich mir die Bemerkung erlauben darf, man sieht es euch auch an. So gute Versteckspieler, wie ihr vielleicht denkt, seid ihr nicht."

Ich senkte ertappt den Blick und betrachtete angestrengt meine Hände.

„Wieso interessiert dich das so?".

Es war lediglich ein Flüstern, das mir entwich. Umso überraschter war ich, dass Leonardo die Frage anscheinend gehört hatte.

„Aus zweierlei Gründen: Ich mag dich und ich mag meinen Cousin."

Ich blickte ihn etwas verständnislos an.

Er seufzte.

„Also gut. Dann anders. Matteo hat, seit wir zusammen studiert haben, nie eine feste Beziehung gehabt, sondern immer nur stetig wechselnde, oberflächliche Frauenbekanntschaften. Das befriedigt vielleicht gewisse Bedürfnisse, aber sicherlich nicht sein Herz. Er ist ein sehr verschlossener und undurchsichtiger Mensch."

„…ein einsamer Wolf."

Hatte ich etwa gerade meinen Gedanken laut ausgesprochen? „

Genau", Leonardo lächelte bei dem Vergleich und bestätigte somit meinen Verdacht.

„Das könnte man so sagen. Es ist nicht leicht, zu ihm durchzudringen. Von allen Familienmitgliedern ist er am meisten darauf bedacht, die Tradition und die Macht der Familie zu wahren. Er arbeitet wie ein Besessener und macht alles mit sich selbst aus."

Leonardo machte eine Pause, als würde er überlegen, wie er das, was er zu sagen hatte, am besten formulieren konnte.

„Dann aber bist du auf einmal da. Ich habe gesehen, wie er dich im ‚*La Luna*' angesehen hat. Mir ist nicht entgangen, wie besitzergreifend er bei dir ist. Du hast irgendetwas in ihm wachgerüttelt, an das ich schon nicht mehr geglaubt habe. Du bewirkst etwas bei ihm. Du gehst ihm unter die Haut. Und umgekehrt scheint das ebenfalls der Fall zu sein, wenn ich mich nicht täusche. Also willst du mir nicht erklären, was da zwischen euch ist?".

Als ich nicht sofort antwortete, schob er hinterher, „Ich frage nicht aus purer Neugier. Ich frage, weil ich will, dass mein Cousin jemanden findet, der sein Herz berührt und zu seiner verschlossenen Seele durchdringen kann. Dazu braucht es jemand ganz Besondern. Jemanden, der ähnlich wie mein Cousin gestrickt ist. Jemanden, der es mit ihm aufnehmen kann, der ihm ebenbürtig ist. Und ich glaube, dass du das bist. Aber ich kenne meinen Cousin sehr gut. Deshalb bin ich recht sicher, dass er sein vielleicht größtes Glück nicht mit offenen Armen empfängt, sondern eher versucht ist, es von sich zu stoßen."

Ich seufzte. Das traf es wirklich gut.

Leonardo schien seinen Cousin gut zu kennen, das musste ich zugeben. Was also hatte ich zu verlieren, wenn ich ihm erzählte, was sich zwischen uns abspielte, oder eben nicht abspielte. Also holte ich tief Luft und erzählte ihm alles, was in den letzten Wochen vorgefallen war. Ich erzählte ihm auch von Matteos und meinem Sommer von vor 12 Jahren. Die nächsten 20 Minuten redete ich ohne Punkt und Komma und eigentlich ohne Luft zu holen.

Leonardo hörte einfach nur aufmerksam zu, ohne mich auch nur ein einziges Mal zu unterbrechen. Als ich meine Erzählung beendet hatte, schloss ich einen kurzen Moment die Augen. Es tat gut, sich jemandem anvertrauen zu können. Jetzt, wo alles raus war, fühlte ich mich erleichtert. Leonardo, der sonst immer so lustig und schelmisch wirkte, erschien mir nun eher nachdenklich.

„Ich wusste nicht, dass *du* das Mädchen von damals bist. Jetzt ergibt das alles auch endlich einen Sinn."

*****

Ich sah Leonardo mit gerunzelter Stirn an.

„Ich verstehe nicht?".

Leonardo legte seine Ellenbogen auf den Tisch und beugte sich zu mir nach vorne.

„Matteo und ich, wir haben zusammen studiert. Vor 12 Jahren kam er nach New York an die Columbia, um sein Wirtschaftsstudium fortzusetzen. Aber statt sich wie alle

Neuankömmlinge in das New Yorker Nachtleben zu stürzen und alles an neuen Erfahrungen aufzusaugen und auszukosten, war Matteo die erste Zeit sehr verschlossen und zurückgezogen."

Leonardo machte eine Pause und schien zu überlegen, ob er mir das, was er zu sagen hatte, wirklich erzählen sollte. Schließlich redete er weiter.

„Er wollte erst nicht mit dem Grund dafür rausrücken, aber nach und nach habe ich erfahren, dass er sich zuhause ernsthaft in jemanden verliebt hatte und geradezu vor dieser Person davongelaufen war, weil er befürchtete, dass seine Gefühle für sie ihn von seiner Pflicht, das Werk der Familie fortzuführen und die dafür notwendige harte Ausbildung und Vorbereitung zu erlangen, abbringen könnten."

Leonardo zögerte vor seinen nächsten Worten.

„Sie ist wie ein markerschütternder Wirbelsturm, der dich in unbekannte Höhen befördert und dabei alles durcheinanderbringt, bevor sie wie ein zarter Schmetterling davonfliegt. Genau das waren seine Worte. Ich habe es mir behalten, weil es das einzige Mal war, dass ich ihn so poetisch habe reden hören."

Leonardo beugte sich noch weiter vor.

„Also hat er damals von dir gesprochen. Du warst das Mädchen, in das er sich verliebt hatte."

Ich war sprachlos. War das denn möglich? Er konnte doch nicht mich damit gemeint haben. Ich schüttelte energisch den Kopf. Das war doch nicht zu fassen.

Leonardo legte seine Hand sanft auf die meine und holte mich aus meinen Gedanken in die Realität zurück.

„Carlotta. Das macht jetzt alles noch viel mehr Sinn. Dass du ihn sehr beschäftigst, war mir schon vor dem heutigen Abend klar, aber jetzt passen alle Teile des Puzzles zusammen. Ich glaube, dass er noch immer hoffnungslos in dich verliebt ist."

Ich schnaubte ungläubig.

„Er stößt mich von sich, wann immer wir uns näherkommen. Außerdem habe ich ihn gestern Abend in der Villa mit zwei Frauen gehen. Was er mit ihnen gemacht hat, das kannst du dir wohl denken. Das würde er kaum machen, wenn er Gefühle für mich hegen würde."

Leonardo zog die Stirn kraus. „Wann war das genau?".

Ich überlegte. „Das muss um kurz nach 23 Uhr gewesen sein."

Leonardo sah mich zweifelnd an. „Ganz sicher?", fragte er mich.

„Ja, ganz sicher."

Er lehnte sich in seinem Stuhl zurück und schien mit sich zufrieden.

Fragend starrte ich ihn an.

„Tja dann meine Liebe, kann ich dir mit Sicherheit sagen, dass du dich täuschst. Denn ich bin gestern Abend um kurz vor halb zwölf von meiner Geschäftsreise zurückgekommen und habe Matteo im Salon vorgefunden. Und zwar allein. Er saß im Dunkeln bei einem Glas Whisky. Der Kerl hat mich fast zu Tode erschreckt."

Die Antwort überraschte mich. Aber im Grunde genommen bedeutete das rein gar nichts.

„Er könnte auch mit ihnen geschlafen haben, bevor ich die drei auf dem Balkon zusammen gesehen habe", erwiderte ich.

Aber auch darauf hatte Leonardo eine Antwort.

„Ich habe ihn angerufen, als ich gelandet bin. Das war etwa zwanzig Minuten vor meiner Ankunft in der Villa. Da hat er gerade im Auto gesessen und war auf dem Rückweg von einer Veranstaltung irgendeines Freundes. Ich glaube nicht, dass in diesen zwanzig Minuten irgendetwas gelaufen ist. Wenn du auf einen Quickie aus bist, dann kannst du das anders handhaben und nimmst die Frauen nicht mit nach Hause."

Das klang in der Tat irgendwie plausibel. Aber die masochistische Seite in mir, wollte sich lieber weiter mit Zweifeln malträtieren. Wieso sollte er zwei Frauen mit nach Hause bringen, wenn er sich nicht mit ihnen vergnügen wollte? Das ergab doch gar keinen Sinn?

Wieder war es Leonardo, der mich aus meinen Gedanken riss.

„Die Sache ist doch vollkommen klar. Er hat Gefühle für dich und du hegst Gefühle für ihn. Natürlich ist er wie schon damals derjenige, der sich dagegen wehrt. Warum? Gefühle lassen sich nicht kontrollieren. Sie verleiten einen manchmal dazu, Verrücktes zu tun. Sie machen verwundbar. Aber Matteo will immer alles kontrollieren. Er will die Oberhand behalten."

Er trommelte mit seinen Fingern auf den Tisch.

„Er hat Angst, dass ihm die Kontrolle bei dir entgleitet. Deshalb stößt er dich von sich. Dabei ist es manchmal unglaublich schön, die Kontrolle abzugeben, und sich einfach fallen zu lassen. Ich glaube, dass du die Schlauere von euch beiden bist. Also tu mir den Gefallen und hilf meinem Cousin mit seinem Glück auf die Sprünge. Lass nicht locker, lass dich nicht abwimmeln. Du wirst sehen, dass seine Mauern zusammenbrechen werden. Ich kann jetzt schon Risse darin erkennen."

Ich dachte über Leonardos Worte nach. In meinem Kopf herrschte Chaos. Ein lautes Rauschen begleitete das Wirrwarr an Gefühlen und Gedanken, die dort wild durcheinanderflogen.

„Er ist ein guter Mensch, Carlotta. Er weiß es nur nicht. Ich hoffe, dass du ihm das zeigen kannst."

Leonardos Worte waren so leise, dass ich mir nicht sicher war, ob er sie tatsächlich ausgesprochen hatte. In diesem Moment trat die Wirtin an unseren Tisch, um uns mitzuteilen, dass sie das Restaurant gerne schließen würde. Ich sah mich um und bemerkte, dass wir die einzigen noch verbliebenen Gäste waren. Wo waren denn auf einmal alle hin? Ein Blick auf meine Armbanduhr verriet mir, dass es bereits nach 23 Uhr war. Das war ja absolut verrückt. Liefen die Uhren auf dieser Insel wirklich viel schneller als auf dem Festland, oder was hatte es mit diesen Zeitsprüngen auf sich?

Leonardo beglich die Rechnung und wir liefen schweigend nebeneinander zum Auto. Ich hing meinen Gedanken über das, was ich heute Abend erfahren hatte, nach. Leonardo war einfühlsam genug, mich das alles erst einmal verdauen zu lassen. Ich war froh, dass er es mir gesagt hatte. So hatte ich nach 12 Jahren wenigstens die Gewissheit, dass ich Matteo damals nicht vollkommen egal gewesen war und er nicht lediglich darauf aus gewesen war, mich ins Bett zu bekommen. Es war verrückt, dass ich ganze 12 Jahre auf diese Erkenntnis warten musste. Und es ärgerte mich auch irgendwo. Wie viel Schmerz und Selbstzweifel hätte ich mir sparen können?

Aber jetzt war es nicht mehr zu ändern. Die Vergangenheit konnte man nicht ändern. Man konnte lediglich das beeinflussen, was noch vor einem lag, die Zukunft. Und wie die aussehen sollte, da war ich mir momentan noch nicht sicher.

*****

Es war kurz vor halb 12, als Leonardo und ich das Foyer des Nebenhauses betraten.

„Trinkst du noch einen kleinen Absacker mit mir zur Verdauung?“.

Nach dem ganzen leckeren Essen, dass ich in den letzten Stunden zu mir genommen hatte, klang das tatsächlich nach einer guten Idee.

„Ja, gern“, antwortete ich ihm deshalb.

Leonardo schritt auf den Salon neben dem Eingang zu und schaltete das Licht ein.

„Was zum…“, Leonardo machte einen Satz zur Seite und ich lugte ihm über die Schulter, um zu sehen, was ihn so erschrocken hatte.

Auf einem der Sofa mit direktem Blick auf die Treppe, die vom Eingang des Hauses nach oben führte, saß niemand geringeres als Matteo. In der Hand hielt er ein dickwandiges Glas mit einer braunen Flüssigkeit. Whisky vermutete ich.

„Wieso sitzt du seit neustem immer im Dunkeln hier rum? Macht es dir etwa Spaß, mich zu Tode zu erschrecken?“.

Der sonst so fröhliche Leonardo hatte einen leicht anklagenden Ton angenommen. Aber anstatt auf seine Frage einzugehen, erhob sich Matteo, ging zum Bar Fach und entnahm ihm zwei weitere bauchige Gläser. Er füllte sie mit Eiswürfeln und goss die goldbraune Flüssigkeit aus der Karaffe hinein. Dann reichte er zunächst mir, dann Leonardo wortlos ein gefülltes Glas.

„Ich hoffe, ihr hattet einen schönen Abend“, unterbrach Matteo nun endlich die Stille.

Leonardos Gesicht erhellte sich bei dieser Aussage merklich, so, als wäre ihm gerade eine Erleuchtung gekommen.

„Ja, den hatten wir. Danke. Aber ich muss Morgen wirklich früh raus. Das hatte ich komplett vergessen. Also“, er hob das Glas in die Höhe, „Salute.“

Dann trank er es in einem Zug leer.

„Ich muss wirklich dringend ins Bett. Auf einmal bin ich total müde. Ich verstehe das gar nicht. Also gute Nacht ihr zwei.“

Ich sah ihm entgeistert hinterher, als er überstürzt den Salon verließ und die Treppe hinaufstieg, zwei Stufen auf einmal nehmend. Was war denn auf einmal mit dem los?

Dann fiel es mir wie Schuppen von den Augen. Er wollte mich mit Matteo allein lassen. Was für ein cleverer Schachzug, das musste ich ihm lassen. Wieder gingen mir Leonardos Worte von heute Abend durch den Kopf. Dass ich Matteo etwas bedeutete und dass er was mich betraf, sehr besitzergreifend war. Hatte Matteo etwa hier auf uns gewartet? Hatte er gedacht, er würde Leonardo und mich zusammen ertappen?

Nun waren es Matteos Worte, die vor meinem inneren Auge auftauchen. Er hatte mich vor ein paar Stunden gefragt, ob ich etwas mit Leonardo hatte, ob da etwas zwischen uns lief. War es denn tatsächlich möglich, dass Matteo eifersüchtig auf Leonardo war? Dachte er ernsthaft, da wäre etwas zwischen seinem Cousin und mir? Das war doch lächerlich. Wie könnte ich etwas mit seinem Cousin anfangen, wenn ich jedes Mal, wenn Matteo mir nahekam, in seinen Armen landete und mich komplett in seinen innigen Küssen verlor? Das konnte er doch nicht ernsthaft denken. Ein Mann wie Matteo konnte doch kein so geringes Selbstwertgefühl haben, dass er ernsthaft auf solch abstruse Gedanken kam. Wie konnte er nach unseren zahlreichen Zusammenstößen der letzten Wochen auch nur einen Moment daran zweifeln, dass nicht *er* es war, den ich wollte?

„Erde an Carlotta?“. Es war Matteo, der meinen Namen rief.

Seine Stimme drang nur langsam zu mir hindurch.

„Ich habe deinen Namen jetzt schon drei Mal gerufen. Habe ich dich etwa bei deinen Gedanken an Leonardo gestört?“.

Matteos Unterton war hart und ironisch zugleich. In seinen Augen lag ein wütender Ausdruck. Der Glanz in seinen Augen verriet mir, dass er bereits das ein oder andere Glas Whisky getrunken hatte, während er hier offensichtlich auf unsere Rückkehr gewartet hatte. Instinktiv wollte ich ihm eine bissige Antwort geben, aber die Erkenntnis über das, was er offensichtlich über Leonardo und mich dachte, stimmte mich milde. Dennoch würde ich das nicht hier und jetzt, zu dieser späten Stunde und in seinem Zustand, mit ihm diskutieren. Das würde zu nichts führen. Außerdem war er es, der erst gestern mit gleich zwei blutjungen Frauen im Anwesen aufgekreuzt war. Was bildete er sich also ein?

„Ich habe nicht über Leonardo nachgedacht. Nur, dass du es weißt. Dennoch war es ein langer Tag. Ich würde also auch gerne schlafen gehen, wenn das in Ordnung ist.“

Matteo sah in sein Glas, als würde er dort die Antwort auf alle Fragen finden, die ihn beschäftigten. In diesem winzigen Moment wirkte er viel jünger als sonst. Und irgendwie auch sehr verletzlich.

„Wir treffen am Freitag einen potenziellen neuen Geschäftspartner und müssen uns auf dieses Treffen sehr gut vorbereiten. Morgen und am Donnerstag werden wir also zum großen Teil zusammenarbeiten. Ich erwarte dich morgen früh um acht Uhr in deinem Büro. Alles Weitere klären wir dann.“

Da war er also wieder. Der herrische, kontrollierte und distanzierte Matteo. Ich schnaubte.

„Habe verstanden. Bis Morgen also.“

Ich stellte mein Glas auf dem Bar Fach ab und ging, ohne mich noch einmal umzudrehen, zur Treppe und hinauf in mein Zimmer.

Kapitel 25

Am nächsten Morgen war ich bereits um halb acht in meinem Büro. Ich wollte auf keinen Fall riskieren, nach Matteo dort anzukommen. Stattdessen wollte ich die Zeit nutzen, um mich auf seine Ankunft seelisch und moralisch vorzubereiten. Ich rief mir ins Gedächtnis, dass ich hier war, um einen Job zu erledigen und dass ich professionell genug war, das auch durchzuziehen. Gefühle hin oder her. Zudem gab es einige Fragen, die sich beim Sichten der Unterlagen in den letzten Tagen ergeben hatten, die ich Matteo stellen wollte. Also ging ich diese Fragen noch einmal durch und vergewisserte mich, dass ich nichts übersehen hatte.

Um kurz vor acht klopfte es an der Tür und Matteo trat ein. Sein Duft stieg mir augenblicklich in die Nase und vernebelte mir die Sinne. Offensichtlich hatte er gerade erst geduscht, denn sein männliches Aftershave umhüllte ihn wie eine Duftwolke und seine gekräuselten Haarspitzen erschienen mir noch etwas feucht.

„Guten Morgen Carlotta“, begrüßte er mich in einem nichtssagenden Ton.

Das konnte ich auch.

„Guten Morgen Matteo“, antwortete ich ihm genauso distanziert.

„Nimm doch Platz und erzähl mir mehr von dem geschäftlichen Treffen am Freitag, welches du gestern Abend angekündigt hast.“

Ich deutete mit dem Kopf auf den Stuhl, der meinem Schreibtisch gegenüberstand und Matteo nahm darauf Platz. In der nächsten Stunde informierte mich Matteo ausführlich über den potenziellen neuen Geschäftspartner, mit dem wir uns am Freitag in Neapel treffen würden, sowie das Geschäft, um das es ging.

„Also würde ich vorschlagen, dass wir die Präsentation zusammen entwerfen und du sie dem Kunden dann am Freitag vorstellst.“

Matteo sah mich fragend an, obwohl sein Vorschlag keinen Zweifel daran ließ, was er als Antwort von mir erwartete. Also bejahte ich seinen Vorschlag.

„Bevor wir damit beginnen, hätte ich noch ein paar Fragen, die sich mir bei der Durchsicht der Dateien und Akten gestellt haben. Es wäre hilfreich, wenn du mir diese zunächst noch beantworten könntest.“

Matteo nickte. „Selbstverständlich. Schieß los.“

Ich öffnete die Datei mit den Fragen auf dem Computer und versuchte den Monitor so zu drehen, dass auch Matteo erkennen konnte, wovon ich sprach. Nur leider ließ sich das dumme Ding kaum bewegen. Deshalb stand Matteo auf, ging um den Schreibtisch herum und stützte sich mit einer Hand auf dem Schreibtisch und mit der anderen Hand auf meinem Stuhl ab. Er beugte sich über meine Schulter, um die Grafiken und Zahlen auf dem Monitor besser erkennen zu können. Ich konnte seinen Atem auf meiner Haut spüren. Wenn ich meinen Kopf nur ein bisschen zur Seite drehte, dann würden sich unsere Lippen berühren. Die Verlockung war groß und ich schalt mich innerlich für meine unprofessionellen Gedanken.

„Gut, dann fang mal an.“

Matteo drehte seinen Kopf zu mir und sah mich fragend an. Unsere Köpfe waren so nah beieinander, dass ich seinen Atem nun auf meinen Lippen spüren konnte. Augenblicklich verspürte ich das Bedürfnis, meine Lippen zu befeuchten, da diese sich auf einmal so trocken anfühlten. Auch meine Kehle schien wie ausgetrocknet. Matteos dunkle Augen schimmerten samtig und ich könnte darin versinken, wie die Sonne am Horizont des Ozeans. Unwillkürlich musste ich leise seufzen.

„Carlotta?“.

Seine Stimme riss mich aus meinen Tagträumen und eine verräterische Röte stieg mir ins Gesicht. Ich war doch komplett bescheuert. Mein Verhalten glich dem, eines pubertären Teenagers, aber sicher nicht dem, einer gestandenen Business

Frau. Ich räusperte mich und begann dann mit meiner ersten Frage.

Während Matteo meine Fragen beantwortete, streiften sein Arm und seine Hand wie durch Zufall immer wieder meinen Körper. Die flüchtigen Berührungen am Arm und an der Schulter jagten mir jedes Mal prickelnde Nadelstiche durch den Körper und ich musste mich schwer zusammenreißen, um mich auf den Inhalt von dem was Matteo mir erklärte, zu konzentrieren, anstatt auf die Spuren, welche seine sanften Berührungen auf meinem Körper hinterließen.

Als wir uns am Nachmittag der Erstellung der Präsentation für den potenziellen neuen Geschäftspartner widmeten, wurde es leider nicht besser. Wir nahmen beide auf einem der Sessel in der Lounge-Ecke meines Büros Platz und erarbeiteten zusammen die Strategie der Präsentation. Dabei berührten sich unsere Beine und Arme nahezu pausenlos. Diese Berührungen gingen eindeutig von Matteo aus. Jedoch waren sie so subtil, dass es schwierig war, ihnen eine genaue Bedeutung beizumessen. Da wir eng zusammenarbeiteten, konnten es tatsächlich nur rein zufällige Berührungen sein.

Aber innerlich wusste ich, dass sie dafür viel zu häufig vorkamen.

*****

Am Mittwochabend war ich gefühlsmäßig ein Wrack, körperlich gereizt bis in die Haarspitzen. Es war die reinste Folter, den ganzen Tag Matteos flüchtigen Berührungen ausgesetzt zu sein, seinen betörenden Duft einzuatmen und seiner gebieterischen Stimme zu lauschen, ohne die animalischen Bedürfnisse stillen zu dürfen, die sich dabei einstellten.

Meine Erlösung war Giorgia, die sich für den Abend angekündigt hatte. Sie wollte sehen, wie es mir ging und so verabredeten wir uns zum Abendessen in der Altstadt Capris. In ihrer lustigen Gesellschaft konnte ich die Qualen der vergangenen Stunden vielleicht für einige Zeit vergessen. Sie erzählte mir den neusten Klatsch und Tratsch aus unserer

Familie und von einem neuen Club, der kürzlich eröffnet hatte, welchen sie unbedingt mit mir besuchen wollte. Natürlich fragte sie mich auch über die Familie Leone aus, aber da diese mein Arbeitgeber war und Diskretion, selbst gegenüber engen Verwandten, zusammen mit Loyalität, an oberster Stelle des Leone Kodex standen, fielen meine Antworten recht vage aus.

Giorgia schien den Wink mit dem Zaunpfahl zu verstehen und hakte nicht weiter nach. Stattdessen stellte sie mir eine Frage nach der anderen zu Matteo. Aber wenn es ein Thema gab, über das ich an diesem Abend nicht reden wollte, dann war es Matteo. Ich war froh, ihn für ein paar wenige Stunden aus meinem Kopf verbannt zu haben, aber Giorgias Fragen ließen seine Gestalt, seinen Geruch und seine Berührungen, wieder in mir aufflammen.

Ich versprach Giorgia, ihr am Wochenende alles ganz ausführlich zu erzählen. Denn das Wochenende würde ich selbstverständlich bei meiner Familie in Ravello verbringen. Giorgia zog eine beleidigte Schnute, erkannte dann aber, dass es zwecklos war, weiter zu bohren und gab sich damit zufrieden, am Wochenende jede Einzelheit auf dem Silbertablett serviert zu bekommen.

*****

Der Donnerstag verlief genauso wie der Mittwoch. Es war wirklich zum verrückt werden. Durch Matteos Anwesenheit und seine andauernden subtilen Berührungen, fiel es mir extrem schwer, mich auf die Arbeit zu konzentrieren. Statt der Analysen, die eigentlich in meinem Kopf sein sollten, waren da nur Bilder von Matteo, wie er mich an allen möglichen Orten und in allen erdenklichen Positionen, in diesem Büro nahm. Die verruchten Gedanken, die mir immer wieder in den Kopf schossen, waren fast schon peinlich. Seit wann war ich denn bitte so dauerscharf? Ich sollte wirklich mal wieder Sex haben. Dumm nur, dass der Mann, mit dem ich diesen Sex haben wollte, direkt neben mir saß, aber keinerlei Anstalten machte, sich diesbezüglich mit mir zu vergnügen. Nein, es blieb bei den zufälligen Berührungen, die zwar alle meine Sinne bis aufs

Äußerste schärften, mir aber nicht die so dringend benötigte Erlösung verschafften.

Zudem war Matteos Verhalten alles andere als eindeutig. Zwar ließ er keine Möglichkeit aus, um meinen Arm mit dem seinem zu streifen, um mir sanft an die Schulter zu fassen oder um sein Bein im Sessel gegen meines fallen zu lassen. Aber sein Gesichtsausdruck war dabei immer neutral, professionell und distanziert. Er verlor kein Wort über irgendein Thema, welches nicht strikt mit unserer Arbeit zu tun hatte. Also wollte ich es auch nicht riskieren, unprofessionell zu wirken und spielte das Spiel mit, so schwer es mir auch fiel.

Als die Präsentation um 18 Uhr endlich fertig gestellt, geprüft und einstudiert war, fiel mir ein Stein vom Herzen. Ich konnte mich nicht daran erinnern, wann ich das letzte Mal so angestrengt an einer Präsentation gearbeitet hatte. Wobei das natürlich nicht an der Materie lag, sondern an der Person neben mir.

„Gut, ich denke das war alles für heute. Wir treffen Stefano Battaglia Morgen um 11 Uhr. Allerdings nicht in Neapel, sondern in Castellamare di Stabia. Wir werden also gegen halb zehn hier aufbrechen."
Er sah flüchtig auf die teure Uhr an seinem Handgelenk.
„Ich habe jetzt noch ein paar geschäftliche Termine zu erledigen. Wir sehen uns dann also Morgen."

In mir tobte ein Sturm an Gefühlen. Ein Teil von mir wollte nicht, dass Matteo wegging, nachdem wir die letzten zwei Tage fast ausschließlich miteinander verbracht hatten. Ich wollte, dass er mich weiter berührte, dass er mich auch an anderen Stellen berührte, dass er verbotene, böse Dinge mit mir machte. Der andere Teil von mir war jedoch erleichtert, dieser quälenden Tortur endlich entrinnen zu können.

Beide Teile waren sich in einer Hinsicht einig: sie sehnten sich nach Erlösung. Und die würde ich mir heute Abend verschaffen.

Nachdem Matteo sich verabschiedet hatte, zog ich meine Jogging Sachen an und lief eine lange Runde an den Klippen entlang. Ich powerte mich aus, bis ich meine Beine kaum noch spürte. Nach einer ausgiebigen Dusche machte ich mir in der

Küche etwas Schnelles zum Abendessen und rief dann meine Großeltern an, um mich nach ihrem Befinden zu erkundigen und um ihnen mitzuteilen, dass ich nach dem Meeting über das Wochenende zurück nach Ravello kehren würde. Meine Großeltern teilten mir freudig mit, dass sie morgen Abend zu Ehren ihres 48. Hochzeitstags eine kleine Feier im Garten ausrichten würden. Augenblicklich stellte sich das schlechte Gewissen ein, da ich ihnen bei den Vorbereitungen dazu nicht tatkräftig unter die Arme greifen konnte. Deshalb versprach ich, so schnell wie möglich nach Ravello zu kommen und sie auf jeden Fall nach der Feier bei dem Abbau zu unterstützen.

Nachdem ich aufgelegt hatte, war es draußen bereits dunkel geworden. Ich beschloss mir auf meinem Zimmer noch einmal unsere Präsentation anzusehen, um Morgen eine Glanzleistung abliefern zu können. Es war meine erste Präsentation als Mitarbeiterin der Familie Leone. Und ich war fest entschlossen, sie erfolgreich vorzutragen. Um 23 Uhr löschte ich schließlich das Licht und widmete mich endlich dem, was mein Körper in den letzten Tagen immer lauter forderte.

Ich schloss die Augen und sah Matteo vor meinem inneren Auge, der mein Gesicht in seine starken Hände nahm und mich leidenschaftlich küsste. Ich öffnete mich ihm willig und seine Hände wanderten an meinem Körper hinab, bis zu meinem Po. Er umfasste meinen Po mit einem raubtierhaften Griff und hob mich hoch, um mich zu meinem Schreibtisch zu tragen. Dort setzte er mich ab und begann gierig meine Bluse aufzuknöpfen, ohne seinen Kuss zu unterbrechen. Ich öffnete ungeduldig seine Hose und fasste hinein, um eilig das zu befreien, was ich mehr als alles andere wollte. Matteo schob hastig meinen Rock nach oben, während ich fest seine pulsierende Männlichkeit umschloss und mit der Hand schnell an ihr auf und ab glitt. Ich konnte sehen, wie Matteo seinen Kopf in den Nacken legte und ihm ein animalisches Stöhnen entfuhr.

„Nimm mich", hauchte ich ihm zu.

Ich verging fast vor Ekstase und als er endlich meinem Flehen nachkam, und sich mit einem einzigen harten Stoß in mir versank, kam ich heftig und lange. Dabei stöhnte ich erstickt seinen Namen, immer und immer wieder. Nach einer langen Minute öffnete ich blinzelnd die Augen.

Diese Fantasie war verblüffend real gewesen. Jetzt, nach dem Orgasmus, war es mir etwas peinlich, dass der Mann, mit dem ich in wenigen Stunden zu einem wichtigen Geschäftstermin fahren würde, bei dem von mir erwartet wurde, dass ich höchst professionell vorging, Hauptbestandteil meiner sexuellen Fantasie war, die mir gerade einen kosmischen Orgasmus beschert hatte. Ich war gekommen wie eine Rakete. Allein der Gedanke an diesen Mann in mir, ließ mich heftig und schnell kommen. Wie wäre es erst, wenn er sich tatsächlich in mir versenken würde? Ich seufzte bei dem Gedanken daran und merkte, dass ich schon wieder scharf wurde. War das denn möglich?

Dieser Mann hatte einen Einfluss auf meine Gedanken und meinen Körper, der mir gehörig Angst einjagte. Wie sollte ich bei dieser Erregung auch nur ein Auge zu tun?

Kapitel 26

Nachdem Matteo noch ein weiteres Mal Hauptbestandteil meiner erotischen Fantasien wurde, um den Bedürfnissen meines momentan so gereizten Körpers Abhilfe zu schaffen, war ich tatsächlich in einen tiefen, erholsamen und traumlosen Schlaf gefallen. Als der Wecker am nächsten Morgen klingelte und mich aus dem Tiefschlaf holte, brauchte ich einen Moment, um zu realisieren wo ich mich befand. Dann schwang ich beide Beine aus dem Bett und ging unter die Dusche, um mich für unseren Termin fertigzumachen.

Pünktlich um halb zehn stand ich in der Auffahrt des Anwesens und sah mich nach Matteo um. Keine Minute später bog er auch schon um die Ecke, aber als er mich erblickte, hielt er abrupt inne und quittierte mich mit einem nachdenklichen Blick.

„Wollen wir?“, fragte ich ihn eilig, da ich Angst hatte, sein wachsamer Blick könne bis zu meiner Seele vordringen und erkennen, wie sehr er mir unter die Haut ging.

„Wirst du dich vor der Präsentation noch umziehen?“.

Irritiert sah ich ihn an. „Nein, ich *bin* bereits dafür angezogen, wie du siehst.“

Matteos Blick wandelte sich von nachdenklich zu verärgert.

„Gefällt dir mein Kleid nicht oder was genau ist dein Problem?“, entgegnete ich Matteos offensichtlichem Missfallen.

Ich trug ein figurbetontes schwarzes Pencildress mit V-Ausschnitt und ¾ Armen, welches ein paar Zentimeter über dem Knie abschloss. Ein ganz normales Business Kleid. Zumindest meiner Meinung nach. Passend dazu hatte ich meine spitzen schwarzen Stilettos an. Das Haar hatte ich zu einem strengen Dutt zusammengefasst. Um die Projektion auf der Leinwand und auf dem Laptop gut erkennen zu können, trug ich zudem ausnahmsweise meine kantige schwarze Lesebrille. Alles in allem ein typischer Sekretärinnen Look, wie ich fand.

Was war denn jetzt bitte falsch daran? Aber anstatt mir zu antworten, schüttelte er einfach nur den Kopf und stapfte wütend zum Wagen. Okay, das ging eindeutig zu weit. Es war noch nicht einmal 10 Uhr morgens und der Mann hatte es schon geschafft, meine gute Laune wie eine Dampfwolke verpuffen zu lassen.

Ich stapfte ihm hinterher, so schnell es meine hohen Absätze zuließen. Als Matteo seine Wagentür öffnen wollte, um einzusteigen, stemmte ich meinen Arm dagegen und schloss sie wieder.

„Wir werden nirgendwohin fahren, solange du mir nicht gesagt hast, was dein Problem ist, Matteo!"

Ich lehnte mich mit verschränkten Armen und wütendem Blick gegen die Fahrertür, sodass Matteo nicht in den Wagen einsteigen konnte. Aber der ging einfach nur um mich herum zur anderen Seite des Wagens.

„Wie du willst, Carlotta. Dann fährst eben du."

Er warf mir die Schlüssel zu, die ich reflexartig auffing und stieg auf der Beifahrerseite ein. Ich kochte vor Wut. Was zum Teufel sollte diese Show? Ein Blick auf die Uhr verriet mir, dass es höchste Zeit war, loszufahren, wenn wir nicht zu spät kommen wollten. Also umschloss ich fest die Autoschlüssel des Sportwagens und öffnete dann die Tür, um mich in den tiefen Ledersitz gleiten zu lassen. Matteo hatte bereits die Musik angeschaltet. Ein klares Zeichen, dass ihm jegliche Konversation zuwider war.

Schäumend vor Wut zog ich die Autotür fest zu und drückte auf den Startknopf des Sportwagens, der mit einem donnernden Röhren zum Leben erwachte. Ich umfasste fest das Lenkrad und trat dann aufs Gas. Der Wagen reagierte sofort und beschleunigte rasant, sodass links und rechts hinter uns der Kies nach oben wirbelte. In hohem Tempo steuerte ich den Wagen in Richtung Hafen.

Ich merkte, wie Matteo sich an der Tür festhielt und mich leicht erschrocken von der Seite ansah. Er sagte irgendetwas zu mir, aber nun war ich es, die keine Lust auf Konversation hatte. Also stellte ich die Lautstärke der Musik über das Lenkrad einige Stufen nach oben, sodass alles, was ich hören konnte, das laute Wummern der Musik war.

Einige Minuten später lenkte ich den Wagen in eine Parklücke am Hafen, schaltete den Motor ab und stieg aus. Matteo folgte mir. Sein Blick sprach Bände. In seinen Augen tobte ein Feuer aus kaltem Zorn und glühender Wut.

„Schlüssel“, zischte er mit rauer Stimme.

Ich hielt ihm wortlos den Schlüssel hin. Er jedoch ergriff blitzschnell mein Handgelenk, zog mich mit einem Ruck an sich und presste seine Lippen wütend auf die meinen. Seine Zähne stießen gegen meine. Ich schmeckte Blut. Seine Hand war eisern um mein Handgelenk gelegt, während seine andere Hand grob mein Genick umfasste. Sein Griff war so hart und unnachgiebig, wie sein Kuss.

Ich war absolut bewegungsunfähig und hatte keine Chance dem erbarmungslosen Kuss zu entrinnen. Sekunden später ließ er mich genauso schnell los, wie er mich gefasst hatte. Er zog seine Hände zurück, so als hätte er sich verbrannt. Dann fuhr er sich mit den Händen durch sein Haar und drehte sich fluchend von mir weg. Ich stand da, wie vom Donner gerührt und wusste nicht, wie mir geschah.

„Lass uns gehen. Das Boot ist dort drüben.“

Als sich Matteo kurz darauf zu mir umdrehte, war wieder der Schleier der Professionalität und Gleichgültigkeit über seine Augen gefallen. Keine Spur mehr von der wilden, zornigen Leidenschaft, die noch vor ein paar Sekunden darin gelegen hatte. Ich folgte ihm schweigend zu dem schnittigen Schnellboot und auch bei der Überfahrt von Capri nach Sorrent wechselten wir kein Wort miteinander. Na das konnte ja heiter werden.

*****

In Sorrent erwartete uns bereits ein Mann im schwarzen Anzug, der Matteo die Autoschlüssel zu dem roten Cabriolet gab, welches auf einem der begehrten Parkplätze am Hafen stand.

„Kein Chauffeur?“, fragte ich ihn amüsiert.

„Ich fahre lieber selbst", lautete Matteos Antwort auf meine Frage.

„Wie ich heute Morgen wieder festgestellt habe", schob er hinterher und ich glaubte ein kleines Schmunzeln auf seinen Lippen zu erkennen.

Aber Mister ‚Ich habe keine Gefühle' verstand es sehr gut, das zu verbergen. Eine halbe Stunde später stiegen wir vor einem imposanten Hotel aus dem Wagen und Matteo reichte dem Concierge die Autoschlüssel. Wir betraten die Eingangshalle des Gebäudes durch die automatische Drehtür. Dann schritt Matteo auch schon zielstrebig auf einen gutaussehenden Mann Anfang vierzig zu, der mit einem weiteren, jüngeren Mann, etwas abseits des Empfangs stand. Als die beiden Männer uns erblickten, kamen sie uns entgegen.

„Signor Leone", grüßte uns der ältere der beiden Männer und wandte sich im nächsten Moment mir zu.

„Guten Tag. Wir haben uns bisher noch nicht kennengelernt, Signora…", er sah mich fragend an, aber noch bevor ich etwas sagen konnte, hörte ich Matteo antworten. „Sorrentino. Sie arbeitet als Strategin für mich."

„Signora Sorrentino."

Er ergriff meine Hand schüttelte sie. Sein Händedruck war kraftvoll, aber nicht übertrieben.

Mit einem interessierten Blick musterte er mich unauffällig, aber es fiel mir dennoch auf.

„Es ist mir eine Freude. Ich bin Stefano Battaglia und das ist mein Assistent Luigi Cantale."

Ich setzte mein professionelles, unverfängliches Lächeln auf und schüttelte auch Luigi die Hand.

Nach weiteren fünf Minuten, gefüllt mit belanglosem Smalltalk, brachte uns eine Hotelangestellte in den für uns reservierten Konferenzraum. Ich fuhr meinen Computer hoch und schloss ihn an den Projektor, um mit der Präsentation zu beginnen. Matteo nahm auf der einen Seite des großen Tisches Platz. Stefano und Luigi auf der gegenüberliegenden Seite.

Die nächsten 60 Minuten präsentierte ich souverän und mit fester Stimme all das, was Matteo und ich in den letzten Tagen zusammen erarbeitet und vorbereitet hatten. Während der Präsentation suchte ich immer wieder Stefanos Blick, um mich zu vergewissern, dass ich nicht sein Interesse verlor. Aber sein anerkennender Blick verriet mir, dass ich einen soliden Job tat.

Nachdem ich meine abschließenden Worte formuliert hatte, klatschte Stefano dreimal applaudierend in die Hände, was ich als Zeichen wertete, dass ihm das, was er gesehen und gehört hatte, zumindest nicht gänzlich missfiel.

An Matteo gewandt sagte er, „Bravo Matteo. Wenn Ihre Geschäftsidee nur halb so gut ist, wie Ihre Mitarbeiterin, dann stehen uns goldene Zeiten bevor."

Wenn Matteo sich über diese Neuigkeiten freute, dann ließ er es sich zumindest nicht anmerken.

„Das ist sie, Stefano. Das ist sie. Haben Sie noch Fragen, Vorschläge oder Wünsche, was die Investition betrifft?".

Die nächsten 30 Minuten diskutierten wir mit Stefano offene Fragen und vereinbarten den Termin für die abschließende Präsentation sowie, falls zufriedenstellend, den darauffolgenden Vertragsabschluss.

„Nachdem das Geschäftliche nun geklärt ist, lassen Sie uns alle gemeinsam auf der Terrasse zu Mittag essen."

*****

Stefano erhob sich, umrandete den Tisch und reichte mir, ganz wie ein Gentleman, seinen Arm, um zusammen mit mir auf die Terrasse zu gehen. Normalerweise würde ich eine solche Geste als übertrieben empfinden, aber bei Stefano wirkte es ganz natürlich.

Er war sympathisch, aufmerksam und soweit ich das von den Eindrücken der letzten beiden Stunden erahnen konnte, sehr zielstrebig.

Auf der Terrasse rückte er mir den Stuhl mit direktem Meerblick zurecht und wartete, bis ich mich gesetzt hatte. Dann nahm er mir gegenüber Platz. Matteo ließ sich neben mir auf dem freien Platz nieder. Ihm gegenüber saß Luigi.

„Nun Carlotta, ich bin eigentlich kein neugieriger Mensch, aber Sie haben meine Neugierde ganz eindeutig geweckt. Es kommt selten vor, dass eine Frau diesen Job macht, noch dazu einen so exzellenten Job. Erzählen Sie mir doch mehr über sich."

Ich freute mich über das nette Kompliment und berichtete Stefano die Kurzfassung meines Lebenslaufs. Das schien seine Neugierde allerdings noch mehr entfacht zu haben, denn seine Fragen an mich ebbten nicht ab.

Anfangs hatte Matteo noch höflich mit Luigi Konversation betrieben, aber mittlerweile lauschte er ausschließlich der Unterhaltung von Stefano und mir. Ich konnte seinen stechenden Blick von der Seite förmlich spüren, traute mich aber nicht, zu ihm hinzusehen.

„Und gibt es zu der Powerfrau, wie Sie es sind, auch einen passenden Mann, der mit Ihrem Tempo mithalten kann?", fragte mich Stefano nun.

Bevor ich antworten konnte, hatte Matteo schon das Wort ergriffen.

„Ich fürchte, dafür bleibt ihr bei all den Aufgaben, die sie für mich erledigt, keine Zeit. Sie verbringt fast ihre gesamte Zeit, beruflich und auch privat, auf unserem Anwesen auf Capri, um jederzeit zu meiner Verfügung zu stehen."

Nun schaute ich doch zu Matteo. Was sollte denn diese Machtdemonstration gegenüber Stefano? Da wollte jemand ganz klar sein Territorium markieren. Aber wieso tat er das, wenn er sowieso nicht vorhatte, es zu nutzen? Matteo schien fest entschlossen alle Männer, die auch nur ansatzweise Interesse an meiner Person zeigten, in ihre Schranken zu weisen. Dabei machte er selbst für jeden Schritt, den er in meine Richtung tat, drei Schritte zurück.

Wie um seinen Worten Nachdruck zu verleihen, legte er nun seinen Arm lässig über meine Stuhllehne. Stefano zog nachdenklich die Augenbrauen zusammen und runzelte die Stirn.

Dann jedoch erhellte sich sein Blick und er sagte an mich gewandt, „wenn das so ist, dann sollte ich Sie vielleicht abwerben. Wissen Sie, Sizilien ist ganz wundervoll und ich würde Ihnen auch genug Zeit lassen, dieses Fleckchen Erde mit all seinen Vorzügen zu entdecken und zu erkunden. Ich bin ein exzellenter Fremdenführer und besitze auch noch ein paar andere Talente, die ich Ihnen gerne zeigen würde."

Er zwinkerte mir verschmitzt zu und ich musste unwillkürlich lächeln. Das war nun doch ein recht eindeutiges Zeichen gewesen. Dennoch empfand ich es nicht als aufdringlich. Stefano wusste, was ihm gefiel und was er wollte. Und er machte keinen Hehl daraus. Im Gegensatz zu Matteo, sprach er geradewegs aus, was er wollte. Damit konnte ich besser umgehen, als mit dem ständigen Hin und Her mit Matteo.

Stefano war ein gutaussehender Mann im besten Alter. Er war wortgewandt, sympathisch und aufmerksam. Alles Eigenschaften, die ich sehr schätzte. Zudem war er ein sehr erfolgreicher Geschäftsmann, der wusste, wovon der sprach. Das machte ihn auch zu einem interessanten Gesprächspartner. Ich mochte ihn. Das war mir bereits nach dieser kurzen Zeit bewusst.

Aber ich mochte ihn als Geschäftspartner, als Bekannten. Ich konnte mir sogar gut vorstellen, dass er, sollte das Geschäft zwischen der Familie Leone und ihm zu einem Abschluss gebracht werden, auch ein guter Freund werden würde. Aber mehr war da nicht. Es stellte sich nicht das Kribbeln ein, dass ich bei jeder von Matteos Berührungen empfand. Ich empfand Stefanos Berührungen als angenehm, aber rein platonisch.

Dass er das anders sah, hatte er mir in den letzten Minuten mehr als deutlich zu erkennen gegeben. Aber wie immer, wenn so etwas passierte, würde ich nicht darauf eingehen. Normalerweise verliefen solche Sachen dann relativ schnell im Sande. Ich ging davon aus, dass es auch dieses Mal so sein würde. Wir würden das Geschäft zum Abschluss bringen und Stefano würde schnell erkennen, dass mein Interesse rein geschäftlicher Natur war.

Ich hatte ihm bisher keinen Anlass gegeben, etwas anderes anzunehmen und würde es auch in Zukunft nicht tun.

„Nun, wie schön Sizilien ist, werden Sie uns bereits nächste Woche zeigen können", antwortete ich ihm höflich.

Ich sah zu Matteo. „Wir freuen uns bereits, Sie dort zu besuchen."

Matteo nickte zustimmend und erhob sich dann.

*****

Nachdem wir uns verabschiedet hatten, saßen Matteo und ich eine viertel Stunde später in dem Cabriolet in Richtung Sorrent.

„Ich werde das Wochenende über in Ravello bleiben. Du kannst mich in Sorrent am Hafen absetzen, dann nehme ich von dort aus den Bus."

Als von Matteo keine Antwort kam, drehte ich meinen Kopf von der Straße vor mir, zu ihm. Seine Hände umfassten verkrampft das Lenkrad. Sein kantiges Gesicht schien noch schärfere Züge angenommen zu haben als sonst. Sein Blick war unnachgiebig und stur auf die vor ihm liegende Straße gerichtet.

„Er gefällt dir", sagte er schließlich.

Verständnislos erwiderte ich, „Wer gefällt mir?".

Matteo schnaubte verächtlich, löste seinen Blick von der Straße und sah mich mit diesem wütenden Blick, den ich mittlerweile nur allzu gut kannte, an.

„Nun tu doch nicht so, als wüsstest du nicht, von wem ich rede."

Genervt verschränkte ich die Arme vor der Brust und verdrehte die Augen.

„Geht das jetzt schon wieder los? Da läuft nichts zwischen Leonardo und mir. Wir sind bloß Freunde."

Matteo schüttelte energisch den Kopf.

„Ich meine nicht Leonardo. Ich spreche von Stefano."

Jetzt war ich diejenige, die verächtlich schnaubte. Ich drehte ihm meinen Oberkörper zu und blitzte ihn an.

„Ach so ist das? Erst habe ich was mit Leonardo und wenige Tage später, interessiere ich mich für Stefano? Vielleicht fange ich ja mit beiden etwas an? Wie wäre das? Einen Lover auf Capri, einen zweiten auf Sizilien. Dann muss ich mir ja nur noch einen dritten Lover zulegen, für die Zeit, die ich in Ravello bin."

Matteo trat hart auf die Bremse und ich schaute entsetzt nach hinten, weil ich Angst hatte, dass der Wagen hinter uns in uns hineinrauschen könnte. Aber da war niemand. Matteo lenkte den Wagen an den Straßenrand und stieg erbost aus.

„Matteo, was willst du eigentlich von mir? Du hast mir klar gemacht, dass du mich nicht willst. Aber gleichzeitig hast du ein Problem mit jedem Mann, der mich nur eine Sekunde zu lange ansieht. Dazu hast du kein Recht."

Matteo raufte sich die Haare und drehte sich zu mir um.

„Du hast ja keine Ahnung, wie sehr ich dich will. Jede Sekunde eines jeden verdammten Tages. Ich denke an nichts anderes mehr, als an dich und das treibt mich in den Wahnsinn! Aber es geht nicht, es geht einfach nicht!"

Ich stieg nun ebenfalls aus dem Wagen und ging auf ihn zu. Aber er hob abwehrend die Hand, um mir zu signalisieren, Abstand zu halten.

„Warum geht es nicht?", fragte ich ihn also aus einiger Entfernung.

Mein Ton war nun deutlich sanfter.

„In meinem Leben ist einfach kein Platz für mehr als unverbindliche Bekanntschaften. Meine Aufgabe ist es, das Ansehen und die Tradition der Familie zu wahren und fortzuführen. Das erfordert all meine Kraft und meine Aufmerksamkeit. Ich kann es mir nicht erlauben, dass mich irgendjemand oder irgendetwas davon ablenkt. Jegliche Ablenkung oder Nachlässigkeit bietet meinen Gegnern einen Angriffspunkt, der im schlimmsten Falle tödlich enden könnte. Ich kann mir keinerlei Schwäche leisten."

Matteo sah mich gequält an.

Es war einer der wenigen Augenblicke, in dem der Schleier der Professionalität und Gleichgültigkeit einem Ausdruck tiefer, verletzter und aufgewühlter Gefühle gewichen war.

„Wieso machst du es dir so schwer? Ich werde dich von nichts ablenken oder abhalten. Zwischen uns herrscht offensichtlich eine Anziehung, die keiner von uns leugnen kann. Wieso geben wir ihr nicht einfach nach und genießen den Moment, ohne zu planen, was die Zukunft bereithält oder eben nicht?".

Matteo schüttelte entschieden den Kopf.

„Das geht nicht. Du bist meine Mitarbeiterin. Und du bist eine verdammt gute Mitarbeiterin. Du bist für die Familie von so großem Nutzen, dass ich es nicht riskieren kann, dich zu verlieren. Es liegt in meiner Verantwortung, die Geltung dieser Familie fortzuführen und ich kann meine Gefühle nicht mein Handeln beeinflussen lassen. Ich brauche dich als Strategin und als Analystin und wenn wir die Schwelle der Professionalität überschreiten, dann werde ich dich früher oder später als Mitarbeiterin verlieren und das geht auf keinen Fall."

Ich sah auf meine Füße und zeichnete mit der Schuhspitze kleine Kreise in den Sand.

„Wir haben diese Grenze doch längst überschritten" flüsterte ich.

„Nein, das haben wir nicht, aber wir waren schon mehrmals kurz davor. Du geisterst bereits jetzt pausenlos durch meine Gedanken. Es ist fast nicht zum Aushalten. Kannst du dir auch nur ansatzweise vorstellen, wie es in meinem Kopf aussehen würde, wenn wir diese Grenze tatsächlich überschreiten würden?".

Es war aussichtslos. Matteo war so besessen von seinem Pflichtgefühl, dass ich ihn durch nichts auf dieser Welt umstimmen könnte. Das sah ich an seinem entschlossenen Blick und an der Art, wie er sprach. In den letzten 12 Jahren hatte sich nichts an seiner Einstellung geändert. Er befürchtete immer noch, ich würde ihn bei seiner Lebensaufgabe, dem Machterhalt der Familie, im Wege sein. Und seine Familie bedeutet ihm alles. Jeder Atemzug, den er tat, war für sie. Welche Chance hatte ich da schon?

Ich spürte, wie die schlecht verheilten Wunden, die er vor 12 Jahren hinterlassen hatte, wieder aufklafften. Hässlich und triefend kamen sie nun endgültig wieder zum Vorschein. Mir stiegen Tränen in die Augen und ich wandte mich eilig von Matteo ab.

Nachdem ich ein paar Mal tief durchgeatmet hatte, bemühte ich mich um eine feste Stimme.

„Wie gesagt, ich muss nach Ravello. Also setz mich bitte am Busbahnhof oder am Hafen ab."

Matteo sah auf seine Armbanduhr.

„Ich bringe dich nach Ravello. Es liegt auf dem Weg zu einem meiner Termine."

Ich war zu müde, um dem irgendetwas zu entgegnen, also nickte ich nur und öffnete die Tür des Wagens, um wieder einzusteigen. Wir fuhren die kurvige Straße entlang nach Ravello, während wir beide unseren Gedanken nachhingen und es vermieden, uns anzusehen.

Niemand sprach ein Wort.

*****

Als wir in die Straße zu dem Haus meiner Großeltern einbogen, war es fast 16 Uhr. Ich entdeckte meine Großeltern vor der Tür. Sie standen hinter einem Lieferwagen und plauderten angeregt mit einem Mann, der wohl der Fahrer des Lieferwagens sein musste. Wir kamen hinter dem Wagen, der die schmale Straße blockierte, zum Stehen.

Zum Glück war außer uns kein Auto vor Ort, sodass es auch niemanden weiter störte. Als meine Großeltern uns erblickten, winkten sie vergnügt und näherten sich fröhlich lächelnd Matteos Wagen.

„Carlotta, da bist du ja. Signor Leone, schön Sie zu sehen."

Mein Großvater nickte Matteo zu. Wir stiegen aus dem Wagen und ich umarmte meine Großeltern, drückte sie ganz fest an mich. Es kam mir so vor, als hätte ich sie eine Ewigkeit nicht gesehen, dabei waren es gerade einmal fünf Tage gewesen. Ihr seit Jahrzehnten gleichbleibender Duft, den ich während der Umarmung einatmete, beruhigte mich etwas in den flattrigen Gedanken, die mich seit der Diskussion mit Matteo begleiteten.

„Wie ich sehe, steckt ihr mitten in den Vorbereitungen für eure Feier heute Abend?", fragte ich meine Großeltern und zeigte dabei auf den Lieferwagen, der, wie ich jetzt erkannte, jede Menge frische Lebensmittel geliefert hatte.

Meine Großmutter lächelte selig.

„Wir sind fast fertig. In zwei Stunden kommen ja bereits die ersten Verwandten und Freunde. Ich freue mich so, dass ihr nun auch hier seid."

Dann wandte sie sich Matteo zu.

„Signor Leone, Sie werden uns doch sicher die Freude machen, heute Abend unser Gast zu sein? Wir feiern unseren 48. Hochzeitstag mit Familie und Freunden, falls Carlotta das noch nicht erwähnt haben sollte."

Ich hatte es ihm nicht erzählt. Wieso auch? Ich war nicht davon ausgegangen, dass es ihn interessierte, geschweige denn, dass geplant war, ihn dazu einzuladen. Umso entgeisterter starrte ich jetzt meine Großmutter an, deren Blick aber weiterhin auf Matteo gerichtet war.

„Das können Sie meiner Frau und mir nicht abschlagen. Sie wissen doch, dass Familie das höchste Gut auf Erden ist und wir würden Sie gerne heute Abend als Teil unserer Familie betrachten."

In meinen Ohren klingelte es so laut, dass ich glaubte, einen Hörsturz erster Klasse zu erleiden. *Was* genau war denn bitte in meine Großeltern gefahren? Waren sie von allen guten Geistern verlassen?

Matteo hatte keine Chance, aus dieser Sache rauszukommen, jetzt wo mein Großvater die *‚Familie ist das höchste Gut'* Karte ausgespielt hatte. Er wusste anscheinend, wie wichtig Matteo das Thema Familie war und hatte es gnadenlos für seine Zwecke eingesetzt. Wer war jetzt noch gleich der Mafioso hier?

Matteo suchte meinen Blick, so als würde er erst meine stille Zustimmung wollen, bevor er etwas sagte. Ich aber zuckte nur resigniert mit den Schultern.

Das schien er als Zeichen von Zustimmung zu werten, denn in diesem Moment antwortete er meinen Großeltern, „das würde ich sehr gerne tun. Vorher habe ich allerdings noch ein paar Termine. Ich würde dann später dazustoßen."

Meine Großmutter klatschte vergnügt in die Hände.

„Natürlich mein Junge, tun Sie das. Wir freuen uns auf Sie."

Hatte sie ihn gerade wirklich *mein Junge* genannt? Ich zweifelte mit jeder Minute mehr an dem Geisteszustand meiner Großeltern. Es bestand definitiv Gesprächsbedarf.

Matteo jedoch verzog keine Miene, als er zu seinem Wagen ging, den Rückwärtsgang einlegte und lässig die Hand zum Abschied hob, bevor er davonbrauste.

Kaum war Matteo aus dem Blickfeld verschwunden, da wirbelte ich auch schon herum, um meine Großeltern zur Rede zu stellen. Diese hatten sich aber in der Zwischenzeit klammheimlich aus dem Staub gemacht. Also stapfte ich ins Haus, um sie zu suchen. So einfach würden sie mir nicht davonkommen.

Schließlich fand ich sie im Garten, wo sie mit Giorgia und meiner Tante dabei waren, Tische zu verrücken, um eine fließende lange Tafel zu bilden.

„Was habt ihr euch dabei gedacht ihn einzuladen?", kam ich ohne Umschweife zum Punkt.

Giorgia grinste vergnügt, als sie mich sah, kam zu mir und legte mir freundschaftlich den Arm um die Schulter.

„Um was gehts?", fragte sie mich.

„Oma und Opa haben Matteo zur Feier eingeladen. Wobei, eingeladen ist wahrscheinlich nicht das richtige Wort. Genötigt trifft es eher."

Giorgia konnte sich ein Kichern nicht verkneifen.

„Also?", ich sah meine Großeltern strafend an. Nun legte mir auch meine Großmutter einen Arm um die Schulter, sodass ich von Giorgia und ihr umzingelt war.

„Carlotta, Kind, du arbeitest für die Mafia. Und nachdem was wir wissen, arbeitest du direkt mit Matteo zusammen. Also wollen wir uns diesen Jungen mal genauer ansehen. Und wann wäre eine bessere Gelegenheit dazu, als heute Abend?".

Mit zweifelndem Blick sah ich sie an. So ganz kaufte ich ihr das nicht ab. Da steckte mehr dahinter. Was wusste sie über Matteo und mich? War ich paranoid oder lief hier etwas hinter meinem Rücken, von dem ich keine Ahnung hatte?

Nun mischte sich auch mein Großvater ein.

„Deine Großmutter macht sich doch nur Sorgen um dich. Also lass uns doch den Jungen mal genauer beleuchten."

Bei den Worten meines Großvaters musste ich nun doch lächeln, so sehr ich mich auch dagegen wehrte.

„Opa, an dir ist ein echter Mafioso verloren gegangen. Bei deinen Manipulationskünsten würde selbst Don Mario vor Neid erblassen. Außerdem, *Junge*? Matteo ist Mitte Dreißig. Da ist er wohl kaum noch ein Junge."

Mein Großvater sah mich nachsichtig an.

Ich seufzte.

„Also gut, er hat ja eh schon zugesagt. Jetzt können wir nur hoffen, dass er sein Wort nicht hält und nicht auftaucht."

Nun war es an Giorgia, sich einzumischen.

„Du denkst ernsthaft, dass ein Leone sein Wort nicht hält?".

Ich seufzte erneut.

Nein, das dachte ich nicht. Aber die Hoffnung stirbt bekanntlich zuletzt.

Kapitel 27

Es war bereits nach 20 Uhr. Das Fest war in vollem Gange. Ich hatte mein strenges Business Kostüm gegen mein mit Zitronen bedrucktes Kleid getauscht, das Matteo mir vor 12 Jahren in Neapel gekauft hatte. Es passte noch immer. Mein Haar hatte ich von dem engen Dutt erlöst, sodass es mir nun, wellig von dem Knoten, bis zu den Hüften reichte. Auch die Brille hatte ich abgelegt. Die brauchte ich nur zum Präsentieren. Ich lehnte an der kalten Steinwand der Terrassentür und sah auf das freudige Treiben, das sich im Garten abspielte.

Verwandte und Freunde saßen an der langen Tafel und redeten mit Händen und Füßen vergnügt aufeinander ein. Die Tische bogen sich fast von all den Köstlichkeiten, die darauf standen. Große Schüsseln voll Pasta, Platten voller Käse- und Wurstaufschnitt mit typischen Sorten aus der Region, Pizza aus dem Holzofen, es gab nichts an gutem hausgemachtem italienischem Essen, dass es heute Abend nicht gab. Meine Großeltern hatten statt Geschenke darum gebeten, dass jeder Gast etwas zu essen oder zu trinken mitbrachte. Und da Italiener sich diesbezüglich bekanntlich nichts nachsagen ließen, hatte jeder reichlich Speisen und Getränke mitgebracht.

Ich fragte mich, wer das jemals alles aufessen sollte. Die Band meines Cousins Francesco baute gerade ihre Instrumente auf. Es schien, als würde nach dem Essen das Tanzbein geschwungen. Francesco war Anfang zwanzig und ein äußerst talentierter Cover Sänger. Er kannte alle italienischen Balladen in- und auswendig, und ich freute mich schon auf seinen Auftritt. Im Hintergrund erklangen währenddessen die altbekannten italienischen Lieder aus den Lautsprechern, die in den alten Bäumen versteckt waren. Gerade summte ich vergnügt die Melodie von „Gente di Mare“, die aus den Lautsprechern ertönte. Ein Song von Umberto Tozzi und Raf aus dem Jahre 1987. Eines meiner Lieblingslieder.

Matteo war bisher nicht aufgetaucht und so langsam glaubte ich, dass meine Hoffnung, er würde doch nicht Wort halten, vielleicht doch nicht so abwegig war. Ich redete mir ein, dass es besser so war und dass ich mich darüber freute, aber insgeheim war ich enttäuscht und fragte mich, was er wohl Besseres zu tun hatte oder mehr noch, mit wem er gerade jetzt zusammen war. Die kühle Steinwand wirkte bei diesen fiebrigen Gedanken beruhigend auf mich und ich ließ mich noch etwas mehr dagegen fallen.

Doch in diesem Moment wurde die Kälte der Steinmauer, die bis vor einer Sekunde noch meinen Körper dominiert hatte, von der Wärme zweier fester, aber zugleich sanfter Hände abgelöst. Ich sah über meine Schulter, wusste aber instinktiv schon vorher, wessen Hände mir da gerade sanft über die Schulter fuhren. Die Funken, die in meinem Körper bei der Berührung sprühten, konnte nur ein Mensch bei mir entzünden. Er war also doch gekommen.

„Hi“, begrüßte ich ihn auf einmal etwas schüchtern, da ich nicht wusste, was ich sagen sollte.

„Selber hi“, kam es einen Augenblick später von ihm zurück.

Wir sahen uns schweigend an.

„Ah Matteo, da sind Sie ja! Sie sind sicher sehr hungrig. Kommen Sie mal mit mir an den Männer-Tisch. Da können Sie kräftig zulangen. Ich stelle Sie allen vor, auch wenn der Name Matteo Leone wohl jedem sehr geläufig sein wird.“

Mein Großvater ließ keinen Spielraum für Einwände und so entschwand Matteo so schnell, wie er gekommen war. Von Weitem sah ich Giorgia, die mir irgendwelche Zeichen gab, die ich nicht verstand. Dabei grinste sie wie ein Honigkuchenpferd. Also gesellte ich mich zu ihr, um ihre Verrenkungen zu entschlüsseln.

„Was genau versuchst du mir da mit Händen und Füßen zu sagen?“.

Giorgia klatschte vergnügt in die Hände.

„Er ist da! Matteo Leone ist wirklich da. Ich sag dir, der steht ja sowas von auf dich. Jetzt lass ihn dir bloß nicht durch die Lappen gehen. Das ist deine Chance.“

War meine Cousine jetzt auch verrückt geworden?

„Giorgia. Ich arbeite mit Matteo. Ich sehe ihn fast jeden Tag. Also verstehe ich jetzt nicht, was genau an dem heutigen Abend eine Chance sein soll."

Giorgia rollte mit den Augen.

„Kaum zu fassen, dass du angeblich eine der besten Analystinnen, Strateginnen oder was auch immer du bist, wenn dir das nicht klar ist. Das hier", sie machte eine ausladende Bewegung mit dem Arm und fiel bei ihrer 180 Grad Bewegung fast vom Stuhl, „ist eine Feier. Lockere Atmosphäre, gute Musik, Drinks und jede Menge Spaß. Hier bist du nicht auf der Arbeit. Hier muss keiner von euch professionell sein. Hier könnt ihr einfach nur ihr selbst sein."

Nun war ich diejenige die mit den Augen rollte.

„Giorgia, daran, dass wir zusammen arbeiten, oder nein, dass ich für ihn arbeite, ändert diese Feier rein gar nichts. Er ist immer noch mein Chef. Feier hin oder her."

Giorgia drückte mir einen Schmatzer auf die Wange.

„Du warst definitiv zu lange in Deutschland. Diese ständige Planung von allem. Lass doch einfach mal alles auf dich zukommen und genieße den Moment. Über all das, was folgt, kannst du dir dann immer noch Gedanken machen, wenn es soweit ist."

Ich musste grinsen und Giorgia sah mich fragend an.

„Weißt du Cousinchen, mir ist gerade nochmal klar geworden, warum es in der italienischen Wirtschaft nicht so ganz rund läuft. Wenn alle so handeln wie du, dann ist das gar kein Wunder."

Giorgia streckte mir gespielt beleidigt die Zunge raus, musste dann aber lachen. Wir unterhielten uns über alles, was ich während dem Rest der Woche an Klatsch und Tratsch verpasst hatte. Von dem Zwischenfall mit der Russenbande schien sie nichts zu wissen. Und das war auch gut so. Was auch immer meine Großeltern ihr als Grund aufgetischt hatten, wieso ich nun doch für die Familie Leone arbeitete, musste sie überzeugt haben.

Während dem Gespräch wanderte mein Blick immer wieder in Richtung Matteo, der bei meinem Großvater in der

Männerecke der Tafel saß. Von dort drang immer wieder lautes Gelächter zu uns herüber. Die Männer waren, was den Wein betraf, wirklich gut dabei. Er floss in Strömen. Und ich glaubte auch gesehen zu haben, dass mein Onkel Giacomo ein paar Flaschen seines selbstgebrannten Grappas mitgebracht hatte. Das würde nicht gut ausgehen. In der Hinsicht waren die Männer wie kleine Jungs. Sie wussten nicht, wann sie aufhören mussten.

Als würde er meinen Blick auf sich spüren, sah Matteo in diesem Moment auch zu mir herüber. Giorgia entging natürlich nicht, dass ich mich bestenfalls halbherzig auf unser Gespräch konzentrierte und nach einiger Zeit seufzte sie theatralisch.

„Dich hat es ja sowas von erwischt. Das sieht ja sogar ein Blinder."

Ich strich mir eine verirrte Haarsträhne aus dem Gesicht.

„Das ist doch Unsinn", erwiderte ich, aber selbst in meinen Ohren klang diese Verteidigung sehr kläglich. In diesem Moment sah ich, wie Matteo sich erhob und lässig schlendernd zu uns rüberkam.

„Hi", wiederholte ich meine Begrüßung von vorhin.

„Selber hi", kam es von Matteo zurück.

Das reinste Déjà Vu.

„Sag mal Matteo, wie findest du die Band unseres Cousins Francesco? Richtig coole Tanzmusik, oder?".

Giorgia blickte ihn fragend an. Matteo sah zu der kleinen improvisierten Bühne, auf der Francesco mittlerweile italienische Ohrwürmer zum Besten gab. Die Tanzfläche, die im Grunde genommen einfach nur unser Garten war, hatte sich in den letzten Minuten rasch gefüllt. Francesco verstand es, die Leute mitzureißen.

„Er ist wirklich gut", stellte Matteo anerkennend fest.

„Was für ein Glück, dass du jetzt hier bist. Carlotta wollte nämlich gerade schon zu dir rüberkommen, um mit dir das Tanzbein zu schwingen. Sie liebt es zu tanzen, musst du wissen."

Ich schaute meine Cousine mit so großen Augen an, dass ich schon fürchtete, sie würden mir aus dem Kopf fallen. Was redete sie da bloß für einen Schwachsinn? Matteo musste doch durchschauen, dass das, was sie sagte, gelogen war. Aber selbst, wenn er das tat, so ließ er sich nichts anmerken.

„Na wenn das so ist, dann will ich jetzt sehen, was du so draufhast“, forderte er mich auf.

„Ach weißt du, eigentlich sitze ich ganz gut hier“, versuchte ich mich rauszureden, aber Giorgia drückte mich energisch von meinem Stuhl und Matteo hielt mir auffordernd seine Hand hin.

Also blieb mir nichts anderes übrig, als mich zu erheben, seine Hand zu ergreifen und mich von ihm auf die Tanzfläche führen zu lassen. Ich drehte mich um, um Giorgia einen bösen Blick zuzuwerfen, doch die bedachte mich nur mit einem 1000 Watt Lächeln und zwei erhobenen Daumen.

*****

Unschlüssig stand ich zunächst auf der Tanzfläche, während alle anderen um uns herum tanzten, lachten und vergnügt mitsangen. Ich sah Matteo an, dem dieses bunte Treiben sichtlich Spaß zu bereiten schien. Er kam mir seltsam gelöst vor, so, als würde er zum ersten Mal seitdem ich ihn wiedergetroffen hatte, mal nicht die Rolle des aufstrebenden Familien Paten und Beschützers spielen, sondern einfach nur die eines ganz normalen Menschen, der sich prächtig amüsierte. Dazu hatte auch ganz bestimmt der Fluss an Alkohol beigetragen, den ihm meine Verwandtschaft eingeflößt hatte. Denn in seinen Augen lag dieser verdächtige Glanz, der auf etwas zu viel Alkohol schließen ließ.

Noch während ich Matteo unauffällig betrachtete, stimmte Francesco das nächste Lied an und alle, inklusive mir, schrien begeistert auf. Aus den Lautsprechern erlangen die ersten Töne von „SARÀ PERCHÉ TI AMO“ von Ricchi e Poveri, ein weiterer meiner Lieblingssongs. Augenblicklich stimmten alle in den Gesang ein und sangen aus voller Inbrunst mit, während sie auf der Tanzfläche herumhüpften. Auch ich war nicht mehr zu halten und vergaß für einen Moment, mit wem ich gerade auf der Tanzfläche war. Verschwunden waren für einen Moment all meine Sorgen, Probleme und Bedenken. Ich feierte einfach nur diesen wunderschönen Moment. Es war genau das, was Giorgia mir vor ein paar Minuten eingebläut hatte. Und ich musste zugeben, dass es verdammt guttat.

Matteo bedachte die wilde Meute, mich eingenommen, mit einem breiten Grinsen und stimmte dann allen Ernstes mit ein. Der sonst so kontrollierte, distanzierte und unterkühlte Matteo befand sich nur wenige Zentimeter von mir entfernt und tanzte sich die Seele aus dem Leib. Das war doch verrückt. Eine wohlige Wärme umschloss mein Herz. Es freute mich, ihn so ausgelassen zu sehen. Ich war zutiefst dankbar. Dankbar, für diesen einen perfekten Moment. Francesco verstand es, die Stimmung immer weiter aufzuheizen und die nächste Stunde verausgabten Matteo und ich uns auf der Tanzfläche. Natürlich war den weiblichen Gästen Matteos Anwesenheit nicht entgangen, und so wurde er öfter für einen Tanz entführt, was mir aber nichts ausmachte. Ich konnte die Faszination, die die Frauen bei Matteos Anblick überkam, sehr gut nachvollziehen und innerlich wusste ich, dass keine dieser Frauen eine ernsthafte Konkurrenz darstellte, zumal die meisten sich eher in einem fortgeschrittenen Alter befanden.

Nach vielen rockigen Nummern schließlich, stimmte Francesco ein sehr emotionales Lied an. „Cose della vita“ von Eros Ramazzotti erfüllte die Nacht. Mittlerweile war es dunkel geworden und nur die Lampions, Lichterketten und Glühbirnen, die meine Großeltern aufgehangen hatten, hüllten den Garten in sanftes Licht. Matteo kam auf mich zu und legte seine Arme um mich. Er zog mich ganz nah an sich heran und augenblicklich umhüllte mich der unvergleichliche, markante Duft von Tanne, Sandelholz, Moschus und Orange.

„Das Kleid ist noch genauso bezaubernd an dir, wie vor 12 Jahren“, hauchte er in mein Ohr.

Ich legte meinen Kopf an seine starke Brust, schloss die Augen und atmete tief ein. Und plötzlich wusste ich ganz genau, was Glück war und wie es sich anfühlte. Noch vor wenigen Wochen hatte ich mich mit meiner Schwester darüber gestritten und nun stand ich hier und kuschelte mich an diesen einen Mann auf der Welt, der mein Herz sowohl zum Glühen als auch zum Zerbrechen bringen konnte.

Ich wollte, dass dieser Moment nie zu Ende ging. Wollte für immer eng umschlungen von Matteo auf der Tanzfläche gewiegt werden. Das hier war pures Glück, welches so sehr von mir Besitz nahm, dass mir die Tränen in die Augen stiegen. Eine Welle von Gefühlen erfasste meinen Körper und ich vergrub mein Gesicht in Matteos Hemd, um meine Tränen zu verbergen.

Matteo beugte sich zu mir herab und flüsterte einige Zeilen aus dem Song Text in mein Ohr:

„Quei momenti fra di noi	(diese Momente zwischen uns)
I distacchi ed i ritorni	(Die Trennungen und die Wiederkehr)
Da capirci niente poi	(Nur um doch nichts zu verstehen)
Già... come vedi	(Wie du siehst)
Sto pensando a te...	(Denke ich an dich)
sì... da un po'"	(Schon eine ganze Weile)

Ich war unfähig, irgendetwas anderes zu tun, als seinen sanften Worten zu lauschen, die den Songtext wiedergaben. Sprach er etwa von uns?

"Sto pensando a te	(Ich denke an dich)
Come se questo tempo	(So als ob diese Zeit)
non fosse passato mai	(Nie vergangen wäre)
Dove siamo stati,	(Das was wir getan haben)
cosa siamo poi	(Das was wir geworden sind)
Confinanti di cuore	(Benachbarte Herzen)
Solo che ognuno	(Nur, dass jeder)
sta dietro gli steccati	(sich hinter seiner Barriere)
degli orgogli suoi"	(aus Stolz versteckt)

„Sto pensando a te	(Ich denke an dich)
Sto pensando a noi..."	(Ich denke an uns)

Sein Mund war so nah an meinem Ohr, dass ich seine weichen Lippen und seinen heißen Atem darauf förmlich spüren konnte. Eine noch nie dagewesene Gänsehaut hatte sich auf meinem ganzen Körper ausgebreitet. Was passierte hier gerade? War das ein Geständnis? Bedeutete ich ihm doch mehr, als ich zu wagen gehofft hatte? Hatte auch er mich in all den Jahren nie ganz vergessen können? Gab es doch eine Chance für uns?

Mein Kopf schwirrte und ich klammerte mich fester an Matteo, um nicht den Boden unter den Füßen zu verlieren. Nach einiger Zeit merkte ich, dass nur noch Matteo und ich auf der Tanzfläche waren. Francesco und seine Band hatten längst aufgehört zu singen und einige der Gäste waren schon gegangen. Nur wir standen noch auf der Tanzfläche und hatten den Rest der Welt ausgeschlossen. Wie lange wir da wohl gestanden hatten und uns zu den Klängen der sanften Musik, die nun nicht mehr live, sondern aus der Stereoanlage ertönte, im Mondlicht bewegt hatten? Ich wusste es nicht. Die vergangenen Stunden schienen verflogen zu sein.

Auch Matteo schien langsam aus dieser Trance zu erwachen und räusperte sich verlegen. Er ließ mich los, wenn auch nur widerwillig, und trat einen Schritt zurück. Augenblicklich wurde mir kalt und alles in mir schrie, er solle zurückkommen und mich wieder in den Arm nehmen. Ich war versucht, einen Schritt auf ihn zuzumachen und ihn erneut in meine Arme zu schließen, aber mein Stolz hielt mich davon ab.

„Tja also…". Sieh an, sieh an, ein Leone, dem es an Worten mangelte. Dass ich das noch erleben durfte.

„Ich sollte dann mal langsam los. Es ist schon spät."

Ich nickte kaum merklich. Es war, als würde ich mit einem Mal aus dem Paradies in die Hölle befördert. Matteo ging zurück zu der Ecke der Tafel, an der er mit meinem Großvater und den anderen Männern gesessen hatte, um seine Jacke von der Stuhllehne zu nehmen. Ich folgte ihm.

„Vielen Dank für die Einladung, Signor Sorrentino. Es war ein sehr schöner Abend."

Mein Großvater stand auf und klopfte Matteo wohlwollend auf die Schulter.

„Sehr gerne, mein Junge. Carlotta, da alle Gästezimmer belegt sind, muss Matteo dann heute Nacht bei dir schlafen. Aber du hast ja genug Platz in deinem Zimmer."

Ich verschluckte mich bei seinen Worten und bekam schlagartig einen heftigen Hustenanfall. Matteo klopfte mir auf den Rücken, um mich vor dem Ersticken zu bewahren.

„Habe ich was Falsches gesagt?", fragte mein Großvater scheinheilig.

Ganz das Unschuldslamm.

„Opa, wie kommst du denn darauf, dass Matteo hier übernachten wird?".

Mein Großvater sah mich entrüstet an.

„Na hör mal, er kann doch in diesem Zustand kein Auto mehr fahren und ein Taxi zu erwischen ist um diese späte Zeit auch unmöglich. Es wäre unverantwortlich, ihn gehen zu lassen. Was soll sein Großvater von mir denken? Er bleibt selbstverständlich hier."

Matteo hob beschwichtigend die Hände.

„Das ist sehr nett von Ihnen, Signor Sorrentino, aber ich kann jemanden anrufen, der mich abholt."

Ich hätte nicht gedacht, dass mein Großvater noch entrüsteter schauen konnte, als er es eh schon tat.

„Sie wollen um diese Zeit allen Ernstes noch jemanden wecken, damit er sie abholt? Nein, nein, das kommt ja gar nicht in Frage. Sie übernachten hier. Bitte, ich bestehe darauf."

Ich zog sanft an Matteos Ärmel, um ihm zu signalisieren, dass es sinnlos war, weiter mit meinem Großvater zu diskutieren. So kannte ich ihn gar nicht. Was war bloß in ihn gefahren? Was für ein Spiel ging hier vor sich? In Matteos Blick konnte ich eine leichte Verunsicherung entdecken. Solche Situationen war er mit Sicherheit nicht gewohnt. Aber es half alles nichts. Heute war irgendwie alles anders und dass er der Enkel des legendären Mafia Paten Don Mario war, schien zumindest heute Abend niemanden auch nur im Geringsten zu interessieren.

„Es ist schon in Ordnung. Du kannst bleiben."

Ich sah Matteo mit einem schüchternen Lächeln an.

„Wir bekommen das schon hin."

Kapitel 28

Ich öffnete die Tür zu meinem Zimmer und Matteo folgte mir hinein. Er sah sich im Zimmer um und fuhr sich dann mit der Hand durch sein Haar. Das war eine Geste, die ich nun schon ein paar Mal bei ihm beobachtet hatte, wenn er über irgendetwas nachdachte. Und jedes Mal wünschte ich mir, dass es meine Hände wären. Wie gerne würde ich meine Hände in seinen samtig schimmernden schwarzen Haaren vergraben, seinen Kopf zu mir hinunterziehen und ihn küssen, als gäbe es kein Morgen mehr.

„Hier hat sich nichts verändert", riss mich Matteo aus meiner Träumerei.

„Wie meinst du das?".

Matteo grinste schief.

„Naja, es sieht noch alles genauso aus, wie vor 12 Jahren…".

Den Rest ließ er unausgesprochen, aber es war mir klar, was er in diesem Moment dachte.

Es sah alles noch genauso aus wie vor 12 Jahren, als ich ihm hier in diesem Zimmer mein erstes Mal schenkte. Eine leichte Röte bedeckte meine Wangen bei dem Gedanken daran. Es war wunderschön gewesen. Matteo war damals mehr als einfühlsam vorgegangen und es hatte nicht eine Sekunde lang weh getan. Im Gegenteil, es war schöner, als ich es mir je hätte erträumen können. Wir waren eins gewesen. Er hatte mir das Gefühl gegeben, dass ich alles war, was er wollte. Alles was zählte. Alles, was er fühlte.

Bis ich am nächsten Morgen in einem leeren Bett aufgewacht war. Allein. Matteo war fort gewesen. Und es sollte ganze 12 Jahre dauern, bin ich ihn wiedersah. Bei diesen Gedanken spürte ich wieder den schmerzenden Stich in der Brust, der mir jedes Mal von Neuem die Luft zum Atmen nahm. Mit den Jahren war es weniger häufig vorgekommen, aber es war nie ganz weg gewesen.

„Alles in Ordnung?". Matteo war unbemerkt vor mich getreten und legte nun einen Finger unter mein Kinn.

Behutsam hob er mein Gesicht an, sodass ich ihm wohl oder übel in die Augen schauen musste. In seinen Augen lag Bedauern. Und ich glaubte auch, so etwas wie Schmerz darin zu erkennen. Aber vielleicht täuschte ich mich auch. Ich löste mich aus seinem Griff und trat einen Schritt zurück, um mehr Platz zwischen uns zu schaffen.

„Ja, alles super. Dann weißt du ja auch sicher noch, wo das Bad ist."

Matteo nickte kaum merklich.

„Gut, ich lasse dir den Vortritt. Im Bad findest du alles, was du brauchst. Meine Großeltern haben immer genug Vorrat an Zahnbürsten und anderen Dingen da, für den Fall, dass Allegra oder ich spontan zu Besuch kommen."

Kurze Zeit später hörte ich, wie die Dusche angeschaltet wurde und Matteo in die Duschkabine stieg. Ich versuchte partout nicht daran zu denken, dass er jetzt gerade nackt war und sah mich stattdessen im Zimmer um. Es bestand lediglich aus einem etwas größeren Bett, einem Schrank, einem Schreibtisch und dem passenden Stuhl. Es gab keine Couch. Und Matteo auf dem Boden schlafen zu lassen, wäre nicht nur unhöflich, sondern auch kindisch. Also würden wir wohl oder übel in einem Bett schlafen müssen. Wie vor 12 Jahren.

Nur, dass dieses Mal nichts passieren würde zwischen uns. Wir waren jetzt erwachsen. Und das, was vor 12 Jahren geschehen war, lag lange hinter uns.

*****

Dieser Vorsatz kam allerdings ins Wanken, als Matteo kurze Zeit später, nur mit einem kleinen weißen Handtuch um die Hüften, vor mir stand. Einzelne Wassertropfen hingen an seinen gekräuselten Haarspitzen und fielen dann auf seinen muskulösen Körper, an dem sie hinab rollten, bis sie in dem Handtuch verschwanden, das Matteos Männlichkeit verdeckte. Meine Lippen wurden trocken und auch meine Kehle war auf einmal ganz ausgetrocknet. Dieser Mann war verboten heiß.

Man musste sich doch verbrennen, wenn man ihn nur anfasste. Ich widerstand dieser Versuchung, aber es war schwer. Sehr schwer.

„Ich hatte vor, heute Nacht in Positano zu übernachten, da ich morgen früh noch einen Geschäftstermin dort habe. Deshalb habe ich Wechselkleidung im Wagen."

Er kratzte sich verlegen am Kopf.

„Ich hole sie dir", beeilte ich mich zu sagen.

Denn wenn ich noch länger mit diesem, im wahrsten Sinne des Wortes, feuchten Frauentraum, in einem Zimmer war, konnte ich für nichts mehr garantieren. Nachdem ich ihm die Kleidung übergeben hatte, sprang auch ich unter die Dusche, um die Spuren des langen Tages abzuwaschen. Ich putzte mir die Zähne und schlüpfte in mein rotes knielanges Nachthemd aus dünner Seide. Dann warf ich mir meinen ebenfalls knielangen roten Morgenmantel über und ging zurück ins Zimmer.

Matteo lehnte unschlüssig am Fenster und stützte sich mit einem Arm lässig am Rahmen ab, während er nach draußen sah. Er trug nur eine graue Jogginghose, die ihm locker auf den Hüften saß. So hatte ich einen freien Blick, auf die mir sonst verborgenen Tattoos, die seine Arme und wie ich nun erkannte, auch einen Teil seines Rückens, zierten.

Ich trat neben ihn. Draußen war es mittlerweile still geworden. Auch die letzten Gäste waren inzwischen gegangen oder in einem der Gästezimmer verschwunden. Das Licht war erloschen und es war Ruhe eingekehrt. Ein Blick auf die Uhr auf meinem Schreibtisch verriet mir, dass es bereits zwei Uhr morgens war. Vorsichtig berührte ich Matteos nackten Arm. Es schien, als holte ich ihn aus einer ganz anderen Welt zurück in das Hier und Jetzt, denn er sah mich überrascht an. Dann jedoch wanderte sein Blick an mir hinab und wandelte sich in Begehren. Meine Finger prickelten auf seiner nackten Haut und es schien, als würde sein begehrender Blick ein Loch in meine Seele brennen.

„Ich werde jetzt zu Bett gehen. Du musst nicht auf dem Boden schlafen. Es ist genug Platz für zwei darin", versuchte ich es auf die unverfängliche Tour.

Und zu meinem Erstaunen gelang mir das besser als gedacht. Ich wandte mich zum Gehen, doch Matteo umfasste mein Handgelenk und führte meine Hand zu seinem Mund. Er bedachte jeden meiner Fingerknöchel mit einem hauchzarten Kuss. Ich beobachtete gebannt jede seiner Bewegungen. Obwohl sein Mund meine Haut kaum berührte, vernahm ich seine Berührungen mit einer berauschenden Intensität.

Ich öffnete meine Hand und strich vorsichtig an seinem markanten Gesicht entlang. Er schloss die Augen und ließ mich gewähren. Mit meinem Finger fuhr ich seine Augenbrauen nach und streifte dabei auch die Narbe, die diese durchzog. Mein Finger glitt an seiner Wange hinab zu seinem Kinn und von dort sanft an seinem Hals entlang, zu seinem linken Schlüsselbein. Ich nahm mit Genugtun war, dass er unter meinen Berührungen erbebte und wagte mich weiter vor. Mit beiden Händen fuhr ich durch seine feuchten Haare, die nicht nur wie Samt glänzten, sondern sich auch so anfühlten.

Ich zog ihn zu mir hinab und unsere Münder verweilten nur Millimeter voneinander entfernt. Matteo atmete schwer und hatte seine Augen noch immer geschlossen. Es war, als würde er einen Kampf mit sich ausfechten. Ich hauchte ihm einen zarten, kaum spürbaren Kuss auf seine Lippen. Er lehnte seine Stirn an meine und ich befürchtete schon, dass er sich mir wieder entziehen und wie immer davonlaufen würde. Aber zu meiner Überraschung tat er das nicht.

Eine Weile verweilten wir so und ich traute mich kaum zu atmen, aus Angst den Moment zu zerstören.

„Wir sollten das nicht tun“, flüsterte Matteo leise, seine Stirn immer noch an meine gelehnt.

Ich wollte etwas erwidern, doch er kam mir zuvor.

„Aber ich glaube wir müssen es tun. Dieses Verlangen wird sonst nie aufhören. Es wird uns beide noch in den Wahnsinn treiben.“

Er nahm mein Gesicht in seine Hände und suchte in meinen Augen nach Zustimmung.

*****

Hier standen wir nun also. 12 Jahre später. Derselbe Ort. Dasselbe Verlangen. So, als wäre kein Tag vergangen. Ich glaubte nicht, dass eine gemeinsame Nacht dieses Verlangen stillen könnte. Ganz im Gegenteil. Ich war davon überzeugt, dass es danach noch viel schlimmer sein würde. Dass diese eine Nacht die heiße Glut endgültig zu einem unberechenbaren Feuer entfachen würde. Aber das würde ich Matteo nicht sagen. Nicht jetzt. Ich beschloss das zu tun, was Giorgia mir geraten hatte. Den Moment zu genießen. Alles, was danach kam, einschließlich aller Konsequenzen, war ein Thema, mit dem ich mich morgen beschäftigen würde. Und morgen würde schon früh genug kommen. Im Grunde genommen war der Morgen bereits hier. Wenn mir also nur wenige Stunden blieben, um die süße Wonne des Lebens zu spüren, dann würde ich diese Zeit auch nutzen.

Ich verschränkte meine Arme in Matteos Nacken und presste meine Lippen auf die seinen. Er erwiderte den Kuss zaghaft, fast schon unschuldig, so, als wolle er sich zuerst vergewissern, ob ich das auch wirklich wollte. Als ich ihn jedoch zum Bett führte, ihm bedeutete sich hinzusetzen und mich vor ihn stellte, um meinen Morgenmantel langsam zu öffnen und ihn achtlos zu Boden fallen zu lassen, wurde sein Blick mit einem Mal dunkler. Er schien nun für sich die Bestätigung gefunden zu haben, die er brauchte, um diese eine Nacht mit mir zu verbringen. Sein Atem wurde schwer und er verfolgte jede meiner Bewegungen wie eine Raubkatze, kurz bevor sie sich auf ihre Beute stürzte. Ich sah ihm direkt in die Augen. Unsere Blicke verhakten sich und ließen einander nicht mehr los. Es war wie ein unsichtbares Band, welches uns umgab.

Langsam löste ich die Träger des Nachthemds von den Schultern und als auch dieses zu Boden fiel, hörte ich, wie Matteo scharf einatmete. Ich trug weder BH noch Slip. Somit stand ich jetzt splitterfasernackt vor ihm. Lediglich mein langes Haar fiel mir über die Schultern, bis zu den Hüften und verdeckte einen Teil meiner Brüste, die sich bereits unendlich nach seiner Berührung sehnten. Matteo streckte die Hand nach mir aus und zog mich auf seinen Schoß. Er ließ seine Finger durch mein langes Haar gleiten, bis hinunter zu den Haarspitzen. Dabei berührte er scheinbar ausversehen auch die zarte Haut meiner Brüste. Meine Knospen wurden bei dieser flüchtigen Berührung sofort hart und richteten sich auf. Er nahm mein langes Haar, wickelte es sich spielerisch um die Finger und legte es mir über die Schulter, sodass es mir über den Rücken fiel und einen ungetrübten Blick auf meine prallen Brüste preisgab.

„Du bist so wunderschön, Carlotta."

Matteos Stimme war heiser und ich konnte seine Erregung in jedem seiner Worte hören. Seine belegte Stimme jagte mir einen Schauer über den Rücken und ich schloss für einen Moment die Augen, um mich nicht von den Gefühlen übermannen zu lassen, die mich gerade zu überrollen drohten. Das war ein Fehler. Denn Matteo senkte genau in diesem Augenblick seinen Mund auf meine linke Brust, umschloss meine Knospe mit seinen heißen Lippen und biss spielerisch hinein, nur um den erregenden Schmerz sofort mit zarten kleinen Küssen zu lindern. Seine rechte Hand umfasste meine andere Brust und massierte sie. Dann jedoch kniff er hart in meine rechte Knospe und erstickte meinen spitzen Aufschrei, in dem er seinen Mund stürmisch auf meinen presste. Mein Aufschrei wandelte sich in ein tiefes, hemmungsloses Stöhnen an seinem Mund und ich klammerte mich an ihn, wie eine Ertrinkende an das rettende Ufer. Unser Kuss wurde mit jeder Sekunde leidenschaftlicher und ich rieb mich ungeduldig an ihm. Meine Hände glitten rastlos über seinen nackten, muskulösen Oberkörper und meine Küsse wurden fordernder.

Ich wollte mehr, viel mehr. Durch seine Jogginghose konnte ich seine pulsierende Männlichkeit an meiner Mitte spüren und ich war versucht, sie aus der Hose zu befreien, nur um sie dann sofort in mich aufzunehmen. Ich war mehr als bereit. Zwischen meinen Beinen war es so feucht, als wäre ich gerade erst aus der Dusche gestiegen. Ich brauchte kein Vorspiel. Ich wollte Matteo in mir spüren. Jetzt. Eilig kletterte ich von ihm hinunter und nestelte ungestüm an seiner Jogginghose, um sie ihm endlich auszuziehen. Doch Matteo hielt meine Hände fest und küsste sie.

Er lächelte.

„Immer mit der Ruhe, Carlotta. Lass mich das machen."

Als ich nicht reagierte, verdunkelte sich sein Blick.

„Wenn du nicht auf das hörst, was ich dir sage, dann muss ich dich dafür bestrafen. Also bist du jetzt ein gutes Mädchen?".

Ich schüttelte rebellisch den Kopf und Matteos Blick wurde noch eine Nuance dunkler.

Sein Mund verzog sich zu einem diabolischen Grinsen.

„Du willst also ein böses Mädchen sein?", sagte er ganz nah an meinem Mund.

Seine Stimme war zutiefst erregt aber gleichzeitig auch drohend. Mit seinem stählernen Körper drückte er mich tief in die Kissen, sodass ich nun ausgestreckt auf dem Bett lag. Nackt. Während er immer noch seine Jogginghose trug, in der sich ganz deutlich seine Erektion abzeichnete.

„Hände über den Kopf!", befahl er mir mit einer Stimme, die keinen Widerstand duldete. Sein herrischer Ton törnte mich nur noch mehr an und ich tat wie mir geheißen.

Er schob meine Beine mit seinem Knie auseinander und kniete sich breitbeinig dazwischen. Dann beugte er sich über mich und begann mein Kinn mit heißen, zarten Küssen zu bedecken. Seine Küsse wanderten zu meinem Hals. Von der Zärtlichkeit war nun nichts mehr zu spüren. Er biss ungestüm in meine empfindliche Haut und sog so kräftig daran, wie ein Vampir, der alles Leben auslöschen wollte. Der wechselnde Kontrast zwischen sanft und grob, trieb mich in den Wahnsinn und ließ meine Erregung ins Unermessliche steigen.

„Bitte", flüsterte ich.

„Bitte was?", antwortete mir Matteo an meinem Hals und biss noch einmal hinein.

Ich keuchte auf.

„Bitte was?", wiederholte er.

Seine linke Hand glitt nun zwischen meine Beine, wo er meine Schamlippen teilte und in kleinen Kreisen meine Perle rieb. Mein Kopf fiel in den Nacken und ich musste mich wirklich darauf konzentrieren, das Atmen nicht zu vergessen.

„Sag mir, was du willst, Carlotta", knurrte Matteo.

Sein rechter Zeigefinger umkreiste zart wie Engelsflügel meine rechte Knospe und strich ab und zu, wie durch Zufall, genau über meinen aufgerichteten Nippel. Ich war unfähig, auch nur ein Wort hervorzubringen.

„Ich werde die ganze Nacht so weiter machen, wenn du mir nicht sagen kannst, was du willst und brauchst, Carlotta."

Matteos Stimme war unnachgiebig und hart. Ich stöhnte erregt auf und schlug mir sogleich die Hand vor den Mund, da ich auf keinen Fall wollte, dass irgendjemand mitbekam, was hier vor sich ging.

„Da will jemand wohl das ganze Haus aufwecken, hm?".

Das teuflische Grinsen erschien wieder auf Matteos Gesicht, als er mir mit seinem Zeigefinger über die Lippen fuhr. Matteo beugte sich zu mir vor und legte seinen glühenden Körper auf meinen. Wieso trug er immer noch diese verdammte Jogginghose? Gierig rieb ich mich an ihm.

„Dann will ich mal nicht so sein", flüsterte Matteo an meinem Ohr.

„Ich werde dir jetzt ein paar Vorschläge machen und du musst mir einfach nur sagen, welcher davon dir am besten gefällt."

Er biss in mein Ohrläppchen und stöhnte bebend auf, als sich meine Fingernägel in seinen Rücken krallten und daran entlangfuhren, bis hin zu seinem Po. Meine Hände glitten unter seine Hose und umfassten seinen strammen süßen Hintern. Während ich seinen Unterleib mit aller Kraft gegen meine heiße Mitte drückte, rieb ich mich gierig an ihm. So hemmungslos kannte ich mich nicht. Unter normalen Umständen würde ich mich wegen meiner Gier wohl schämen, aber in diesem Moment war es mir völlig egal.

„Also", Matteo senkte seine Lippen an mein Ohr.

„Vorschlag Nummer eins. Ich koste dich ausgiebig und schaue mal, ob deine heiße süße Muschi heute ebenfalls so gut schmeckt, wie dein Mund."

Um seinen Vorschlag zu verdeutlichen, ließ er erneut seine Hand zwischen meine Beine wandern, tauchte zwei seiner geschickten Finger tief in mich ein und führte sie dann an seinen Mund, um meinen Saft zu kosten.

„Hmmm…", seufzte er genießerisch.

„Ja, ich denke das würde mir gefallen."

Ich stöhnte auf, vor Verlangen und wieder erstickte Matteo das verräterische Stöhnen mit einem heißen Kuss.

Ich schmeckte mich selbst in seinem Mund, was mich unglaublich anmachte.

„Vorschlag Nummer zwei."

Matteo massierte meine Brüste mit seinen Händen und ich hatte sichtlich Mühe, mich auf seine Worte zu konzentrieren.

„Wir testen, ob du meinen Fingern in deiner gierigen Möse länger als eine Minute widerstehen kannst, ohne zu kommen."

Ich keuchte auf. Sein Dirty Talk machte mich nur noch schärfer und das wusste er ganz genau. Dabei war ich fest davon überzeugt, dass er sich noch schwer damit zurückhielt.

„Willst du das?", murmelte Matteo an meinem Hals, während er lauter kleine Bisse darauf verteilte.

„Mehr."

Das war alles, was ich hervorbrachte.

„Du willst mehr?", flüsterte Matteo mit rauer Stimme.

Ich nickte angestrengt.

„Also gut. Vielleicht magst du ja meinen dritten Vorschlag."

Matteo stand auf und mich überkam eine furchtbare Angst, dass er es sich anders überlegt hatte und gehen wollte. Aber er tat endlich das, worauf ich schon seit einer Ewigkeit wartete. Er entledigte sich der Jogginghose, die mittlerweile noch tiefer auf seinen Hüften saß. Zum Vorschein kam seine beachtliche Erektion, die mir damals bei meinem ersten Mal zunächst einen gehörigen Schrecken eingejagt hatte, da ich nicht wusste, ob ich sie voll in mir aufnehmen konnte. Die Spitze seiner Männlichkeit glänzte verführerisch. Ein Lusttropfen hatte sich darauf gebildet. Schnell wie eine Katze setzte ich mich auf und noch bevor Matteo realisierte, was ich vorhatte, hatte ich schon den Lust Tropfen von seinem Glied geleckt.

„Oh mein Gott, Carlotta", stöhnte er gequält.

„Was machst du mit mir."

Dasselbe wie du mit mir. Dich quälen, dachte ich zufrieden und begann mit meinem Mund an seiner Männlichkeit auf und ab zu gleiten.

Meine Zunge umspielte dabei immer wieder seine Spitze.

„Wenn du damit nicht augenblicklich aufhörst, ist es schneller vorbei, als dir lieb ist", stöhnte Matteo erregt.

Ich sah aus den Augenwinkeln, wie er knisternd eine Kondom Packung aufriss. Die musste er aus seiner Jogginghose genommen haben, bevor er sie ausgezogen hatte. Eine unermessliche Vorfreude nahm Besitz von mir und ich nahm Matteo das Kondom aus der Hand.

„Lass mich das machen."

Langsam rollte ich das Kondom über seine erigierte Männlichkeit und ließ mich dann von Matteo sanft in die Laken drücken.

„Soll ich dir Vorschlag Nummer drei verraten?".

Matteo sah mir tief in die Augen. Er atmete schwer. Ich konnte mir denken, was Vorschlag Nummer drei war. Aber ich wollte es von ihm hören.

„Ja", hauchte ich und ließ meine Hände durch sein Haar wandern.

„Ich versenke mich so tief in dir, dass das Einzige, an das du denkst, das Einzige, was du fühlst und das Einzige, was du willst, ich bin. Willst du das?".

Ich gab einen erstickten Laut von mir, da aus meinem Mund keine zusammenhängenden Worte mehr kommen wollten, so sehr wollte und brauchte ich Matteo in mir.

„Sag es mir." Matteos strenge Worte gaben mir den Rest.

„Nimm mich. Nimm mich, verdammt noch mal!", keuchte ich in seinen Mund, während meine Lippen die seinen suchten.

Er senkte seine Lippen auf meine und nahm mit seiner heißen Zunge im gleichen Moment Besitz von meinem Mund, in dem sich auch seine Männlichkeit mit einem harten Stoß Zutritt zu meiner sich vor Lust verzehrenden Vulva verschaffte.

Allein dieses Gefühl brachte mich fast zum Orgasmus. Matteo versiegelte meinen stöhnenden Mund mit seinem und küsste mich leidenschaftlich. Er verharrte einige Momente in mir, bis ich mich an seine Größe gewöhnt hatte, und begann dann endlich, sich in mir zu bewegen. Jedoch bewegte er sich quälend langsam, was mir fast den Verstand raubte. Er schien sich zurückzuhalten. Aber genau das wollte ich nicht. Ich brauchte mehr. Wollte alles. Also legte ich meine Beine um seine Hüften, trieb ihn rastlos an und bog meinen Rücken durch, um ihn noch tiefer in mir spüren zu können.

„Schneller", keuchte ich.

„Fester", flehte ich.

„Besorg es mir, Matteo. Härter."

Matteo sah mich unter halb geschlossenen Lidern an.

„Du machst mich vollkommen verrückt, Carlotta. Weißt du das?".

Dann umschloss er meine Hüften und drehte mich mit einem Ruck um, sodass ich auf meinen Knien landete. Bevor ich wusste, wie mir geschah, hatte Matteo bereits meine Beine gespreizt und sich hinter mich gekniet. Dann drang er mit wenigen Stößen in mich ein. Ich stützte mich auf meinen Unterarmen ab, um die kräftigen Stöße abzufangen, mit denen Matteo sich in mir versenkte.

„Du willst es härter? Ich gebe es dir härter, Süße."

Matteos Stöße waren unerbittlich. Mit der einen Hand hielt er meine Hüfte fest umklammert, während er hart und schnell in mich stieß. Die andere Hand wanderte zwischen meine nassen Schenkel, fand meine Mitte und teilte sie. Seine flinken Finger stimulierten meine Perle, sodass mir Hören und Sehen verging. Ich spürte, wie sich in mir ein gewaltiger Orgasmus zusammenbraute und genoss jede Sekunde der heranrollenden Welle.

„Gefällt es dir, wenn ich dich so hart ficke Baby? Ist mein Schwanz groß genug für dich?".

Matteo hatte endlich jegliche Hemmungen mir gegenüber abgelegt und trieb mich mit seinen harten Stößen, seinen flinken Fingern und seinen dreckigen Worten unausweichlich in Richtung meines Höhepunkts.

„Komm für mich", flüsterte er mit rauer Stimme und seine Stöße wurden noch härter, obwohl ich das nicht für möglich gehalten hatte.

Während er weiter in mich stieß, mit einer Hand meine Perle umkreiste, ließ er meine Hüfte los und knetete mit der anderen Hand gierig meine prallen Brüste. Das brachte das Fass zum Überlaufen. Mit einem tiefen Stöhnen brach die Welle über mir zusammen und ich sah Sterne. Eine elektrisierende Wärme erfüllte jede Faser meines Körpers und ich konnte nicht mehr klar denken. Alles um mich herum verschwamm. Ich stöhnte hemmungslos immer wieder Matteos Namen, während dieser weiter in mich hineinpumpte, bis seine Bewegungen wenige Sekunden später abgehackt und ungleichmäßig wurden. Dann wurde auch er von seinem Orgasmus erschüttert. Heiser stöhnte er meinen Namen und ließ sich schließlich erschöpft und atemlos neben mich sinken. Seine Augen waren geschlossen und lange Zeit sagte niemand ein Wort. Als sein Atem sich wieder normalisiert hatte, drehte er seinen Kopf zu mir, öffnete langsam die Augen und sah mich mit einem verheißungsvollen Blick aus Begehren, Zuneigung, Wärme aber auch Melancholie an. Mit seiner Hand strich er mir eine verirrte Strähne aus dem Gesicht.

„Du bist unglaublich." Sanft küsste er meine Schulter.

„Das fällt dir erst jetzt auf?", neckte ich ihn, um meine Verlegenheit zu überspielen.

„Nein, das weiß ich schon sehr lange", erwiderte Matteo gedankenverloren, während er mit einer meiner langen Haarsträhnen spielte.

Wir lagen einige Minuten wortlos nebeneinander und genossen in stillem Einklang die Wärme des anderen. Nach einer Weile gewann mein Bedürfnis, Matteo zu berühren, jedoch erneut die Oberhand. Mit meinen Fingernägeln glitt ich über seine muskulöse Brust, die kleine Schweißperlen zierten. Ich fuhr die Konturen seiner Tattoos nach und fragte mich, was sie wohl bedeuteten. Matteo knurrte ungestüm.

„Behalte deine Finger lieber bei dir."

Ich drehte meinen Kopf, den ich in seine Armbeuge gelegt hatte und sah zu ihm auf.

„Wieso denn?".

Matteo schlug die dünne Decke zur Seite, mit der er mich und sich bis zum Bauchnabel bedeckt hatte.

„Deswegen."

Ich folgte seinem Blick bis zu seiner Männlichkeit, die mir erigiert entgegen ragte, bereit für eine weitere Runde. Dieser Mann hatte eindeutig Stehvermögen. Während ich noch seinen erregten Schwanz bewunderte, umkreisten Matteos Finger hauchzart meine linke Brustwarze, die sich daraufhin sofort aufrichtete und unmissverständliche Signale an meine Vulva sandte.

Ich blickte in Matteos dunkle Augen, die lüstern schimmerten.

„Bereit für eine zweite Runde?".

Aber auch die zweite Runde sollte nicht ausreichen, um unser gegenseitiges Verlangen zu stillen.

Irgendwann, als es bereits wieder hell draußen wurde, konnte ich meine Lider nicht mehr länger offenhalten und war erschöpft in Matteos starken Armen eingeschlafen.

Kapitel 29

Ich erwachte am nächsten Morgen von der Sonne, die mir direkt ins Gesicht schien. Blinzelnd öffnete ich die Augen und brauchte einen Moment, um mich zurechtzufinden. Dann fiel es mir wie Schuppen von den Augen. Letzte Nacht. Matteo und ich. Röte schoss mir ins Gesicht bei den Gedanken an all das, was wir miteinander getrieben hatten, gefolgt von einer Welle des Glücks. Aber wo war er? Ich sah mich suchend um. Die Seite neben mir im Bett war leer.

Schlagartig machte sich ein beklemmendes Gefühl in meinem Magen breit. Mir wurde schlecht und meine Kehle schnürte sich in dunkler Vorahnung zu. Mit einem Satz war ich aus dem Bett gesprungen. Splitternackt lief ich quer durch das Zimmer ins Bad und öffnete mit einem Ruck die Tür. Leer. Ich lief zurück in mein Zimmer. Matteos Sachen waren ebenfalls weg. Und zwar alle.

Wie vom Donner gerührt stand ich dort und zitterte wie Espenlaub am ganzen Körper. Nur mit Mühe schaffte ich es zurück zu meinem Bett und ließ mich mit wackeligen Beinen darauf nieder. Es war, als hätte jemand die Zeit zurückgedreht. Auf einmal war ich wieder 17 Jahre alt. In der vorherigen Nacht hatte ich zum ersten Mal erlebt, was es bedeutete, sich einander ganz hinzugeben, eins zu sein mit einer geliebten Person. Ich hatte Matteo meine Seele vollkommen offenbart und mein Herz für ihn geöffnet. Nur wenige Stunden später wurde meine Seele gestohlen und mein Herz gebrochen. Ich blieb zurück. Verlassen. Allein. Verzweifelt.

Wie lange ich dort auf meinem Bett saß, ich wusste es nicht. Alles war so surreal. In meinem Kopf wechselten die Bilder zwischen der 17-jährigen Carlotta und der 29-jährigen Carlotta so oft hin und her, dass ich bald selbst nicht mehr wusste, was Gegenwart und was Vergangenheit war. Ich war von einem kosmischen Höhenflug hart und unsanft auf dem Boden der Tatsachen gelandet. Und es tat weh. So unglaublich weh. Aber anders als die damals 17-jährige Carlotta, war die jetzt 29-jährige Carlotta unfähig, den Schmerz aus sich raus zu lassen. So schrecklich es sich auch anfühlte, es wollten einfach keine Tränen fließen.

Stattdessen machte sich eine stumpfe Leere in mir breit.

*****

Schließlich waren es Stimmen von draußen aus dem Garten, die mich in die Gegenwart zurückholten. Ich hob meinen Morgenmantel vom Boden auf, warf ihn über und ging zum Fenster. Der Abbau des Festes war bereits in vollem Gange. Meine Großeltern, Giorgia und ihre Eltern, sowie ein paar weitere Verwandte, waren bereits dabei, alles wieder restauranttauglich zu machen. Mein schlechtes Gewissen meldete sich postwendend und ich schob alle düsteren Gedanken zur Seite, um meiner Familie beim Abbau zu helfen, so, wie ich es versprochen hatte. Schnell sprang ich unter die Dusche und wusch die Spuren der letzten Nacht von meiner immer noch prickelnden Haut. Dann streifte ich mein gelb-weiß gestreiftes T-Shirt über, zog meine abgenutzte Jeans Latzhose an und eilte barfuß nach draußen.

„Carlotta, da bist du ja endlich", begrüßte mich meine Cousine, fröhlich wie immer.

„Deine bessere Hälfte hat sich schon müde geschuftet, während du noch friedlich geschlummert hast."

Die Verwirrung über ihre Worte musste mir ins Gesicht geschrieben sein, was Giorgia dazu veranlasste, weiterzureden.

„Na Matteo. Er hat uns in der letzten Stunde schon tatkräftig hier unten geholfen. Er meinte, er wolle dich nicht wecken."

Giorgia wackelte anzüglich mit den Augenbrauen.

„So wenig Schlaf bekommen? Ich will alles wissen. Hörst du? Jedes Detail."

Bevor ich ihr antworten konnte, wurde mir ein dampfender Becher Kaffee unter die Nase gehalten.

„Ich wollte gerade schauen, ob ich dich hiermit irgendwie zurück unter die Lebenden holen kann, aber wie ich in deinem leeren Zimmer feststellen musste, war das dann doch nicht notwendig."

Ich blickte auf den dampfenden Becher vor mir, dessen Geruch verführerisch in meine Nase stieg.

„Schade, eigentlich", flüsterte mir Matteo kaum merklich ins Ohr.

Giorgia hatte sich unauffällig entfernt, sodass ich nun allein mit Matteo in einer Ecke des Gartens stand.

„Was ist schade?", fragte ich ihn, da mein Gehirn noch ausnahmslos damit beschäftigt war, das soeben Geschehene und die unerwartete Wendung dieses Morgens, zu verarbeiten.

Er war nicht gegangen! Die Geschichte hatte sich nicht wiederholt. Er war hier. Bei mir. Meine Gedanken rasten und verräterische Tränen schlichen sich in meine Augen.

„Schade, dass ich nicht früher zurückkommen konnte."

In seinem Blick lag so viel Unausgesprochenes, dass es unmöglich war, diese Aussage zu deuten. Bezog sie sich auf heute Morgen? Oder lag viel mehr in diesen Worten?

Matteo räusperte sich. „Ich muss jetzt leider los."

Als ich nichts darauf erwiderte, fügte er zaghaft hinzu, „begleitest du mich noch zum Wagen?".

Ich schaute auf die Tasse in meinen Händen. Der aromatisierende Geruch und die wohlige Wärme beruhigten mein stolperndes Herz etwas. Es hatte an diesem Morgen schon viel aushalten müssen. Eine wahre Achterbahn der Gefühle.

„Natürlich", war alles, was ich als Antwort hervorbrachte.

Wir setzten uns schweigend in Bewegung und Matteo legte mir sanft seine Hand auf den Rücken, während er mich nach draußen navigierte. Seine Hand brannte auf meinem Rücken wie Feuer. Es war verrückt, dass mein Körper sich nach letzter Nacht noch immer so nach ihm verzehrte und bei jeder seiner Berührungen in Flammen aufging. Ob es ihm genauso ging? Als wir vor seinem Wagen zum Stehen kamen, ergriff Matteo erneut das Wort.

„Wir sehen uns dann am Montag auf Capri, um uns für das Meeting auf Sizilien vorzubereiten?“.

Ich nickte kaum merklich mit dem Kopf. Dann aber rief ich mir ins Gedächtnis, dass ich Privates von Beruflichem trennen musste und seine Frage sich ganz klar auf ein wichtiges berufliches Thema bezog. Also bekräftigte ich meine vorherige stumme Zustimmung mit den Worten, „Wir sehen uns am Montag und dann werden wir die Weichen für den Vertragsabschluss stellen.“

Matteo lächelte. „Daran habe ich keine Zweifel.“

Er stand ein paar Sekunden unschlüssig an seiner Wagentür, so, als würde er etwas abwägen und doch zu keiner Entscheidung kommen. Ich beobachtete ihn abwartend.

„Also dann, ich gehe mal wieder rein, um zu helfen“, sagte ich schließlich und deutete mit dem Daumen auf die offene Tür hinter mir.

„Ok“, lautete seine Antwort.

Ich wandte mich zum Gehen und war schon fast wieder durch die Tür im Haus verschwunden, als mich Matteos starke Hände an der Schulter packten, mich zu ihm umdrehten und mich gegen die Hauswand pressten. Dann nahm er ohne Umschweife mein Gesicht in seine Hände und presste stürmisch seine Lippen auf meine.

Sein Kuss war leidenschaftlich und ungezügelt. Aber so schnell wie dieser unvorhersehbare Angriff gekommen war, so schnell war er auch schon wieder vorbei. Matteo ließ von mir ab, machte einen Schritt zurück und sah mir direkt in die Augen.

Ich glaubte so etwas wie Verzweiflung darin zu entdecken.

„Bitte geh jetzt“, flüsterte er. „Bevor ich dich nicht mehr gehenlassen kann.“

Als ich mich nicht bewegte, war er es, der sich in Bewegung setzte.

Mit schnellen Schritten ging er ein zweites Mal zu seinem Wagen. Doch dieses Mal stieg er tatsächlich ein und fuhr Sekunden später los, ohne noch einmal zurückzublicken.

*****

Gedankenverloren sah ich dem Wagen hinterher, auch als er schon längst um die Ecke gebogen und außer Sichtweite war. Was hatte das bloß alles zu bedeuten? Hatte es überhaupt etwas zu bedeuten? Oder war es reines Wunschdenken, dass sein Verhalten so gar nicht zu einem unverfänglichen One-Night-Stand passte? Wie würde es jetzt zwischen uns weiter gehen? Würden wir das, was letzte Nacht zwischen uns passiert war, einfach totschweigen und so weiter machen, als wäre nie etwas geschehen? War es tatsächlich nur eine einmalige Sache gewesen, die sich nicht mehr wiederholen würde? Wollte ich überhaupt, dass es sich wiederholte? Tausend Fragen schwirrten in meinem Kopf umher und ich trank gedankenverloren meinen Kaffee, während ich immer noch dorthin schaute, wo Matteo vor einigen Minuten aus meinem Blickfeld verschwunden war.

So bemerkte ich auch nicht, dass Giorgia unbemerkt hinter mich getreten war und verschüttete vor Schreck fast meinen Kaffee, als sie mit gespielt ernster Stimme fragte, „glaubst du er kommt dadurch, dass du wie gebannt auf die Straße starrst, auf einmal auf einem weißen Schimmel und in ritterlicher Rüstung mit einem gigantischen Strauß roter Rosen um die Ecke geritten?".

Ich streckte ihr die Zunge raus und musste lachen.

„Du bist echt doof, Giorgia."

Aber mein liebevoller Ton verriet, dass ich es ganz und gar nicht so meinte.

„Nein, du bist doof. Weil du mir nicht erzählst, was hier vor sich geht. Und dass da offenbar so einiges vor sich geht, ist klar wie Kloßbrühe. Also machen wir jetzt Folgendes - und das ist kein Vorschlag, sondern lediglich eine Information, die du zur Kenntnis nimmst. Wir räumen fertig auf und nach den Mittagsgästen fahren wir zusammen runter zum Strand, wo wir uns einen richtig faulen Nachmittag machen. Gegen 17 Uhr werden uns Mia und Allegra via Video Chat anrufen, denn sie sind genauso gespannt auf das, was du uns zu berichten hast, wie ich es bin."

Bevor ich auch nur irgendetwas erwidern konnte, legte sie nochmal nach.

„Wie ich schon sagte, es braucht dazu nicht deiner Zustimmung, sondern lediglich deiner Kenntnisnahme. Es ist bereits alles arrangiert. Und jetzt lass uns beim Abbau helfen. In einer Stunde kommen bereits die ersten Mittagsgäste, bis dahin muss alles an seinem alten Platz stehen. Um halb drei ist Abfahrt zum Strand. Deine Tasche habe ich bereits gepackt, als du noch Matteo hinterher gestarrt hast."

Ergeben hob ich die Hände. Gegen Giorgia hatte ich keine Chance, also konnte ich auch gleich aufgeben und mir die Energie für die ganzen Fragen sparen, mit denen mich die drei Mädels nachher löchern würden, wie einen Schweizer Käse.

*****

Giorgia und ich hatten die letzten beiden Stunden am Strand verbracht und einfach mal nichts gemacht. Naja, wir hatten uns im Wasser abgekühlt, uns dann faul in die Sonne gelegt und gedöst. Das verbuchte ich mal unter nichts tun. Gegen 17 Uhr begaben wir uns in eine kleine Strandbar und setzten uns in eine abgelegene Ecke. Wir bestellten uns jede einen Aperol Spritz und riefen dann per Video-Konferenz Allegra und Mia an.

Mia saß auf der stilvoll dekorierten Dachterrasse ihrer Berliner Wohnung in Kreuzberg während Allegra sich aus Kanada dazu schaltete. Am Wochenende hatte wieder ein Grand Prix stattgefunden, dieses Mal in Montreal, und Allegra hatte beschlossen noch ein paar Tage länger in Kanada zu bleiben.

Wenn ich gehofft hatte, dass es so viel Gesprächsstoff zwischen uns vieren gäbe, dass wir kaum oder gar nicht erst auf das Thema Matteo zu sprechen kamen, so hatte ich mich leider getäuscht. Die drei schienen sich gegen mich verschworen zu haben und bestanden darauf, dass ich ihnen alles erzählte, was zwischen Matteo und mir vorgefallen war. Ich seufzte. Die Situation war aussichtslos, also musste ich wohl oder übel in den sauren Apfel beißen. Ich erzählte ihnen also alles, was sie wissen wollten. Sie würden sowieso keine Ruhe geben, bis sie jedes Detail kannten, also konnte ich es ihnen auch direkt verraten.

Nachdem ich geendet hatte, trank ich den Rest meines Aperol in einem Zug aus und bestellte direkt noch einen Neuen. Reden machte durstig. Beichten erst recht. Und genauso fühlte es sich gerade an. So, als hätte ich einen Seelenstriptease vor meinen Freundinnen gemacht. Nach anfänglicher Sprachlosigkeit redeten nun alle durcheinander, sodass ich nur noch Bahnhof verstand. Nachdem sich das aufgeregte Geschnatter gelegt hatte, sahen mich drei Paar Augen mit entschlossenem Ausdruck an.

„Oh Oh. Was ist?", fragte ich argwöhnisch. Was führten sie jetzt schon wieder im Schilde?

„Giorgia, sag du es ihr", wies meine Schwester meine Cousine an.

Diese nickte ernst.

„Also gut, Carlotta. Die Sache ist glasklar."

Ich schnaubte. „Ist sie das?".

Für mich war sie eher so verworren wie ein Labyrinth, aus dem man nicht mehr herausfand.

„Ja", riefen alle drei leicht genervt.

Ich hob abwehrend die Hände.

„Ist ja schon gut. Dann verhelft mir mal zur Erleuchtung."

Giorgia sah mich leicht genervt an.

„Das würde ich ja, wenn du mich nicht andauernd unterbrechen würdest."

Ich machte eine Handbewegung über meinen Mund, so als würde ich ihn mit einem imaginären Schlüssel verschließen.

„Also, wie ich bereits sagte, die Sache ist glasklar. Der Typ steht auf dich."

Energisches Nicken von Mia und Allegra unterstrich Giorgias Worte.

„Und du stehst auf ihn. Noch immer. Wahrscheinlich hast du nie damit aufgehört in all den Jahren. Also, hier ist der Deal: er sieht knackig aus…".

„Umwerfend sexy", warf Mia ein.

„Also gut, er sieht knackig und umwerfend sexy aus, ist intelligent, hat Macht…“.

„Und Geld wie Heu“, warf nun Allegra kichernd ein.

„Genau. Nicht, das Geld alles wäre, aber mal ganz ehrlich, wenn es mir schlecht geht, dann heule ich doch lieber in einem Ferrari als in einem Bus, oder? Also, wo war ich? Egal, ich denke du weißt, was wir meinen. Also kurz um: der Typ ist der absolute Jackpot. Und nur du kannst ihn knacken. Also stellt sich uns doch die Frage: Worauf wartest du?“.

Ich starrte die drei amüsiert an.

Und die drei starrten erwartungsvoll zurück.

Schließlich brachen wir alle in schallendes Gelächter aus und mussten so laut lachen, dass die anderen Gäste uns interessiert musterten. Als wir uns schließlich wieder beruhigt hatten und alle wieder einigermaßen normal atmen konnten, ergriff ich wieder das Wort.

„Ich könnte euch jetzt widersprechen. Euch sagen, dass da nichts ist, dass er nicht auf mich steht. Dass ich nicht auf ihn stehe. Aber das ist alles Quatsch. Wir sind alt genug, gewisse Zeichen zu erkennen und richtig zu deuten. Einen Vorteil muss es ja haben, näher an der Drei als an der Zwei zu sein. Und eine bessere Figur und schönere Haut sind es sicher nicht. Also muss es wohl die Lebenserfahrung sein, die man mit den Jahren dazu gewinnt.“

Meine Freundinnen nickten zustimmend.

„Ich will Matteo. Nicht nur körperlich. Er hat mir vor 12 Jahren einen Teil meines Herzens gestohlen und hat es seitdem nicht mehr hergegeben. Vielleicht, zumindest hoffe ich das, weil ich ihm damals ebenfalls einen kleinen Teil seines Herzens gestohlen habe. Die Sache wird nicht einfach Mädels, machen wir uns nichts vor.“

Vor den nächsten Worten holte ich noch einmal tief Luft, denn ich konnte selbst kaum glauben, dass ich das jetzt wirklich aussprach.

„Aber ich kann und will nicht nochmal 12 Jahre warten. Ich gehe aufs Ganze.“

Lautes Jubeln ertönte durch das Handy und an meinem Ohr.

„Darauf trinken wir", rief Giorgia und hob ihr Glas in die Höhe.

Mia und Allegra taten es ihr gleich, und auch ich hob mein Cocktailglas in die Höhe und lachte ausgelassen.

Wenn man etwas wollte, dann musste man kämpfen, dass man es auch bekam. Und ich wollte Matteo. Also hieß es nun: Auf in den Kampf.

Kapitel 30

Als ich am Montagmorgen nach der Überfahrt auf Capri das Anwesen der Familie Leone betrat, war meine wilde Entschlossenheit vom Wochenende nervöser Ratlosigkeit gewichen. Was ich wollte, das war mir klar. Aber ich wusste nicht, ob Matteo das auch wollte. Ich durfte bei all dem Gefühlschaos nicht vergessen, dass ich für die Familie Leone und somit für Matteo arbeitete. Im Gegenzug boten sie meiner Familie Schutz vor Clans, wie dem von Wladimir. Das konnte ich nicht leichtfertig aufs Spiel setzen.

Aber irgendetwas in mir hoffte, dass sich Berufliches und Privates miteinander vereinbaren ließen und ich beides haben konnte. Seufzend öffnete ich die Tür zu meinem Büro und ging zu meinem Schreibtisch. Dort lagen bereits einige Akten, die mit ein paar Haftnotizen versehen waren. Ich erkannte darauf Matteos Handschrift. Es waren die geschäftlichen Dokumente, die es vor unserer morgigen Abreise nach Sizilien vorzubereiten galt. Ich runzelte die Stirn. Da wir Morgen beide zu diesem Meeting fliegen würden, dachte ich, wir würden uns gemeinsam darauf vorbereiten. Aber anscheinend hatte ich da falsch gedacht. Nicht, dass ich nicht in der Lage gewesen wäre, diese Dinge selbst abzuarbeiten und zielsicher in die abschließende Präsentation einzubauen. Es war vielmehr so, dass Matteo und ich bisher immer an diesem Projekt zusammengearbeitet hatten, da es von so enormer Wichtigkeit für die Familie war. Und jetzt, einen Tag vor dem Erfolg oder eben dem Scheitern des Deals, ließ mich Matteo damit allein.

Das konnte entweder bedeuten, dass er enormes Vertrauen in mich hatte, oder dass er mir aus dem Weg ging. Oder vielleicht ein wenig von beidem.

Meine Schultern sackten enttäuscht nach unten und ich trat an das Fenster, um meinen Blick über das Meer schweifen zu lassen. Die Regelmäßigkeit, mit denen sich die Wellen an den Felsen brachen, beruhigte meine innere Unruhe. Schließlich straffte ich entschlossen meine Schultern und beschloss zunächst einmal das zu tun, für das ich eigentlich hier war: meine Arbeit. Das würde mich ablenken. Für alles andere gab es sicher eine Erklärung, mit der ich mich befassen würde, wenn ich die Vorbereitung für meinen morgigen, bisher wichtigsten Arbeitstag für die Familie, abgeschlossen hatte.

*****

Es war bereits früher Nachmittag, als Matteo an die Tür meines Büros klopfte und eintrat. Ich versuchte ihm so neutral wie möglich zu begegnen. Zu fragen wo er gewesen war und wieso er mich mit dieser Arbeit allein gelassen hatte, stand mir nicht zu. Denn im Grunde genommen wurde ich dafür bezahlt, dass ich diese Arbeit tat. Und es stand demjenigen, für den ich arbeitete, und der mich bezahlte, zu, sich einzubringen oder eben nicht.

„Ciao Carlotta. Wie kommst du mit der Vorbereitung für Morgen voran?".

Matteos Stimme war unverbindlich und sachlich. Nichts deutete darauf hin, dass wir uns noch vor zwei Tagen so nahegekommen waren, wie man sich nur kommen konnte. Auch wenn es mich verletzte, beschloss ich, dieses Spiel mitzuspielen, solange ich mir noch nicht sicher war, um welches Spiel es sich hier genau handelte und welche Spielregeln es gab.

„Du kommst gerade richtig. Ich bin fertig."

Ich erhob mich und strich meinen Rock glatt. Dann nahm ich die Präsentation, welche ich soeben ausgedruckt hatte und reichte sie Matteo über meinen Schreibtisch. Als Matteo die Papiere entgegennahm, berührten sich unsere Hände für einen kurzen Moment. Matteo strich kaum spürbar mit seinem Daumen über meinen Handrücken. Es war eine kurze, zarte Berührung, sodass es auch ein Streich meiner Fantasie gewesen sein könnte. Wäre da nicht mein Handrücken gewesen, der jetzt angenehm prickelte und nach mehr verlangte, hätte ich es als Hirngespinst abgetan. Ich schalt mich innerlich und wies mein Inneres ich an, sich zurückzuhalten. Matteo blätterte die Präsentation durch und wollte gerade etwas sagen, als sein

Telefon klingelte. Er schaute auf das Display und als er erkannte, wer ihn anrief, verdunkelten sich seine Augen wie eine schwarze Gewitterwolke.

„Ich muss da ran“, sagte er mehr zu sich selbst, als zu mir und verließ dann eilig das Büro. In seiner Eile waren ihm beim Öffnen der Tür zwei Blätter aus der Präsentationsmappe gefallen, die nun auf dem Boden lagen. Ich ging zur Tür, um die Blätter aufzuheben und die Tür zu schließen, hielt jedoch inne, als ich Matteos Stimme nur wenige Meter davon entfernt hörte.

„…morgen Abend…die genaue Uhrzeit weiß ich noch nicht. Das Schiff kommt aus Panama…Spirit Americana…ja genau…eine gewaltige Ladung…das ist ein enorm großes Geschäft. Er wird dabei sein…zu groß, um die Abwicklung einem seiner Handlager anzuvertrauen…verstanden…ja, vollkommen sicher…In Ordnung. Bis dann.“

Matteo beendete das Gespräch. Ich schnellte hoch und sprintete zu meinem Schreibtisch, gerade noch rechtzeitig, bevor er das Büro erneut betrat. Ich hatte nicht alles verstehen können und lediglich einige Gesprächsfetzen aufgeschnappt. Um was ging es hier? Eine gewaltige Ladung aus Panama, die Morgen mit einem Schiff namens Spirit Americana ankommen sollte. Wo, das hatte ich nicht verstanden und was diese gewaltige Ladung war, das wusste ich auch nicht. Vielleicht war das alles ganz harmlos, aber irgendetwas in mir sorgte dafür, dass ich zutiefst beunruhigt war. Waren das die illegalen Geschäfte, mit denen ich nichts zu tun haben wollte? Ging es hier womöglich um Drogen oder Menschenhandel?

„Carlotta, hallo?“.

Matteo riss mich aus meinen Gedanken.

„Hm?“, ich versuchte ihn so gelassen wie möglich anzusehen.

„Ist alles in Ordnung? Ich habe gefühlte zwei Minuten lang deinen Namen gerufen.“

Ich setzte mein professionelles Lächeln auf.

„Ja natürlich, alles in bester Ordnung.“

Matteo nickte. Wenn er mir meine Lüge nicht abkaufte, so ließ er es sich zumindest nicht anmerken.

„Gut. Dann lass uns die Präsentation zusammen durchsprechen."

Ich bedeutete ihm, mir gegenüber Platz zu nehmen und sprach alles mit ihm durch, was ich für den morgigen Tag vorbereitet hatte. Matteo schien jedoch seltsam abwesend und ich zweifelte, ob er dem, was ich sagte, wirklich folgte. Schließlich erhob er sich und warf die Unterlagen auf den Tisch.

„Ich muss nochmals los."

Als er meinen unsicheren Blick bemerkte, beeilte er sich zu sagen, „das sieht alles sehr gut aus, Carlotta. Ich vertraue dir. Du wirst den Deal Morgen an Land ziehen. Abfahrt zum Flugplatz ist um 10 Uhr."

Mit diesen Worten verabschiedete er sich grußlos. Kurze Zeit später ertönte der Motor seines Sportwagens und Matteo war verschwunden.

Ich blieb zurück. Zusammen mit einer großen Portion Verwirrung. Was war hier eigentlich los?

*****

Ich hatte Matteo gestern nicht mehr zu Gesicht bekommen und auch sonst schien das große Anwesen momentan recht verlassen. Nun war es kurz vor 10 Uhr morgens. Ich stand in der Auffahrt und wartete auf Matteo. Da wir über Nacht auf Sizilien bleiben würden, hatte ich eine kleine Reisetasche mit den nötigsten Sachen gepackt. So, wie ich Matteo verstanden hatte, würden wir am Abend des nächsten Tages nach Capri zurückkehren, da er am morgigen Tag noch ein paar weitere geschäftliche Termine auf Sizilien wahrnehmen musste. Ich würde diese Zeit wahrscheinlich im Hotelzimmer verbringen und arbeiten. Aber jetzt galt es erst einmal, den heutigen Deal an Land zu ziehen. Zumindest bis der Deal in trockenen Tüchern war, hatte ich mir eingebläut, mich rein auf das Geschäftliche zu konzentrieren und jegliche Gefühle gegenüber Matteo geflissentlich zu ignorieren.

Das war jedoch leichter gesagt als getan. Denn als ich Matteo in dem schwarzen Dreiteiler mit verspiegelter Sonnenbrille und grimmigem Gesichtsausdruck um die Ecke biegen sah, brachte sein heißer Anblick mein Blut erneut in Wallung. Ich hatte mich heute für eine beige Business Hose mit hellblauer Bluse entschieden, da ich Matteo keinen Anlass bieten wollte, erneut mit mir über meine Kleidung zu streiten. Ich wollte mich voll und ganz auf das Geschäft konzentrieren.

Wir stiegen in die Limousine, die uns kurze Zeit später vor dem Jet am Flugplatz absetzte. Ich hatte mir schon gedacht, dass wir keinen Linienflug nehmen würden. Da ich schon mehrmals in meiner beruflichen Karriere im Privatjet geflogen war, nahm ich das Ganze gelassen und ließ mich davon nicht beeindrucken. Matteo schien auch heute abwesend. Dazu kam noch eine gewisse Gereiztheit. Er war sichtlich angespannt. Aber mir war nicht klar, wieso. Die Chancen standen sehr gut, dass wir das Geschäft heute erfolgreich zum Abschluss brachten. Außerdem war er doch Profi auf diesem Gebiet und hatte jahrelange Erfahrung. Er konnte doch unmöglich wegen dieses Termins so unter Strom stehen? Für jemanden, der seine Gefühle sonst meisterhaft verbergen konnte, zog er heute eine wahrhaft schlechte Show ab. Jedoch war sein Gesichtsausdruck so düster und verschlossen, dass ich mich nicht traute, ihn danach zu fragen. Schließlich war das hier ein Flugzeug und in der nächsten Stunde hatte ich keinerlei Möglichkeit, seiner Wut zu entkommen. Es sei denn ich sprang aus dem Flieger. Und das hatte ich gewiss nicht vor.

Also lehnte ich mich in meinem weichen Sitz zurück, bestellte ein Glas Wasser und einen Cappuccino und ging in Gedanken noch einmal den Ablauf der Präsentation durch. Während des ganzen Fluges hatten wir kein Wort gewechselt und auch auf der Fahrt vom Flughafen in Catania zu dem Anwesen von Stefano Battaglia hatte eine bedrückende Stille zwischen uns geherrscht. Gerade fuhren wir durch das schwere gusseiserne Tor, welches nun den Blick auf eine wunderschöne altehrwürdige sizilianische Villa freigab, die von Unmengen an Zitronenbäumen umrahmt wurde. Ich presste meine Nase gegen die Glasscheibe des Wagens. So viele Zitronenbäume auf einmal hatte ich noch nie gesehen! Das musste ja herrlich duften!

Der Wagen kam zum Stehen und wir stiegen aus. Eine Hausdame führte uns in durch die imposante Eingangshalle in einen anliegenden Raum, der wohl auch als Konferenzraum fungierte. Kurze Zeit später erschien Stefano Battaglia, dieses Mal begleitet von einem größeren Team. Er begrüßte uns freundlich und als alle Platz genommen hatten, begann ich mit der Präsentation und ging aufs Ganze.

*****

Drei lange Stunden später war ich heiser, erschöpft und dennoch glücklich. Ich stand neben Matteo und hielt ein Champagner Glas in der Hand, welches uns zwei Angestellte vom Hauspersonal gereicht hatten. Wir stießen mit dem neuen Geschäftspartner und dessen Team auf eine gute Zusammenarbeit an. Matteo und ich hatten den Deal tatsächlich abgewickelt. Es war nicht leicht gewesen, aber das war es selten. Umso süßer schmeckten die Erfolge, die man sich hart erkämpfen musste. Kurz darauf entschuldigte sich Matteo, um einen Anruf entgegen zu nehmen. Diese Gelegenheit ergriff Stefano Battaglia sogleich und wandte sich an mich.

„Nun, Carlotta, wie lange werden Sie noch auf Sizilien verweilen?“, fragte er.

„Bis morgen Nachmittag“, antwortete ich ihm wahrheitsgemäß.

„Das ist ja ganz wunderbar. Dann kann ich Ihnen doch noch meine Heimat etwas näherbringen. Ich würde Sie gerne zum Abendessen einladen. Haben Sie heute Abend schon etwas vor?“.

Er kam direkt zum Punkt. Eine Angewohnheit, die ich sehr an ihm schätzte. Ich mochte die Menschen nicht, die immer nur um den heißen Brei redeten. Mir war es lieber, wenn ich wusste, wo ich dran war. Und bei Stefano Battaglia war mir das dank seiner direkten Worte vollkommen klar. Es würde Matteo ganz und gar nicht gefallen, wenn er erfuhr, dass ich mit Stefano essen ging. Aber ich würde es dennoch tun. Nicht aus Trotz oder um Matteo eifersüchtig zu machen. Nein. Jetzt wo wir Geschäftspartner waren und auch in Zukunft viel miteinander zu tun haben würden, war es wichtig für klare Verhältnisse zu sorgen. Dieses Abendessen war eine sehr gute Gelegenheit, um ihm in aller Freundschaft zu vermitteln, dass ich ihn sehr sympathisch fand, aber an mehr als einer Freundschaft nicht interessiert war.

„Es sieht ganz so aus, als hätte ich jetzt etwas vor“, erwiderte ich deshalb fröhlich.

„Fantastisch. Dann sagen wir um 19 Uhr. Wenn Sie mir verraten, in welchem Hotel Sie wohnen, lasse ich Sie abholen.“

Ich nannte ihm den Hotelnamen, gab ihm aber höflich zu verstehen, dass ich keinen Fahrer benötigte und ihn direkt im Restaurant treffen würde. Er willigte ein. Kurze Zeit später gab Stefano Battaglias Assistent seinem Chef zu verstehen, dass sein nächster Termin bereits auf ihn wartete und auch Matteo kehrte in diesem Augenblick zurück in den Raum.

„Also dann, Carlotta, Sie müssen mich entschuldigen. Aber wir sehen uns ja bereits in wenigen Stunden wieder. Ich freue mich auf Sie.“

Mit diesen Worten nahm er meine Hand, deutete einen Handkuss an, der seltsamerweise alles andere als affig oder peinlich bei ihm wirkte und trat dann Matteo gegenüber, um ihm die Hand zu schütteln. Während die Hausdame uns hinaus begleitete, spürte ich Matteos scharfen Blick von der Seite, zwang mich aber dazu, nicht zu ihm hinzusehen. Ich würde im Haus eines einflussreichen Geschäftspartners keinen Streit vom Zaun brechen und genau darauf lief es hinaus. Solange ich konnte, würde ich es noch hinauszögern, auch wenn mir bewusst war, dass dies nur von kurzer Dauer sein würde. Tatsächlich dauerte es gerade einmal so lange, bis die Wagentür geschlossen wurde und Matteo dem Fahrer die Anweisung gegeben hatte, uns zu unserem Hotel zu fahren. Matteo ließ sich neben mir auf dem Rücksitz der Limousine nieder. Mit einem Knopf ließ er die Trennwand zwischen dem Fahrer und uns auf der Rückbank hochfahren, sodass dieser uns nicht sehen und hören konnte. Dann bohrte sich sein dunkler Blick in meine Seite. Ich vermied es immer noch ihn anzusehen, konnte den stechenden Blick aber ganz deutlich spüren.

„Du siehst ihn wieder? Heute? Habe ich etwas verpasst?".

Sein Ton war hart und ich zuckte bei der Schärfe seiner Stimme zusammen.

„Wir gehen heute Abend zusammen essen", beantwortete ich alle drei von Matteos Fragen in einem Satz.

„Bitte *was*?".

Matteos Tonfall war jetzt nicht nur schneidend scharf wie eine Rasierklinge, sondern auch laut wie ein Donnergroll. Ich verschränkte die Arme vor der Brust und reckte das Kinn, als ich mich Matteo zuwandte.

„Was genau war an meiner Antwort jetzt nicht verständlich?".

In Matteos Augen tobte ein dunkles Gewitter. Wilde Blitze schossen aus seinen Augen, zumindest kam es mir so vor. Er schien wirklich nicht im Geringsten erfreut. So böse hatte ich ihn noch nie erlebt.

„Das ist nicht dein Ernst?", fuhr er mich an.

„Natürlich ist das mein Ernst. Wieso denn auch nicht? Und überhaupt, was ist denn los mit dir? Seit gestern benimmst du dich merkwürdig mir gegenüber! Anstatt dich darüber aufzuregen, was ich in meiner Freizeit mache, was dich im Übrigen nichts angeht, könntest du ja mal sowas sagen wie: Gute Arbeit, Carlotta. Du hast gerade einen großen Teil zu einem millionenschweren Deal beigetragen. Aber nein, stattdessen regst du sich über Belanglosigkeiten auf."

Ich hätte nicht gedacht, dass Matteo noch wütender werden konnte, aber da hatte ich mich getäuscht.

„Belanglosigkeiten? Ist es für dich also eine Belanglosigkeit, mit diesem Typen ins Bett zu gehen?".

Ich verdrehte genervt die Augen.

„Ich habe gesagt, dass ich mit ihm essen gehe und nicht, dass ich mit ihm ins Bett gehe."

Matteo schnaubte verächtlich.

„Ja sicher doch. Du bist sowas von naiv."

Nun war es an mir, Blitze zu verschießen.

„Naiv? Hast du gerade naiv gesagt? Wieso bitte bin ich naiv?".

Matteo rieb sich müde die Augen. Irgendetwas stimmte nicht mit ihm. Ich würde schon noch dahinterkommen. Aber jetzt war ich zu erzürnt, um mir darüber Gedanken zu machen.

„Es ist doch ganz offensichtlich, dass er auf dich steht und mehr als nur ein Abendessen von dir will."

Ich schaute Matteo abwartend an, aber da kam nichts mehr.

„Und weiter?", fragte ich also auffordernd.

„Und du bist so naiv zu glauben, dass er nur nett mit dir essen will und sagst auch noch zu. Dabei liegen seine Absichten auf der Hand."

Ich rollte meinen Kopf im Nacken, da mir das zur Seiteschauen während der Fahrt Kopfschmerzen bereitete.

„Und dich stören seine Absichten?", stellte ich nun die Frage, die mir auf der Zunge brannte.

Aber Matteo hüllte sich in Schweigen.

„Matteo, stören dich seine Absichten oder warum regst du dich so auf?", versuchte ich es noch einmal, doch meine letzten Worte wurden von dem Klingeln eines Handys unterbrochen.

Matteo sah auf das Display, betätigte dann den Sprechknopf des Wagens und befahl dem Fahrer anzuhalten. Dann stieg er aus und wies den Fahrer an, weiterzufahren, bevor er das Gespräch annahm.

Die Limousine fuhr an und noch bevor ich verstand, was hier gerade geschah, war Matteo bereits aus meinem Blickfeld verschwunden.

Als ich mich im Sitz umdrehte und aus dem Rückfenster des Wagens sah, konnte ich gerade noch erkennen, wie Matteo in einen anhaltenden dunklen SUV stieg.

Ich beugte mich zu dem Fahrer vor.

„Was ist hier los? Was ist mit Signor Leone?".

Doch der Fahrer zuckte nur unbeholfen mit den Schultern.

„Er hatte noch einen Termin. Ich soll Sie zum Hotel fahren. Ohne Umwege."

Diese Antwort reichte mir nicht. Also nahm ich mein Handy aus der Tasche und wählte Matteos Nummer. Doch er meldete sich nicht. Also wählte ich sie erneut.

Doch wieder blieb mein Anruf unbeantwortet.

Kapitel 31

Mittlerweile war es bereits nach 18 Uhr und ich hatte noch immer nichts von Matteo gehört. Nicht nur, dass er nicht auf meine Anrufe reagierte. Er hatte sein Handy mittlerweile ausgeschaltet. Das ärgerte mich maßlos! Was bildete er sich eigentlich ein? Selbst als normale Arbeitskollegin stand mir doch wohl so etwas wie eine Erklärung zu. Aber das sah Matteo wohl anders. Sein Verhalten war extrem verletzend. Dennoch, es passte zu ihm. Der einsame Wolf, der alles mit sich selbst ausmachte. Er war ein Einzelgänger und ließ niemanden an sich ran.

Wie um alles in der Welt hatte ich es für möglich gehalten, dass ich diejenige sein könnte, die das ändern konnte? Ich musste den Kopf über mich selbst schütteln. Womöglich hatte Matteo recht und ich war naiv. Naiv, an ihn zu glauben. Naiv, an uns zu glauben. Die letzten Stunden hatten gezeigt, dass das lediglich ein naiver Irrglaube war. Sobald ich Matteo wieder zu Gesicht bekam, würde ich ihn zur Rede stellen, so viel stand fest. Aber dazu musste ich ihn erst mal finden. Und was das betraf, so hatte ich bei einem ranghohen Mitglied der Mafia, welches anscheinend nicht gefunden werden wollte, eher schlechte Karten.

Also tat ich das Einzige, was mir in diesem Moment zumindest eine kleine Ablenkung verschaffen konnte. Ich machte mich für das Abendessen mit Stefano Battaglia fertig.

Um Punkt 19 Uhr traf ich in dem schicken Restaurant in der Altstadt von Catania ein, auf dessen Dachterrasse Stefano einen Tisch für uns reserviert hatte. Stefano trug eine beige, lässige Hose und ein weißes Leinenhemd. Er war wirklich ein attraktiver Mann und sah in diesem Aufzug zudem sehr gepflegt aus. Ich hatte mein knielanges rot-weiß gestreiftes Kleid im Marine Look angezogen und passend dazu die roten Sandalen mit Absatz, die mir Giorgia ausgeliehen hatte. Das war weder zu sexy noch zu leger, sondern genau richtig, wie ich fand. Wir plauderten über dies und jenes und die angenehme Zeit mit Stefano sorgte wirklich dafür, dass meine Sorgen um Matteo für eine Weile in den Hintergrund rückten. Nach dem Hauptgang schnitt Stefano schließlich das Thema an, auf das ich schon den ganzen Abend gewartet hatte und von dem ich wusste, dass es früher oder später zur Sprache kommen würde.

„Carlotta, Sie sind eine sehr intelligente, sympathische, attraktive und wie ich heute Abend feststellen konnte, auch eine sehr humorvolle Frau. Kurzum, Sie sind der wahrgewordene Traum vieler Männer. Ich würde Sie gerne besser kennenlernen, wenn das auch in Ihrem Interesse ist."

Ich strich mir verlegen eine Haarsträhne hinter das Ohr. Seine Worte waren sehr schmeichelhaft und er meinte, was er sagte. Das war nicht bloß eine Masche, um mich ins Bett zu bekommen. Umso trauriger machte es mich, dass ich sein offenkundiges Interesse nicht teilte. Obwohl ich Stefano ebenfalls sehr attraktiv, sympathisch, humorvoll und intelligent fand, wollten sich beim besten Willen keine Gefühle für ihn einstellen, die über eine Freundschaft hinausgingen. Den Grund dafür kannte ich. Dabei wäre es mit jemandem wie Stefano an meiner Seite so viel einfacher. Aber wann war das Leben schon einfach? Seine Gefühle konnte man sich nicht aussuchen.

Also holte ich tief Luft, um Stefano so sanft wie möglich beizubringen, dass ich zwar sehr gerne mit ihm befreundet sein wollte, unsere Beziehung aber nicht darüber hinaus gehen würde. Stefano war sichtlich enttäuscht, aber nicht allzu überrascht von meiner Aussage. Er schien gemerkt zu haben, dass da irgendetwas zwischen mir und Matteo lief, auch wenn er gehofft hatte, dass er sich täuschte. Denn Matteos Ruf als Frauenheld eilte ihm voraus und Stefano konnte sich nicht vorstellen, dass ich mich ernsthaft auf so etwas einlassen würde. Anscheinend hatte er eine höhere Meinung von mir als ich es hatte. Ich hatte schon befürchtet, dass meine Abfuhr, so sanft, wie ich sie doch ausgesprochen hatte, zum abrupten Ende des gemeinsamen Abendessens führen würde, aber dem war nicht so.

Stefano bewies erneut, dass mich meine Menschenkenntnis bei ihm nicht im Stich gelassen hatte und verhielt sich weiterhin wie ein Gentleman und ein fairer Verlierer. Wir bestellten uns eine Nachspeise, tranken noch einen Espresso zusammen und verabschiedeten uns schließlich gegen 22 Uhr unverfänglich und herzlich voneinander.

Ich war froh, dass diese Sache nun geklärt war und in Zukunft in keinster Weise unsere Geschäftsbeziehung gefährden würde. Es war zwar immer unangenehm, die Fronten zu klären, aber Ehrlichkeit und Transparenz zahlten sich vor allem bei emotionalen Angelegenheiten, bei denen Gefühle im Spiel waren, jedes Mal aus.

*****

Obwohl es bereits 22 Uhr war, war es noch angenehm warm und ich beschloss, noch etwas durch die belebten Straßen von Catanias Altstadt zu flanieren, um mir irgendwo einen Absacker zu gönnen. In einer kleinen Seitenstraße, unweit des Teatro Romano, betrat ich eine unauffällige Bar, die ganz im sizilianischen Stil gehalten war und ihre besten Jahre schon lange hinter sich hatte. Aber vielleicht war es genau diese Eigenschaft, die mich in die Bar zog. Ein Stück authentisches Sizilien und keine dieser hippen, neumodischen Bars mit lauter Musik.

Ich bestellte ein Glas sizilianischen Rotwein und setzte mich an einen kleinen Tisch in der Ecke. An der Wand gegenüber flimmerte der Fernseher und zeigte gerade die regionalen Nachrichten. Normalerweise schaute ich mir diese nie an, aber da es in diesem Moment, außer auf meinen Drink zu warten, nichts anderes für mich zu tun gab, wanderte mein Blick unweigerlich zu den Bildern, die dort im Fernsehen gerade gezeigt wurden. Da der Ton des Fernsehers ausgeschaltet war, konnte ich nicht hören, was gesagt wurde. Aber das war dank der Bilder und der am unteren Bildrand durchlaufenden Schlagzeilen, auch gar nicht nötig. Irgendetwas Außergewöhnliches musste heute Abend im Hafen von Catania vorgefallen sein.

Ich sprang von meinem Stuhl auf und war in drei großen Schritten bei dem Fernseher.

„Schießerei mit Todesopfern".

Diese Schlagzeile lief immer wieder durch das Bild. Gebannt starrte ich auf die flimmernden Bilder von Catanias großem Hafen. Überall standen Polizeiautos mit Blaulicht. Rotweiß gestreiftes Absperrband trennte die aufgeregte Meute an Reportern von den dahinterliegenden Frachtcontainern und Schiffen. Alle redeten wild durcheinander, sodass man wahrscheinlich auch mit Ton nichts verstehen würde. Ein Frachtschiff wurde nun eingeblendet. Die Spirit Americana.

Moment mal!

Den Namen kannte ich doch?

In meinem Kopf ratterten die Rädchen und dann traf mich die Erkenntnis, wie der Blitz. Matteo hatte gestern am Telefon etwas von einem Schiff namens Spirit Americana gesagt, welches heute mit einer enormen Ladung ankommen sollte. Wie hatte Matteo sich ausgedrückt? Es sei ein enorm großes Geschäft? Ich starrte erneut auf die Schlagzeile. Gänsehaut bildete sich auf meinem Rücken und kalte Angst, vermischt mit eisiger Panik, machte sich in mir breit. War eines von Matteos Geschäften schiefgelaufen? War er eines der Todesopfer? War er gestorben, während ich mit Stefano vergnügt zu Abend gegessen hatte? War sein Handy aus, weil er nicht mehr am Leben war? Oder war alles ganz anders und er war noch am Leben?

Meine Augen füllten sich mit Tränen. Die Vorstellung, dass Matteo etwas zugestoßen sein könnte, war unerträglich. Eine eisige Faust umklammerte meinen Magen, der augenblicklich anfing zu rebellieren. Meine Kehle schnürte sich zu und ich musste mich an der Wand abstützen, um nicht umzukippen. Ich schaute wieder auf den Bildschirm. Im Hintergrund sah man nun einige der Leichen, die mit großen schwarzen Tüchern abgedeckt wurden. Um sie herum liefen Polizeibeamte in weißen Schutzanzügen und mit großen Kameras. Die mussten von der Spurensicherung oder der Rechtsmedizin sein.

Ein älterer Mann, vermutlich der Wirt der Bar, stellte sich neben mich und reichte mir das Getränk, welches ich bestellt, aber komplett vergessen hatte. Dann fischte er die

Fernbedienung hinter dem Tresen hervor und schaltete den Ton an.

„Italien ist ein Stück sicherer, zumindest heute Nacht. Leider vermehren sich diese Ratten schneller, als man sie beseitigen kann. Deswegen wird es nicht lange dauern, bis die Russenbande sich wieder neu aufgestellt hat“, brummte er mehr zu sich selbst als zu mir.

Russenbande? Wieso Russenbande?

Im Fernsehen hatte die Schlagzeile nun gewechselt.

„Kopf des Russenclans ARW, Wladimir Iwanow, bei Schusswechsel mit der Polizei getötet.“

Hoffnung keimte in mir auf, als ich den Worten der aufgeregten Reporterin lauschte.

„Aufgrund eines anonymen Tipps ist es der Polizei heute Abend gelungen, eine der größten Drogenlieferungen der vergangenen zehn Jahre sicherzustellen. Der Frachter Spirit Americana schmuggelte acht Tonnen Kokain von Panama nach Catania, wo es von Wladimir Iwanow und dem Russenclan in Empfang genommen wurde. Spezialeinheiten der Polizei hatten den Einsatz akribisch und unter höchster Geheimhaltung geplant und die Übergabe vereitelt. Dabei kam es zum Schusswechsel zwischen der Polizei und dem Russenclan ARW, bei dem dessen Anführer, sowie einige weitere ranghohe Mitglieder, getötet wurden. Die genaue Zahl der Toten ist noch nicht bekannt. Unseren Informationen zufolge hatte die Polizei den Clan aufgefordert, ihre Waffen niederzulegen und sich zu ergeben. Diese haben daraufhin jedoch ohne zu zögern das Feuer eröffnet, woraufhin die Polizei das Feuer erwiderte. Wie genau die Polizei an diese brisanten Insider Informationen gelangen konnte, ist nicht bekannt.“

Ein Wechselbad der Gefühle floss durch meine Venen. Einerseits war da grenzenlose Erleichterung. Denn offensichtlich war Matteo am Leben. Und der Mann, der meine Familie bedroht hatte, war tot! Er würde meine Familie nie wieder bedrohen! Man sollte sich nicht über den Tod eines anderen Menschen freuen. Aber ich tat es in diesem Augenblick. Machte mich das zu einem schlechten Menschen? Ich glaubte nicht.

Durstig nahm ich einen großen Schluck von meinem Wein und ging dann zurück zu meinem Platz, um das soeben Erfahrene zu Verdauen. Ich ließ die Worte der Reporterin in meinem Kopf Revue passieren, dachte über das nach, was sie gesagt hatte. Matteo hatte eindeutig Bescheid gewusst. Also hing er mit drin. Aber er hasste den Russenclan. Er würde nie mit ihnen Geschäfte machen. Ganz im Gegenteil, er wollte sie ausschalten. Diese Erkenntnis führte dazu, dass ich mich an meinem Getränk verschluckte und einen heftigen Hustenanfall bekam.

Matteo war der Insider! Er hatte der Polizei die Informationen gesteckt, die zu dem Zugriff geführt hatten! Er hatte dafür gesorgt, dass der Mann, der mich und meine Familie bedroht hatte, jetzt tot war.

Eilig kramte ich mein Portemonnaie hervor, legte ein paar Münzen auf den Tisch und verließ fluchtartig die Bar.

Ich musste zu ihm. Sofort!

Kapitel 32

Atemlos erreichte ich die Zimmertür von Matteo. Ich war den ganzen Weg zum Hotel gerannt, was dazu geführt hatte, dass ich jetzt deutlich außer Atem war. Laut hämmernd klopfte ich gegen seine Tür, die wenige Sekunden später geöffnet wurde. Eine erneute Woge der Erleichterung durchströmte mich, als er dort vor mir stand. Lebendig. An einem Stück. Körperlich unversehrt. Und so dunkel, sexy und verwegen, wie eh und je.

„Ich habe die Nachrichten gesehen, Matteo."

Ohne auch nur eine weitere Sekunde zu verschwenden, stürzte ich mich auf ihn und begann, ihn stürmisch zu küssen. Seine anfängliche Überraschung über diesen Angriff wandelte sich schnell in hemmungsloses Begehren, und er begann meinen Kuss ebenso leidenschaftlich zu erwidern.

Wir taumelten zum Bett, während ich ungestüm versuchte, Matteo seine Kleider vom Leib zu reißen. Bei mir war das bedeutend einfacher, denn ich trug lediglich ein Kleid, welches Matteo mir im Nu über den Kopf gezogen und achtlos zur Seite geworfen hatte. Ich entledigte Matteo seiner Hose und stieß ihn aufs Bett. Dann folgte ich ihm und rieb meine heiße Mitte ohne Umschweife an seiner pulsierenden Männlichkeit.

Ich wollte kein Vorspiel. Ich war bereit für ihn. Ich wollte ihn in mir spüren. Jetzt sofort. Also nahm ich sein beachtliches Glied in die Hand und führte es in meine feuchte Vulva ein. Matteo stöhnte laut, als seine erigierte Männlichkeit in seiner ganzen Länge in meine heiße und gierige Mitte eintauchte.

„Was machst du?", brachte er angestrengt zwischen zusammengebissenen Zähnen hervor.

Aber ich legte ihm nur meinen Finger auf die Lippen und bedeutete ihm, still zu sein. Ich brauchte das jetzt. Ich brauchte ihn jetzt. All die Gefühle, die sich in den letzten Stunden angestaut hatten, brauchten dringend ein Ventil. Und genau dieses Ventil war Matteo.

Ich begann langsam meine Hüften kreisen zu lassen, um mich an seine stolze Länge zu gewöhnen. Mein Körper schrie ungeduldig nach mehr und so wurden meine Bewegungen immer schneller. Mit jeder Sekunde verfiel ich tiefer in meinen Rausch aus Lust, Verzweiflung und Erregung und ritt Matteo immer wilder. Sein lautes und ungezügeltes Stöhnen spornte mich zusätzlich an.

Es ging mir nicht darum, Matteo zu befriedigen. Hier ging es einzig und allein um mich. Ich jagte meiner Erlösung hinterher, die ich so dringend brauchte. Und dazu benutzte ich Matteo. Denn er war der einzige Mensch auf diesem Planeten, der mir zu dieser wundersamen Erlösung verhelfen konnte.

Matteos rechter Daumen wanderte zu meiner Perle, teilte sie und rieb in kleinen Kreisen darüber. Ich ließ meinen Kopf in den Nacken fallen und mir entfuhr ein animalisches Stöhnen.

„Ja Baby, benutz mich“, trieb Matteo mich weiter an.

„Nimm dir, was du brauchst“, rief er mit heiserer Stimme und umfasste mit seiner anderen Hand meine linke Brust, die er hart knetete.

Ich ritt ihn unnachgiebig, wollte mehr spüren, wollte ihn ganz tief in mir spüren. Matteo umfasste meine Hüften. Er hob mich hoch und lehnte sich mit dem Oberkörper gegen die Lehne des Betts, sodass er nun nicht mehr unter mir lag, sondern aufrecht saß.

Ich protestierte lautstark, doch Matteo erstickte diesen Protest mit einem hungrigen Kuss. Eilig ließ ich mich wieder auf ihm nieder und spürte ihn nun noch tiefer in mir. Während ich ihn ritt, wie einen wilden Hengst, fixierten seine dunklen Augen die meinen mit einem vor Erregung verschleierten Blick. Seine Hände glitten an meinem Körper auf und ab. Sie waren überall, hinterließen heiße Spuren auf meiner überempfindlichen Haut.

„Ich bin verrückt nach deiner heißen Möse, die meinen Schwanz bis auf den letzten Tropfen auspresst“, knurrte Matteo. Seine obszöne Ausdrucksweise sollte mich eigentlich entsetzen, aber sie machte mich nur noch heißer.

Ich ritt Matteo noch härter und meine Oberschenkel brannten. Matteo schloss die Augen und ließ seinen Kopf zwischen meine Brüste sinken. Dann begann er gierig an meinem rechten Nippel zu saugen, während er die linke Brust mit roher Lust knetete. Als seine heiße Zunge zu meiner anderen Brust wanderte und meinen linken Nippel umkreiste, spürte ich, wie sich der Orgasmus wie ein tosender Sturm in mir aufbaute.

Matteo ließ von meiner Brust ab und biss mich ungestüm in den Hals. Das brachte das Fass zum Überlaufen und ich kam mit einem spitzen Schrei. Matteo feuerte meinen Orgasmus zusätzlich an, indem er die zutiefst erogene Stelle an meinem Hals mit leidenschaftlichen Küssen versah und mit beiden Daumen über meine harten Knospen rieb.

Ich war wie in Trance und zuckte unter dem nicht enden wollenden Orgasmus. Dann spürte ich, wie auch Matteo heftig kam und sein Gesicht an meinem Hals vergrub, während er laut und immer wieder meinen Namen stöhnte.

Das wiederum führte dazu, dass mein abklingender Orgasmus von einem weiteren Orgasmus abgelöst wurde. Ich hatte gelesen, dass man mehrere Orgasmen direkt nacheinander haben konnte, es aber nie so richtig geglaubt. Jetzt spürte ich es am eigenen Leibe, als mein Körper erbebte und ich erneut zu den Sternen katapultiert wurde.

Erschöpft und schwer atmend brach ich schließlich auf Matteos Schoß zusammen. Matteo hob mich daraufhin sanft hoch und bettete mich neben sich. Meine Augen waren noch immer geschlossen. Ich wollte mich noch nicht wieder ins Hier und Jetzt zurückbegeben, sondern meinen Aufenthalt bei den Sternen noch etwas in die Länge ziehen.

Matteo küsste sanft meine geschlossenen Augen und gab mir dann einen leichten Kuss auf die Nasenspitze, gefolgt von einem zarten Kuss auf den Mund. Als ich meine Augen öffnete, blickte ich geradewegs in seine amüsiert dreinblickenden Augen.

„Was ist?“, fragte ich lächelnd und zeichnete Matteos Augenbrauen mit meinem Zeigefinger nach.

„Da soll mal jemand sagen, Männer würden Frauen nur ausnutzen“, gluckste Matteo, bevor er gespielt entrüstet hinzufügte, „ich muss dir was erzählen, aber es ist mir so peinlich, dass ich eigentlich gar nicht darüber reden will. Ich fühle mich so benutzt."

Matteo senkte seine Stimme, so als wolle er mir ein Geheimnis anvertrauen, aber das Lachen in seiner Stimme war nicht zu überhören. Er hatte sichtlich Mühe, nicht laut loszulachen.

„Ich wurde soeben sexuell von einer Frau ausgebeutet und konnte rein gar nichts dagegen tun."

Ich kicherte. „Wieso hast du dich denn nicht gewehrt? Du bist doch bestimmt viel stärker als sie."

Matteo blickte an die Decke, so als würde er überlegen.

Dann flüsterte er heiser, „vielleicht weil es mich total angemacht hat."

Er senkte seinen Mund auf meinen und drang mit seiner heißen Zunge fordernd in mich ein.

*****

Am nächsten Morgen erwachte ich zu dem Duft von frisch gebrühtem Kaffee, den mir jemand direkt unter die Nase hielt. Langsam öffnete ich meine schweren Augenlider und blickte in zwei dunkle Augen, die in diesem Moment von vielen kleinen Lachfältchen umrandet wurden.

„Guten Morgen Schlafmütze", begrüßte mich Matteo lächelnd.

Ich setzte mich im Bett auf und sah auf die Uhr, die neben dem Bett stand. Es war bereits nach neun Uhr. Normalerweise schlief ich nie so lange. Aber normalerweise schlief ich nachts ja auch. Das war letzte Nacht eindeutig nicht der Fall gewesen.

Gedankenverloren lächelte ich und dachte an die Szenen von gestern Nacht. Matteos Hand, die mir einige zerzauste Haarsträhnen aus dem Gesicht strich, holte mich in die Gegenwart zurück.

„Du bist ja schon geduscht und angezogen?", stellte ich etwas enttäuscht fest.

Matteo, der mir meine Enttäuschung angesehen haben musste, erwiderte, „und das ist mir sichtlich schwergefallen.

Das kannst du mir glauben. Aber ich habe heute einige Termine, die sich nicht verschieben lassen."

Ich nickte. Von diesen Terminen hatte er mir bereits vor unserer Anreise erzählt.

„Ich würde dich gerne etwas fragen."

Ich sah Matteo erwartungsvoll an, gespannt auf den Inhalt seiner Frage.

„Naja, eigentlich möchte ich dich um etwas bitten. Aber da ich sowas noch nie gemacht habe, habe ich nicht wirklich Übung darin."

Ich lächelte. „Irgendwann ist immer das erste Mal. Also raus damit."

Matteo seufzte. Dann nahm er meine Hand in seine und strich sanft mit dem Daumen über meine Handinnenfläche.

„Ich möchte dich um ein Date bitten. Heute Abend. Also ganz formell, Carlotta, würdest du heute Abend mit mir ausgehen?".

Ich war baff. Das hatte ich nun wirklich nicht erwartet. Matteo wollte mit mir ausgehen! Ein Schwarm von Schmetterlingen flatterte aufgeregt in meinem Bauch. Er wollte tatsächlich ein Date mit mir!

„Kann ich dein Lächeln als ein ‚Ja' deuten?", fragte er zaghaft.

Die Unsicherheit in seiner Stimme berührte eine Stelle ganz tief in meinem Herzen. Ich beugte mich vor und küsste ihn zärtlich auf den Mund.

„Ja."

Matteo atmete hörbar aus. Anscheinend war er sich nicht sicher gewesen, wie meine Antwort ausfallen würde. Es war irgendwie süß zu wissen, dass selbst ein Matteo Leone nicht immer so selbstsicher zu sein schien, wie er vorgab.

„Dann hole ich dich um 19 Uhr im Hotel ab. Da ich dein Boss bin, gebe ich dir heute frei, sodass du dich für heute Abend ausruhen kannst."

Sein Blick wurde eine Nuance dunkler und ich konnte mir vorstellen, was er damit andeutete.

„Deine einzige Aufgabe besteht darin, dir ein atemberaubendes Abendkleid zu kaufen, welches dein Boss dir als Bonuszahlung für den abgeschlossenen Deal spendiert. Und da ich wie schon gesagt dein Boss bin, möchte ich keine Widerworte hören."

Er zwinkerte mir zu. Diesem Befehl würde ich mich sicher nicht widersetzen, denn die Aussicht auf einen freien Tag in Catania und die Gelegenheit, in einigen Geschäften vorbeizuschauen, war durchaus verlockend. Feminismus hin oder her. Ich würde das heute mal nicht so eng sehen. Matteo wandte sich zum Gehen, als ihn meine Frage innehalten ließ.

„Der anonyme Tipp an die Polizei. Wieso?".

Matteo drehte sich zu mir um und sah mich mit vor Wut blitzenden Augen an.

„Weil jeder, der dich bedroht, sein sicheres Todesurteil unterschreibt."

Mit diesen Worten verließ er den Raum.

*****

Ich ließ mich zurück in die Laken fallen und schnappte mir Matteos Kissen, das ich fest an mich drückte. Es roch noch nach ihm. Ich atmete seinen unverkennbaren männlichen Duft tief ein und dachte an letzte Nacht. Mit ihm kannte ich keine Grenzen. Es gab keine Tabus. Ich musste mich nicht verstellen. Es war irgendwie surreal, wie sich unsere Körper blind verständigten und so perfekt zusammenpassten.

Heute Abend würde sich also herausstellen, ob es nur unseren hungrigen Körpern so ging, oder ob uns darüber hinaus noch mehr verband. Dass ich ihm wichtig war, hatte er mehr als deutlich gemacht. Er war ein großes Risiko für meine Sicherheit eingegangen. Denn der Preis für meine Sicherheit konnte die Seine sein. Ich war mir sicher, dass der Russenclan auf Rache aus war. Sollten sie jemals erfahren, dass Matteo der Polizei den Tipp gegeben hatte, würden sie versuchen, sich an ihm oder seiner Familie zu rächen. Ich ging davon aus, dass Matteo vorgesorgt und alle Risiken abgewogen hatte. Aber ein Restrisiko blieb doch immer.

Da ich mir von diesen besorgniserregenden Gedanken nicht den Tag und das euphorische Glücksgefühl verderben lassen wollte, sprang ich aus dem Bett und beschloss mich ausgehfertig zu machen. Ich hatte zwei Aufgaben zu erledigen: Catania erkunden und ein Kleid kaufen, welches Matteo den Verstand rauben sollte. Das waren doch mal Aussichten!

*****

Um 17 Uhr betrat ich nach einem wundervollen Tag in Catania wieder das Hotel, um mich für das Date mit Matteo zurechtzumachen. Ich hatte mir die Sehenswürdigkeiten von Catania angesehen. Die Piazza del Duomo, die Kathedrale von Catania, den Fischmarkt, die Via Etnea, von deren Ende man einen spektakulären Blick auf den Vulkan Ätna hatte und auch das Teatro Romano hatte ich mir nochmals in Ruhe angesehen.

Nach einem gemütlichen Mittagessen in der Altstadt machte ich mich auf die Suche nach dem passenden Kleid. Ich hatte eigentlich erwartet, dass es schwierig sein würde, ein Kleid zu finden, welches meinen Erwartungen entsprach, aber genau das Gegenteil war der Fall gewesen. Catania beherbergte so viele edle italienische Boutiquen, dass es mir schwerfiel, mich für Eines der überwältigenden Roben zu entscheiden.

Letztendlich war es die Farbe, die den Ausschlag gab. Rot war nicht nur meine absolute Lieblingsfarbe, es verkörperte auch all die Dinge, die ich in Matteos Gegenwart in unvergleichbarer Art und Weise spürte: wallende Leidenschaft, heißer Zorn, unersättliche Erotik, unbändiges Feuer, und wenn ich ehrlich war, auch hoffnungslose Liebe. Wobei, vielleicht war diese Liebe ja gar nicht so hoffnungslos nach all den Jahren. Schließlich hatte ich heute Abend ein Date! Mit Matteo! Ich! Mit! Matteo! Jedes Mal, wenn ich daran dachte, musste ich mich beherrschen, nicht wie ein kleines Kind freudig auf und ab zu hüpfen.

Das Kleid, welches das Rennen gemacht hatte, war ärmellos und verlief in einem breiten V-Ausschnitt bis unter die Brust. Der Ausschnitt endete etwa zehn Zentimeter über dem Bauchnabel. Er verdeckte zwar meine Brüste, verlief aber so, dass man die innere Wölbung der Brüste sah, die von dem in das Kleid eingearbeiteten BH rund und prall geformt wurden.

Der sichtbare Ansatz der Brüste machte somit Appetit auf das, was nicht zu sehen war. Das Kleid lief bis zu den Hüften sehr eng zu, bevor es weit und luftig wurde. Es war bodenlang, hatte aber einen Schlitz auf der rechten Seite, welcher bis zur Mitte des Oberschenkels reichte, sodass das nackte rechte Bein mit jedem Schritt, den es tat, stets zu sehen war. Dabei bedeckte es jedoch züchtig den eigentlich interessanten Teil knapp darüber und daneben.

Kurzum, es gab Alles, aber gleichzeitig auch Nichts preis. Passend dazu hatte ich mir goldene Riemchensandalen mit einem acht Zentimeter hohen Absatz gekauft. Sie waren erstaunlich bequem und man merkte ihnen die Höhe kaum an. Ich war absolut zufrieden mit meinem Kauf.

Matteos Aufgabe mir ein atemberaubendes Kleid zu kaufen, hatte ich definitiv zu meiner Zufriedenheit erfüllt und ich war mir fast sicher, dass auch er mit der Wahl sehr zufrieden sein würde.

*****

Um punkt 19 Uhr klopfte es an meine Tür. Ich war nun doch etwas nervös. Hatte ich es vielleicht mit dem Outfit etwas übertrieben? Wären etwas mehr Understatement und weniger Sex-Appeal vielleicht angebrachter gewesen?

Ich schloss die Augen und atmete tief durch. Nein. Alles war so, wie es sein sollte. Ich würde mir jetzt nicht den Kopf zerbrechen, sondern den Abend in vollen Zügen genießen. Ich konnte das Kleid tragen. Ich hatte es anprobiert und war von der Frau, die mich dort im Spiegel angesehen hatte, absolut verzaubert gewesen. Also war es Matteo hoffentlich auch. Und wenn nicht, dann lag es sicher weder an dem Kleid noch an mir. Schwungvoll öffnete ich die Tür.

„Hallo, wie war dein…“, Matteo verstummte mitten im Satz.

Seine Augen wanderten an meinem Körper hinab und hinterließen heißen Spuren auf meiner Haut, wo auch immer sie mich streiften. Matteo berührte mich nicht, und doch konnte ich seinen Blick deutlich spüren. Ohne Vorwarnung machte er einen großen Schritt auf mich zu und drängte mich so in mein Zimmer. Dann schloss er flink die Tür und fuhr sich mit den Händen durch die Haare.

„Ich hätte es mir denken können, als ich dir diese Aufgabe gestellt habe."

Ich legte den Kopf schief.

„Was meinst du?".

Matteo fuhr sanft mit dem Finger an meinem Arm entlang.

„Dass du es schaffst, dass wohl atemberaubendste Kleid in ganz Italien aufzutreiben. Du siehst…absolut unglaublich aus. Nur werden wir es jetzt leider nicht aus diesem Zimmer schaffen, befürchte ich."

Mit diesen Worten machte er einen weiteren Schritt auf mich zu, umschloss mein Gesicht mit seinen Händen und gab mir einen stürmischen Kuss. Auch ich merkte, wie groß mein Verlangen nach ihm war, obwohl wir gerade einmal ein paar Stunden voneinander getrennt gewesen waren. Seine Hand wanderte zu dem Schlitz des Kleides an meinem Oberschenkel, fuhr gemächlich darunter und fand den Weg zu meiner Mitte.

Ich keuchte erstickt.

Langsam drang er mit zwei Fingern tief in mich ein und ein erregter stummer Schrei entfuhr mir. Er ließ seine Finger wieder aus mir hinausgleiten, nur um sie dann quälend langsam wieder einzuführen.

Unter gesenkten Augenlidern betrachtete ich träge seinen dunklen fiebrigen Blick, der auf mich gerichtet war. Ich begann meine Hüfte auf seinen Fingern zu bewegen und versuchte verzweifelt mich ihm entgegenzudrücken. Als das nicht genügte, schlang ich ein Bein um seine Hüften und zog ihn näher an mich heran. Ich vergrub meine Hände in seinem Haar und wir tauschten einen weiteren ungezügelten Kuss, der Lust auf mehr machte.

Meine Finger wanderten zu Matteos Hemd, um es zu öffnen, doch Matteo packte meine Handgelenke und hielt sie fest. Er legte schwer atmend seine Stirn gegen die meine.

„Warte", keuchte er abgehackt.

Ich sah ihn fragend an.

„Ich habe dich um ein Date gebeten und obwohl ich auf diesem Gebiet nicht viel Erfahrung habe, so glaube ich zu wissen, dass erste Dates nicht so anfangen, wie dieses hier."

Er ließ von mir ab und machte zwei Schritte zurück, um Abstand zwischen uns zu schaffen. Dann fuhr er sich mit den Händen durch die Haare.

„Du hast keine Ahnung, wie gerne ich mit dir hierbleiben möchte, um genau da weiterzumachen, wo wir eben aufgehört haben. Aber ich habe mir fest vorgenommen, dich heute Abend auszuführen."

Ich schmunzelte. Es war offensichtlich, wie schwer Matteo dieser Entschluss viel und auch mir ging es nicht anders. Aber wenn mich Matteo Leone schon ganz offiziell um ein Date bat, dann würde ich ihm diese Bitte nicht abschlagen. Ich schloss die Augen, atmete einmal tief durch und streckte dann die Hand nach ihm aus.

„Dann lass uns mal gehen. Ich hoffe, dass das, was du für unser erstes Date geplant hast, besser ist als das, was mich hier auf dem Zimmer erwartet hätte."

Matteo grinste und wackelte spielerisch mit den Augenbrauen.

„Na da legt aber jemand die Messlatte ganz schön hoch. Mal sehen, ob ich diesen Erwartungen gerecht werde."

Dann nahm er meine Hand und führte mich aus dem Zimmer.

Kapitel 33

Vor dem Hotel wartete bereits ein Taxi, das sich geschickt durch den Verkehr schlängelte und wie ich feststellte, Catania bald daraufhin verließ. Ich drehte mich gespannt zu Matteo um.

„Wohin fahren wir?".

Aber Matteo legte sich nur die Finger auf die Lippen und flüsterte mit einem Zwinkern, „Lass dich überraschen."

Ich lehnte mich im Sitz zurück und schaute gebannt aus dem Fenster auf die Eindrücke Siziliens, die an uns vorbeizogen.

Matteo verschränkte seine Hand mit meiner und legte sie besitzergreifend auf mein Knie. Eine sehr vertraute Geste, die in mir eine wohlige Wärme aufsteigen ließ. Mit jeder Minute wurden meine Augenlider schwerer und nach einigen weiteren Minuten, in denen ich verzweifelt versuchte, die Augen offen zu halten, forderten die kurze Nacht und all die Aufregungen der vergangenen 24 Stunden, ihren Tribut. Mir fielen die Augen zu und ich hörte nur in der Ferne, wie der Wagen ein paar Mal anhielt, Stimmen sich unterhielten und der Wagen schließlich weiterfuhr. Ich erwachte erst wieder von dem sanften Kuss, den Matteo mir auf meine Schulter hauchte.

„Aufwachen Schlafmütze."

Er gab mir noch einen Kuss, dieses Mal auf den Hals.

„Na du bist mir ja mal ein tolles Date", sagte er gespielt vorwurfsvoll.

Ich kicherte. Schon wieder. Ja, ich kicherte. Solche Töne kannte ich von mir sonst nicht. Aber Matteo Leone brachte mich ernsthaft dazu, wie ein verliebtes Mädchen zu kichern. Erstaunt über mich selbst, schüttelte ich den Kopf und ließ mir von Matteo aus dem Wagen helfen.

Dann sah ich mich um und mir blieb der Mund offen stehen.

Wir befanden uns allen Ernstes auf der *Piazza IX Aprile* in Taormina. Ich war in Taormina! Ich war wirklich in Taormina!

Ergriffen schlug ich mir die Hände vor den Mund. Tränen stiegen mir in die Augen. Woher hatte er das gewusst? Taormina zu besuchen war seit meiner Jugend ein romantischer Traum, den ich mir bisher noch nicht erfüllt hatte.

Ich drehte mich zu ihm um und sah, dass er meine Reaktion gespannt beobachtete. In seinen Augen lag ein undefinierbarer Blick.

„Ist alles in Ordnung?", fragte ich ihn besorgt.

Sein Blick wurde sanft und ein Lächeln stahl sich auf sein Gesicht.

„Es könnte nicht besser sein. Hast du Hunger?".

Ich nickte begeistert und legte meine Hand in die von Matteo, die er mir auffordernd entgegenstreckte. Während wir durch die Gassen der antiken Hügelstadt schlenderten, sah ich mich begeistert um.

Genauso hatte ich es mir vorgestellt. Verwinkelte Gassen mit historischen, teils zerfallenen Häusern mit bunter Fassade und opulentem Blumenschmuck. Die Fassaden waren verschnörkelt und reich verziert. Überall sah man bunte Keramik, genauso wie ich sie liebte. Zwischen den kleinen Balkonen spannten Wäscheleinen, an denen die Einwohner dieses Städtchens in mitten all dem Trubel, ganz unbeeindruckt von den Touristen, ihre Wäsche trockneten. Kakteen und Olivenbäume in bunten Kübeln säumten die Straßen. Es war herrlich!

Schließlich machte Matteo vor einem kleinen unscheinbaren Restaurant in einer Seitenstraße halt und führte mich hinein. Wir betraten einen Garten, umzäunt von einer uralten, mit kunterbunten Pflanzen bewachsenen, Steinmauer. Dicht an die Steinmauer gedrängt wuchsen Kakteen, Olivenbäume und sogar Bananenstauden. Unter einem alten Olivenbaum standen bunte, aufeinandergereihte Schilder aus getäfeltem Holz, die die Himmelsrichtung und Distanz zu bekannten italienischen Städten zeigten. Wir befanden uns in einer kleinen grünen Oase.

Ich sah mich um. Um uns herum standen ganz einfache kleine Holztische mit zusammengewürfelten Stühlen. Auf jedem der Tische befand sich eine schlichte Kerze in einem durchsichtigen und dickwandigen Glas. Das war eindeutig das bodenständigste und einfachste Restaurant, in das ich jemals bei einem Date ausgeführt worden war. Aber ich liebte es. Es war einfach perfekt, auf seine ganz eigene besondere Art und Weise.

Das Restaurant war bereits gut gefüllt und hätte Matteo nicht vorab einen Platz reserviert, so hätten wir womöglich wieder gehen müssen. Etwas verwundert war ich darüber schon. Denn es war weder Wochenende noch Hochsaison. Und dies war auch keines der Restaurants, welches mit einer spektakulären Aussicht auf das Meer und auf den Ätna lockte. Wieso also war es so voll hier? Ich verwarf den Gedanken jedoch, als der Kellner uns die Speisekarte brachte und konzentrierte mich stattdessen auf die leckeren Gerichte.

Matteo und ich teilten uns eine Vorspeise aus regionalem Käse- und Wurstaufschnitt mit Oliven und Bruschetta. Dazu trank ich den köstlichsten Aperol Spritz, den ich je gekostet hatte und auch Matteos Mojito war nicht zu verachten. Wir unterhielten uns so angeregt, dass ich den Kellner, der die Hauptspeisen brachte, erst gar nicht bemerkte. Das ausgezeichnete Zucchini-Krabben-Risotto raubte mir fast die Sinne. Matteo hatte eine scharfe Pasta gewählt, die mit kleinen Chili Schoten versehen war. Sie duftete köstlich.

Mittlerweile waren wir von Cocktails auf Weißwein umgestiegen und so in unser Gespräch vertieft, dass es uns zunächst nicht auffiel, wie sich das Restaurant auf einmal merklich geleert hatte und wir die einzigen noch verbliebenen Gäste waren, obwohl es gerade einmal 21:15 Uhr war.

Als Matteo dies bemerkte, sprang er hektisch von seinem Stuhl auf und winkte den Keller herbei.

„Zahlen bitte“, rief er dem Kellner zu, der mit einem wissenden Lächeln auf ihn zukam.

„Wollen Sie auch zum Konzert? Keine Sorge, Sie erreichen es in weniger als fünf Minuten zu Fuß von hier.“

Konzert? Welches Konzert? Und wieso hatte es Matteo auf einmal so eilig? Die Desserts hier sahen so verführerisch aus, dass ich mich gerne noch davon überzeugt hätte, ob sie auch so gut schmeckten, wie sie aussahen.

Als hätte Matteo meine Gedanken gelesen, zog er mich von dem Stuhl in seine Arme und flüsterte dicht an meinem Ohr, „es tut mir leid. Ich habe dir ja gesagt, dass ich in der Planung von Dates keine Übung habe. Wir müssen sofort gehen, aber ich verspreche dir, dass wir hierher zurückkommen, um die Dessertkarte zusammen zu plündern."

Die plötzliche Eile erstaunte mich, aber ich war so gut gelaunt, und zugegebenermaßen auch etwas angeheitert, dass ich das Geschehen nur mit einem Lächeln und einem Schulterzucken quittierte. Zu mehr hatte ich auch keine Zeit, denn Matteo zog mich bereits mit sich in Richtung der *Via Teatro Greco*, die Straße, in der sich das weltbekannte griechische Theater von Taormina befand, welches verfallen auf den Felsen über dem Meer, mit direktem Blick auf den Ätna ruhte. Das Theater wollte ich mir auf jeden Fall noch ansehen, aber warum wir es so eilig hatten, dorthin zu kommen, war mir noch immer nicht klar.

Doch dann sah ich das Plakat, welches an die Laterne vor mir geheftet war und erfasste die Menschenmenge, die vor dem Eingang des Theaters stand. Wenn man dem Plakat glauben durfte, dann gab einer der bekanntesten Tenöre Italiens zusammen mit drei weiteren, äußerst beliebten italienischen Sängern, heute Abend ein Konzert in dem antiken Theater.

Eine Gänsehaut breitete sich auf meinem ganzen Körper aus und ich zog hektisch an Matteos Hemd. Mit großen Augen sah ich ihn an, unfähig etwas zu sagen. Aber Matteo verstand mich auch so und nickte nur mit einem fröhlichen, ja fast jungenhaften Lächeln. Mir entfuhr ein Freudenschrei und hätte Matteo mich nicht lachend aufgefangen, wäre ich bei meinem kleinen Freudentanz glatt zu Boden gegangen.

„Du bist verrückt", flüsterte ich dicht an seinen Lippen.

Dann gab ich ihm einen sanften Kuss, in den ich all meine Gefühle legte, die ich in diesem Moment empfand. Ich konnte mich nicht daran erinnern, wann sich ein Mann das letzte Mal so viel Mühe gemacht hatte, mir einen schönen Abend zu bescheren. Womöglich fiel es mir nicht ein, weil das noch nie jemand für mich getan hatte. Ich wäre schon begeistert gewesen, wenn Matteo mich in ein Restaurant in Catania ausgeführt hätte, gefolgt von einem nächtlichen Spaziergang durch die Altstadt. Der Ausflug nach Taormina übertraf bei weitem alle Erwartungen, die ich je gehegt hatte.

„Lass uns reingehen, was meinst du?".

Ich drückte Matteos Hand zur Zustimmung und wir stellten uns an, um das griechische Theater kurz darauf zusammen zu betreten.

*****

Wie schon so oft an diesem Abend, raubte mir der Anblick, der mich erwartete, den Atem. Wir standen ganz oben auf der Steintreppe des Theaters. Vor uns führten Sitzreihen aus Stein und aus einfachen Holzbänken nach unten zu der Bühne, welche eigentlich gar keine Bühne war. Als Bühne diente die staubige und steinige Arena des Theaters, mit ihren verfallenen griechischen Säulen im Hintergrund. Es war bereits kurz vor halb zehn und die Sonne sandte ihre letzten schwachen Strahlen des Tages aus. Hinter den Säulen erblickte ich das fast schon schwarz wirkende Meer in der nahenden Dunkelheit, welches von den Lichtern der Küste hervorgehoben wurde. Auch der Ätna, der die Wolken des Abends majestätisch durchstach, war durch die Säulen zu erkennen.

Das Theater wurde durch aufgestellte Strahler in weiches und warmes Licht gehüllt. Obwohl es schon recht spät war, war es immer noch so warm, dass man keine Jacke oder Weste benötigte. Es glich fast schon einer lauen Sommernacht. Erst Matteos sanfte Berührung an meinem Arm holte mich wieder in die Gegenwart zurück.

Er führte mich zu unseren Plätzen, zwei einfache Steinplatten. Ich stellte mir vor, dass auch schon die Leute 300 Jahre vor Christus so dagesessen hatten, wie wir. Denn so alt war dieses Theater bereits. Ein Teil der Steine, ja vielleicht genau die, auf denen wir saßen, war über die Jahrtausende unverändert geblieben. Daher rührte auch die außerordentliche Magie dieses Theaters.

Matteo legte einen Arm um mich und ich lehnte meinen Kopf an seine Schulter. Zusammen beobachteten wir die letzten

Atemzüge der Sonne und als diese am Horizont verschwunden war, begannen die ersten Takte der Musik. Für die nächsten 90 Minuten versank ich in einer Welt, die den Himmel, das Paradies oder wie auch immer man das Schönste aller Vorstellungen nennen mochte, in den Schatten stellte. Ich erlaubte mir, glücklich zu sein. In diesem Moment erschien mir die Definition von Glück zum Greifen nahe, auch wenn ich sie nicht in Worte fassen konnte. Ich konnte das, was ich fühlte, nicht beschreiben, aber ich wusste, dass es grenzenloses Glück war. Und solange ich konnte, wollte ich daran festhalten.

Nach dem Konzert blieben Matteo und ich noch sitzen, bis sich das Theater fast vollständig geleert hatte. Ich war noch nicht wieder bereit, diese heiligen Hallen zu verlassen und in die normale Welt zurückzukehren. Das hier war eine übermenschliche Erfahrung gewesen. Eine Zwischenwelt, in der man sich restlos verlor. Eine Träne stahl sich aus meinem Augenwinkel und rollte meine Wange hinab. Matteo, der mich beobachtete, küsste sie weg und strich dann eine verirrte Haarsträhne hinter mein Ohr.

„War es so furchtbar, dieses erste Date mit mir?“, flüsterte er mir zu.

Ich schüttelte den Kopf und versuchte, meine Gedanken zu ordnen, bevor ich ihn ansah.

„Es war das schönste Date überhaupt, dass ich je hatte und wohl jemals haben werde.“

Ich machte eine kurze Pause, nahm seine Hand in meine und legte sie an meine Wange.

„Danke.“

In diesem einen Wort und in dem sehnsüchtigen Blick, den ich Matteo zuwarf, lagen all die Gefühle, die sich in den letzten Stunden aufgestaut hatten. Ich war überwältigt. Mehr noch, ich war hoffnungslos verliebt und verloren. Dieser Mann hatte mein Herz seit 12 Jahren in seinem Besitz und spätestens nach diesem Abend war es völlig ausgeschlossen, es jemals wieder von ihm zurückzuholen. Er konnte es höherschlagen lassen, aber er konnte auch dafür sorgen, dass es aufhörte zu schlagen. Bei dem Gedanken erschauderte ich.

„Ist dir kalt?". Besorgt sah mich Matteo an, aber ich schüttelte den Kopf.

„Lass uns zurück zu dem Restaurant gehen. Vielleicht haben sie noch geöffnet und ich kann mein Versprechen einlösen, mit dir die Desserts zu plündern."

Wir erhoben uns und mit einem letzten Blick auf die majestätische Kulisse vor mir, verabschiedete ich mich in tiefster Dankbarkeit von dieser so unwirklich erscheinenden Zwischenwelt.

*****

Entgegen meiner Erwartungen hatte das Restaurant tatsächlich noch geöffnet, obwohl es nun schon nach 23 Uhr war. Der Kellner erkannte uns wieder und begrüßte uns freudig. Er setzte sich kurzerhand zu uns an den Tisch und fragte uns nach dem Konzert. Nachdem wir ihm in den höchsten Tönen davon vorgeschwärmt hatten, zwinkerte er uns zu und hob geheimnisvoll einen Finger.

„Ich weiß genau, was Sie nach so einem magischen Erlebnis jetzt brauchen. Vertrauen Sie mir?".

Matteo und ich sahen uns vielsagend an und nickten dann, bevor wir einstimmig die Frage des Kellners bejahten. Kurz darauf kehrte er mit einem heißen herzförmigen Schokoladenkuchen mit flüssigem Kern, einer großen Kugel Vanilleeis mit Sahne, sowie Schokosoße auf einem gigantischen Teller zurück zu unserem Tisch.

Als er uns Gabel und Löffel reichte, fügte er zwinkernd hinzu, „Eine extra große Portion heiße Liebe für die Verliebten."

Dann verschwand er in der Dunkelheit. Ich dachte über seine Worte nach. Verliebte. Waren wir das? Was mich betraf, so gab es keinen Zweifel. Aber was Matteo fühlte, das konnte ich nur ahnen. Und damit würde ich mich zunächst einmal zufriedengeben. Dieser Abend war so wunderbar, dass ich den Moment nicht zerstören wollte. Das, was wir heute, hier und jetzt hatten, war perfekt. Die Zukunft würde noch früh genug eintreffen. Bis dahin würde ich das genießen, was mir die Gegenwart schenkte.

Nachdem wir das göttliche Dessert gelöffelt hatten, verabschiedeten wir uns und schlenderten durch die mittlerweile recht verlassenen Gassen Taorminas.

„Wie kommen wir eigentlich wieder zurück nach Catania?", fragte ich Matteo.

Ich hatte den ganzen Abend nicht darüber nachgedacht, so selbstverständlich erschien es mir, hier in Taormina zu sein. Aber jetzt, wo es kurz vor Mitternacht war, war das durchaus eine Überlegung wert. Matteo legte den Arm um meine Schultern, zog mich an sich und drückte mir einen Kuss auf den Scheitel.

„Gar nicht", murmelte er dicht an meinem Kopf.

Verdutzt sah ich ihn an. „Wie meinst du das?".

Er zuckte verlegen mit den Schultern. „Naja, ich dachte, wir bleiben über Nacht hier. Beim Frühstück hat man hier eindeutig eine bessere Aussicht, als in Catania."

Ich lachte laut auf.

„Du bist mir ja mal ein Dating Experte. Geschickt dafür sorgen, dass das Date nicht mehr nach Hause kommt und stattdessen bei dir übernachtet."

Matteo lächelte verlegen. „Ich dachte nur, da wir bereits letzte Nacht zusammen verbracht haben, hätten wir den Teil vom *nach Hause bringen* und dem keuschen Abschiedskuss an der Haustür, bereits übersprungen."

Ich zog die Augenbrauen hoch. Es machte mir Spaß, Matteo in Verlegenheit zu bringen.

„Soso. Dachtest du?".

Matteo war nun stehen geblieben und sah mich aufmerksam an.

„Ich kann auch dafür sorgen, dass wir zurück nach Catania kommen. Wenn du das möchtest, dann ist das kein Problem."

Ich konnte nicht mehr länger die Ernste spielen und mein Lächeln verriet mich schließlich.

„Ich würde sehr gerne in Taormina übernachten. Das hat zwei Vorteile: Zum einen kann ich mich so eher meinem zweiten *‚Dessert'* widmen und zum anderen kann ich so noch mehr Zeit an diesem wundervollen Ort verbringen."

Mit einem verschmitzten Lächeln stupste ich meine Nase gegen die von Matteo. Matteos Augen verdunkelten sich augenblicklich, und als er seine Lippen auf meine legte, vergaß ich, wo wir waren, wer wir waren und was wir hier taten. Wie lange wir dort standen und uns küssten, ich wusste es nicht. Ich hatte jegliches Zeitgefühl verloren. Wie so oft mit diesem Mann. Alle meine Sinne waren auf Matteo fokussiert und Matteo schien es nicht anders zu gehen.

So bemerkten wir erst viel zu spät, wie aus dem Nichts ein Regenschauer aufzog. Als die ersten Tropfen fielen und uns erbarmungslos trafen, zog ich mir meine hohen Schuhe aus, um schneller laufen zu können. Hand in Hand lief ich mit Matteo in Richtung des Hotels, in dem er für uns ein Zimmer reserviert hatte.

Binnen weniger Minuten verwandelte sich der Regenschauer in einen beachtlichen Regensturm. Als wir das Hotel schließlich erreichten, waren sowohl Matteo als auch ich nass bis auf die Haut. Ich fröstelte, da der Regen die Temperaturen deutlich zum Sinken gebracht hatte. Zum Glück war der Check-In im Nu bewältigt und kurze Zeit später betraten wir auch schon das Zimmer.

Kapitel 34

Fröstelnd rieb ich mir über die Arme und trat vor das Fenster. Unter uns lag ganz im Dunkeln das Meer. Nur einzelne Lichter am Ufer ließen erahnen, dass es da war. Der Regen prasselte auf den Balkon und der Wind, der aufgekommen war, wehte die Regentropfen gegen die Fensterscheibe.

Ich mochte das prasselnde Geräusch des Regens. Normalerweise kuschelte ich mich dann immer aufs Sofa mit einer heißen Tasse Tee und einem guten Buch. Aber im Moment war mir einfach nur kalt. Ich kickte die Schuhe von meinen Füßen und spürte den flauschigen Teppich, der meine kalten Füße allerdings auch nicht wirklich wärmen konnte.

Matteo trat hinter mich und öffnete den Reißverschluss meines Kleides, welches mittlerweile wie eine zweite Haut an mir klebte.

„Du bist ganz durchgefroren."

Er küsste mich sanft auf die Schulter.

„Da hilft nur eine heiße Dusche."

Mit diesen Worten streifte er mir das Kleid vom Körper, hob mich hoch, so, als wäre ich ein Fliegengewicht, und trug mich ins Badezimmer, wo er mich vor der Dusche absetzte. Dann drehte er den Duschhahn auf und hob mich hinein, als das Wasser die richtige Temperatur erreicht hatte und uns die wärmenden Dampfschwaden entgegenkamen. Dankbar trat ich unter die heiße Dusche, deren Duschkopf dem einer Regenwalddusche ähnelte, was dazu führte, dass das heiße Wasser breitgefächert von oben hinab strömte.

Ich schloss die Augen und spürte, wie die Kälte verschwand und das wohlige Gefühl in meinen Körper zurückkehrte. Während ich mit geschlossenen Augen die Wärme genoss, umschlossen zwei starke Arme meine Hüften und zogen mich gegen einen kalten Körper.

Ein erschrockener Schrei entstieg meiner Kehle bei dem plötzlichen Wechsel von heiß zu kalt.

„Darf ich mich an dir wärmen? Du bist so heiß."

Seine muskulösen Arme umschlossen meine Hüften noch etwas fester und er fügte mit einem Lächeln in der Stimme hinzu, „in jeglicher Hinsicht."

Matteos Lippen waren so nah an meinem Ohr, als er mir diese Worte zuflüsterte, dass ich sie förmlich fühlen konnte. Sie streichelten über meine Haut, liebkosten mich sanft. Ich ließ mich in Matteos Armen fallen und genoss diesen Moment inniger Zweisamkeit.

Mein nackter Körper lehnte an dem seinen und so standen wir eine Weile da, während das warme Wasser auf uns hinab prasselte. Niemand sagte etwas. Ich vernahm lediglich Matteos gleichmäßigen Herzschlag an meinem Rücken. Nach ein paar Minuten, die mir wie eine Ewigkeit vorkamen, schob mich Matteo leicht von sich und griff nach dem Duschgel, welches am Rande der Dusche stand. Er füllte seine Handflächen damit und glitt dann langsam mit seinen Händen über meinen Körper.

Seine trägen Bewegungen begannen an meinem Hals, bevor er seine Hände über meine Schultern wandern ließ und die verspannten Stellen mit sanftem Druck massierte. Ich schloss die Augen und verkniff mir ein wohliges Stöhnen. Dieser Mann war einfach unglaublich. Nach einer Weile schäumte er seine Hände erneut ein und fuhr an meinen Armen hinab, hin zu meinen Händen. Zärtlich massierte er jeden einzelnen meiner Finger sowie die Innenflächen meiner Hände. Nicht zu fassen, dass es fast 30 Jahre meines Lebens gebraucht hatte, um zu verstehen, wie erogen meine Hände eigentlich waren.

Es war die wohl beste Massage, die ich je in meinem Leben erhalten hatte. Das lag zum einen daran, dass Matteo sein Handwerk wirklich verstand. Zum anderen, dass mein Körper auf Matteo reagierte, wie auf keinen anderen Menschen auf dieser Welt. Mein Körper war Matteo restlos verfallen. Und meine Seele war es auch. Ein weiteres Mal träufelte Matteo etwas von dem Duschgel, welches angenehm nach Orange und Minze duftete, auf seine Handflächen und fuhr dann an den Seiten meines Oberkörpers entlang. Seine Finger berührten dabei hauchzart die Außenseite meiner Brüste, was dazu führte, dass sich meine Knospen augenblicklich zusammenzogen und hart wurden.

Wie, als hätte er auf dieses Zeichen gewartet, ließ Matteo seine Hände zu meinen Brüsten gleiten und umkreiste sie sanft in großen Kreisen. Mein Atem wurde unregelmäßig und meine Brüste fühlten sich schwer und empfindlich an. Matteos Kreise wurden kleiner und ich musste mich dazu zwingen, seine Hände nicht auf meine harten und schmerzenden Knospen zu legen. Er quälte mich, und so wütend es mich machte, so sehr verzehrte ich mich auch nach jeder seiner Berührungen.

Endlich, nach einer gefühlten Ewigkeit, erlöste er mich von meinen Qualen und strich bedächtig über meine überempfindlichen Nippel. Ich spürte die Reaktion dieser Berührung sofort in meiner Mitte, welche freudig zuckte und noch feuchter wurde als zuvor, was ganz sicher nichts mit dem Wasser der Dusche zu tun hatte.

„Das gefällt dir“, flüsterte Matteo an meinem Ohr.

Ich wollte ihm antworten, aber ich schaffte es nur, meinen Kopf zur Seite zu drehen und meine Lippen etwas zu öffnen, ohne dass auch nur ein Laut diese verließ. Matteo wertete das als Einladung und presste seine Lippen bestimmt und fordernd auf die meinen. Wir verloren uns in einem intensiven Kuss der Leidenschaft, während Matteos Finger weiterhin unentwegt meine Knospen streichelten.

Ich musste meine Schenkel zusammenpressen, um der Erregung, die ich in meiner Mitte verspürte, etwas Erleichterung zu verschaffen. Der Erfolg war eher mäßig, denn mein ganzer Körper brannte mittlerweile vor Verlangen. Matteo ließ von meinem Mund ab und auch seine Hände spürte ich nicht mehr auf meinen Brüsten, was mich dazu verleitete, lautstark zu protestieren.

Doch Matteo lachte nur amüsiert und füllte seine Hände erneut mit einigen Tropfen dieses verführerischen Aromas. Als er damit begann, die Flüssigkeit an meinen Oberschenkeln zu verteilen, nahmen seine Augen einen raubtierhaften Blick an. Seine Hände glitten an den Innenseiten meiner Oberschenkel hinauf und dann wieder hinab. Diese Tortur wiederholte er ein paar Mal, wobei er seine Hand jedes Mal etwas höher wandern ließ, ohne dabei jedoch meine Mitte zu berühren. Ich drängte mich gierig seiner Hand entgegen, wofür ich von ihm ein raues Lachen erntete.

„Das fühlt sich gut an, oder?".

Ich nickte mit geschlossenen Augen, um nicht zugeben zu müssen, wie sehr es mir gefiel, was er da tat.

„Willst du mehr?".

Erneut nickte ich.

„Sag es mir", forderte mich Matteo auf.

Als ich nicht antwortete, wiederholte er den Befehl. Sein Ton war fordernd und erregte mich nur noch mehr. Ich drehte mich zu ihm um und meine Hände glitten über seinen muskulösen Oberkörper, der mit schwarzen Kunstwerken übersät war.

„Ich will mehr", keuchte ich erstickt und spürte kurz darauf, wie Matteo seine Hand zwischen meine Schenkel gleiten ließ.

Mir entfuhr ein tiefes Stöhnen und ich umfasste Matteos Nacken, um ihn an mich zu ziehen. Matteo bedeckte meine Lippen mit den seinen und drang im gleichen Moment mit zwei Fingern in mich ein, was mir ein weiteres Stöhnen entlockte und welches Matteo gierig mit seinem Mund erstickte.

Bevor ich wusste, wie mir geschah, ging Matteo vor mir auf die Knie und legte sich mein linkes Bein über seine Schulter. Als ich begriff, was er vorhatte, lief mir ein Schauer freudiger Erwartung über den Rücken. Während er weiterhin zwei seiner Finger in mich schob und sie dann langsam wieder aus mir hinauszog, nur um sie kurz darauf wieder in mir zu versenken, versank auch sein Gesicht in meiner Mitte und er begann, mich zärtlich an meiner empfindlichsten Stelle zu kosten.

Das Gefühl war so intensiv, dass ich mich beherrschen musste, nicht auf der Stelle zu kommen. Die Versuchung dieser anklopfenden Erleichterung nachzugeben war groß, aber die Versuchung dieses himmlische Gefühl noch etwas hinauszuzögern, war noch größer. Während seine Finger unentwegt in mich glitten, vernaschte mich Matteos geschickter Mund mit steigender Intensität und zunehmendem Druck.

Matteo saugte begierig an meiner empfindlichsten Stelle, bevor er wieder zart darüber leckte. Dieses Wechselband an Gefühlen, gepaart mit seinen Fingern in mir, brachte mich an den Rand der Klippe, von der ich jeden Moment zu fallen drohte. Ich sah nach unten und der Anblick dieses unglaublichen Mannes, dem Mann meiner heimlichen Träume, zwischen meinen Schenkeln, gepaart mit der Intensität der Gefühle in meinem Inneren, stießen mich endgültig von der Klippe.

Ich krallte meine Finger in Matteos schwarzes Haar und kam mit einem lauten Stöhnen, das man ganz sicher bis in die benachbarten Zimmer hören musste. Aber in diesem Moment war es mir egal. Es war mein einziges Ventil, um all die Gefühle freizulassen, die mich in diesem Augenblick übermannten und mich restlos überforderten.

Atemlos glitt ich an der Duschwand hinab, nachdem die Wellen dieses heftigen Orgasmus langsam abklangen. Matteo richtete sich auf und nahm mich erneut in den Arm. Ich reckte meinen Kopf, um ihm in die Augen zu sehen und sah ein seltsames Leuchten darin. Ohne ein Wort, versiegelte er meine Lippen mit einem zärtlichen Kuss und ich konnte einen Hauch meines Duftes an seinen Lippen schmecken.

*****

Matteo schaltete das Wasser aus und stieg aus der Dusche, um mich in ein gigantisches Handtuch zu wickeln, bevor er sich selbst ebenfalls ein Handtuch um die Hüften schlang. Während ich auf dem Badewannenrand saß, noch recht unfähig auf meinen wackeligen Beinen zu stehen und meine Haare föhnte, ging Matteo zurück ins Zimmer. Dort fand ich ihn ein paar Minuten später.

Er stand mit überkreuzten Armen vor dem Fenster und starrte in die Dunkelheit. Noch immer hatte er sein Handtuch um die Hüften geschlungen. Er schien so in Gedanken versunken, dass er weder bemerkte, wie ich ihn beobachtete, noch als ich mich ihm von hinten nährte. Erst als ich meine Arme um ihn schlang, schien er aus seinen Gedanken zu erwachen.

Ich gab ihm einen Kuss auf sein muskulöses Schulterblatt und die Gänsehaut, die sich augenblicklich entlang der Schulter ausbreitete, bestärkte mich in meinem Entschluss, Matteo genauso zu verwöhnen, wie er mich vor einer halben Stunde unter der Dusche verwöhnt hatte. Ich ging um ihn herum und kniete mich dann vor ihn nieder. Mit einem Ruck brachte ich sein Handtuch zum Fallen.

Da stand er nun vor mir, überragte mich wie ein griechischer Gott in all seiner Pracht. Bei diesem kitschigen Gedanken musste ich meine Lippen fest zusammenpressen, um nicht über mich selbst zu lachen. Aber es stimmte. Dieser Mann war purer Sex. Und er war noch so viel mehr, wie ich heute Abend erkennen durfte. Er war ein Traum. Mein Traum. Und ich hoffte, dass ich niemals daraus erwachte oder dieser Traum sich in einem Albtraum verwandeln würde. Wenn dem so wäre, dann würde ich mich damit auseinandersetzen. Aber nicht heute Nacht. Heute Nacht wollte ich diesen Traum so intensiv wie möglich leben. Matteo strich mir eine Strähne hinter mein Ohr.

„Ich würde dir gerne sagen, dass du das nicht zu tun brauchst, aber ich würde dich anlügen, wenn ich dir sage, dass ich es mir nicht wünsche."

Sein Flüstern war heiser und ich konnte sehen, wie sehr es ihn erregte, dass ich hier vor ihm kniete. Sein Lustpfahl zuckte bereits begeistert, ohne dass ich ihn überhaupt berührte. Ich nahm sein Glied in die Hand und begann langsam daran auf und abzureiben. Matteo ließ den Kopf in den Nacken fallen und stieß zischend die Luft aus. Als sein Glied vollständig erigiert in meinen Händen auf und ab glitt, leckte ich den Lusttropfen ab, der sich auf der Spitze gebildet hatte, was von Matteo mit einem wilden Knurren kommentiert wurde.

Angestachelt von seiner Lust, begann ich an seinem Schaft auf- und abzulecken, während ich ihn weiter mit der Hand massierte. Als ich merkte, dass das Matteo nicht mehr ausreichte, stülpte ich meinen Mund über sein pulsierendes Glied und begann mit dem Mund daran auf- und abzusaugen. Matteo gab mit seinen Hüften den Takt vor und sein animalisches Stöhnen verriet mir, dass er jede Sekunde dieses

Spiels genoss. Ich nahm ihn so tief in mich auf, wie ich nur konnte und beschleunigte meine Bewegungen, um mit Matteos ansteigender Lust mitzuhalten. Matteo hatte jegliche Kontrolle verloren und gab sich ganz seiner Leidenschaft hin. Er stöhnte abgehackt und atmete unregelmäßig und schwer. Ich genoss es, dass auch ich in ihm diese Art von Gefühlen und diesen kompletten Kontrollverlust hervorrufen konnte.

„Ich komme gleich", presste er mit zusammengebissenen Zähnen hervor und versuchte, mich hochzuziehen, aber ich wehrte mich und bedeutete ihm, sich auf seinen nahenden Orgasmus zu konzentrieren.

Unsere Blicke trafen sich und als er verstand, dass ich nicht daran dachte, jetzt aufzuhören, sah ich wieder dieses undefinierbare Leuchten in seinen Augen. Ich wollte den Blick abwenden, doch Matteo umfasste meinen Kopf und zwang mich, ihn anzusehen, während ich weiter an ihm saugte. Unsere Blicke verhakten sich und nur Sekunden später kam er hart und ergoss sich mit einem lauten Stöhnen in meinen Mund. Matteo sank auf die Knie und zog mich wortlos in seine Arme.

So verweilten wir einige Zeit vor dem Fenster, gegen das noch immer der Regen prasselte. Ich musste in Matteos Armen eingeschlafen sein, denn irgendwann merkte ich im Halbschlaf, wie ich unter eine Decke gelegt wurde, Matteos Körper dicht an meinen geschmiegt. So schlief ich erneut tief und fest ein und erwachte am nächsten Morgen lächelnd aus meinem traumlosen und erholsamen Schlaf von den zarten Küssen, die Matteo auf meinem Hals verteilte.

*****

Vom Himmel strahlte uns die Sonne entgegen, so, als wäre nie etwas gewesen. Das Unwetter von letzter Nacht erschien fast wie ein Traum. Nur unsere noch immer leicht feuchte Kleidung bewies das Gegenteil. Wir tranken einen heißen Cappuccino auf dem kleinen Balkon unseres Zimmers und genossen den Blick auf das azurblaue Meer, das vor uns lag und den majestätischen Ätna, der unweit von Taormina thronte. Da es mir etwas unangenehm war, in dem extravaganten Abendkleid durch das morgendliche Taormina zu spazieren, erklärte sich Matteo dazu bereit, mir schnell ein paar neue Sachen zu kaufen. Währenddessen wartete ich auf dem Balkon auf ihn. Ich legte meine Beine auf das Balkon Geländer, schloss meine Augen und reckte mein Gesicht in Richtung der Sonne, die es angenehm wärmte. Ich wollte nicht über gestern nachdenken. Überhaupt wollte ich nicht über irgendetwas nachdenken. Ich wollte einfach nur den Moment genießen. Das Leben leben, so, wie es jetzt gerade war. Alles war zählte war die Gegenwart. Mit der Zukunft würde ich mich noch früh genug befassen.

*****

Matteo kam kurz darauf mit zwei Tüten zurück und als ich den Inhalt begutachtete, musste ich lachen. Er zwinkerte mir amüsiert zu.

„Kleines Andenken an dein erstes Date mit mir."

Ich zog ein weißes T-Shirt aus der Tüte, auf dem die blauen Wellen des Meeres eingestickt waren, sowie eine lachende gelbe Sonne. Darüber war in kunterbunten Buchstaben das Wort „Taormina" gestickt. Es war so kitschig, dass es fast schon wieder schön war. Aber ich liebte es. Ich liebte den Gedanken dahinter. Es war ein greifbarer Beweis für das schönste Date, dass ich je erlebt hatte. Dazu hatte Matteo mir noch einen schlichten Minirock aus Jersey Stoff in korallenrot gekauft, sowie dezente braune Ledersandalen. Ich setzte mich auf Matteos Schoß und gab ihm einen langen und intensiven Kuss auf seine Lippen.

„Danke", flüsterte ich ihm leise zu.

„Für was?". Er lehnte seine Stirn an meine.

„Für all das, was du in den letzten 12 Stunden für mich und mit mir getan hast."

Ich atmete tief durch.

„Es war das Schönste, was ich seit langem erlebt habe."

Vielleicht war es sogar das Schönste, was ich je erlebt hatte. Aber ich traute mich nicht, ihm das zu sagen. Jedenfalls noch nicht.

„Das freut mich. Aber dann legst du die Messlatte für das nächste Date mit mir ganz schön hoch."

Ich brachte etwas Distanz zwischen uns und sah ihn erstaunt an. „Das heißt…".

Aber Matteo unterbrach mich, bevor ich den Satz aussprechen konnte.

„Das heißt, dass ich dich gerne um ein weiteres Date bitten möchte. Und um noch eins und noch eins und noch eins. Ich möchte ganz viele Dates mit dir, Carlotta."

Ich sah Matteo forschend an, aber er hielt meinem Blick mühelos stand. Er meinte das ernst. Eine erneute Welle des Glücks drohte, mich zu überschwemmen und mitzureißen. Bedeutete das etwa, dass er seine Meinung, was uns betraf, geändert hatte? War er bereit, sich auf eine ernsthafte Beziehung einzulassen, auch wenn das bedeutete, dass er nicht immer die Kontrolle innehatte? Hatte er für sich entschieden, dass sich das Pflichtgefühl gegenüber seiner Familie mit seinen Gefühlen für mich vereinbaren ließ?

Seinen Worten nach zu urteilen, schien es fast so. Auch sein Verhalten hatte sich gewandelt. Ich kannte den groben, brutalen und herrischen Matteo. Und ich kannte den leidenschaftlichen, ungestümen und zügellosen Matteo. Die letzten Stunden hatten gezeigt, dass es auch einen sanften, einfühlsamen und gefühlvollen Matteo gab. Er war ein Mensch mit vielen Facetten, und ich liebte jede einzelne davon.

Ich konnte ein breites Lächeln nicht verbergen und senkte schnell den Kopf. Aber Matteo hob mein Kinn mit seinem Zeigefinger an und zwang mich, ihn erneut anzusehen.

„Bedeutet dieses freche süße Lächeln, dass du weiteren Dates mit mir nicht abgeneigt bist?".

Ich nickte und musste erneut lächeln.

„Ja, das bedeutet es."

Kapitel 35

Wir waren am späten Vormittag in Taormina abgereist und hatten nur noch einen kurzen Zwischenstopp im Hotel in Catania eingelegt, um unsere Sachen zu packen und zum Flughafen zu fahren, wo die Maschine bereits auf uns wartete. Auf dem Weg zum Flughafen hatte Matteo einen Anruf erhalten, der ihn sehr zu beschäftigen schien. Er war in Gedanken versunken und sprach auch auf dem kurzen Flug kaum ein Wort. Stattdessen starrte er abwesend aus dem Fenster.

Ich versuchte mir einzureden, dass ich ihn nicht danach fragte, was ihn beschäftigte, weil es mich nichts anging. Aber in Wahrheit hatte ich wohl zu viel Angst, dass der Russenclan Wind davon bekommen hatte, von wem der fatale anonyme Tipp stammte, dessen Folgen ihre Macht nun deutlich geschwächt hatte und nicht zuletzt ihren Anführer das Leben gekostet hatte, wenn auch selbstverschuldet.

Nach unserer Ankunft auf Capri am frühen Nachmittag verschwand Matteo mit der Aussage, er habe ein paar dringende Telefonate zu führen. Ich versuchte mich nicht von meiner Angst und Nervosität überrollen zu lassen und konzentrierte mich auf das, was mich immer beruhigte, die Arbeit. Ich nahm mir das internationale Immobilienportfolio der Familie vor und schaute mir die Markt- und Wertentwicklungen der einzelnen Städte und Länder an, sowie potenzielle neue Objekte an bereits gefragten oder aufstreben Standorten. Die schönen Bilder von den zum Verkauf stehenden Häusern bzw. Apartments in Tokyo, Wien, der Toskana, Vancouver Island und Santa Barbara lenkten mich erfolgreich von meinen Sorgen ab, genauso wie die darauffolgende Renditeanalyse. So konnte ich einige Stunden produktiv totschlagen, auch wenn ich bei diesem Wort unwillkürlich zusammenzucken musste.

Am späten Nachmittag riefen meine Großeltern an, mit denen ich in den letzten Tagen nur via der Chat Funktion meines Handys in Kontakt gewesen war. Ich drehte mich in meinem Stuhl um und blickte hinaus auf das Meer, dass in einem tiefen Blau unter dem hellblauen und nahezu wolkenlosen Himmel, die Wellen an die Küste trug. Die Unterhaltung mit meinen Großeltern, in die sich auch Giorgia lautstark aus dem Hintergrund einmischte, war unterhaltsam und genau das, was ich jetzt brauchte. Ich vermisste sie und hatte bereits mit Matteo abgesprochen, dass ich die nächste Woche überwiegend von Ravello aus arbeiten würde, um mehr Zeit mit meiner Familie verbringen zu können.

Ich rechnete Matteo hoch an, dass er dem anstandslos zugestimmt hatte, obwohl er mich lieber jeden Tag um sich herum gehabt hätte. Es erfüllte mich mit Zufriedenheit, dass es ihm anscheinend schwerfiel, mich gehen zu lassen. Aber es festigte auch das unsichtbare zarte Band zwischen uns, da mir dieses Verhalten erneut bestätigte, dass für Matteo und mich unsere Familien an oberster Stelle standen.

Nach einem langen Telefonat verabschiedete ich mich von meinen Großeltern und Giorgia, mit dem Versprechen, sobald wie möglich für einige Tage nach Ravello zurückzukehren. Da ich nicht zur Ruhe kam, entschied ich mich für eine ausgiebige Joggingrunde. Matteo hatte ich immer noch nicht wieder zu Gesicht bekommen und auch sonst erschien mir das Anwesen recht ruhig und leer, was etwas ungewöhnlich war.

Nachdem ich geduscht und noch ein paar Stunden weitergearbeitet hatte, setzte ich mich mit einer Schale Obst und einem leckeren Käseaufschnitt, Brot, sowie einem Glas Rotwein aus dem Hause Leone, auf die Terrasse nahe des Weinbergs. Von dort schaute ich mir den Sonnenuntergang an und versuchte mich zu entspannen. Ich hing meinen Gedanken hinterher, die so konfus und durcheinander waren, dass sie keinen richtigen Sinn ergeben wollten. Ich bemühte mich aber auch nicht, ihnen einen Sinn zu verleihen. Vielmehr saß ich da, und alles, was ich wahrnahm, war der zarte Wind, der durch mein Haar strich und in den Bäumen raschelte. Dann war da noch der vollmundige Geschmack des Weines auf meiner Zunge und der deftige Käse auf dem frisch gebackenen Brot, zusammen mit ein paar saftigen Weintrauben, die diesen Geschmack abrundeten. Ich wusste nicht, wie lange ich dort gesessen hatte, aber es war inzwischen dunkel geworden. Die Grillen zirpten um mich herum und ab und an flog eine Fledermaus vorbei. Nach einiger Zeit nahm der Wind merklich zu und die Bäume, die das Grundstück umrahmten, wurden nahezu durchgeschüttelt.

Ich liebte den Klang des Windes, der durch die Wipfel der Bäume zog, aber die kleinen Äste, die durch den Wind von den Bäumen gelöst wurden und herunterfielen sagten mir, dass es wohl sicherer war, das Spektakel vom Haus aus zu beobachten. Ich stand noch einige Zeit am Fenster und blickte auf die spärlich beleuchteten Bäume, die im Wind hin- und herwiegten. Es war ein schöner Anblick, so beruhigend. Nach einer Weile fielen mir die Augen zu und ich machte mich auf ins Bett. Von Matteo hatte ich nichts mehr gehört. Es beunruhigte mich mehr, als dass es mich verärgerte. Ich zweifelte nicht an seinen Worten, an seiner Aufrichtigkeit mir gegenüber. Was er zu mir gesagt hatte, das hatte er auch so gemeint. Ich war mir sicher, dass auch er tiefe Gefühle für mich hegte und ein ernstes Interesse an mir hatte. Das, was mir Kopfschmerzen bereitete, war die Sorge um ihm. Die Sorge, dass ihm irgendetwas zustoßen könnte, dass er womöglich in Lebensgefahr schweben könnte.

Wenn ich an den Abend in Catania zurückdachte und an die kalte Furcht, die sich wie eine eiserne Faust um mein Herz gelegt hatte, als ich die Nachrichten verfolgt hatte, dann graute es mir regelrecht davor, dieses oder ein ähnliches Szenario noch einmal durchleben zu müssen. So fiel ich schließlich voller Sorge in einen unruhigen Schlaf, voller verworrener und beängstigender Träume. Irgendwann fand ich mich am Hafen von Catania wieder. Ich war in einer großen Halle. Womöglich war es eine alte Werft. Es war dunkel und roch moderig. Ich ging schnellen Schrittes durch die Halle, einer Blutspur folgend, die sich unendlich weit zu ziehen schien. Ich ging weiter und weiter, doch die Blutspur wollte einfach nicht enden. Immer schneller wurden meine Schritte und schließlich rannte ich entlang der Blutspur, so schnell mich meine Füße trugen. Nach einigen nicht enden wollenden Minuten, hörte die Blutspur abrupt auf. Verwundert blickte ich mich um. Wie war das möglich? Dann spürte ich, wie mir etwas auf die Hand tropfte. Plopp, plopp, plopp. Was war das? Ich hob meine Hand nach oben, dem schwachen Mondlicht entgegen, das durch die milchigen Fenster der Halle schien. Die Tropfen waren rot! In dem Moment fiel ein weiterer Tropfen auf mich. Er traf meine Wange und roch unverkennbar nach Blut. Ein erstickter Schrei entfuhr mir und ich blickte ruckartig nach oben. Dort über mir an einem Seil, hing der leblose Körper von Matteo. Seine ausdruckslosen Augen, aus denen jegliches Leben gewichen war, starrten mich traurig an.

Pures Entsetzen ergriff mich und ich wollte Schreien, aber wie sehr ich es auch versuchte, meiner Kehle entrang kein einziger Ton. Die Bluttropfen wurden immer mehr und mit jedem Tropfen Blut, der Matteos Körper entwich, stieg auch meine Verzweiflung.

*****

Ich fuhr hoch und war mit einem Mal hellwach, auch wenn ich nicht wusste, wo ich mich befand. Zu sehr war ich noch in den Fängen dieses grässlichen Albtraumes, der mir so furchtbar real erschienen war. Ich brauchte ein paar Sekunden, um meinen schnellen Atem zu beruhigen.

Ein Geräusch an meiner Zimmertür hatte mich geweckt. Zum Glück. Aber die Erleichterung wich schnell einem erneuten Anflug von Panik. Denn wer würde mitten in der Nacht in mein Zimmer kommen? Hektisch tastete ich nach der Lampe neben meinem Bett, als ich eine vertraute Stimme vernahm.

„Alles ist gut, Carlotta. Ich bin es nur. Hab keine Angst."

Matteo! Das war Matteos Stimme!

Eine Woge der Erleichterung durchflutete meinen Körper. Ich war so unendlich froh, dass dieser dumme Albtraum nichts weiter als ein böser Traum gewesen war. Dass Matteo nicht tot war und dass es ihm offensichtlich gut ging. Eilig stand ich auf und umarmte ihn ungestüm. Ich spürte das Vibrieren an seiner Brust, als er leise ungläubig lachte.

„Da hat mich aber jemand vermisst."

Dann legte er seine Lippen sanft auf die meinen und zog mich noch näher an sich heran. So standen wir eine Weile zusammen, eng ineinander verschlungen und küssten uns, als wäre alles, was zählt, das Hier und Jetzt. Matteo hob mich hoch und platzierte mich sanft auf dem Bett. Dann half er mir dabei, mein T-Shirt und meine Hotpants auszuziehen und begann dutzende heiße Küsse auf meinem Körper zu verteilen.

Jede seiner Berührungen fühlte sich an, wie ein zarter Schmetterlingskuss. Ich spürte ihn überall und dennoch war das nicht genug. Ich zog an seinem T-Shirt und ein Blick von mir genügte. Matteo verstand, dass ich ihn jetzt brauchte. Er entledigte sich seiner Kleidung und platzierte sich dann über mir. Ich spreizte die Beine noch etwas mehr für ihn, um ihm zu signalisieren, dass ich bereit für ihn war.

Als Matteo ein Kondom aus seiner Hosentasche fischen wollte, gab ich ihm zu verstehen, dass ich ihn ganz und gar spüren wollte, ohne jegliche Barriere zwischen uns. Matteo hauchte mir zum stillen Einverständnis einen sinnlichen Kuss auf die Lippen und schaute mir tief in die Augen, als er ganz langsam und träge in mich eindrang. Ich konnte meinen Blick nicht von dem Seinem lösen.

Mit jedem Stoß sah ich die Erregung, die von ihm Besitz ergriff. Aber ich sah noch mehr in seinen Augen. Sein Blick war so intensiv, dass er bis zu meiner Seele hervordrang. Matteo war mir genauso verfallen, wie ich ihm. In seinen Augen tobte ein Ozean an Gefühlen. Grenzenlose Verzweiflung vermischte sich mit unbändiger Zuneigung.

Bei jedem Stoß wechselten sich Erregung und Verlangen mit Ergriffenheit und Innigkeit ab. Begleitet wurde dieses Wechselbad von Gefühlen durch einen klaren Besitzanspruch, der mit jedem Mal, das Matteo in mich eindrang, deutlicher wurde. Die Art und Weise, wie Matteo mich nahm, war langsam und tief. Er wollte mich bis zum letzten Zentimeter besitzen und keinen Zweifel daran lassen, dass ich nur ihm gehörte. Mir ging es mit ihm nicht anders. Ich schlang meine Beine um seine Hüften und zog ihn noch näher an mich heran, obwohl das kaum mehr möglich war.

Dieser Mann gehörte mir. Und ich wollte ihn nie wieder hergeben. Das hier war kein Sex mehr. Es war anders als all unsere vorangehenden Male.

Ich würde fast behaupten, dass das Liebe war, was wir hier taten.

Kapitel 36

Matteos sanfte Hände, die über mein Gesicht strichen, weckten mich am nächsten Morgen. Es war Freitag. Das Wochenende stand vor der Tür. Und neben mir lag der Mann, nach dem ich mich mehr verzehrte als nach allem anderen auf dieser Welt. Der Mann, der mein Herz zum Fliegen, aber auch zum Abstürzen bringen konnte. In der letzten Nacht hatte er es zum Fliegen gebracht. Mal wieder. Und das sollte auch so bleiben, zumindest hoffte ich das.

Ich lächelte ihn an.

„Guten Morgen." Matteo lächelte zurück und sah mich an, als wäre ich ein kostbarer Schatz, den zu finden er nicht mehr gehofft hatte.

„Du bist so wunderschön."

Wir sahen uns nebeneinanderliegend an, während er mir durch mein Haar strich. Ich glaubte in Matteos Augen die Szenen von letzter Nacht wiederzusehen.

„Letzte Nacht war sehr schön", bestätigte Matteo meine Vermutung.

„Ich möchte das jede Nacht. Ich möchte dich jede Nacht. Nur dich. Fahr mit mir weg!"

Ich stützte den Kopf auf meinen Arm. „Mit dir wegfahren? Wohin?".

Matteo strich mit einem Finger die Konturen meines Gesichts nach.

„Lass uns das Boot nehmen und rausfahren. Nur du und ich. Ein Wochenende zu zweit. Niemand wird uns stören. Außerdem kann ich dich so in meine Kochkünste einführen. Als zweites Date erscheint mir das ein gelungener Plan. Wir könnten direkt heute Nachmittag los. Was meinst du, würdest du diesem Date zustimmen?".

Als ich nicht direkt antwortete, rollte sich Matteo auf mich und blickte gespielt ernst auf mich hinab.

„Das war nur eine rhetorische Frage. Dir ist klar, dass es nur eine Antwort gibt. Also?“.

Ich kicherte. „Ja, ok. Ich stimme zu.“

Matteos ernster Gesichtsausdruck wich einem strahlenden Lächeln.

Ich schlang meine Arme freudestrahlend um seinen Nacken und zog ihn auf mich hinab.

*****

Den Rest des Freitagmorgens ging ich wie auf Wolken. Ich freute mich sehr auf unser gemeinsames Wochenende und war insgeheim schon ganz ungeduldig. Andauernd schaute ich auf die Uhr und ärgerte mich jedes Mal von Neuem, dass die Zeit so langsam voranschritt. Matteo hatte ich seit dem Frühstück nicht mehr gesehen. Er war in seinem Büro verschwunden und auch ich wollte noch einige dringende Dinge abarbeiten, sodass ich am Wochenende keinen Gedanken an die Arbeit verschwenden musste.

Zur Mittagszeit ging ich in mein Zimmer, um eine Tasche für das Wochenende zu packen. Da wir das Wochenende auf dem Boot verbringen würden und höchst wahrscheinlich nicht an Land gingen, brauchte ich nicht viel. Die Tasche war im Handumdrehen gepackt und so machte ich mich auf den Weg in die Küche, um mir einen frischen Salat zuzubereiten.

Es war mittlerweile tagsüber sehr warm, was den Appetit auf warme Speisen zügelte. Ein knackiger Salat hingegen erfrischte und überbrückte die Zeit bis zum Abendessen, welches wir hoffentlich bereits auf dem Boot zu uns nehmen würden. Ich beschloss kurzerhand bei Matteo vorbeizuschauen und bereite ihm ebenfalls einen Salat mit Oliven und Thunfisch vor. Dann schnappte ich mir beide Teller und stieg die Treppen zum Bürotrakt hinauf, wobei ich um ein Haar von ein paar hektischen Menschen umgerannt wurde.

Sofort überkam mich ein ungutes Gefühl. Irgendetwas musste vorgefallen sein. Die Männer sahen gehetzt und alarmiert aus. Irgendetwas stimmte hier nicht. Ich sah den aufgeregten Männern hinterher, die in das Büro von Matteo eilten. Entschlossen ging ich ebenfalls darauf zu und öffnete mit meinem Ellbogen die verschlossene Tür.

Drinnen war angespanntes Gemurmel zu hören. Alle sprachen durcheinander und Matteo schaute mit ernster Miene zwischen den Anwesenden hin und her. Ich stellte die beiden Teller auf dem kleinen Tisch in der Ecke ab und ging dann zu Matteo. Jedoch achtete ich sehr darauf, die nötige Distanz zu wahren, da außer uns beiden niemand wusste, was zwischen uns war. Mehr noch, bisher hatten wir selbst nicht darüber gesprochen, was das zwischen uns eigentlich war und wie bzw. ob wir es anderen Menschen mitteilen wollten.

„Was ist los?". Ich sah Matteo fragend an.

Er hatte seine Hände zu Fäusten geballt.

„Matteo?".

Ich rief seinen Namen und versuchte so, seine Aufmerksamkeit zu erlangen.

Es funktionierte. Langsam drehte er den Kopf in meine Richtung. In seinen Augen tobte ein Tornado, wie ich ihn noch nie vorher gesehen hatte. Kalte Wut mischte sich mit blankem Entsetzen. Was war hier los?

„Don Mario", Matteo räusperte sich, da seine Stimme merklich zitterte.

Ob vor Wut oder vor Angst, das konnte ich nicht sagen.

„Mein Großvater, er wurde niedergeschossen."

Erschrocken schlug ich mir die Hände vors Gesicht.

„Wie geht es ihm? Lebt er? Wird er durchkommen?".

Matteos Augen verfinsterten sich.

„Er wird gerade operiert. Wir wissen noch nichts Näheres."

Ich streckte meine Hand nach der seinen aus und drückte sie fest.

„Ich werde herausfinden, wer das getan hat, Carlotta. Und dann werde ich ihn töten. Ich werde ihn vernichten und ihm alles nehmen, was ihm lieb ist."

Seine hasserfüllten Worte erschraken mich.

„Matteo, du bist aufgewühlt. Das ist verständlich. Aber bitte tu jetzt nichts Unüberlegtes", versuchte ich ihn zu beschwichtigen.

Seine Worte machten mir Angst. Denn ich wusste, dass er jedes davon ernst meinte. Familie war ihm das höchste Gut. Wer sich an seiner Familie verging, hatte das Recht zu leben verwirkt. Aber Matteo entzog mir seine Hand und drehte sich von mir weg. Ich spürte, wie er mir mit jeder Sekunde mehr entglitt.

„Am besten du fährst erst mal nach Ravello zu deinen Großeltern. Ich melde mich bei dir, wenn ich etwas Neues weiß."

Ich schüttelte den Kopf, denn ich wollte ihm zur Seite stehen. Ich konnte ihn doch in dieser schweren Stunde nicht allein lassen.

„Aber ich…".

Matteo drehte sich erbost zu mir um und fiel mir ins Wort, noch bevor ich den Satz beenden konnte.

„Carlotta! Jetzt ist nicht der Moment, mir zu widersprechen."

Er sah mich eindringlich an. Ich ließ entmutigt die Schultern hängen. Er wollte mich nicht hier haben. Er wollte mich in diesem schweren Moment, in dem ich ihm gerne beigestanden hätte, nicht an seiner Seite haben. Diese Erkenntnis traf mich wie ein Faustschlag ins Gesicht.

Ich taumelte merklich. Aber eine Stimme in meinem Kopf sagte mir, dass es jetzt nicht um mich und meine Gefühle ging. Wenn nach Ravello zu fahren und dort auf eine Nachricht von ihm zu warten das war, was Matteo jetzt wollte, dann würde ich ihm diesen Wunsch erfüllen.

Ich nickte wortlos, strich Matteo noch einmal über den Arm und ging dann, so aufrecht es mir möglich war, an den Männern vorbei, die noch immer wild diskutierten und teilweise laut telefonierten.

Ich sah mich nicht um, auch wenn es mir fast das Herz brach. Nicht, als ich aus Matteos Büro ging, und auch nicht, als ich das Anwesen kurze Zeit darauf verließ.

Ich wollte stark sein.

Für uns.

Zwei Wochen später

Die letzten beiden Wochen, seitdem ich Capri verlassen hatte, waren die Hölle gewesen. Dass Don Mario mitten in Neapel niedergeschossen wurde, als er aus seinem Wagen stieg, um einen Geschäftspartner in dem Nobelrestaurant „*La Stella*“ zum Mittagessen zu treffen, hatte sich wie ein Lauffeuer verbreitet.

Als ich in Ravello ankam, wussten längst alle Bescheid und löcherten mich mit Fragen, von denen ich keine Einzige beantworten konnte. Ich wusste nichts. Das betraf den Zustand von Don Mario und das betraf auch Matteo.

Die folgenden Tage wartete ich vergeblich auf eine Nachricht von Matteo. Aber sie kam nicht. Alles, was ich wusste war das, was in den Nachrichten berichtet wurde und das, was man sich im Restaurant erzählte. Ich war verzweifelt. Mir war alles zu viel. Aber ich versuchte krampfhaft, mir nichts anmerken zu lassen.

Schließlich wusste niemand, was sich zwischen Matteo und mir vor diesem Vorfall entwickelt hatte. Im Grunde genommen war ich mir da selbst nicht mehr sicher. Vielleicht hatte ich mich getäuscht. Mich von meinen Gefühlen leiten lassen und die Augen vor der Wahrheit verschlossen. Vielleicht hatte ich hinter meiner rosaroten Brille der Verliebtheit nicht verstanden, ja nicht verstehen wollen, dass die tiefen Gefühle bestenfalls einseitig waren.

Ich arbeitete nach wie vor an verschiedenen Projekten für die Familie, auch wenn die Geschäfte momentan größtenteils ruhten, da das Augenmerk der Familie auf Don Mario lag, der noch immer im Krankenhaus weilte, auch wenn er die Schießerei anscheinend überlebt hatte.

Um mich abzulenken, half ich tatkräftig im Restaurant mit. Meine Familie schien zu ahnen, dass irgendetwas passiert war, was ich ihnen verschwieg und dass sich mein geknickter Zustand nicht allein auf das, was dem armen Don Mario zugestoßen war, zurückzuführen ließ. Aber sie ließen mich in Ruhe und stellten keine neugierigen Fragen. Das rechnete ich ihnen hoch an. Denn normalerweise war meine Familie das komplette Gegenteil von Zurückhaltung und Abstand. Auch Giorgia hielt sich merklich zurück.

In den Nachrichten wurde reichlich spekuliert, wer hinter dem Anschlag steckte. Nichtsdestotrotz wollte man sich nicht festlegen. Don Mario war ein sehr einflussreicher und respektierter Mann. Ihn anzugreifen war nicht nur töricht und dumm. Es war eine Kriegserklärung gegen eine der mächtigsten und ältesten Mafia Familien in Süditalien.

Natürlich hatte ich insgeheim vermutet, dass der Russenclan dahintersteckte, um sich an Matteo zu rächen. Diese Vermutung durfte ich jedoch keinesfalls laut äußern, um Matteo nicht in eine noch größere Gefahr zu bringen als die, in der er womöglich schon steckte.

Es war zum Verzweifeln. Meine Wut darüber, dass er nicht anrief, ja nicht einmal eine Nachricht schickte, wich Enttäuschung, dann Verzweiflung, bevor die Wut von Neuem begann und sich dieser Gefühlszyklus wiederholte.

Ich verstand es einfach nicht. Wieder und wieder ging ich unsere gemeinsame Zeit in Gedanken durch. Und wieder und wieder fragte ich mich, ob ich mir seine Gefühle nur eingebildet hatte. Wenn ich ihm nur ein klein wenig bedeutete, dann hätte er sich in den vergangenen zwei Wochen bei mir gemeldet, wenn auch nur eine kurze Textnachricht geschickt. Oder zumindest auf eine meiner Nachrichten geantwortet.

Ich hatte ihn nicht bombardiert. Das war nicht meine Art. Ich hatte ihm lediglich am Abend der Schießerei eine Nachricht geschickt, dass ich jederzeit für ihn da sei, wenn er Hilfe brauchte oder einfach nur reden wollte und dass ich hoffte, dass es Don Mario bald wieder besser ging. Diese Nachricht blieb unbeantwortet genau wie die Nachricht, die ich etwa eine Woche danach geschrieben hatte, als in den Nachrichten berichtet wurde, dass Don Mario zwar weiterhin im künstlichen Koma lag, jedoch sehr wahrscheinlich wieder gesund werden würde.

Ich schielte auf mein Handy, als könnte ich es dadurch ermutigen, mir eine Nachricht von Matteo zukommen zu lassen. Aber es blieb stumm.

Seufzend ging ich nach unten, um eine weitere Schicht im Restaurant zu schieben.

*****

Als ich am nächsten Morgen die Treppen hinunterstieg, um mit meiner Familie im Garten zu frühstücken, fand ich meine Großeltern und Giorgia allesamt über die Tageszeitung gebeugt. Sie waren so vertieft in einen der Artikel, dass sie mich erst bemerkten, als ich mich ihnen gegenüber niederließ.

Alle drei zuckten merklich zusammen, als sie meine Anwesenheit wahrnahmen und Giorgia faltete hastig und mit fahrigen Bewegungen die Zeitung zusammen. Ich sah mit hochgezogener Augenbraue zwischen den Dreien hin und her.

„Ist was?“.

Alle drei schüttelten daraufhin den Kopf, vermieden es jedoch mich anzusehen. Sie aßen schweigend ihr Frühstück und schienen mit irgendetwas in sich zu kämpfen.

Ich schaute mir das Schauspiel ein paar Minuten wortlos an, dann entriss ich Giorgia mit einem Ruck die Zeitung. Giorgia starrte mich mit großen Augen an, sprang auf und lief um den Tisch herum, um mir die Zeitung wieder abzunehmen.

„Nicht, Carlotta. Gib mir die Zeitung.“

Ich dachte jedoch gar nicht daran.

„Wieso?“, fragte ich sie.

„Weil ich sie noch nicht fertiggelesen habe.“

Ich bedachte sie mit einem strafenden Blick.

„So ein Schwachsinn. Du sagst mir jetzt sofort, was so Geheimnisvolles in dieser Zeitung steht, dass ich nicht lesen darf. Sonst sehe ich selbst nach oder gehe ins Dorf und kaufe mir meine eigene Ausgabe.“

Giorgias Augen weiteten sich noch eine Spur mehr. Sie war ernsthaft aufgebracht. So hatte ich sie noch nie erlebt.

„Giorgia, lass gut sein. Sie wird es eh erfahren.“

Mein Großvater war aufgestanden und legte der aufgebrachten Giorgia die Hand auf die Schulter. Dann nahm er mir die Zeitung aus der Hand, breitete sie vor mir aus und zeigte mit dem Finger auf einen Artikel, dessen Überschrift mir die Luft zum Atmen nahm.

Matteo Leone verlobt sich mit Contessa Elena Medici

Matteo Leone, Enkel des legendären Mario Leone, und führendes Mitglied der Leone Familie, verlobt sich mit Elena Medici, Tochter des einflussreichen Star-Politikers und Unternehmers Cesare Medici.

Mir wurde schlecht. Alles drehte sich auf einmal und die Stimmen meiner Familie rückten in weite Ferne. Ich starrte fassungslos auf den Artikel vor mir, während mein Herz einen so großen Stolpertritt machte, dass mir die Luft wegblieb.

Die Worte verschwammen vor meinen Augen und die Tinte auf dem Papier verlief unter den Tränen, die darauf fielen. Meine Tränen. Ich hatte in den vergangenen zwei Wochen keine Träne vergießen können, weil ganz tief in mir noch ein Funken Hoffnung weilte, dass Matteo mich genauso liebte, wie ich ihn.

Mit dieser schrecklichen Nachricht jedoch, war dieser Funke der Hoffnung nun in dem nicht enden wollenden Tränenmeer erloschen. Ich zerknüllte die Zeitung, die vor mir lag und presste mir verzweifelt die Hände vors Gesicht, um die Unmengen an Tränen zu stoppen, die mir in Strömen über das Gesicht rannten.

Ich glaubte das alles nicht. Es machte einfach keinen Sinn. Was zum Teufel war hier los?

Was es auch war, ich würde es herausfinden.

Wie geht es weiter…

Mr. CEO & Mrs. Boss 2

Seit 1. Februar 2021 erhältlich

Wird die Liebe siegen?

Die heiß ersehnte Fortsetzung der fesselnden und emotionalen Liebesgeschichte von Carlotta und Matteo.

Carlotta kehrt mit gebrochenem Herzen auf die Insel Capri zurück, um herauszufinden, welches Geheimnis Matteo vor ihr verbirgt. Sie ist fest entschlossen, die Wahrheit ans Licht zu bringen und ihre große Liebe zurückzugewinnen. Doch sie ahnt nicht, dass sie sich damit in Lebensgefahr begibt.

Matteo ist hin und her gerissen zwischen seinen Gefühlen für Carlotta und der Pflicht gegenüber seiner Familie. Es gelingt ihm nicht, sich von Carlotta fernzuhalten, doch um sie zu schützen, kann er ihr nicht die Wahrheit sagen. Er ahnt nicht, dass er Carlotta durch sein Schweigen in noch größere Gefahr bringt.

Ein spannender, leidenschaftlicher und emotionaler Liebesroman vor der traumhaften Sommer Kulisse Italiens. Fernweh garantiert. Ein Muss für alle, die Millionär, Milliardär, CEO, Boss, New Adult und Mafia Liebesromane lieben.

Dieser Liebesroman ist aus der Sicht von Carlotta und Matteo geschrieben.

Er ist der zweite und letzte Teil von Mr. CEO & Mrs. Boss.
Happy End Garantie.

Mr. CEO & Mrs. Boss Teil 1 & 2 Amazon Leserstimmen:

"Bei dieser brandheißen, super spannenden und total romantischen Geschichte vergisst man alles andere um sich herum. Man findet sich im sonnigen Italien wieder und fühlt sich auf Anhieb glücklich, lebendig und erholt. Es ist, als wäre man selbst dort. Der Schreibstil der Autorin ist so lebhaft, dass man die Geschichte voller Emotionen miterlebt. Man kann das Buch nicht mehr aus der Hand legen und verschlingt es regelrecht!"

„Definitiv einer der besten Liebesromane, die ich 2020 gelesen habe. Die Liebesgeschichte zwischen Carlotta und Matteo ist voller Emotionen und hat mich das ein oder andere Tränchen gekostet."

„Ein tiefgründiger Liebesroman mit zwei sympathischen und starken Hauptpersonen vor italienischer Traumkulisse. Es knistert und prickelt gewaltig zwischen Carlotta und Matteo. Liebe und Leidenschaft sind in diesem Roman omnipräsent. Gleichzeitig spielen auch Themen wie Familie und Freundschaft eine zentrale Rolle in dem Roman von Ava Avery."

„Dieser Roman ist der absolute Hammer!! Ich habe die Geschichte von Carlotta und Matteo regelrecht aufgesogen beim Lesen und dachte, ich sei mittendrin."

„Es war so spannend, dass ich das ganze Buch (Teil 2) auf einmal gelesen habe. Ich konnte einfach nicht aufhören. Eines der besten Bücher die ich jemals gelesen habe! Normalerweise weine ich nicht so leicht, aber das Liebesgeständnis von Matteo hat auch mich zu Tränen gerührt. Dieses Buch ist wirklich empfehlenswert."

Love me Save me, Baby

Die Geschichte von Giorgia & Leonardo
Erscheint am 1. April 2021

Welches Geheimnis kann so verheerend sein, dass man dafür die große Liebe von sich stößt?

Leonardo Leone ist erfolgreicher Winzer, Geschäftsmann und Teil der einflussreichen Leone Familie. Er ist charismatisch, sexy und wird von den Frauen heiß begehrt. Vor eindeutigen Angeboten kann er sich kaum retten. Doch ihn interessiert nur eine Frau: Giorgia Sorrentino. Mit dieser resoluten und eigensinnigen Restaurantleiterin, kann er sich alles vorstellen.

Giorgia Sorrentino hat der Liebe abgeschworen und lässt keinen Zweifel daran, dass sie an einer Beziehung mit Leonardo nicht interessiert ist. Denn sie verbirgt ein gut gehütetes Geheimnis, das ihr jegliches Recht auf bedingungslose Liebe verwehrt. Dabei gibt es nichts auf der Welt, was Leonardo's Liebe für diese Frau ins Wanken bringen könnte. Oder etwa doch?

Dies ist ein abgeschlossener Einzelband, der abwechselnd aus der Perspektive von Giorgia und Leonardo geschrieben ist. Happy End Garantie.

Freut euch auf eine unvergessliche Reise in das sommerliche Italien und das Wiedersehen mit Carlotta, Matteo, Don Mario und Allegra vor der Traumkulisse Capris.

Erscheint ebenfalls im Frühjahr 2021:

Lilli & Jonas

Eigentlich wollte Lilli ihren Freund Martin mit einem Traumurlaub in Kapstadt überraschen. Stattdessen sorgt Martin für eine böse Überraschung der ganz besonderen Art. Hals über Kopf flüchtet Lilli zu ihrer Tante an den Gardasee, die dort mit ihrem Mann eine kleine Pension mit angrenzender Surfschule betreibt. Eigentlich der perfekte Ort, um zur Ruhe zu kommen und das Kapitel Männer aus ihrem Leben zu verbannen, denkt sich Lilli. Doch Jonas, der sexy Surflehrer mit dem blonden Wuschelkopf und den schokobraunen Augen, hat ganz andere Pläne. Aber ist Jonas wirklich der, für den er sich ausgibt?

Ein herzerwärmender, humorvoller Wohlfühlroman am sommerlichen Gardasee.

2021 verspricht also weiterhin ein aufregendes Jahr voller Liebe, Leidenschaft und hitziger Wortgefechte zu werden. Ich würde mich freuen, wenn ihr mich auf dieser Reise begleitet.

Eure Ava Avery

Website: www.avaavery.de

Newsletter: http://eepurl.com/hj0iKf

Instagram: avaavery.autorin

Ihr wollt wissen, wie, wo und wann es weitergeht? Dann folgt mir auf Amazon, abonniert meinen Newsletter und werdet Teil meiner Instagram Community. So erhaltet ihr als Erste(r) alle News und Erscheinungsdaten, sowie Zugang zu Bonus-Geschichten, Exklusiv Kapiteln und Gewinnspielen.

Bevor ihr geht...

Hat euch dieser Ava Avery Liebesroman gefallen? Ich würde mich über eine Rezension oder Bewertung von euch sehr freuen. Das Schreiben ist eine erfüllende, aber auch harte Arbeit. Jede einzelne, positive Rückmeldung, gibt mir den Glauben daran, dass ich euch einen Mehrwert bieten konnte, und dass meine Bücher euch ein paar Stunden oder Tage der Freude geschenkt haben. Natürlich dürft ihr diesen Liebesroman auch gerne weiterempfehlen.

IMPRESSUM

Ava Avery
Auf dem Berg 6 A
66809 Nalbach

Vertreten durch:
A. Germaine Klein

Kontakt:
avaavery.romane@gmail.com

Printed in Poland
by Amazon Fulfillment
Poland Sp. z o.o., Wrocław

73777937R00206